Plötzlich Sommer - Thomas Kautenburger

Für Jürgen von Alice
alles Gute!
Thomas Kautenburger

Plötzlich Sommer

Thomas Kautenburger

ACATOS

Über den Autor

Thomas Kautenburger ist 1961 in Dillingen an der Saar geboren und in Düppenweiler aufgewachsen. Nach einer handwerklichen Ausbildung gründete er einen Betrieb im Bereich Metallveredelung und führte diesen mit großem Erfolg bis 1996. Er lies sich auf unkonventionelle Weise als Schauspieler und Sprecher ausbilden und arbeitet zunehmend erfolgreich in diesem Beruf. Thomas Kautenburger spielte in vielen Fernsehserien mit, unter anderem: Tatort, Alarm für Cobra 11, Marie Brandt, Vorstadtkrokodile, Wilsberg, Danni Lowinski etc. Zuletzt war Kautenburger im Tatort in der Hauptrolle als Rockerchef „Mutti" im Frühjahr 2013 zu sehen.

Impressum

1.Auflage

© 2013 Acatos-Verlag, Gevelsberg

www.acatos.de E-Mail: info@acatos.de

Alle Rechte vorbehalten. Nachdruck, auch auszugsweise, verboten. Kein Teil dieses Werkes darf ohne schriftliche Einwilligung des Verlages in irgendeiner Form (Fotokopie, Mikrofilm oder ein anderes Verfahren) reproduziert oder unter Verwendung elektronischer Systeme verarbeitet, vervielfältigt oder verbreitet werden.

Gestaltung, Typografie und Satz: Cornelia Berner, Königswinter

Lektorat: Wortlaut Lektorat, Vera Klein, Hannover

Druck: S-Print, Olsztyn

ISBN: 978-3-9814752-0-3

Danksagung

Mein Dank gilt vor allem meiner Frau, Freundin & Lebensgefährtin, Ann Katrin Hölkeskamp! Es braucht für jede erfolgreiche Tat auch immer einen starken Partner, der einem an den Tagen, an denen man am liebsten alles „hinschmeißen" könnte, den notwendigen Mut zuspricht, um das zu Ende bringen zu können, was man begonnen hat. Dieser starke Partner bist Du, wann immer ich es brauche!

Die Namensgebung ist rein zufällig gewählt. Die beschriebenen Örtlichkeiten gibt es tatsächlich, jedoch sind die Adressen der Charaktere frei erfunden. Genau so sind viele der beschriebenen Ereignisse, in diesem Buch, tatsächlich passiert.

Vorwort - Warum dieses Buch?

„Wie schaffe ich es, einen gangbaren Weg zur Selbsterkenntnis zu beschreiben, ohne ein esoterisches, belehrendes Werk daraus zu machen? Nicht nur das: Wie wird aus diesem Buch eine fesselnde Geschichte mit Protagonisten mit denen man sich identifizieren kann, mit denen man mitleiden, mitfiebern und mitlachen kann?" Diese Fragen und die damit verbundene große Herausforderung bewegten den Autor Thomas Kautenburger zu dieser einzigartigen Geschichte, die lebensnah und voller Weisheit und Erkenntnis steckt.
Wir alle sind oft unbelehrbar, machen die gleichen Fehler immer wieder, halten an unseren Überzeugungen und Gewohnheiten fest und merken womöglich zu spät, dass unser Leben in die falsche Richtung läuft.

Zudem sind einige von uns durch traumatische Ereignisse belastet, die ihnen im Laufe der Zeit widerfahren sind und die ihr weiteres Leben beeinflussen.

„Das Leben schreibt die schönsten und spannendsten Geschichten. Dies ist keine Autobiografie, doch viele Ereignisse in diesem Roman sind tatsächlich so passiert. Der Autor verknüpft viele Situationen, die er selbst erlebt hat, oder die unmittelbar in seinem Umfeld geschehen sind, mit fiktiven Szenarien zu einer atemraubenden Geschichte mit Weisheit und Tiefgang, die den Leser fesselt."

Prolog

Die trübsten Tage in meinem Leben sind es, die mich mit zu dem gemacht haben, der ich heute bin. Lange Zeit war ich gefangen in einer Lethargie, die meine Tage bestimmte. Eine Ohnmacht ließ mich im Grau des Alltags versinken.

„Das Leben ist wie ein Boxkampf", stellte ich immer wieder fest. Ein Vergleich, den ich von meinem Vater übernommen hatte. In den ersten Runden war der Mensch imstande sich zu wehren und so manchen Punkt für sich zu gewinnen, doch je länger dieser Kampf dauerte, umso mehr schwanden die eigenen Kräfte. Bis es in den letzten Runden nur noch um das blanke Überleben ging. Darum, es durchzustehen, nicht aufzugeben, nicht für immer am Boden zu liegen und nur noch auf den Tod zu warten. Nicht jeder hatte ein solches Schicksal, nicht jeder hatte so viel zu beklagen. Doch etlichen ging es nicht anders als mir, wenn sie feststellten, dass das Leben mal wieder seine erbarmungslosen Seiten zeigte. Wenn sie einen Schicksalsschlag verdauen mussten, der wie aus dem Nichts zu kommen schien. Schutzlos und ohne Chance auf Gegenwehr mussten sie hinnehmen, was das Leben ihnen bot. Von Tag zu Tag, von Jahr zu Jahr sammelte ich meine Erfahrungen und legte sie ab, auf den Schultern meiner Seele. Bis sie unter der Last, die ich ihr aufbürdete, zusammensank.

Ich war umgeben von Finsternis, es wurde kaum mehr einen Tag hell um mich herum. Ich steckte fest, alles fühlte sich an wie ein grauer, nie endender Herbst. Es war die Sehnsucht nach Sommer, die mich aus dem tiefen Loch, in dem ich festsaß, herausholen sollte. An einem Punkt im Leben, wo ich alles verloren glaubte, wurde ich auf einen anderen Weg gedrängt. Er führte mich direkt ans Licht.

Und es war alles dort, was ich je gesucht hatte. Es war die Welt der Vollkommenheit, das Paradies, wie es in vielen Geschichten beschrieben wird. Ich war dort, wenngleich ich nicht bleiben konnte. Vielleicht, weil ich nicht bereit war, weil ich es nicht ertragen konnte, so viel unermessliche Vollkommenheit zu erleben. Vielleicht aber sollte ich nur eine Ahnung von dem bekommen, was mich am Ende erwarten würde. Und vielleicht war ich dort, um etwas davon mitzunehmen, um das Leben zu verstehen und zu mir selbst zu finden.

Diese Welt entwich mir sanft und hinterließ mich noch lange Zeit berührt. Sie hat mich verändert, sodass ich meine Vergangenheit mit einem Lächeln beschließen kann.

Kapitel 1

„Wie heißt nochmal das Magazin, für das Sie schreiben“, fragte ich Stefanie Hillberg, eine Journalistin und zugleich Redakteurin des neu entstandenen Magazins für ganzheitliches Leben. Hillberg war eine sehr attraktive junge Frau, die erst vor kurzer Zeit ihren dreißigsten Geburtstag gefeiert hatte. Brünettes langes Haar, blaue Augen, hohe Wangenknochen und weiche Gesichtszüge gaben ihrer Erscheinung etwas Puppenhaftes. Das blaue Sommerkleid verdeckte die braune Haut ihrer Beine bis zu den Knien. Ihre schlanke Taille und kleinen leichten Rundungen ließen erahnen, dass sie noch in der Blüte ihres Lebens war. Ihr vollmundiges Lächeln, die makellosen Zähne machten sie sicherlich für viele zum echten Hingucker.

„Es heißt: „New Age Magazine“, gab sie geduldig zurück. Sie war auf mich aufmerksam geworden durch einen gemeinsamen Freund, David Berg, der ihr von mir erzählt hatte. Das New Age Magazine war eine Zeitschrift, die bereits viele Leser begeisterte. Der Schwerpunkt der Themen war auf ganzheitliches Leben ausgerichtet, mit vielen Gesundheitstipps und Anregungen zu einem besseren Leben. Darunter auch Lifestorys, in denen über Menschen und deren Schicksale berichtet wurde. Ich zögerte anfangs, ein Interview zu geben, doch die Überredungskünste der jungen Journalistin waren mit besten Argumenten ausgestattet.

„Viele unserer Leser im Alter von 35 bis 45 Jahren sind an wirklichen, echten Schicksalen interessiert, weil sie an einem Punkt angelangt sind, wo sie das eigene Leben nicht mehr verstehen. Die Schnelllebigkeit, die hohen Anforderungen bei der Arbeit und die eigenen gesetzten Ziele haben sie an die Grenzen ihrer Leistungsfähigkeit gebracht.

„Wenn diese Menschen Hilfe brauchen und zu einem Psychologen gehen wollen, so beträgt die durchschnittliche Wartezeit etwa ein dreiviertel Jahr“, erklärte Stefanie Hillberg. „Nicht allein deshalb, weil es für viele heute immer noch verpönt ist, einen „Seelenklempner“ zu brauchen, nein, weil es schlichtweg zu lange dauert, bis man ihnen hilft, versuchen die meisten sich erst einmal selbst zu therapieren. Sie beginnen zunächst, sich mit sich selbst auseinanderzusetzen. Sie lesen spirituelle Bücher und Ratgeber, um zu verstehen, was schiefläuft.“ Ich hörte ihr aufmerksam zu, denn vieles kannte ich aus meinem eigenen Leben. „Und unsere „Lifestorys“ helfen ihnen zu erkennen, dass sie nicht allein auf der Welt sind mit ihren Problemen, Ängsten oder Sorgen.“

Ich nickte verständnisvoll. Ich war einverstanden. Ich wollte anderen Menschen gern, soweit es mir möglich war, mit meinen Erfahrungen helfen. Auch wenn es mir an manchen Stellen sicher immer noch schwer fallen würde, darüber zu erzählen.

„Wie lange werden wir brauchen?“, fragte ich nach. „Ich weiß doch nicht wie viel Sie mir zu erzählen haben, aber ich denke in acht Sitzungen werden wir durch sein“, bemerkte sie mit einem verschmitzten Lächeln. „Wo soll ich anfangen?“, fragte ich, wohl wissend, dass ich mir die Antwort auch selbst hätte geben können. Sie kam prompt. „Von Anfang an!“

Ich heiße Jean Degrange, ich bin fünfzig Jahre alt und ich lebe mit meiner Frau in einem Landhaus am Stadtrand von Köln,“ kam es behäbig und etwas unbeholfen, denn ein Interview war für mich alles andere als alltäglich. „Ich bin selbstständiger Grafikdesigner“, fuhr ich fort und nahm einen Schluck eisgekühlte Schorle aus dem Glas, das vor mir auf dem Tisch auf der Sonnenterrasse stand. „Diesen

Job liebe ich heute, was ich viele Jahre nicht behaupten konnte." Ich lehnte mich zurück, ernsthaft bemüht, in der Erinnerung zurückzugehen, um wirklich keine Details und Eindrücke auszulassen. „Ich liebte es, kreativ zu sein, Dinge zu erschaffen, Menschen damit zu begeistern. Nach dem Studium war ich in einer Druckerei in der Grafikabteilung angestellt. Wir gestalteten Werbeanzeigen und entwarfen Logos für kleine und mittelständische Unternehmen, druckten, Zeitschriften, Prospekte bis hin zu Büchern – einfach alles, was dieser Bereich so hergab. Der Chef dieses Ladens, Arthur Bracke, hatte meines Erachtens sehr altmodische Vorstellungen und wenig Sinn für Ästhetik." Stefanie Hillberg hatte es sich inzwischen richtig gemütlich gemacht, mit hochgelegten Beinen saß sie im Sonnenstuhl und schrieb ihre Notizen auf einen großen Block. Vor ihr lag ein Diktiergerät, dessen Funkmikrofon sie mir ans Hemd drapiert hatte.

„Ich weiß nicht wie er es anstellte", fuhr ich weiter fort, „aber er schaffte es dennoch, seine Vorstellungen an den Mann zu bringen. Die Freiheit, meine eigene Kreativität auszuleben, wurde meist abgewürgt. Deshalb hatte ich wenig Spaß und entsprechend selten traf ich mit meinen Ideen ins Schwarze. Lob und Anerkennung wurde mir dort nie zuteil. Aber das ging nicht nur mir so. Das Einzige, was mich dort all diese Jahre festhielt, waren meine Kollegen. Sie dachten über unseren „Alten" wie ich und so hatten sich zwei Lager gebildet – wir und unser Chef. Wir hangelten uns von Woche zu Woche und gaben uns nur sehr begrenzt Mühe. Vielmehr arbeiteten wir nach den Vorgaben, die uns von „Arthur dem Großen" gemacht wurden. So nannten wir ihn, aber nur wegen seiner Körpergröße. Er war lang und dünn wie eine Dachlatte und trug Kinnbart und Schnauzer, was seinen mangelnden Einfallsreichtum zu unterstreichen schien. Irgendwie erinnerte er mich an Onkel Philipp, den drei Jahre älteren Bruder meines Vaters. Philipp war tollpatschig und stur, doch mit großem Herzen und einer Ehrlichkeit, die auch oft verletzend war. Diplomatie war ihm ein Fremdwort. Ich erinnere mich, wie er einmal zu meiner Tante Josephine, die sich im Garten auf einer Liege platziert und dabei einen Sonnenhut übergestülpt hatte, meinte: „Wenn nicht Sommer wäre, würde ich sagen: ‚Ein Schneemann mit Strohhut sitzt im Garten, weiß und rund. Deine Nase blinkt jetzt schon wie eine Möhre.' Tante Josephine brach darüber in Tränen aus und sie tat mir leid, obwohl ich Onkel Philipps Gedanken nachvollziehen konnte. Sie hatte Haut, so weiß wie Schnee und die Nase hatte die ersten Sonnenstrahlen schon nicht vertragen können. Danach hatte Philipp Josephine mit allen möglichen Aktionen versucht zum Lachen zu bringen, meist mit Erfolg. Dieses Talent der Diplomatie war auch Arthur Bracke zu eigen, nur verfügte er eben über weit weniger Herzlichkeit." Stefanie Hillberg schmunzelte über meine Ausführungen.

„Ich bin die ersten zehn Jahre in Frankreich aufgewachsen. Meine Mutter Elisa war Deutsche und mein Vater, Jacques, Franzose." Jetzt nahm ich einen tiefen Atemzug, denn es ging zu den ersten schlimmen Stationen meines Lebens. „Mein Vater entstammte einer deutsch-jüdischen Ehe", erklärte ich, „seine Eltern waren im Zweiten Weltkrieg rechtzeitig aus Deutschland geflüchtet und beschlossen im nahen Frankreich ihr weiteres Leben zu verbringen. Als meine Mutter meinen Vater kennenlernte, war sie gerade mal zwanzig Jahre jung. Jahre zuvor war sie durch ein Schüler-Austauschprogramm in diesen kleinen Ort im Elsass zu einer Gastfamilie gekommen, woraus eine langjährige Freundschaft entstand. Ihr gefiel es dort sehr gut, sodass sie auch als Zwanzigjährige wieder einmal dort zu Besuch war. Damals lernte sie den jungen Mann kennen, der mein Vater ist. Die Ehe hielt etwa zehn Jahre, dann verließen wir ihn bei Nacht und Nebel. Mein Vater hatte Probleme an seiner Arbeitsstelle, über die er allerdings nie sprach. Er begann zu trinken und wurde zusehends unstrukturierter. Er vernachlässigte erst seine Arbeit, dann die Familie – bis er irgendwann gewalttätig wurde. Nicht nur meiner Mutter gegenüber, sondern allem, was sich ihm in den Weg zu stellen schien. Ich kassierte ständig Ohrfeigen, mein Vater fand immer einen Grund. Oft werde ich daran erinnert, wenn ich im Spiegel die kleine Narbe an meiner Wange sehe." Die wache Journalistin versuchte die Narbe in meinem Gesicht zu inspizieren, indem sie sich vorbeugte.

Ich erzählte weiter, während ich mit dem Finger auf die Narbe zeigte. „Dies ist eine Narbe, die mir mein Vater beim Versuch, ihn in seiner unbeherrschbaren Wut zu stoppen, beibrachte. An die ersten Lebensjahre kann ich mich kaum erinnern. Meine Erinnerungen werden erst richtig wach mit Beginn der Traumata, die mir durch meinen Vater zugefügt wurden. Es war an einem Samstagabend. Meine Eltern waren zusammen bei einem Fest in unserem Ort gewesen. Meine Mutter musste dort wohl einen anderen Mann zu lange angesehen haben, was in meinem Vater einen Eifersuchtsanfall auslöste. Ich erwachte, als ich aus dem Parterre heftiges Geschrei hörte. Mein Vater brüllte wie wild, sie schienen um den Tisch zu laufen, denn ich hörte das Poltern der Stühle und das Schieben des Tisches – dazwischen das laute Flehen meiner Mutter. Ich lief nach unten und stürmte in das Wohnzimmer unseres Hauses.

Mein Vater kniete mittlerweile auf meiner Mutter und schlug unbarmherzig und mit brutaler Gewalt auf sie ein. Ich erfuhr eine Sekunde des absoluten Schreckens. Meine Mutter lag blutüberströmt und reglos auf dem Boden. Als sei ich es nicht selbst, versuchte ich meinen Vater aufzuhalten. Ich nahm eine Vase, die in greifbarer Nähe stand, und schlug sie meinem Vater auf den Hinterkopf. Doch das beeindruckte ihn in seinem alkoholisierten Zustand kaum. Er schüttelte den Kopf und gab mir einen Hieb, der mich auf die Tischkante schleuderte. Dabei riss ich mir die Wange auf. Ich blutete stark und lag weinend am Boden. Dies schien ihn dann doch wachzurütteln und allmählich wurde ihm bewusst, was er angerichtet hatte. Es war der traurige Höhepunkt der zehnjährigen Ehe meiner Eltern. Ich hätte es mir anders gewünscht, denn die Liebe für meinen Vater trug ich an diesem Tag zu Grabe." Stefanie Hillberg musste schlucken. Sie schien fassungslos angesichts der tragischen Szenen, die ich ihr gerade geschildert hatte.

Gott sei Dank trennte sich meine Mutter von ihrem Mann. So landeten wir wieder in Deutschland, in der Heimat meiner Mutter, in Köln. Der Kontakt hierher war nie abgerissen, doch es war eine andere Welt, die ich zuvor nur selten – dann, wenn wir auf Besuch waren – für ein paar Tage kennengelernt hatte. Nicht nur die Sprache, sondern auch die Lebensauffassung unterschied sich sehr von der französischen. Der Franzose arbeitete um zu leben, der Deutsche lebte, um zu arbeiten, so hatte ich es gelernt. Ich wurde ins kalte Wasser geworfen und musste mich den Gegebenheiten anpassen.

Die restlichen Erziehungsjahre, wenn man so will, verbrachte ich weitestgehend bei meinen Großeltern. Wenn auch meine Mutter für mich da war, irgendwie war sie es wiederum auch nicht. Sie arbeitete und sorgte für unseren Lebensunterhalt. Gemeinsam mit den Großeltern wohnten wir in einem schon älteren Haus, das sie geerbt hatten. Es war klein, verschachtelt und bot lediglich ein Dach über dem Kopf. Mein Zimmer glich einer Besenkammer. Ich hätte mir ein Fenster gewünscht, um nach draußen zu sehen. Es gab aber nur ein Lichtfeld aus Glasbausteinen, durch das man nur hell und dunkel wahrnehmen konnte. Mein Bett schien hundert Jahre alt und roch muffig, aber ich beschwerte mich nicht. Wir besaßen keine abgeschlossene Wohnung, auch meine Mutter bewohnte lediglich ein kleines, ärmlich ausgestattetes Zimmer. Wir hatten kaum etwas aus Frankreich mitgenommen. Die Flucht bei Nacht und Nebel ließ es nicht zu, mehr wegzuschaffen, als wir in Onkel Philips alten Renault packen konnten.

Wir mussten uns also mit dem begnügen, was vorhanden war. Meine Großeltern, Hans und Marie bildeten demnach mit uns eine Wohngemeinschaft. Die beiden hatten selbst zu wenig und gesund waren sie auch nicht. Opa Hans litt an Silikose. Er war Frührentner. Die Jahre im Bergbau unter Tage hatten ihm arg zugesetzt. Oma Marie klagte jeden Tag über Wehwehchen, aber ernsthaft krank war sie nicht. Wir hatten somit nicht die besten Bedingungen, um ein neues Leben zu beginnen, doch da mussten wir beide durch, wenngleich meine Mutter sich sehr bemühte und für einen Hungerlohn in einer Mietskaserne putzte.

Die Schule war ein Auf und Ab und meine Leistungen eher grenzwertig. Am Anfang war ich für die anderen Schüler sehr interessant, doch es kehrte sich schnell ins Gegenteil. Ich beherrschte die Sprache noch nicht und wurde deshalb oft gehänselt. Die wenigsten hatten die Geduld, mit mir eine Freundschaft aufzubauen, eben wegen der Sprachbarriere. Ich musste mich also sehr anstrengen um am Leben dort teilzunehmen.“ „Heute ist Ihr Akzent fast vollkommen verschwunden, bemerkte die Homestory-Schreiberin.“ Ich lächelte und freute mich immer über das Kompliment, obwohl viele diesem französischen Akzent einen besonderen Charme abgewinnen konnten.

„Ich habe auf alle erdenkliche Art und Weise versucht mich für andere interessant zu machen", erzählte ich, „um in bestehende Cliquen aufgenommen zu werden. Ich brauchte irgendwas, um interessant zu sein. Mit sechzehn entdeckte ich, dass Geld das Mittel der Wahl war. Wer Geld hatte, war in der Lage, Zigaretten und Alkohol zu kaufen. So verdiente ich mir das Nötige bei einem Farbenhändler.

Das Tagesgeschäft prägten meist Unternehmer, die sich mit Fassadenfarben und Malerbedarf eindeckten. Hier und da gab es auch private Kunden. Ich versuchte meinen Großeltern wie auch meiner Mutter nicht auf der Tasche zu liegen. Sie kannten meinen Chef, Harry Weimer, der gerne bereit war Studenten einen Aushilfsjob zu geben. Ich lernte Bob kennen, der schon eine Weile dort arbeitete, um sein Auskommen zu verbessern – Boby Fehrmann, ein aufgeweckter junger Mann, der vor Lebensenergie strotzte. Ich wurde ihm unterstellt und sollte ihm dabei helfen, das Lager umzuräumen. Kamen Kunden, wurden sie von Bob bedient. Er regelte einen Großteil des Nachmittagsgeschäfts, für den Vormittag und frühen Nachmittag waren zwei Büroangestellte zuständig. Der Chef pendelte mit seinem Transporter zwischen den Baustellen, um Farbe nachzuliefern, wenn etwas bei den ansässigen Unternehmern fehlte. Ich war sehr schnell mit allem vertraut, besonders mit Bob. Wir mochten uns auf Anhieb. Er schien für mich ein richtiger Lebenskünstler zu sein. Ich kannte keinen, der so mit den Kunden umgehen konnte wie er. Er parierte stets mit coolen Sprüchen und mit seinem Charme verkaufte er einem Eskimo einen Kühlschrank, wenn es sein musste. Finanziell schien es ihm sehr gut zu gehen, denn entgegen den meisten Studenten, die ich kannte, konnte er sich ein Auto leisten. Eines Tages weihte er mich in sein Geheimnis ein, wenngleich unfreiwillig. Ich hatte Farbeimer in Hochregale eingeräumt und versuchte kurz zu verschnaufen. Dazu setzte ich mich inmitten eines Regals in etwa zwei Metern Höhe auf eine Holzpalette. Ich musste wohl von außen nicht zu sehen gewesen zu sein, als Bob mit einem Kunden in den Gang trat. „Gib mir vierhundert, dann ist gut...“, forderte er von dem Mann. Mein Kollege erhielt daraufhin mehrere hundert Mark für Farbe, die der Kunde wohl kürzlich von ihm bekommen hatte. Ich sah Bob zu, wie er Farbe unter der Hand verscherbelte. Der Kunde verschwand und ich schaute von oben auf Bob herab. “Hey, was war das denn?“ Erschrocken fuhr er herum. „Kleiner, das ist alles nicht wie es aussieht, ich kann dir das erklären“, stammelte er wie ein kleiner Junge. Er erklärte es mir, vielmehr suchte er nach einer Rechtfertigung und erzählte mir von der bösen Welt und der Ach-so-Ungerechtigkeit zwischen Arm und Reich. Ich ließ mich dazu hinreißen, mitzumachen, wenngleich auch eher passiv. Hin und wieder spendierte er mir ein paar Mark, damit ich die Klappe hielt. Ich bekam das erste Mal in meinem Leben Geld, wofur ich nichts tun musste. Heute denke ich darüber: Ich MUSSTE etwas tun, nämlich NICHTS. In meinem kleinen Kopf mahnte mich schon so etwas wie ein Gewissen, während ich mir andererseits über diese Sache keine allzu großen Gedanken machte.“ Stefanie Hillberg räusperte sich zu meinen Ausführungen, doch ich ließ mich nicht unterbrechen. Sie hatte diese Selbstgerechtigkeit, die ich in meinen Jugendjahren an den Tag legte, natürlich bemerkt und machte keinen Hehl daraus, dass sie sie verurteilte. Wir gingen jedoch nicht näher darauf ein.

„Eines Tages jedoch, als Harry, unser Chef, eine Baustelle weit außerhalb unseres Einzugsgebietes anfuhr, die er wissentlich nicht zuvor beliefert hatte, erkannte er unsere Produkte dort wieder und so ahnte er, dass da etwas nicht nach den üblichen Regeln ablief. Denn auch der Buchhaltung entging es nicht, dass immer wieder Defizite in den Lagerbeständen zutage traten. Irgendwann danach tauchte ein Kunde Namens Petro Djervic auf. Er war Tscheche, der in Bobs Privatkundenkartei wie die Faust aufs Auge passte. Ich bekam mit, wie Djervic sich immer kumpelhafter gab, sich um eine freundschaftliche Beziehung mit Bob bemühte. Allerdings beschlich mich ein seltsames, intuitives Gefühl bei diesem Typen. Bob hielt meine Bedenken für Humbug, er meinte, er kenne diese Typen. „Der niemals!" Zunächst kaufte der Mann einen Eimer Farbe unter der Hand, die er angeblich für die eigene Wohnung brauchte. Dann waren es fünf und dann zehn Eimer, und das war's dann. Spürbar beklemmend wurde es, als zwei Stunden nach diesem kleinen Privatdeal unser Chef mit Djervic und einem Polizeibeamten vor uns stand. Harry Weimer hatte einen Strohmann eingesetzt, der regelmäßig ausschließlich bei Bob und mir eingekauft hatte. Er erstattete Anzeige wegen Diebstahls. Boby Fehrmanns Gerichtsverhandlung wurde noch unter dem Jugendstrafrecht geführt. Er kam mit abzuleistenden Sozialstunden und einer kleinen Geldstrafe davon. Somit galt er mit seinen zwanzig Jahren wenigstens nicht als vorbestraft.

Gott sei Dank hatte ich nur „Nichts" getan, mir konnte niemand etwas nachweisen. Doch seit dem Tag bestand ein angespanntes Verhältnis zwischen Harry und mir.

Wir trennten uns nach einer Weile und ich bemühte mich anderweitig etwas zu finden, das mir über die Runden half. In einer großen Druckerei fand ich wieder einen Job, ebenfalls im Lager. Dort verpackte ich Bücher, Zeitungen, Broschüren oder Visitenkarten. Vom Lager aus schaute ich in eines der Büros, in dem die Grafiker beschäftigt waren.

Eine der Auszubildenden war Clarissa. Ein süßes Mädchen mit tollen Rundungen, auf die viele Jungs standen. Wenn ich heute zurückblicke, war Clarissa mit ein Grund dafür, warum ich es in die Büroetage schaffen wollte, wenngleich ich mir alles das, was ich verpackte, ebenfalls mit großem Interesse anschaute.

Hillberg lächelte, denn sie war jedenfalls für den Moment davon überzeugt, dass das Mädchen der einzige Grund war, es in die Büroetage zu schaffen.

„Ich versuchte in meinem Kopf eigene Entwürfe von Logos oder Briefköpfen zu entwickeln", erklärte ich der Journalistin mit Nachdruck. „Nichts konnte ich so belassen, wie es war. Diese Eigenart zog sich durch mein Leben. Ich hatte zugegebenermaßen ernsthaft Schwierigkeiten damit, Dinge einfach anzunehmen, so wie sie waren. Diese Eigenart hatte ich jedoch nicht immer schon gehabt, sie entwickelte sich hinzu – zu meinen Fähigkeiten, meinen Stärken und Schwächen, meiner Persönlichkeit. Ich hatte wohl innerlich einfach die Nase voll, alles so hinnehmen zu müssen, wie es mir aufgetischt wurde.

In diesem Fall half mir die genannte Eigenschaft, aktiv zu werden und sie verschaffte mir ein berufliches Ziel. Ich konnte mir vorstellen, dass es mir Spaß machen würde, meiner Kreativität freien Lauf zu lassen.

Ich hatte auch andere Träume, aber die Möglichkeiten waren eher spärlich. Zumindest sah es für mich so aus. Vor allem war mir klar, dass ich nicht bis ans Ende meiner Tage in irgendwelchen Lagern arbeiten wollte. Ich wollte es wissen und so machte ich mein Abitur und verbesserte mein Deutsch, bis ich von einem deutschen Muttersprachler nicht mehr zu unterscheiden war. Danach fand ich einen Studienplatz im Bereich Grafikdesign. Mein Traum hatte zuvor anders ausgesehen. Ich wollte immer Musiker, Sänger oder Schauspieler werden, doch diesen Traum träumte ich alleine vor mich hin. Es war einfach kein reales Ziel, sofern ich ein einigermaßen ruhiges Leben verbringen wollte. Meine Kindheit hatte genug gehabt von Unstetem. Ich machte mich also auf den Weg, mein Leben in ruhige Bahnen zu bringen."

Svetlana, meine Haushälterin, unterbrach unser Interview mit einem kleinen Snack. Sie brachte Tee, Kaffee und Erdbeerkuchen, je ein Stück auf einem kleinen Teller. Gestärkt fuhr ich mit meiner Geschichte fort.

Kapitel 2

„Eines Abends, nach meiner Pflichtübung – Studium und Lagerarbeit – kam ich nach Hause und fand meine Mutter gemeinsam mit meinen Großeltern am Wohnzimmertisch sitzend. „Es muss etwas passiert sein", dachte ich sofort, denn im Wohnzimmer wurde sich nur zu besonderen Anlässen aufgehalten, es war der Raum „für gut". Doch es war nichts gut. Meine Mutter beklagte sich schon seit Monaten über Schmerzen im Unterleib. Der Besuch beim Arzt am Nachmittag gab Aufschluss darüber: Darmkrebs im Endstadium und Metastasierung im ganzen Körper. Der Schock stand allen ins Gesicht geschrieben. Stefanie Hillberg war die Betroffenheit anzusehen. Ich erzählte jedoch ohne emotionale Beteiligung weiter. Ich hatte mich dazu erzogen, der Vergangenheit nicht jedes Mal zu verfallen, wenn ich von ihr sprach, was für mich sehr hilfreich war.

„Mir war, als verlor ich die Besinnung ganz allmählich, als würde der Boden unter mir weich und löste sich auf. Ich versuchte mir das nicht so anmerken zu lassen, doch es gelang mir nicht. Es brannte so sehr in mir und eine Hoffnungslosigkeit durchdrang mich, ohne dass ich noch weitere Fragen stellen musste. Es war dieses intuitive Gefühl, diese intuitive Gewissheit darüber, dass die Sache nicht gut enden würde. Bis zu diesem Zeitpunkt hatte mich nie etwas in meinem Leben so sehr berührt, wie die Tatsache, dass ich meine Mutter verlieren würde. In der darauf folgenden Zeit unterließ ich jede Tätigkeit, die nicht unbedingt sein musste, um möglichst viel Zeit mit ihr zu verbringen. Doch es ging alles ganz schnell. Im Krankenhaus versuchte man ihr lediglich noch das Sterben so leicht wie möglich zu machen. Nach einer Notoperation fiel sie ins Koma und wurde nicht mehr wach. Die letzten Worte, die ich von ihr hörte, waren: „Mach etwas aus deinem Leben, mein Junge, ich bin immer bei dir, werd glücklich, ich liebe dich", bevor man sie mit dem Krankenbett hinaus in Richtung OP schob. Danach sah ich sie noch zwei Mal auf der Intensivstation, reglos an Schläuchen und Maschinen, die ihre physischen Lebensparameter aufrechterhielten. Dann wurden wir angerufen, mitten in der Nacht. Sie war gestorben. Wir verabschiedeten uns, obwohl wir ihren Tod längst noch nicht vergegenwärtigt hatten. Für meine Großeltern war die Tatsache, die einzige Tochter vor ihrem eigenen Tode dahingehen zu sehen, nicht zu verkraften. Es riss eine tiefe Wunde in ihr Herz und man spürte, dass sie ohne mit der Wimper zu zucken bereit gewesen wären, anstelle Elisas zu sterben.

Für mich war es so, als wäre ein Teil von mir in mir selbst gestorben. Die Welt, das Leben war für mich abscheulich, niederträchtig und gemein.

„Wozu machte es Sinn auf dieser Welt zu sein?", beschrieb ich der Journalistin mein damaliges Lebensgefühl. „Um all diesen Schmerz erleben zu müssen? Um sich mühsam bis zu den Jahren vorzukämpfen, in denen dir dann alles genommen wird, das dir am wichtigsten war?"

Ich kannte nur dies, Kampf und Schmerz. Und niemanden – außer meinen Großeltern – der mir das Gefühl gab, etwas Bedeutendes zu sein. Diese Welt da draußen, außerhalb dieses kleinen Kreises, war unbarmherzig und kalt, auch wenn ich dies nicht einmal in meinem Kopf in Gedanken oder Worten formulierte. Es drückte sich vielmehr als ein Gefühl von tiefschwarzen Wolken, von düsteren Empfindungen aus.

„Stefanie Hillberg war sichtlich berührt. Sie war mit ihren dreißig Jahren empathisch genug, um zu verstehen, was solche Verluste bei einem so jungen Menschen anrichteten.

„Ich hatte das Gefühl, völlig entwurzelt zu sein. Das einzige Stück Familie, das mir nun verblieb, waren meine Großeltern. Wir hatten ein gutes Verhältnis, die Tragik des Lebens schweißte uns noch mehr zusammen. „Doch wie lange wird es die Beiden noch geben?“, fragte ich mich. Sie waren noch nicht sehr alt, Opa Hans war achtundsechzig, Oma Marie einundsechzig, aber sie kränkelten von Tag zu Tag mehr. Der Schmerz über den Tod der eigenen Tochter muss für Eltern nicht mit Worten zu beschreiben sein. Sie hatten das Gefühl versagt zu haben und jeglicher Lebenssinn verlor sich in ihrem Dasein.

Meine eigene Kindheit war auch der Grund, der mich intuitiv davon abhielt, eigene Kinder zu haben. Nie würde ich so ein Schicksal meinem Kind zumuten wollen. Ich gab dem Spiel des Lebens keine Chance dazu.

Aus irgendeinem Grund verlor ich den Mut jedoch nicht. Meine Kraft war ungebrochen, obwohl ich zeitweise wie bei einem KO-Schlag zu Boden ging. Ich erinnere mich – ich dachte damals nicht, ich ließ kein Selbstmitleid zu. Die Ereignisse führten dazu, dass ich mich zu verändern begann. Diese Haltung hatte ich meinem jugendlichen Geist zu verdanken, der noch über alle seine physischen und mentalen Kräfte verfügen konnte. „Das Leben ist wie ein Boxkampf“, dachte ich oft. „Es ist verdammt wichtig, dass ein Boxer einstecken kann“, hatte mir mein Vater beigebracht, die einzige Weisheit, die ich von ihm übernommen hatte. „Wer nicht einstecken kann, hat im Leben gleich verloren“, belehrte er mich immer dann, wenn er mich geohrfeigt hatte und es ihm anscheinend Leid tat. Auch wenn ich diese Aussage oft gehasst habe, hatte er für das Leben betrachtet recht. Es war so. Wenn man sich einen Boxkampf ansieht wird klar, wer es schaffen wird. Ich war, auf das Leben übertragen, vielleicht allenfalls in der zweiten Runde und noch hatte ich Kraft mich zu wehren. Zu wehren gegen die harten Schläge des Schicksals, die so unausweichlich sind. Hiebe, die wie aus dem Nichts kommend mich ungeschützt trafen. Ohne Deckung musste ich diese Schläge verdauen. „Das Einzige, was man tun kann“, dachte ich, „ist darauf zu achten, nicht KO zu gehen.“ Mein Gegner war das Leben selbst. Die Journalistin hörte weiter gespannt zu. Fleißig machte sie sich Notizen. Ich hatte keine Ahnung, was sie aus meiner Geschichte würde machen wollen.

„Ich brauchte feste Strukturen“, berichtete ich weiter, „hasste aber auch Festgefahrenes. Dinge, die man ohne darüber nachzudenken machte, weil andere dies vorgaben oder man das schon immer so getan hatte. Ich wollte einfach ein anderes Leben. Ich war nicht bereit Dinge hinzunehmen, ohne mich von deren Sinnhaftigkeit und Nutzen selbst überzeugt zu haben.

Wenn ich es zuvor schon hätte entscheiden können, dann hätte ich mich aus diesem Grund selbstständig gemacht. Das Leben sucht sich seinen Weg oder sollte ich sagen, durch die Gedanken sucht sich das Leben seinen Weg? Ich wurde ein regelrechter Revoluzzer, legte mich anfangs mit jedem an, der den Anschein erweckte als wäre er oberflächlich. Für mich und mein Leben war es das Ziel, nicht dort zu enden, wo es für meine Mutter geendet hatte.

Nur langsam erholte ich mich vom Tod meiner Mutter. Ich arbeitete immer noch für Arthur Bracke, nun als Grafiker. Clarissa, die schöne Azubi, hatte ihre Ausbildung zu Ende gebracht und wurde übernommen. Sie hatte mir nun ein paar Jahre Erfahrung voraus. Obwohl sie in festen Händen war, versuchte ich ab und zu mit ihr zu flirten. Sie erwiderte es sogar, zeigte aber auch deutlich ihre Grenzen. Es gab bis zu dieser Zeit kaum ein Mädchen, von dem ich mehr wollte. Keine Beziehung dauerte länger an als ein halbes Jahr. Es war immer ein: ‚sich kennen lernen, sich begehren, sich verlieben und sich wieder verlieren'. Immer begann es mit einem Zauber und endete in Schmerz.

Stefanie Hillberg schien dies zu kennen. Sie nickte zustimmend.

Die Tatsache, dass man anders war, anders dachte, andere Interessen hatte, Prioritäten anders setzte, verhinderte erfolgreich das, was man Beziehung nennt. Ich bemerkte, dass es schwierig war, jemanden zu finden, der fühlte wie ich. Der mich erkannte, ohne dass es dazu vieler Worte bedurfte. Ich war jung und machte mir darüber keinen Kopf, diejenige zu finden, mit der ich alt werden wollte. Bei Clarissa war ich mir nicht sicher. Sie schien von allem etwas zu haben. Eines jedoch war sicher, sie besaß Tiefe. Alles, was ihren süßen Mund verließ, schien gut durchdacht, schien gefestigt und der Wahrheit so nahe, wie Worte der Wahrheit nur nahe sein konnten. Doch wir waren einander tabu." Die Journalistin lächelte über meine Schwärmereien von Clarissa.

„Mittlerweile besaß ich auch viele eigene geschäftliche Kontakte, die sich rein privat ergeben hatten. Hier und da wurde ich gefragt, ob ich für Leute, die sich selbstständig machten, Visitenkarten, Briefköpfe und auch irgendwann Websites entwickeln könnte. Meine Kollegen wussten darüber Bescheid, behielten jedoch ihr Wissen für sich.

Ich begann also zusätzlich von zu Hause aus zu arbeiten und konnte mir manchmal die Hälfte meines Lohnes dazuverdienen. Eines Tages forderte einer meiner Kontakte ein Vergleichsangebot bei meinem Arbeitgeber. Hartmuth Stör hieß mein Kunde, den ich gebeten hatte, mein Angebot nicht aus den Händen zu geben. Ich hatte ihm verständlich gemacht, dass ich meine Preise nur halten konnte, indem ich dies nebenbei, nach meiner Arbeit, von zu Hause aus machte. An einem der darauffolgenden Tage stand Hartmuth Stör in unserem Büro, der Bracke Druck GmbH. Er war mit Clarissa im Gespräch und im Begriff zu unserem „Alten“ ins Büro zu gehen. Mir schwante Böses. Ich hatte die leise Ahnung, an einen der Zeitgenossen geraten zu sein, die für den eigenen Vorteil über Leichen gingen. Ich arbeitete in einem Büro nebenan, das mit großen Fenstern einsehbar war. Nach etwa zwanzig Minuten trat Stör aus dem Büro und eilte schnellen Schrittes davon. Wenige Augenblicke danach stand Arthur Bracke in der Tür seines Büros und schielte über seine Brille, nach mir suchend. Unsere Blicke fanden sich schnell und er winkte mir mit einem Papier zu, bei dem es sich um mein Angebot an Stör handelte. Jetzt war es raus, dass ich nebenbei ein geschäftliches Eigenleben führte. ‚Das war's dann', ging es mir durch den Kopf.

Natürlich hatte ich mir darüber Gedanken gemacht, was ich da tat, aber es war für mich die einzige Möglichkeit gewesen, meine Kreativität auszuleben. Jetzt konnte ich es – oder vielmehr musste es. Arthur Bracke zeigte sich gnadenlos und setzte mich fristlos vor die Tür.

Ich versuchte meine Position zu verteidigen, doch ohne Erfolg. Er ließ mich fallen wie das Blatt Papier meines Angebots, das er gerade in den Abfalleimer geworfen hatte.

‚Mit einem guten Zeugnis zu rechnen sollte ich mir besser abschminken', dachte ich. „Wir telefonieren“, ließ ich in die Runde verlauten, packte meine persönlichen Dinge zusammen und fuhr nach Hause.

Dort versuchte ich mich zu beruhigen und Oma brühte mir einen Tee auf – einen „Nerventee“, den sie mir bei jeder Gelegenheit verordnete. Verzweiflung und Existenzängste machten sich rasch breit. Ich begann darüber nachzudenken, was ich jetzt tun könnte. Meine wenigen Kunden reichten bei weitem nicht aus, um mich finanziell über die Runden kommen zu lassen. Es waren vor allem private Kontakte mit geschäftlichen Belangen, die keinen Anspruch auf ein prunkvolles Verkaufsoffice erhoben, wenn sie meine preiswerten Dienste in Anspruch nahmen. Ich schlief im ehemaligen Zimmer meiner Mutter und hatte die „Besenkammer" zum Arbeitsraum umgestaltet. Ein Computer, ein Drucker und ein altes Faxgerät – verteilt auf sechs Quadratmetern mit Blick auf die Glasbausteine – war alles, was ich meinen Kunden zu bieten hatte. Ich scheute mich zum Arbeitsamt zu gehen, sie würden fragen, weswegen mir meine Stelle gekündigt worden sei. Also versuchte ich in den nächsten Tagen die Werbetrommel zu rühren. Ich rief meine Kontakte an um kundzutun, dass ich nun viel Zeit für sie hatte. Einige Nächte schlief ich nicht, bis ich mich an den Gedanken der völligen Selbstständigkeit gewöhnt hatte.

Am fünften Tag nach meiner Kündigung rief mich ein ehemaliger Kommilitone an, Marcel Reichert, einer der wenigen, mit denen ich ab und zu noch Kontakt hatte.

Marcel hatte sich im Bereich Überwachung selbstständig gemacht. Erst war es nur Überwachungstechnik und dann eine Detektei. Er hatte eine Hundertachtzig-Grad-Wende gemacht, nachdem er feststellte, dass Grafikdesign ihn doch nicht interessierte und war nun sehr erfolgreich mit seinen Kleinspionageaufträgen. „Hey", sagte er am Telefon, „ich habe da vielleicht etwas für dich. Es gibt in Mülheim eine neue Firma, die Rasenmäher herstellt. SABO oder so ähnlich. Besser gesagt, sind die gerade dabei, das Büro einzurichten. Die Produktion steht bereits, frag doch mal an." „Danke, wie kann ich das wiedergutmachen?", erwiderte ich, wissend, dass er dafür die Hand nicht aufhalten würde.

„Jean, du kannst das sowieso besser als ich, also, hau rein." Es klang gut und barg Hoffnung. Ich machte mich gleich am nächsten Morgen auf zu der Adresse, die Marcel mir gegeben hatte. Durch die offene Eingangstür betrat ich einen der Büroräume, in der ein etwas korpulent, aber sehr freundlich wirkender Mann in Anzug gekleidet stand, der die Möbelpacker und Monteure dirigierte. Auf sein freundliches: „Bernd Sabo, bitte, was kann ich für Sie tun?" legte ich los und gab ihm die Information, weshalb ich ihn aufsuchte. Zuerst verzog er irritiert das Gesicht und konnte mir nicht ganz folgen. Er hatte wohl mit jemandem gerechnet, der für die Logistik zuständig war, und mit dem er sich offensichtlich verabredet hatte. „Ach ja", sagte er. „Wir wissen noch gar nicht so recht... . Wir wollten eine eigene Grafikabteilung schaffen, spielen aber mit dem Gedanken, sie zu outsourcen. Dieser Begriff ließ Hoffnung in mir aufkeimen. „Wir starten hier in vierzehn Tagen, melden Sie sich doch in der Zeit noch einmal. Dann weiß ich auch schon mehr." Ich bedankte mich, versprach, dem nachzukommen und verabschiedete mich mit einem kräftigen Händedruck.

‚Ob das was wird – wie der schon rumgeeiert hat...', überlegte ich. ‚Wahrscheinlich wird alles im Sande verlaufen... .'

Zuhause angekommen sah ich verpasste Anrufe auf meiner Sprachmailbox. Gleich mehrere meiner bestehenden Kunden hatten Aufträge. Gestaltungen von Werbeprospekten und Broschüren sowie einen aufwändigen Internetauftritt. Ich rief Clarissa an und fragte nach Druckpreisen. „Hey, willst du jetzt etwa ganz offiziell...?" „Ja, sagte ich und frag besser den Alten, ob es in Ordnung geht, dass die Kundenaufträge hier mit dem Druck abgewickelt werden." Ich ging in die Offensive. Arthur Bracke musste wohl erst geschluckt haben, dann jedoch meinte er: „Warum nicht, ich kann's ja doch nicht ändern und bevor er mit jemand anderem zusammenarbeitet... in Gottes Namen." Er räumte mir sogar Rabatte ein. Hatte er doch ein schlechtes Gewissen bekommen, mich einfach gefeuert zu haben, ohne den Grund für mein Eigenleben erfahren zu haben? fragte ich mich. Ich konnte meinen Kunden alles aus einer Hand anbieten und profitierte davon. Nach vierzehn Tagen meldete ich mich wieder bei „SABO Gartengeräte. „Bernd Sabo, ich grüße Sie, kommen sie vorbei, wir haben viel Arbeit für Sie", tönte es auf der anderen Seite. Ich konnte es gar nicht glauben: Sabo schaffte es noch nicht, eigenes Personal dafür abzustellen und ich war gerettet. Ich hatte womöglich einen ersten Dauerkunden. Nach und nach gestaltete sich alles und es reichte gut aus, um zu überleben. Ich war das erste Mal seit langem dem Leben wieder dankbar. Zum ersten Mal hatte ich wieder das Gefühl, ‚es gibt jemanden, der es gut mit dir meint'. War es Gott oder das Leben selbst oder war beides untrennbar? Gott und das Leben – Eins? Doch ich schmunzelte bei dem Gedanken, denn Gott war für mich eine Erschaffung der Menschen, die sich in schweren Zeiten gerne an etwas klammerten. Es gab für mich nur zwei Möglichkeiten. Das menschliche Leben war eine Verkettung von Ereignissen, die im Verlauf der Evolution dann das menschliche Leben zufällig hervorbrachte, wie ein gutes Blatt beim Pokern, oder es gab tatsächlich etwas Höheres, das unser Leben bestimmte. Wie in einem Spiel von Marionetten, die dachten, dass sie frei entscheiden konnten, aber immer wieder vor die harten Tatsachen gestellt wurden. Das Leben, mit all seinen Höhen und Tiefen. Für den Moment war es mir egal, es lief ja gut.

Stefanie Hillberg regte sich nicht, sie hatte wohl ihre eigene Vorstellung, was Gott betraf. Ich fuhr jedoch unbeirrt mit meiner Erzählung fort.

„Als ich mehr und mehr Kunden gewann, musste ich die Höhle des Löwen betreten: Die Bracke Druck GmbH. Ich musste ja schließlich die Ware dort abholen, wenn sie fertig war. Zunachst konnte ich es so anstellen, dass ich ohne die

Anwesenheit von „Arthur dem Großen“ auskam. Doch nun konsultierte mich ein weiterer Kunde, dem mein ehemaliger Chef bereits ein Angebot gemacht hatte. Als der nun Arthur Bracke gegenüber meinen Namen erwähnte, lief der rot an und ließ über Clarissa einen Termin mit mir absprechen. ER wollte nun eine Unterredung mit MIR. ‚Nun mal anders herum‘, dachte ich und bekam das Grinsen nicht mehr aus dem Gesicht.“

„Ich, vielmehr meine one-man company, arbeitete einfach günstiger als ein ganzes Bataillon. Ein Phänomen der Zeit, weshalb sich SABO ja auch entschloss zu outsourcen. Auch wenn dies ein Vorteil für mich war, es gab eine ganze Reihe Nachteile. Wie oft wurde ich von SABO gegängelt nachzubessern, was ihnen in den eigenen Reihen nie in dem Ausmaß eingefallen wäre – aber gut, so war es einfach. Bei meinem Zwiegespräch mit Arthur Bracke in seinem Büro verzog er das Gesicht und meinte, während er mir mit einer Handgeste einen Besucherstuhl zuwies: „Da kannst du deine Fisimatenten ja ausleben, setz dich. Was stellst du dir vor? Wie soll das mit uns weitergehen? Du unterbietest uns und wir verlieren Aufträge.“ „Ja“, erwiderte ich, „tut mir Leid, aber ich muss überleben, ich habe vor einiger Zeit auf dramatische Weise meine Stelle verloren“, und ich bemühte mich, über meine eigene Ausführung nicht zu grinsen. „Pass auf, dass du nicht wie andere Billigmacher dabei den Bach runter gehst.“ Ich nickte. „Gut ich gebe dir den Rabatt wie bisher, aber nur, um mir den Kunden nicht zu vergraulen“, fügte er mit gespielter Überlegenheit hinzu.

Ich fuhr nach Hause und arbeitete das Angebot für meinen Kunden weiter aus. Es war der Beginn einer großen Geschäftsbeziehung, die ich anfangs total unterschätzt hatte – mit Heinrich Wilke, der mich zunächst beauftragte, Flyer und Broschüren für ein neues Geschäftshaus zu gestalten und zu drucken. Darauf folgten Broschüren und Kataloge. Er war ein Europalieferant für elektronische Geräte. Es lief schlagartig so gut, dass ich mir überlegen musste Personal einzustellen, was aber den Nachteil hatte, teurer werden zu müssen. Ich ging dabei einen Kompromiss ein. Anstelle von drei Mitarbeitern stellte ich nur einen weiteren ein und mietete ein leerstehendes Büro mit Verkaufsoffice. In einem daneben liegenden Gebäude gab es zudem eine kleine Zwei-Zimmer-Wohnung, die ich ebenfalls anmietete. Auch wenn es ein gewaltiger Schritt war – ich musste ihn tun. Meine Großeltern waren über meinen Entschluss auszuziehen nicht sehr erfreut, wenngleich sie mir mein berufliches Glück von ganzem Herzen gönnten. Wir waren zudem nicht weit voneinander entfernt und würden uns des Öfteren zum Mittagessen sehen können.

Ich konnte auch unmöglich weiter in der Besenkammer arbeiten, meine Mitarbeiter und ich hätten uns abwechseln müssen, um darin Platz zu haben. Ich fand einen jungen Uni-Absolventen, der händeringend einen Job suchte, und holte ihn mit an Bord. Adam Körner bildete optisch eher das Gegenteil von mir: klein und eher zierlich, ein kreativer Lockenkopf. Er war etwas schüchtern, kapierte aber schnell und erwies sich als sehr engagiert. In den folgenden Monaten ging alles wie von Geisterhand gelenkt. Ich brauchte mich nicht zu bemühen. In meinen Gedanken empfand ich eine solche Leichtigkeit – nichts war mir unmöglich. Alles fügte sich. Ich hatte den Sinn eines Gewinners. Meine Energie war nicht zu bändigen, ich schäumte über vor Tatendrang. Wenn ich irgendwo auftrat, nahmen mich die Menschen zur Kenntnis, sie nahmen mich ernst. Mehr noch, manche schauten zu mir hoch. Ich strahlte diesen Erfolg aus allen Poren aus, verdiente mehr Geld, als ich mir je vorgestellt hatte. Es war meine kreative Ader, die ich ungezügelt zum

Gefallen der Kunden auslebte. Das einzige Problem war: An keinem Tag arbeitete ich weniger als fünfzehn Stunden. Ich bekam tiefdunkle Augenringe und nahm innerhalb eines halben Jahres zehn Kilo ab. Es wurde Zeit, sich Gedanken zu machen, wie ich die Arbeitszeit im Zaum halten konnte. Das ging nur mit genügend Personal und dem Aufteilen von Aufgaben, die ich delegierte.

Nach anderthalb Jahren, weiteren fünf Kilo Gewichtsdefizit und dem Auftreten erster Falten tat ich den entscheidenden Schritt. David Berg, ein junger dynamischer Typ mit guten Referenzen, sollte unser kleines Team ergänzen. Alles ließ sich gut an. Wir konnten unser Auftragsvolumen steigern. Nach weiteren sechs Monaten stellte ich einen weiteren Mitarbeiter ein: Peter Solver, Anfang dreißig, ebenfalls sehr dynamisch und mit viel Erfahrung in Web-Programmierung. Wir lernten alle voneinander, doch stets musste ich einfach besser sein. Der Tribut eines Vorgesetzten. „Verlange nichts, was du selbst nicht geben kannst", war mein Leitspruch.

Es schien alles bestens, doch ich bemerkte nicht, dass ich nur noch dabei war, die Arbeit der anderen zu korrigieren. Wir hatten mittlerweile einen guten Namen. „Degrange Grafik Design" war in aller Munde, sofern es um kreative Gestaltung ging. Websites wurden mehr und mehr von mir selbst gemacht. Ich hatte genügend Kunden, denen Qualität wichtiger war als ein Dumpingangebot. Es lief zwar hervorragend, doch der Stress, dem ich dabei ausgesetzt war, belastete mich enorm", erzählte ich der Journalistin des New Age Magazine, die gespannt zuhörte. „In diesem Bereich scheint das Leben es ja gut mit Ihnen gemeint zu haben", stellte sie fest. Ich wiegte den Kopf, unschlüssig ihr zuzustimmen, hin und her. „Das war ein anderes Glück, als ich eigentlich suchte...", deutete ich an, ohne tiefer darauf einzugehen.

Kapitel 3

„Es war an einem Freitagabend. Wir gingen zusammen in eine Kneipe in der Innenstadt, um unsere erfolgreiche Woche gemeinsam abzuschließen. Das erste Wochenende seit langem, an dem ich mir mal eine Pause gönnte. Wir hatten Spaß und ließen es uns gutgehen. An einem der Nachbartische saß eine Gruppe hübscher junger Mädchen. Plötzlich spürte ich, dass da etwas gewaltig in mir wach wurde." Die attraktive Schreiberin verstand.

„Als hätte jemand den Lichtschalter umgelegt. David machte den Anfang und fing an, sich für sein lautes Lachen zu entschuldigen. Im Nu waren wir alle in Gespräche verwickelt. Erst mit niemand Bestimmtem, immer eher an die Allgemeinheit gerichtet. Schnell kam heraus, dass es sich bei uns um einen Firmenumtrunk handelte und ich der Chef war. Eine der jungen Damen machte darauf gleich eine Bemerkung, die ich sofort als ein Zeichen von persönlichem Interesse deutete. „Oh Mann, so einen Chef hätte ich auch gerne." Wir kamen bald ins Gespräch und sie erwies sich als intelligent und warmherzig. Zwei Parameter, die für mich ein absolutes „Muss" waren. „Bist du öfter hier in dem Laden?", fragte sie neugierig. „Ab heute ja", bemerkte ich lächelnd. Sie hieß Christin. Wir redeten und redeten. Es schien, als kannten wir uns schon Jahre. Wir fühlten uns nicht eine Sekunde gelangweilt und bevor wir uns versahen, waren wir die letzten im Lokal. Niemand von meinen Kollegen oder der Gruppe der Mädchen schien etwas von der Feierabendstimmung mitbekommen zu haben. Es war unmöglich sich bis „irgendwann mal" zu verabschieden und einfach zu gehen. „Hier ist meine Nummer, ich würde mich freuen, wenn wir unser Gespräch bei Gelegenheit fortsetzen könnten, was meinst du?" fragte ich sie, doch sie gab keinen

Kommentar. Sie grinste nur verschmitzt. Dann gingen wir alle nach Hause und ich legte mich sofort aufs Ohr. Obwohl ich todmüde war, hatte mich der Abend so verzückt wie schon lange nichts mehr. Ich dachte an dieses wundersame Geschöpf, bis ich einschlief. Am nächsten Morgen erwachte ich mit einem furchtbaren Kater, obwohl ich allenfalls fünf Kölsch getrunken hatte. O.k., einen Caipirinha hatte ich auch noch intus gehabt. Es war dennoch so, als wäre ich volltrunken gewesen. Eine Aspirin und zwei Becher Kaffee – immer noch fühlte ich mich hundeelend. Ich versuchte etwas zu essen und legte mich noch einmal hin. Der letzte Abend ging mir nicht mehr aus dem Kopf. „Wird sie anrufen?“, nagte die Frage an meinem Ego. Plötzlich wurde mir übel, ich rannte zur Toilette und übergab mich mehrmals. So ging es im Wechsel zwei Stunden lang.

„Sie hätten wahrscheinlich in ein Krankenhaus gemusst, statt zu riskieren, allein einen Kollaps zu erleiden“, meinte Hillberg im Nachhinein besorgt. Ich zuckte nur mit den Schultern und erzählte einfach weiter.

Ich musste unbedingt den Kühlschrank und den Vorratsraum mit Essbarem füllen, da ich unter der Woche nicht dazu kommen würde. Einmal wöchentlich war das nötig, sonst lief ich Gefahr, mich nur von Fastfood zu ernähren. Ich hatte zwar nie großen Wert auf natürliche Ernährung gelegt, schluckte für mein Gewissen Vitaminpräparate, doch nur Fastfood war selbst mir zu unvernünftig. Ambitionen zum Sport waren vorhanden, sie kamen aber nur selten zum Zuge. Hin und wieder lief ich im Wald. Nun musste ich zum Supermarkt, um nicht die Woche über hungern zu müssen, aber ich fühlte mich total zerstört. Dann begann es in meinem Darm zu rumoren und recht bald wurde klar, dass ich einen heftigen Infekt aufgesammelt hatte. Ich rief meine Großeltern an und entschuldigte mich dafür, nicht zum Mittagessen kommen zu können. Zu gerne hätten sie mir geholfen, aber ich tat meinen Zustand als Bagatelle ab, damit sie sich nicht allzu große Sorgen machten. Mich plagten jedoch heftige Krämpfe und deshalb rief ich sicherheitshalber den Notdienst. Wie erwartet, hatte ich einen Magen-Darminfekt und konnte an den nächsten Tagen nicht zur Arbeit. Ich versuchte dennoch alles per Telefon zu regeln, was äußerst wichtig war.

Es war Dienstagabend und ich schaute mir einen Krimi an. Dabei schlürfte ich artig meinen Tee, den mir der Arzt empfohlen hatte.

Ich sah auf den Fernseher, ohne wirklich etwas vom Inhalt des Programms mitzubekommen. Während ich über alles noch einmal nachdachte, fingen meine Gedanken an, seltsame Wege zu gehen. Ich spürte ein Unwohlsein, ein Gefühl das mich bedrückte. Nur wusste ich nicht was mir auf der Seele lag, außer, dass ich immer noch nach wenigen Happen pappsatt war und mich das Essen eher anwiderte. Es war etwas in mir, dass mich leer und bekümmert zurückließ. Ich schob es auf den ganzen Stress der letzten Zeit und nahm mir vor, mir mehr Zeit zu gönnen, in der ich einfach lebte. Das Geschäft lief gut und das war doch die Hauptsache, dachte ich für mich.

Plötzlich vibrierte mein Mobiltelefon. Mit einem einfachen „Hallo“ nahm ich das Gespräch an. „Hier ist Christin, du erinnerst dich?“ „Ja klar“ erwiderte ich. „Hallo Christin, wie geht's dir?“ Eigentlich hatte ich schon früher auf ihren Anruf gehofft, was ich aber nicht sagte. „Ich war mit meiner Familie unterwegs – Picknick in der Eifel. Ich hatte meinen Eltern versprochen mit ihnen zu wandern...“, erklärte Christin. „Gilt dein Angebot noch...?“, wollte sie dann wissen. „Ja, natürlich gilt es noch“, antwortete ich. „Ich war nicht betrunken und habe es auch nicht vergessen...“, witzelte ich. „Hm, wie wär's...", dachte sie laut nach, „...wie wäre es am Sonntag?" „Sonntag?", dachte ich. Am Sonntag hatte ich immer schon den Montag im Kopf. „Wie wäre es mit Samstagabend?", machte ich ein Angebot. Wir entschieden uns dafür. Gegen Ende der Woche war ich auch allmählich wieder so weit arbeiten zu können und beim ersten Schritt in mein Büro wurde ich förmlich mit tausend Angelegenheiten konfrontiert. Viele kleine Aufgaben, die nicht fertig gemacht worden waren, weil niemand die Verantwortung für irgendetwas hatte übernehmen wollen. Mein Schreibtisch lag voll mit Post und mein E-Mail-Postfach vermeldete 287 neue Mails, wovon bestimmt hundert nichts als Werbung und unnötigen Mist enthielten. Jedoch mehr als die Hälfte hatte ich zu lesen, zudem die ganzen Briefe. In diesem Moment machte sich ein Gefühl von Ohnmacht und Verzweiflung in mir breit. Mein Blutdruck stieg an, aber ich ergriff die Flucht nach vorne. In verschärftem Ton gab ich Anweisungen und versuchte zu delegieren, was auch andere erledigen konnten. Ich spürte, dass ich dem Druck, dem ich ausgesetzt war, Luft machen musste.

Es war Freitag und mein Arbeitstag war fünfzehn Stunden alt. Erschöpft verließ ich als letzter das Büro. Auch am Samstag ging ich für die Hälfte des Tages in meine Firma. Ich spürte, ich brauchte Urlaub. Ich war ausgezehrt und müde. Mein Lächeln verlor sich von Tag zu Tag mehr, auch wenn ich es selbst nicht bemerkte. Doch es gab auch etwas, das in mir ein Feuer entfachte: Es war Samstag und ich hatte eine Verabredung. An diesem Nachmittag tat ich alles, um gut auszusehen. Ich wollte mir weder Stress, noch den gerade überstandenen Magen-Darm-Infekt oder den Ärger der letzten zwei Tage anmerken lassen. Also holte ich mir ein bisschen Urlaubsbräune aus der Konserve und ruhte mich zwei Stunden aus, nachdem ich auch meine Einkäufe erledigt hatte. Wir hatten uns im gleichen Lokal verabredet wie beim ersten Treffen, um danach gemeinsam essen zu gehen. „Frauen sind beim ersten Date nie pünktlich“, sinnierte ich vor mich hin. Sie war schon zehn Minuten über der Zeit. „Sorry, hatte die Bahn verpasst“, erklärte Christin, die mich beim Ankommen gleich herzlich, aber mit einer unverbindlichen Umarmung begrüßte. Wir hatten viel zu erzählen und setzten die Dynamik unseres ersten Abends gleichsam fort. Ich merkte dabei sehr schnell, dass sie mir von Stunde zu Stunde mehr gefiel, was wohl auf Gegenseitigkeit beruhen musste. Der Flirtfaktor war auf der Richterskala am oberen Ende angelangt und zu guter Letzt küssten wir uns heiß und innig. Doch mehr war nicht zu machen, wenngleich ich nicht einen Moment gezögert hätte, sie an Ort und Stelle flachzulegen, um mein sexuelles Verlangen wieder ansatzweise auf ein Normalmaß zu bringen.

Ich hatte in den letzten zwei Jahren kaum Zeit gehabt, meinen Bedürfnissen als Mann nachzukommen. Bis auf einen One-Night-Stand war ich abstinent geblieben, wenn auch unfreiwillig. Wir spürten dennoch beide, dass wir uns mehr zu sagen hatten. Wie beflügelt fuhr ich nach Hause und traf sie am Sonntagnachmittag zum Kaffee. Oma und Opa fiel es am Sonntag beim Mittagessen gleich auf, dass ich anders war als sonst. Fast gleichzeitig erkundigten sie sich: „Sag mal, bist du verliebt?“. „Kann sein“, gab ich zu. Ich erzählte überschwänglich von meiner neuen Bekanntschaft. Nur allzu gerne sahen sie mein Leben in geordneten Bahnen. Freude für mich, wie auch Wehmut, dass meine Mutter es nicht mehr miterleben konnte, stand in ihren Gesichtern. Wir verstanden uns in diesem Moment, ohne nur ein Wort darüber zu verlieren. Auch ich fühlte diesen Schmerz, den ich nun schon lange Zeit unterdrückt hatte. Ich spürte, dass dieses Gefühl, wenn ich ihm freien Lauf ließe, mich in tiefe Abgründe hineinziehen würde – all der Schmerz und die Sehnsüchte meines Lebens, die dahinter lauerten, um mich zu überwältigen. Doch ich schaute weg, schob einen Gedanken davor, um von alledem nichts sehen und fühlen zu müssen. Ich empfand, ich war noch nicht fertig damit, nicht im Frieden. Wut und Enttäuschung würde ich finden, wenn ich hinter diese Tür blickte. Wut und Enttäuschung darüber, keine ganze Familie, weder Vater noch Mutter zu haben. Das Leben hatte sich erst vor nicht allzu langer Zeit entschlossen, mir auch von den süßen Früchten zu geben. Doch wie süß waren diese Früchte wirklich? Das, was ich mit diesem Begriff verband, war bis hierher einzig der Erfolg in meinem Beruf gewesen. Doch nichts war mir geschenkt worden. Ich tat mehr als die meisten anderen.

Gerade jetzt in diesen Tagen, begann ich zu schmecken was süß war. Ich war verliebt. Das Kribbeln im Bauch, die überschwänglich gute Laune und zugleich auch die Angst, dass es mit uns beiden dann doch nicht funktionieren würde. Wie viele dieser Beziehungen hatten solche Abende schon hervorgebracht, Beziehungen, die ebenso schnell wieder der Vergangenheit angehörten, wie sie gekommen waren? Doch ich ließ alles auf mich zukommen, wir verabredeten uns für den nächsten Sonntag. Bei diesem Treffen kamen wir uns so nahe, dass wir letztendlich zusammen im Bett landeten. Erst nachdem Christin sich verabschiedet hatte, merkte ich, wie mein Herz allmählich immer mehr für sie pochte. Woche für Woche sahen wir uns, fast jeden Tag. Sie war Beamtin und arbeitete in einem Büro der Stadtverwaltung. Anscheinend hatte sie ein lockeres Leben, strahlte immer und Stress schien für sie ein Fremdwort zu sein. Für mich jedoch wurde jeder Tag, was die Arbeit betraf, mehr und mehr zum Albtraum. Herausforderung und Stress von der ersten Minute des

Tages bis zur letzten. Meine Mitarbeiter begannen allmählich nachlässig zu werden und wir verloren sogar die ersten Kunden. Immer wieder musste ich schlichten und kitten, was irgendein anderer verbockt hatte. Dies war allmählich der ganz normale Alltag. Christin zuckte nur mit den Schultern, wenn ich ihr von meinen Sorgen erzählte. Sie schien eine gesunde Portion Abgrenzung gegenüber den Sorgen anderer zu haben. Auch wenn sie es sehr warmherzig verpackte blieb ich dabei mit einem Gefühl zurück, dass sie an mir nicht genug Anteil nahm.

Unserem Team gelang es in einer guten Phase, einen weiteren Großkunden – eine Lederfabrik – für uns zu gewinnen. Das Arbeitsaufkommen umfasste wieder die volle Bandbreite der Gestaltung und Pflege der Website sowie des Drucks. Mit Arthur Bracke vertiefte sich die Geschäftsbeziehung. Er war mir mehr und mehr zugetan. Nie hätte er so viel Potential in mir vermutet gehabt. Wir verdienten beide gutes Geld und er fand allmählich Gefallen an meiner Kreativität. Es mussten allerdings Großkunden sein, die an meiner beziehungsweise unserer Arbeit das Potential erkennen konnten. Das machte bei Arthur dem Großen mächtig Eindruck und erst die Akzeptanz durch andere, namhafte Unternehmer ermöglichte es ihm, unsere Arbeit gut zu finden.

Die Zeit verging und nach einem Jahr bezog ich mit Christin ein kleines Reihenhaus am Stadtrand. Wir waren gemeinsam in der Lage, finanziell dafür aufzukommen. Ich hatte das erste Mal das Gefühl, mein Leben im Griff zu haben. Selbst wenn ich nicht mit Christin zusammen gewesen wäre, hätte ich es mir leisten können, ein Haus zu kaufen und meine Zukunft zu planen. Ich hatte das Gefühl, am Drücker zu sein, das Leben zu bestimmen. Ich bewältigte tagein, tagaus Probleme, gab anderen die Möglichkeit, ihre

Brötchen zu verdienen, ging Projekte an, die Mut und Kraft erforderten, ging mit Geschäftsleuten der oberen Klasse um und begegnete ihnen auf Augenhöhe. Ich stand mitten im Leben. Mehr und mehr genoss ich den Luxus, tolle hochkarätige Sportwagen zu fahren, schicke Kleider zu kaufen, ohne dabei auf den Preis sehen zu müssen. Ich war nicht stinkreich, dennoch verfügte ich über genug finanzielle Mittel, um den Stress etwas mit Materiellem auszugleichen. Zumindest war es ein Versuch, mich für meine Mühen im Alltag zu belohnen.

Dabei blieb es auch – bei dem Versuch die wahren Defizite zu kaschieren. Ich merkte zunächst gar nicht, wie leer und durstig meine Seele wurde. Erst nachdem es in meiner Beziehung anfing zu „kriseln“, bekam ich ein Gespür dafür, dass alle diese materiellen Annehmlichkeiten kein Ersatz für Gefühle von innerer Glückseligkeit, Harmonie oder Liebe waren. Christin war für das Unternehmertum nicht geschaffen und sie war auch entsprechend wenig empathisch, was mein Arbeitsleben betraf. Ich hatte zudem viel zu wenig Zeit für sie und sie bewertete dies als Desinteresse und falsche Prioritätensetzung. Allmählich bauten sich Fronten auf. Ich, meine Firma und Christin. Wenngleich sie stolz darauf war, einen erfolgreichen und starken Mann an ihrer Seite zu haben, staute sie immer mehr Unmut auf. Sie lebte einfach gern, ging gern aus, traf sich gern mit Freundinnen und Bekannten, während ich immer wieder einen Grund dafür fand, noch nicht nach Hause zu können. Arbeit gab es mehr als genug. Und Christin ging allmählich ihren eigenen Bedürfnissen nach.

Bei meiner Arbeit hatte ich mir angewöhnt, immer einen Gedanken weiter zu denken als andere. Ich sah Probleme, bevor sie entstanden, war wie ein Schachspieler, immer Züge voraus denkend. Ich war nicht mehr Ich, ich war die Firma. Die Abende wurden immer kürzer und ich aß oft spät, kurz vor Mitternacht. Christin sah ich oft nur noch schlafend, die dann angesäuert brummelte, wenn ich zu ihr ins Bett kam. Sex gab es nur noch am Wochenende und nur dann, wenn wir uns nicht vorher gestritten hatten. Christin fing an über Kinderwunsch zu sprechen, ein Thema dass ich allzu gerne überging. Ich hatte nie das Gefühl gehabt, selbst gelebt zu haben, entwickelte gerade einen stabilen Stand in meinem Leben." Ich bemerkte gar nicht, dass ich gegenüber der Journalistin eine Rechtfertigung für meine Gedanken suchte. Hillberg kommentierte aber nichts, sie interessierte sich dafür, wie ich mich weiter zum Egomanen entwickelt hatte.

„Ich war zweiunddreißig Jahre alt und hatte irgendwie das Gefühl, es habe alles gerade erst angefangen. Jetzt ein Kind in die Welt zu setzen, das den ganzen Lebensrhythmus auf den Kopf stellen würde, kam für mich überhaupt nicht in Frage. Ich brauchte einfach noch etwas Zeit. Für Christin war es schon immer ein großer Wunsch gewesen, aber ein Thema, das ich bei unserem Kennenlernen mit: „Kinder? – Hat noch Zeit!" abgetan hatte. Eine „Kleinigkeit", die zu einem der häufigsten Diskussionsinhalte wurde. Währenddessen wurde nichts in meinem Leben einfacher, im Gegenteil, alles verkomplizierte sich. Tage und Monate verflogen. Ich nahm das Leben nicht mehr wahr, funktionierte nur noch wie eine Maschine. Alle Tage schienen gleich, unterschieden sich nicht mehr von den anderen, da ich nur mit Aufgaben verbunden war, mit Arbeit und Verpflichtung. Versprechen gegenüber Kunden, Versprechen gegenüber Mitarbeitern. Auch die Fiskalbehörden machten mir das Leben zur Hölle.

„Steuern fallen durch Gewinne an und um diese Steuern zahlen zu können, ohne den erreichten Lebensstandard zu verlassen, musst du immer mehr erwirtschaften, ...wenn du nicht trickst", erklärte Harald Hirsch, mein Steuerberater. Ich versuchte zusammen mit meinem Steuerberatungsbüro durch Kniffe und Tricks auf legale Art und Weise meine Finanzen zu schützen. Ich musste mich verschulden, kaufte ein Anwesen im Industriegebiet, das leerstand. In diesem Geschäft konnte kaum irgendetwas an der Steuer vorbeifließen. Alles musste belegt sein, also ließ ich es sein, irgendwelche Aktionen zu fahren, deren Ausgang die ganze Firma hätte gefährden können. Ich fing an mehr zu investieren, das erwirtschaftete Geld floss direkt zu den Banken, zu den Beratern, zu den Mitarbeitern und ein kleiner, nicht zu verachtender Teil, blieb bei mir. Die Maschine wuchs und wuchs. Ich erhielt Achtung und Respekt, aber nur von Menschen, die luxuriöse Dinge liebten, die zu jemandem aufschauten, der es materiell zu etwas gebracht hatte. Doch was mir fehlte, war unter anderem die Ruhe, etwas davon genießen zu können.

Oft dachte ich an die Zeit, in der ich das erste Mal die Grafikabteilung von Arthur Bracke betreten hatte. Ich dachte an meine Kollegen und die schöne Clarissa, die mich herzlich aufgenommen hatten und an die Zeit, in der ich nur einen einfachen Arbeitstag zu bewältigen hatte. Damals war ich zufrieden nach Hause zu meinen Großeltern gegangen. Der Winter ihres Lebens hatte längst begonnen, es war nur eine Frage der Zeit, bis sie gehen würden. Inzwischen kümmerte sich Christin mehr um die Beiden, da meine Zeit dazu bei weitem nicht ausreichte. Ein Trugschluss, wie ich später feststellte. Diese einfachen Tage ohne weitere Verpflichtungen lernte ich erst jetzt zu schätzen. Und jetzt spürte ich mich nicht mehr, hatte kein Gefühl dafür, was Leben wirklich bedeutete. Meine Beziehung mit Christin war eine innige Wohngemeinschaft mit der Tendenz zu sexuellen Aktivitäten. In vielen Dingen waren wir uns uneinig, genossen nur selten einen Tag gemeinsam. Wir lebten nebeneinander her, jeder für sich und zu festgefahren, um etwas zu ändern. Teils aus Hoffnung, teils aus Gewohnheit, wollten wir nicht das aufzugeben, was wir einst einmal für wertvoll und bedeutend angesehen hatten. Um nicht von neuem beginnen zu müssen, um das unangenehme Ende auf unbestimmte Zeit hinauszuzögern, blieben wir zusammen. Doch hin und wieder gelang es uns, unser Herz zu sehen. Wir glaubten für einen Augenblick, das Bedürfnis geliebt zu werden, befriedigt zu haben und spürten, dass es wichtiger war als alles andere. Doch im Alltagstaumel vergaßen wir es wieder. Mit all unseren Sehnsüchten, mit all dem unerlösten Schmerz schieden wir uns voneinander ab, wenn wir diskutierten und uns uneinig waren.

Hillberg machte den Eindruck als könnte sie jedes einzelne Wort verstehen, als könnte sie allem uneingeschränkt zustimmen. Vielleicht waren dies alles Dinge, die sie wie viele andere betrafen, die jedoch die meisten Menschen nicht in Worten formulierten.

„Diese Zeiten wurden nicht seltener", erzählte ich weiter. „Doch die Pflicht rief lauter denn je und ließ Veränderungen nicht zu. Vielmehr setzte ich meine Prioritäten einfach anders. Dadurch wurde ein Keil in unsere Beziehung getrieben. Meine Großeltern versuchten leise Einfluss zu nehmen, um mir die wahren Werte, die ihnen längst bewusst geworden waren, zu vermitteln. Doch ich war in der Tat schwerhörig geworden, schenkte dem keine Beachtung und machte weiter das, was ich mir anerzogen hatte. Ich genoss die Zufriedenheit der Kunden, den Respekt der Geschäftspartner und das Staunen derer, die allenfalls im finanziellen Mittelmaß zu Hause waren. Je mehr Beachtung ich fand, umso mehr häufte ich an – fuhr teure

Sportwagen, verzierte mich mit tollen Klamotten, edlen Uhren und kaufte allen erdenklichen technischen Kram. Wer unser Heim betrat, wurde Zeuge der Investitionen eines versnobten Technikfreaks, dessen Ideen vor Wollust immer absurder wurden. Eine High-End-Wohnung mit dem Flair eines OPs. Doch nichts davon machte mich zufrieden. Nur für flüchtige Momente gelang es mir, meine Ego-Augen zum Glänzen zu bringen. Wie ein kurzer Adrenalinkick, eine Schrecksekunde des Glücks, das so schnell wieder weg war, wie es anflutete. Es hinterließ zu keiner Zeit das Gefühl von Zufriedenheit, ganz zu schweigen von einem perfekten Moment. Es war wie das Anfüttern eines Fischschwarms, der nur gierig nach mehr wurde.

Eines Montagmorgens fuhr ich zu meiner Arbeit. Ich hatte ein merkwürdiges, bedrückendes Gefühl. Einerseits beschäftigte ich mich schon im Geiste damit, diverse Aufgaben, die ich in der letzten Woche nicht hatte bewältigen können, anzugehen. Zum anderen dachte ich über eine der üblichen Diskussionen nach, die ich mit Christin am Wochenende geführt hatte. Wir waren zu einer Grillparty bei einem meiner besten Kunden eingeladen gewesen, jemandem, den Christin überhaupt nicht mochte. Ich musste jedoch aus einem moralischen Pflichtgefühl heraus unbedingt dorthin, denn ein Großteil unserer Aufträge hing davon ab. Sie wollte sich aber viel lieber mit mir und unseren gemeinsamen Freunden in einem Biergarten treffen. „Gibt es noch irgendetwas anderes, als deine beschissene Firma?", explodierte sie, als ich sie am Samstagnachmittag darauf ansprach. „Ich bin selbstständig und ich muss gewissen Verpflichtungen einfach nachkommen, ob ich will oder nicht. Dafür hast du einfach nie Verständnis, weil du anscheinend denkst, es läuft überall so wie auf deinem beschissenen Amt", fauchte ich zurück. Wütend über ihr

Nichtverständnis verlor ich die Fassung und trat gegen den Stuhl, der mir im Wege stand. Danach räumte ich gleich noch ein CD-Regal ab, das neben der Stereoanlage stand. Es schepperte unüberhörbar und Christin lief wutschnaubend aus dem Zimmer. In diesem Moment tat es mir auch schon wieder Leid. Dies war lediglich der Anfang einer sehr rauen Zeit, in der ich immer wieder die Kontrolle verlor und irgendeinen Gegenstand zum Opfer machte. Meine Unzufriedenheit, das Gefühl nicht verstanden zu werden, versuchte sich auf radikalem Wege Luft zu machen.

Auch wenn ich Christin niemals angerührt hätte – ich reagierte wie ein angeschossenes Tier, das wild um sich biss. Oft standen wir uns fassungslos gegenüber, wenn wir uns stritten und einem von uns die Nerven durchgingen. Nur selten gelang es uns, unsere Ausbrüche, die auch sie zu unkontrollierten Handlungen hinrissen, kurzum beizulegen und sie als das zu sehen, was sie tatsächlich waren: Hilferufe! Das verzweifelte Bedürfnis, in seiner Not erkannt zu werden. Es war ein unartikulierter Schrei nach Liebe, nach Ruhe und die Sehnsucht nach dem wahren Leben. Irgendwie schien es aussichtslos, resignierend. Viel zu viel wurde gesagt, viel zu viel mit Worten erklärt. Immer bedurfte es meiner Beurteilung, die Dinge richtig zu stellen und in letzter Konsequenz wollte ich Recht behalten. Ich meinte zweifellos die richtige, die objektive Sicht der Situation zu haben. Schließlich wusste ich, wie das Leben spielte, hatte vieles richtig gemacht und der Erfolg gab mir Recht. Was konnte mir schon jemand sagen, dem das Denken vorgekaut wurde? Was konnte er mir vom Leben erzählen? Ich war mir meiner so sicher, hatte so viel erlebt und konnte auf viele Erfahrungen zurückgreifen. Bei Christin lief alles immer gut. Alles war so normal bei ihr, keine Ausschläge der Amplituden des Lebens. Wir waren wie Feuer und Wasser. All dies belastete uns sehr.

Darüber reflektierte ich, während ich mich an diesem Morgen durch den Verkehr zur Arbeit wühlte. An der Ampel stehend, wurde mir die Lage durch ein Gefühl der Schwere, die sich durch meinen Körper zog, bewusst. „Wozu quälen wir uns noch?“, fragte ich mich. Einen Moment später klingelte mein Telefon. Ich drückte die Gesprächsannahme meines Autotelefons. „Jean, hier spricht David Berg.“ Es war mein Mitarbeiter. In dringenden Angelegenheiten rief er immer an. „Jean, bitte fahre zu deinen Großeltern, da ist was nicht in Ordnung“, druckste er herum, ohne es genauer zu benennen. Ich verstand sofort und ohne nachzufragen versuchte ich meinen Wagen zu drehen, doch die Verkehrslage war katastrophal. Unter Hupkonzerten gestatteten mir die anderen Verkehrsteilnehmer das Wenden vor der Kreuzung, an der ich stand.

Mit runtergefahrener Seitenscheibe blaffte ich einen Autofahrer an, der, als ich ausscherte um zu wenden, sofort die Lücke verkleinerte, indem er nachzog. „Du blöder Hornochse“, schrie ich ihn an und demonstrierte meine Wut darüber, die ja nur vordergründig war, mit einer nicht so netten Fingergeste aus dem Fenster. Ich versuchte so schnell ich konnte zu meinen Großeltern zu fahren, die etwa sechs Kilometer von dieser Kreuzung entfernt wohnten. Je schneller ich sein wollte, desto mehr stellten sich andere Verkehrsteilnehmer quer. Ein paar andere schienen ohne Worte zu kapieren, dass ich in Not war. Ich dachte an alles Mögliche, das passiert sein konnte. „Warum habe ich nicht nachgefragt?“, warf ich mir selbst vor. Intuitiv wusste ich, dass es etwas Ernstes war. Zwanzig Minuten später kam ich dort an. Ein Rettungswagen wartete mit eingeschaltetem Blaulicht vor der Tür. Einige der Nachbarn standen zusammen und redeten. Das typische

Bild eines Tatorts, bei dem sich sensationsgeile Menschen zusammengesellten und weder halfen, noch irgendetwas Sinnvolles taten.

Ich sprintete die kleine Treppe zur Haustür hoch, doch bevor ich in die Wohnung gehen konnte, bemerkte ich Personen am Eingang der Kellertreppe. Ich blickte hinunter.

Das Sanitäterteam deckte gerade einen Menschen ab. Dieser Mensch war meine Großmutter. Die Retter identifizierten mich gleich als Enkel, da die Nachbarin schließlich in meiner Firma angerufen hatte. „Was ist passiert?“, fragte ich zögerlich. „Sie fiel die Treppe herunter und brach sich das Genick“, erklärte mir ein Sanitäter, der direkt vor mir auf der Treppe stand. Ich nahm durch die offene Wohnungstür wahr, wie ein Arzt meinen Großvater versorgte. Ich konnte erst nichts begreifen, die Eindrücke überwältigten mich. „Reiße dich gefälligst zusammen und geh da jetzt hinein“, maßregelte ich mich selbst. Opa Hans weinte leise und ich nahm seine Hand. Und in diesem Moment konnte ich es nicht mehr zurückhalten. Es war pure Verzweiflung, wie ein kleines Kind fing ich an zu schluchzen. Alles das, was sich an Gefühlen, Sehnsüchten und Schmerzen in mir aufgestaut hatte, floss aus mir heraus. Als hätte jemand ein Ventil geöffnet. Ich verstand mich selbst nicht. Ich konnte noch gar nicht registriert haben, was hier gerade geschehen war. Ich hatte den Verlust unmöglich erfassen können, geschweige denn, ihn in seiner ganzen Tiefe zu begreifen. Es war, als hätte meine Seele nur auf den letzten Tropfen gewartet, der das Fass zum Überlaufen brachte. Der anwesende Arzt bot mir eine Beruhigungsspritze an, die ich ablehnte. Sie nahmen meinen Großvater mit zur Beobachtung. Ich rief Christin an, die sich sofort für den Rest der Woche frei nahm. Nachdem ich die Retter überreden konnte, meine Großmutter mit ins Krankenhaus zu nehmen, obwohl diese nicht für den Transport eines Leichnams zuständig waren, setzte ich mich verstört in meinen Wagen und fuhr ihnen hinterher. Währenddessen rief ich in meiner Firma an: „David, meine Oma...“, brachte ich nur mühsam heraus. Die Tränen erstickten meine Stimme fast gänzlich. „Sie ist tot.

Ich kann die Woche nicht arbeiten, kümmere dich bitte, ja?“, bat ich David um Mithilfe.

Am Eingang des Hospitals traf ich Christin und wir nahmen uns in die Arme. In diesem Moment waren alle anderen Sorgen beiseitegeschoben, als hätte es sie nie gegeben. Wir erfragten die Station, auf die man die beiden mittlerweile gebracht hatte. Zunächst wurden wir auf die erste Station geschickt, wo man Oma Marie gerade in ein Zimmer schob.

„Ich bin Jean Degrange, meine Großmutter ist vorhin...“, erklärte ich, wobei die diensthabende Krankenschwester gleich wusste, wer gemeint war. Sie gewährte uns Einlass in das Zimmer, in dem Oma ganz friedlich im Bett lag. Lediglich eine kleine Schürfwunde am rechten Auge war zu erkennen. Ein um Kopf und Unterkiefer gewickeltes Tape verhinderte, dass der Mund offenstand.

„Nehmen Sie sich nur Zeit, um sich zu verabschieden“, meinte die mitfühlende Schwester. Wir standen beide rechts und links am Bett und hielten je eine Hand. Christin weinte, doch ich konnte nicht weinen, verstand nichts, begriff nichts. Obwohl ich vor kurzem noch geweint hatte, wie ein kleines Kind – als ich das Sanitäterteam bei meiner Großmutter sah – verspürte ich jetzt nur noch Leere in mir. Kein Wort, kein Gedanke.

Unfähig zu jedweder Reaktion, saß ich dort und bemühte mich Abschied zu nehmen, versuchte zu begreifen. Nach einer Viertelstunde gingen wir. Den letzten Blick auf sie prägte ich mir fest ein. Nie wollte ich sie vergessen, nah bei meiner Mutter sollte Oma Marie ihren Platz in meinem Herzen haben.

Eine Station weiter betraten wir das Zimmer, in dem Großvater Hans lag, der durch die Beruhigungsmittel ganz schläfrig war. Immer wieder blinzelte er und drückte meine Hand, die seine nicht mehr losließ. In den darauf folgenden Tagen lief alles wie fremdbestimmt, die Gespräche mit dem Bestattungsunternehmen sowie auch die Beerdigung. Meinen Großvater holten wir einen Tag zuvor ab und auch er „funktionierte" seltsamerweise. Als hätten wir alle auf Autopilot geschaltet, um das tun zu können, was nötig war.

Wir bemühten uns alle sehr, wir hatten Verständnis, wir gaben Liebe und sahen unsere Herzen. Uns dämmerte endlich, was uns zuvor verborgen war: „Die Not hält Menschen zusammen", so seltsam diese Erkenntnis auch schien. Es musste erst Schlimmes passieren, um zu erkennen, was wichtig ist. Es musste ein Mensch sterben, um denen die Augen zu öffnen, die noch verblieben.

Im Stillen nahmen wir uns vor, das Wesentliche niemals zu vergessen. Doch kaum hatte ich einen Hauch dieser Erkenntnis wahrgenommen, war sie wieder davon. Schleichend kam er wieder auf uns zu, der Alltag. Wie viele andere erwischte er auch uns. Diese Art zu leben hatte nicht mehr zu bieten als ein paar falsche Ideale, die gegen echte Menschlichkeit eingetauscht wurden. Tage und Monate vergingen und bald war alles wieder so, als wäre nichts geschehen.

Es gab eine Lücke, die nicht zu füllen war, doch alle arrangierten sich damit. Wir kümmerten uns mehr um Hans, meinen Großvater, der von Tag zu Tag mehr in sich versank, der innerlich längst resigniert hatte. Sein Äußeres zog allmählich seiner gebeutelten Seele nach. Er verlor das Lächeln, seine Augen schienen müder denn je und seine Haut wurde fahl, wie die eines Todgeweihten. Das Laufen fiel ihm zunehmend schwerer. Christin, wie auch ich waren mit der Situation überfordert. Wir hatten beide unsere Alltagsverpflichtungen, die wir nicht aufgeben konnten. Es war unsere Existenz, abgesehen davon, dass man für die Pflege eines alt gewordenen Menschen geboren sein musste. Schließlich beantragten wir einen häuslichen Pflegedienst, der ohne Probleme genehmigt wurde. Wir waren Olga, der polnischen Altenpflegerin unsagbar dankbar dafür, dass sie sich mit einer Hingabe um den alten Herrn kümmerte, wie es von uns niemand gekonnt hätte.

So entließen wir uns aus dieser Pflicht und versuchten die regelmäßigen Stunden, die wir mit Opa Hans verbrachten, ihm so angenehm wie nur irgendwie möglich zu gestalten. Wir spielten unsere Rollen gut. Die Rolle der Bekümmerten, die Trost spendeten, die für ihn da waren. Die Rolle derer, die erkannt hatten, dass der Tod eine Lücke reißt, die die Familie unabänderlich teilte. Doch diese Erkenntnis verblasste allmählich. Sobald wir das Haus von Opa Hans verließen, übernahmen wir wieder die Rolle derer, die im Leben standen, die geschäftig waren. Des Paares, das seine eigenen Probleme hatte. Wir waren Zwei und jeder von uns fühlte sich allein, nicht verstanden und nicht gesehen.

Das alltägliche Programm verdrängte in uns das, was wir als wahr und wesentlich erkannt hatten, was wir niemals mehr hatten aufgeben wollen, und zwang uns wiederum hinein in ein Denken, dass von Selbstbezogenheit geprägt war.

Hillberg war sichtlich berührt. Ich sah ihre glasigen Augen. „Geht es Ihnen gut“, fragte ich nach. „Alles o.k.“, erwiderte sie. „Bitte lassen Sie sich nicht von mir unterbrechen“, forderte sie ein. „Bitte erzählen Sie weiter und lassen Sie nichts aus.“

„Durch unsere Oberflächlichkeit“, erklärte ich weiter, „kreierten wir einen alltäglichen Umgangston, der entweder Bedürfnisse einforderte oder Zurechtweisungen ausspie. Die eigenen Wünsche und Begehrlichkeiten sowie das Bestreben, bei jeder Meinungsverschiedenheit in gutem Licht dazustehen, wurden zum Gesetz. Ein Gesetz, das jeder für sich beanspruchte, auch die Menschen, die uns tagtäglich umgaben. Wir kannten nur ein paar wenige Ausnahmen derer, die sich aus Angst unterdrücken ließen. Vielleicht, weil sie sich unterlegen fühlten, verbal oder auch körperlich nicht zur Wehr setzen konnten. Selbst „Recht zu haben“ verschaffte ein Gefühl der Überlegenheit. Je nach Situation und Diskussionspartner, ging dieses „Recht haben“, und es Einfordern so weit, dass ich bereit war alle Register zu ziehen, wenn mein Gegenüber es mir nicht zugestand. Ich zögerte nicht, deswegen einem Mitarbeiter die Stelle zu kündigen, meine Beziehung an den Nagel zu hängen oder eine Freundschaft aufzugeben. Ich wurde so radikal, wenn es darum ging, Recht zu haben, dass ich Harmonie und Frieden gegen Streit und Diskussionen eintauschte.

Objektiv gesehen hatte ich vielleicht auch sehr oft Recht, doch ich vergaß die andere Seite, die ebenso einen Standpunkt vertrat. Diesen nachzuvollziehen bedurfte es Empathie, die ich oft nicht besaß. Es ging bei mir immer nur um Fakten. Ich löste alles mit meinem Kopf, der sich zu einer Hochleistungs-Denkmaschine entwickelte. Die Art und Weise, wie ich über die alltäglichen Sorgen und Probleme nachdachte, bestand in einer konditionierten Abfolge von Gedankenmustern. Drückte jemand einen gewissen Knopf, startete die Maschine damit, das Problem zu lösen. Wie ein Computer, der darauf programmiert war, einen Zahlencode auszuwerfen, versuchte ich die alltäglichen kleinen Brände zu löschen – mit Erfolg! Gelang es mir einmal nicht zu parieren, dann dachte ich meist ‚Die Welt ist einfach nur schlecht'.

Es war an einem Dienstagabend, kurz vor achtzehn Uhr, nur noch Peter Solver und ich waren damit beschäftigt, den Internetauftritt eines neuen Kunden an den Start zu bringen. Ich hatte dem Auftraggeber zugesagt, dass die Seite bis Anfang dieser Woche laufen würde. Irgendwie gestaltete sich alles schwierig, einiges funktionierte nicht wie geplant. Unser Programm stürzte ständig ab und der Kunde meldete sich stündlich. Es handelte sich um die Homepage einer Partnervermittlung, die vieler Programmierarbeit bedurfte. Ich versuchte herauszufinden, warum unser Computer ständig an ein und derselben Stelle abstürzte, während mein Mitarbeiter an einem anderen Rechner arbeitete. Das Telefon klingelte und wir zogen synchron die Augenbrauen hoch. Doch auf der anderen Seite meldete sich Clarissa, die ich schon lange nicht mehr gesprochen hatte. Wenn es bei „Bracke Druck" etwas zu besprechen gab, hatte ich selten Zeit.

„Hey Jean, wie geht's dir? Hast du noch Luft, dann schicke ich dir noch einen neuen Auftrag." „Erstens, es geht mir gut und zweitens, kriegen wir hin. Aber wie kommt's, warum macht ihr das nicht selbst?", wollte ich wissen. „Wir haben zwei Leute verloren und jetzt ist auch noch die Hälfte der Belegschaft krank oder im Urlaub. Arthur der Große bat mich zu fragen, ob du ihm aushelfen würdest?" „Oookaay, das lässt sich bestimmt machen." Ich musste darüber grinsen, dass ich mehr und mehr in den Augen Arthur Brackes wuchs.

„Clarissa, darf ich dich deswegen morgen anrufen, ich muss unbedingt etwas fertig machen. Ich verspreche es dir, morgen inklusive Kaffeeplausch, o.k.?"

„Ja geht klar", sagte sie und hängte den Hörer ein. Ich spürte ein flüchtiges Gefühl von Freude, Clarissas Stimme gehört zu haben. Irgendwie schlug mein Herz immer ein paar Mal mehr, wenn ich sie hörte. Auch wenn ich in festen Händen war und Christin aufrichtig liebte. Clarissa war einfach mein bester Freund.

Kaum hatte ich den Hörer ebenfalls eingehängt, klingelte es erneut. „Karl Hoffenberg! ...hören Sie, ich sehe noch nichts, wenn ich unsere Adresse hier im Netz eingebe", donnerte es durchs Telefon. „Entschuldigen Sie bitte, aber wir haben ein paar technische Probleme zu bewältigen", wandte ich in einem harschen Ton ein. „Wenn Sie sich mit Computern auskennen, dürfte es Ihnen bekannt sein, dass es durchaus vorkommen kann." „Ja, das interessiert mich nicht, ich zahle nicht für das nicht funktionieren, ich zahle dafür, dass es funktioniert!", schrie Hoffenberg durchs Telefon, das ich sicherheitshalber eine Handbreit von meinem Ohr weg hielt. Ich war drauf und dran, durch den Hörer zu springen, behielt aber die Nerven und gab stinkfreundlich zurück: „Herr Hoffenberg, es wäre freundlich, wenn Sie uns arbeiten ließen und geben Sie mir doch bitte Ihre Mobilnummer. Ich rufe Sie sofort an, wenn wir fertig sind." „Ich bleibe hier im Büro, bis Sie mich anrufen", grollte es. In meiner Fantasie sah ich ihn das Telefon an die Wand werfen.

Er schien jemand zu sein, dem die Nerven ständig blank lagen, vom ersten Kontakt an konnte er kein freundliches Wort finden. Er hatte alles so satt, alles machte ihm Mühe; einer derjenigen, die die Menschlichkeit vollständig begraben hatten. Nach dem Motto, „Geld regiert die Welt", ließ er die Puppen tanzen für das was er bezahlte. Dies war nur ein flüchtiger Moment, in dem ich spürte, wie unbarm herzig die Geschäftswelt sein konnte. Wie machtlos und klein man sich als Marionette in der Hand derer fühlte, die mit ihrem Geld die Fäden bewegten. Gott sei Dank waren nicht alle so. Doch die meisten unterschieden sich nicht allzu sehr von Hoffenberg. Jeder auf seine Art, ein bisschen mehr oder weniger mimten sie den Puppenspieler. Auch ich war einer, wenn ich mir luxuriöse Dinge kaufte, wenn ich irgendwo Kunde war. Im Autohaus, im Küchencenter oder in einer Boutique. Überall dort agierte ich als Puppenspieler, der es auskostete, die Fäden ziehen zu können. Eineinhalb Stunden später rief ich ihn an. „Herr Hoffenberg, wenn Sie jetzt ins Netz sehen, dann können Sie erkennen, dass alles funktioniert." „Wird auch Zeit und seien Sie froh, dass ich Ihnen das nicht in Rechnung stelle", schnauzte er durchs Telefon und legte einfach auf. Wenngleich er sich beim Bezahlen der Rechnung Zeit ließ, musste er auf seine Art doch Stärken haben. Seine Kompetenzen schienen sich allerdings mit der Idee, ein Partnervermittlungsunternehmen als Franchisesystem aufzubauen, erschöpft zu haben.

Wieso Hoffenberg sich gerade zur Partnervermittlung hingezogen fühlte, war uns allen unbegreiflich. Mit DER Art, sein Sprachorgan einzusetzen, hätte man innerhalb eines Ortes glatt auf ein Telefon verzichten können. Das bloße Öffnen von Türen und Fenstern hätte genügt." Hillberg lachte.

„Hoffenberg erwies sich jedoch trotz seiner anscheinend immerwährenden Unzufriedenheit als treuer Kunde. Auch wenn ich mir an seiner Stelle eine andere Person gewünscht hätte, sein Erfolg war unser Erfolg und wir hatten auch durch ihn immer mehr zu tun, als wir eigentlich leisten konnten. Durch die vielen Franchisepartner bekamen wir so viele Aufträge für Webgestaltung, dass ich zwei neue Leute einstellen musste, Domian Fröhlich und Mark Pastollika. Beides waren ausgezeichnete Experten im Bereich Webdesign. Ich weiß auch nicht, was mich dazu veranlasste, nur Männer einzustellen. Vielleicht wollte ich mich instinktiv nicht vom Wesentlichen ablenken lassen. Trotz meiner wirklich gut funktionierenden Crew wurde mein eigener zeitlicher Arbeitsaufwand nicht weniger, sondern mehr. Ich dachte manchmal darüber nach, dass, wenn nur einer meiner wichtigsten Kunden wegbrechen würde, ich wieder Mitarbeiter würde entlassen müssen. Ich hielt also die Ohren offen. Arthur Bracke war so ein Kunde, dem ich nichts abschlagen durfte, und so kam es immer wieder zu Engpässen und zum Verzug bei den eigenen Projekten. Arthur hatte nämlich kapiert, dass er mit den mit mir vereinbarten Kalkulationen wesentlich geringere Risiken fuhr. Er lagerte immer mehr Aufgaben aus, anstatt daran zu denken, sein Team um seine zwei verlorengegangenen Mitarbeiter wieder aufzustocken. Unterdessen kam ich mir vor wie ein Jongleur, der zehn Teller am Ende eines Stockes in Bewegung hielt.

Die Journalistin schnaubte. „Das ist es, was Selbstständigkeit bedeutet", bemerkte sie.

✪

Kapitel 4

„Es war an einem Mittwochabend und ich kam wie üblich gegen halb Neun nach Hause“, erzählte ich. Hillberg hing gespannt an meinen Lippen. „Christin war seltsamerweise noch nicht zu Hause. Auf dem Esstisch in der Küche lag ein Zettel.

„Hallo mein Schatz, ich gehe mit Corinna heute Abend aus, etwas trinken, kann später werden, bis dann! Kuss, Christin“

O.k., dachte ich. Ist besser als: ‚Du kommst immer so spät‘. Ich nahm mir das Essen, das sie mir wie meistens im Kühlschrank bereitgestellt hatte, und aß vor laufendem Fernseher. Anschließend machte ich mich auf der Couch breit. Ich musste eingeschlafen sein. Als ich wach wurde, stand Christin vor mir. Verschlafen blinzelte ich sie an und schielte mit einem Auge auf die Uhr des Sat-Receivers. Es war ein Uhr. „Wow“, meinte ich schlaftrunken. Dann war es aber schön“. „Ja, war ganz nett“, gab sie als Antwort.

„Corinna hat Probleme und wir mussten unbedingt mal schnacken“, erklärte sie mir. „Hab nix dagegen“, bemerkte ich und machte mich auf ins Schlafzimmer zu gehen. Ich nahm Christin kurz in den Arm um sie zu küssen. Dabei hatte ich den Eindruck, sie würde mich auf Abstand halten, wenngleich sie meinen Kuss erwiderte.Ich nahm es jedoch nicht ernst und legte mich schlafen.

Kurz darauf kam Christin zu mir ins Bett und legte ihre Hand an meinen Rücken. Eigentlich lag sie gerne „Löffelchen“, doch an diesem Abend war es anders. „Mir ist so warm, entgegnete sie“, als ich sie fragte ob sie sich nicht ankuscheln wollte. Den Rest der Nacht bekam ich nicht mehr mit, ich schlief tief und fest. In den darauf folgenden Tagen ging alles seinen gewohnten Gang. Ich kam spät nach

Hause und Christin zog ein langes Gesicht. Samstags in den Mittagsstunden ging es zu Opa Hans, danach zu Christins Eltern. Sie waren beide Endfünfziger und aus meiner Sicht sehr spießig. Ihr Reihenhaus mit kleinem Garten war alles, wofür sie lebten und sorgen mussten. Christins Vater, Erich Baum, war wie seine Tochter verbeamtet. Er war für das Wasserwerk tätig und schob seit dreißig Jahren Innendienst. „Welch eine Ödnis", sagte ich mir oft. Seine Frau Helga gönnte sich ein Leben als Hausfrau. Sie kümmerte sich den ganzen Tag darum, den Garten zu hegen und zu pflegen und wünschte sich nichts sehnlicher, als Enkelkinder zu bekommen. Beide achteten mich sehr, auch wenn Helga des Öfteren mal durch die Blume zu verstehen gab: "Na, wie sieht's denn bei euch beiden aus, wollt ihr nicht mal heiraten und Nachwuchs haben?" Ich wiegelte es immer ganz geschickt ab, indem ich sagte: „Ja, wenn das Kind dann auch seinen Papa nicht nur von Fotos kennen soll, weil der Papa so viel mehr auf der Arbeit hängt als zu Hause, dann warten wir besser noch ein bisschen."

Wenn auch die Gesichter von Christin und Helga sich enttäuscht verzogen – es war mir egal. Ich war einfach noch nicht bereit. Ich wollte nicht einem vorgeschriebenen Muster folgen. Dieser übliche Werdegang von Kennen lernen, Heiraten und Kinder kriegen langweilte mich zu Tode. Ich hatte so viel um die Ohren und bekam immer mehr das Gefühl, nicht gelebt zu haben. Und doch war ich überzeugt, dass es sich bald einstellen würde, das wahre Leben, und darauf wollte ich in jedem Fall noch warten.

Am folgenden Mittwochabend kam ich nach Hause und fand wieder einen Zettel.

„Bin mit meinen Freundinnen aus. Essen steht im Kühlschrank. Kuss – ich liebe dich."

Ich fand es nicht störend, ich fand es sogar gut. Einen Tag für mich, an dem ich mich mal gehen lassen konnte. Ich genoss es, vorm Fernseher zu sitzen, durch das Programm zu zappen und dabei zu essen. Dieser Mittwoch war von nun an für jeden von uns reserviert. Ich spürte, es ging uns beiden dadurch besser. In den folgenden Wochen wurde ich zu Kunden nach Süddeutschland bestellt, um mir vor Ort einen Eindruck der Geschäftsfelder zu machen, die meine Kunden bedienten. Es war eine schöne Abwechslung, die ich sehr genoss. Meist war ich für zwei Tage weg. Ich versuchte Besprechungen auf Montag oder Donnerstag zu legen, da mir mein Mittwoch heilig geworden war. Hin und wieder war es jedoch terminlich nicht anders zu arrangieren und so kam es vor, dass ich von Mittwochmorgen bis Donnerstag am frühen Abend nicht zu Hause war. Christin hatte dafür sogar Verständnis. Sie wirkte irgendwie ausgeglichener als je zuvor und auch sie schien sich mit meiner beruflichen Situation zu arrangieren.

Sechs Monate später erwartete mich ein Münchner Modemacher in seinen Räumen, um mir einen Einblick in seine Geschäftswelt zu gewähren. Hier entstanden Designs, die für die breite Masse der Bevölkerung unerschwinglich waren. Es war die „Crème de la Crème", so wurde mir berichtet, wenngleich mir diese Art Mode viel zu bieder erschien. Aber was sollte es, er war ein Kunde, der seinen außergewöhnlichen Geschmack außergewöhnlich stilvoll präsentieren wollte. Ich wurde als Gast hofiert wie ein König. „Das krasse Gegenteil von Hoffenberg", dachte ich und empfand dabei wieder richtigen Spaß an meiner Arbeit. „Menschlichkeit ist einer der wichtigsten Aspekte, wenn ich Geschäfte mache", flüsterte mir Heinrich Floshammer zu, als wäre es sein persönliches Rezept für großen Erfolg. Nach einem gemeinsamen Mahl starteten wir eine Konferenzschaltung zu meinem

Büro. Es war die einfachste Art, um meine Mitarbeiter und mich von Anfang an auf gleichen Wissensstand zu bringen. Wir kamen zügig auf das Wesentlichste und wurden uns schnell handelseinig. Der Vertrag wurde für vierundzwanzig Monate geschlossen, was mein finanzielles Sicherheitspolster abermals erhöhte. Kurz bevor ich die Geschäftsräume von Heinrich Floshammer verließ, bekam ich einen Anruf. Der für den nächsten Tag in Nürnberg anberaumte Termin war wegen eines Krankheitsfalles abgesagt worden. Ich konnte also nach Hause fahren. „Nicht schlimm", dachte ich. „It's crime time! So kann ich den Mittwoch für mich gestalten. Wenn ich jetzt sofort die Heimreise antrete, bin ich pünktlich zum Krimi zurück." Ich stieg ins Auto und schickte Christin eine SMS mit der Nachricht,

„Termin verschoben, komme heute Abend schon.
Freu mich auf Dich! Küsse Jean"

Auf der Rückreise wurde mir bewusst, wie viel Glück ich doch hatte, auch wenn dieses Glück sich mehr auf meine beruflichen Aktivitäten beschränkte. Es tat gut, gebraucht zu werden, zu etwas nützlich zu sein. Aber ich wollte mehr, ich wollte höher, weiter und schneller sein als all die anderen, was mir gelang. Es war nur eine Frage der Zeit, wann wir auch in den angrenzenden Ländern Geschäftspartner finden würden. ‚Dem Kosmopoliten steht nichts mehr im Wege, ich bin offen für die Welt', strotzte ich bei diesen Gedanken vor Selbstbewusstsein. Gegen zwanzig Uhr kam ich zu Hause an, knapp sechshundert Kilometer lagen hinter mir. Ich betrat das Haus und erspähte vom Flur aus Christins zur Routine gewordenen Zettel. Doch diesmal war es ein Brief, daneben lag eine Rose drapiert.

Es schien, als spitzte Hillberg buchstäblich die Ohren. Ihr Interesse wuchs und sie schien angespannt die Bestätigung ihrer Vorahnung zu erwarten. Doch allein ich wusste, wie sich die Dinge zugetragen hatten. Ich fuhr weiter fort.

„Nachdem ich meinen Trolli abgestellt hatte, setzte ich mich an den Esstisch, um ihre Zeilen zu lesen.

Mein lieber Schatz,

ich hoffe, Du hattest eine gute Fahrt!? Ich bin wie immer heute Abend aus. In der letzten Zeit habe ich ganz viel über uns nachgedacht und ich stelle immer wieder fest, dass ich Dich sehr liebe. Auch wenn ich mir vieles in unserer Beziehung anders wünschen würde, ändert es nichts an dem, was ich für Dich empfinde.

Jeder einzelne Streit, jede Diskussion mit Dir ändert nichts an dem Gefühl für uns. Ich hoffe Du empfindest genauso! Manchmal müssen Dinge passieren, damit uns das wirklich Wichtige bewusst wird. Vielleicht wirst Du es seltsam finden, dass ich Dir dies schreibe und nicht selbst sage. Ich kenne den tieferen Grund auch nicht, aber mir war einfach danach, als müsste ich es Dich jetzt wissen lassen. Und da es vielleicht später wird und Du dann vielleicht schläfst, habe ich einfach dem Gefühl nachgegeben.

Ich liebe dich, Deine Christin

Der Brief berührte mich tief und auch mir wurde bewusst, wie sehr ich Christin doch liebte. Alles was wichtig war, war unser Gefühl füreinander, das ich viel zu sehr vernachlässigt hatte. Ich kümmerte mich wirklich um alles, außer um unsere Beziehung. In diesem Moment stellte ich fest, dass ich viel zu egoistisch war, nur meine eigenen Ziele verfolgte. Bis auf ein paar schöne Wochenenden, an denen wir gemeinsam etwas unternahmen, hatte ich mir nie für

Christin Zeit genommen. Ich stellte die Firma und das finanzielle „Über-Leben“ in den Vordergrund. Es gab weder größere gemeinsame Urlaube, noch besinnliche Abende, um diese Disharmonie auszugleichen. Ich hatte so viel verloren, wünschte mir eine richtige, intakte Familie, doch zugleich trat ich jedes familiäre Gefühl, das sich entwickeln wollte, mit Füßen. War es die Furcht, am Ende doch alles wieder verlieren zu können? Die Angst, die ich aus meiner Kindheit mit mir geschleppt hatte? Die Angst davor, solch ein Trauma noch einmal erleben zu müssen? Schottete ich mich deshalb ab, entwickelte ich mich deshalb zu einer Maschine? Ich gab selbst die Antwort. Insgeheim wollte ich dem Schicksal keine Chance mehr lassen. Ich spürte diese falsche ‚Wahrheit‘ in mir, die mein Leben bestimmte. Sie war tief in mir vergraben und ihre Wirkung zeigte sich an jedem einzelnen Tag. Auch wenn es mir zu keiner Zeit bewusst war, diese tiefen Ängste bestimmten mein Verhalten. Das Verhalten gegenüber Christin, gegenüber meinen Mitarbeitern, gegenüber Freunden oder Kunden. Ich war überrascht über diese Einsicht, überrascht über die Fähigkeit, so reflektiert denken zu können. Ich war sicher aus meiner Sicht kein ignorantes, oberflächliches Arschloch und dennoch benahm ich mich so.“

Hillberg schmunzelte. „Doch an diesem Punkt diese tiefere Wahrheit in mir zu erkennen, beeindruckte mich. Vielleicht war ich schon immer so gewesen. Vielleicht hatte nur der Schmerz, den ich hatte ertragen müssen, in mir die unbewusste Vorstellung geschaffen, mir einen Schutzpanzer zulegen zu müssen. Vielleicht hatte ich schon immer die Fähigkeit besessen, die Wahrheit in den Dingen zu erkennen. Ich war sicher, meine Ängste waren der Grund dafür, mich nicht mit den emotionalen Themen meines Lebens auseinanderzusetzen.

Ich sann noch einige Minuten darüber nach und schickte Christine eine SMS.

„Sei achtsam, ich brauche Dich“

„Wie süß“, meinte die Journalistin. Ich nickte nur, denn ich war in Gedanken schon bei dem, was nun folgen würde.

„Irgendwie war ich wie ausgetauscht. Ich spürte ein vollkommen tiefes, sanftes Gefühl durch diese neue Erkenntnis und zugleich eine Unruhe, die mich kaum an etwas anderes denken ließ als an Christin“, schilderte ich es Hillberg, die fleißig Notizen machte. „Ich versuchte herunterzukommen und machte mich auf dem Sofa breit, aß ein paar Happen und trank ein Glas Wein. Den Film sah ich nicht wirklich, die Augen waren müde von der anstrengenden Fahrt. Ich nickte ein und wurde erst wieder durch die erhöhte Lautstärke der Fernsehwerbung wach, als der Film zu Ende war. Im Bad putzte ich mir die Zähne und warf mich kurz unter die Dusche. Dann legte ich mich ins Bett und schlief mit den Gedanken ein, die mich zuvor so verblüfft hatten. Es war etwa drei Uhr in der Nacht als ich vom Drang zur Toilette kurz aufwachte. Eine Reaktion auf das Glas Rotwein, die sich immer wenn ich Alkohol trank bemerkbar machte. Mit verschlafenen Augen schielte ich zur Uhr und bemerkte blaue Lichtblitze und einen Wagen, der vor unserer Tür zum Stehen kam.“ Hillberg verzog das Gesicht, sie war gespannt auf jedes weitere Wort.

„Sofort war ich hellwach und wartete aufrecht sitzend ab. Christins Bett war leer. Ich wagte nicht weiter zu denken, dass etwas passiert sein könnte. Dann vernahm ich das Schlagen zweier Wagentüren, die nacheinander ins Schloss fielen. Es baute sich ein ungeheuer angespanntes Gefühl in mir auf. Die herannahenden Schritte zur Haustür und endlich das Klingeln der Hausschelle – es fühlte sich an wie ein Schlag in die Magengrube. In der Erwartung an etwas Unbekanntes, etwas Übles, sprang ich auf, streifte mir eine Hose über und lief zur Haustür, die ich öffnete. „Herr Jean Degrange?“ „Ja“, sagte ich. „Sind wir hier auch richtig bei Frau Christin Baum?“, wollte der Beamte wissen. Es waren zwei Polizisten in Uniform. Ein Älterer, Mitte fünfzig, mit Schnauzbart und einer etwas rundlichen Figur, begleitet von einem jungen Polizisten, Ende zwanzig, standen mir leicht versetzt gegenüber. Der Jüngere machte den Anschein, als versteckte er sich hinter seinem Kollegen.

„Dürfen wir einen Augenblick reinkommen?“, fragte der Ältere und schaute mir in die Augen. Sein Blick nahm alles vorweg – es war, als vernahm ich die später folgenden Worte nur noch als letzte Bestätigung für das Gefühl, dass jetzt schon in mir Bände sprach. Ich ließ sie herein und bot ihnen einen Platz im Wohnzimmer an. Beide ließen sich auf der Vorderkante von Sessel und Couch nieder. Ich zog mir einen Stuhl vom Esstisch heran, setzte mich dazu und rieb mir nervös die Hände.

„Sind Sie der Lebensgefährte?“, versicherte sich der Polizist noch einmal, der sichtlich um Worte rang. „Ja, können Sie mir vielleicht endlich sagen was los ist?“, fuhr ich ungeduldig dazwischen.

„Herr Degrange, ihre Lebensgefährtin hatte einen schlimmen Unfall. Sie hatte anscheinend einen Reifenplatzer und überschlug sich mehrmals. Ihre Lebensgefährtin ...“, druckste der Polizist, „sie ist ums Leben gekommen.“

„Ich starrte erst den Dickeren und dann den Jüngeren an. Der junge Polizist konnte diese Situation kaum ertragen und wich meinem entsetzten, fragenden Blick aus. Verlegen hob und senkte er seinen Kopf in alle Richtungen.

Mein Blick war wie eingefroren. Der Polizist stellte noch ein paar Fragen, die ich wie durch dicke Watte nur unverständlich wahrnahm. Er telefonierte und forderte einen Rettungswagen an, dessen Eintreffen ich allerdings nicht mehr bewusst erlebte. Ich musste vom Stuhl gekippt sein und hatte mir dabei noch eine Platzwunde am Kopf zugezogen. Irgendwann wurde ich im Krankenwagen wach und sah einen Sanitäter neben mir sitzen, den Blick auf einen Überwachungsmonitor gerichtet. Eine Sauerstoffmaske bedeckte Mund und Nase und ich nahm alles um mich herum wie in Trance wahr. Stunden später an diesem Tag erwachte ich im Bett und erblickte David Berg, meinen Mitarbeiter. Wie die Polizei festgestellt hatte, gab es nur einen alten, sehr kränklichen Mann, der als mein nächster Familienangehöriger galt. Sie zogen es vor, ihn nicht mit der Situation zu belasten. Christins Eltern waren ebenfalls informiert worden. Wie ich später erfuhr, hatte Erich aufgrund der Nachricht einen Herzanfall bekommen. Helga, Christins Mutter, war unter starke Beruhigungsmittel gestellt worden.

„Es tut uns allen so Leid", sagte David. „Wir sind für dich da...", versprach er mitfühlend. Unsicher und ohnmächtig an der Situation etwas ändern zu können, stand er vor mir, drückte meine Hand. Er war Mensch, er fühlte meinen Schmerz. Wortlose und vollkommene Leere sprachen aus meinem Gesicht. Es gab nichts, das ich hätte sagen können, nichts, dass an der Tatsache etwas änderte. Sie war tot. Nach einer Weile kam ein Arzt ins Zimmer. Empathisch schlug er mir vor, noch bis zum nächsten Tag zu bleiben, was ich zunächst annahm. Sicher, ich war Privatpatient und für solche war hier immer ein Platz, doch ich spürte auch, dass dieser Arzt mitfühlte. Als er das Zimmer verlassen hatte, kam ihm die Krankenschwester entgegen, der er eine Anweisung erteilte, die ich aus der Entfernung nicht verstand. Nach ein paar Minuten betrat sie das Zimmer, eine Spritze in der Hand. Mit einer Handgeste wehrte ich ab, doch sie lächelte und stellte ein kleines Döschen mit einer Tablette auf den Nachttisch. „Nehmen Sie die besser, glauben Sie mir – ist wirklich jetzt besser für Sie", sagte sie in einem sehr fürsorglichen Ton.

Ich war noch nicht in der Lage, irgendeine Entscheidung zu treffen, lag lethargisch im Bett, mit dem Blick alles durchdringend, ohne jedoch wirklich etwas bewusst zu sehen. David war mittlerweile zurück zur Firma gefahren, versprach mir aber, dass er nach Feierabend noch einmal hereinkommen würde."

„Ich denke, wir machen für heute Schluss", kam ich ihrem unausgesprochenen Wunsch nach. „Das ist harter Tobak", erwiderte Hillberg mit einem Seufzer. „Ich schätze, ich muss jetzt eine Runde joggen, mich abreagieren, um einen halbwegs klaren Kopf zu bekommen", meinte sie. Ich nickte verständnisvoll. „Wir sehen uns Morgen, um fünfzehn Uhr?" fragte ich. „Ja, bis Morgen", antwortete sie, nahm mich einfach in den Arm und ging. Ich zog meinen Sportdress an und setzte ihre Idee, Laufen zu gehen, ebenfalls in die Tat um.

Am nächsten Tag ging es weiter. Stefanie Hillberg war pünktlich um drei bei mir. Es war ein wunderschöner Tag und wir setzten unser Interview fort. „Ich habe noch viel über das, was Sie mir erzählt haben, nachgedacht. Also, wenn es Ihnen heute schwer fällt, darüber zu...", versuchte sie mir mit größtmöglicher Rücksicht entgegen zu kommen.

„Nein. Es ist in Ordnung, " erwiderte ich. „Es hat sich viel getan. Und... Ja, ich komme damit klar", beantwortete ich die Frage, die sie noch nicht ausgesprochen hatte. „Mit einem langgezogenen „Okay", bedeutete sie mir, fortzufahren.

„Ich lag also dort im Krankenhaus und mit den Stunden, die vergingen, kamen die Fragen. Was war genau passiert und vor allem wo? Die Polizisten hatten mir nichts weiter gesagt. Vielleicht hatten sie es vorgehabt, ich hatte ja in ihrem Beisein einen Schock erlitten.

Die Wirkung der Beruhigungsspritze ließ nach und allmählich kam ich zur Besinnung. Die Tablette, die mir die Schwester angeboten hatte, stand unberührt auf dem Nachtschrank. Ich musste raus. Die Gedanken und Fragen kreisten in meinem Kopf wie ein Schwarm Stechmücken. Ich richtete mich auf und versuchte an meine Jacke zu kommen, die über der Stuhllehne hing. Alles drehte sich. Ich hangelte mich zum Stuhl vor, nahm mein Mobiltelefon und rief David an, der schon auf dem Weg zu mir war.

Ich ließ mich auf eigene Verantwortung entlassen und bat David, mich nach Hause zu fahren, was er dann auch tat. Er besorgte mir noch ein paar Lebensmittel, obwohl mir nicht danach war, auch nur an Essen zu denken. Es kostete mich große Überwindung, einen Schritt in das Haus zu setzen – als hätte mir dieser Ort etwas Schlimmes angetan. Doch es war nur unser gemeinsames Zuhause, das mein Gehirn mit der schrecklichen Nachricht in Verbindung brachte. Alles war so still und leblos. Ein tiefes Gefühl von Einsamkeit überkam mich. Was sollte ich tun, ich konnte mir nicht vorstellen hier bleiben zu können, zumindest nicht alleine. Dennoch hätte ich es sehr befremdlich gefunden, meinen Mitarbeiter zu bitten, bei mir zu bleiben. Ich hatte jetzt genug zu tun. Ich musste zu Christins Eltern Kontakt aufnehmen. Und Opa Hans wusste noch überhaupt nichts von dieser Tragödie. Ich beschloss mir einen Tee zu machen und Helga anzurufen. Vielleicht waren sie imstande mit mir zu sprechen. Ich wollte nur sicher gehen, dass sie zu Hause waren. Das Telefon läutete bereits das fünfte Mal und ich wollte schon auflegen, da meldete sich Helga mit stark angeschlagener Stimme. „Baum, hallo.“ „Hier ist Jean, sag nichts. Darf ich vorbei kommen?“, würgte ich ihren Versuch, weiterzusprechen ab. „Ja, gern“, erwiderte sie. Ich rief ein Taxi und fuhr zu ihnen. Helgas Schwester Margarete war zugegen und kümmerte sich. Sie war zehn Jahre jünger als Helga und eine sehr aufgeschlossenen und intelligente Person. Wir redeten, weinten miteinander und beruhigten uns gegenseitig. Erich war inzwischen auf einer Wachstation, außer Lebensgefahr. Seinen Herzanfall hätte er wahrscheinlich auch so irgendwann bekommen. Man stellte Verengungen der Herzkranzgefäße fest und ergriff entsprechende Maßnahmen. Auf die Frage, wo Christins Unfall sich ereignet hatte, erwiderte Helga: „Die Polizei sagte, es sei auf der A4 Aachen, Richtung Köln passiert. Weißt du, was Christin dort wollte?“.

„Ich nehme an, sie war mit Corinna unterwegs“, entgegnete ich ihr. „Nein sie saß allein im Auto“, wandte Helga ein. Ich rief sofort bei Corinna an. Corinna war Christins beste Freundin. Sie arbeitete als Friseurin und das sah man ihr an. Sie hatte stets die flippigsten Frisuren, rosa oder grüne Strähnen, für meinen Geschmack etwas zu viel. Sie war eine ausgesprochen hübsche Erscheinung, der es aber trotz aller Bemühungen nicht gelang, es mit einem Mann länger als ein paar Monate auszuhalten. Ihre Ansprüche waren sehr hoch und sie war das, was man landläufig als „etwas einfach gestrickt“ bezeichnete. Doch ich hielt sie zumindest für aufrichtig. Allzu gerne hätte sie jemanden kennengelernt, der erfolgreich und vermögend war. Ich hatte oft den Eindruck, dass sie zu mir sehr nett war, eine Spur zu nett für meinen Geschmack. Es vermittelte mir so etwas wie: „Wenn da Christine nicht wäre, mein Lieber, dann würde ich sicher einen Versuch starten!“ Hillberg schmunzelte.

„Ich kommunizierte es gegenüber Christin nie, denn von meiner Seite wäre da keine Gefahr ausgegangen. Sie war einfach nicht mein Typ. Selbst wenn, " versuchte ich der Story-Schreiberin klar zu machen, es wäre nicht meine Art gewesen, mehrere Eisen im Feuer zu haben." Hillberg bestätigte kopfnickend, dass sie verstanden hatte.

Ich erzählte weiter. „Corinna ging sofort ans Telefon, schien aber nichts zu wissen. Ich klärte sie darüber auf, was passiert war. Sie sagte mir, sie wären in Aachen in einem Bistro gewesen. „Jean, wir waren zu fünft unterwegs und Corinna wollte mit ihrem eigenen Wagen fahren, weil ihr ja oft als Beifahrer schlecht wird", schluchzte sie und ich verstand durch ihre tränenerstickte Stimme nur die Hälfte. Corinna erklärte weiter, sie wären vor ihr weggefahren und hätten somit nichts von alledem mitbekommen. Sie wollte gleich zu mir kommen, aber ich lehnte ab, weil ich nicht zu Hause war. Wir verabredeten uns für den nächsten Tag um neunzehn Uhr. ‚Seltsam', dachte ich, nachdem ich aufgelegt hatte. ‚Was wollten die ausgerechnet in Aachen, wo Köln so viel an Ausgehmöglichkeiten zu bieten hat?'" Hillberg verstand die Gedanken und Fragen, die mich wohl in dieser Zeit beschäftigt hatten.

„Aber egal, es war jetzt nicht so wichtig und früher oder später würde ich es wissen. Ich teilte Helga mit, was ich erfahren hatte. Und da war es wieder, das Gefühl des Zusammenhaltens in schwerster Not. Die Gedanken gingen seltsame Wege. Immer wieder musste ich feststellen, dass erst Schlimmeres passieren musste, um das Wichtigste zu erkennen. Das Wichtigste war der Mensch, sein Leben und die Verbindung mit ihm. Alles andere trat in den Hintergrund. Jede charakterliche Schwäche, jeder Makel spielte keine Rolle mehr. Es war alles vergeben und vergessen, was im Alltag das Zusammenleben erschwerte.

Ich hatte aus den vergangenen Erfahrungen menschlicher Verluste nichts von diesem Wissen bewahrt. Mit dem Alltag traten wieder andere Dinge ins Rampenlicht und erklärten sich zum wichtigsten Ereignis des Lebens. Es überraschte mich allerdings nicht mehr, weder die eigene Dummheit, noch die der anderen Menschen. Sie unterschieden sich nicht wesentlich von mir. Die einen mehr, die anderen weniger. Der Mensch schien einfach so gestrickt. Die Welt hielt auch nicht für eine Sekunde an, wenn jemand ging. Das Rad des Lebens drehte sich. Für die einen wurde es ein unauslöschlich schwarzer Tag, andere feierten die Geburt eines Kindes, feierten Gewinne oder gute Geschäfte, verliebten sich, trennten sich. Mit jedem Tag des Abstands von Glück oder Leid, verblasste alles zur farblosen Erinnerung, die entweder Traurigkeit oder ein Lächeln in ein Gesicht zauberte." Hillberg lächelte zu alledem zustimmend.

„Es war schon sehr spät, als ich Christins Elternhaus verließ. Der Gang in unser Haus war von einer Schwere begleitet, als hätte ich etwas Schlimmes angerichtet. Es war ein Gefühl von Schuld. Auch wenn ich mir die Situation, auf die ich offensichtlich keinen Einfluss hatte, immer wieder bewusst machte, es lag ein Zentner Steine auf meinen Schultern, den ich nicht ablegen konnte. Die Nacht schien nicht vorbeizugehen. Ich ging alles durch. Hätte man etwas am Wagen bemerken sollen? Ich wollte es wissen und nahm mir vor, den Unfallwagen zu besichtigen und mit dem Werkstattmeister zu sprechen.

Immer wieder versuchte ich im Geiste irgendetwas aktiv zu unternehmen, als könnte ich noch etwas an der Situation ändern. Die ganze Nacht wälzte ich mich umher, stand auf, bekam Heulkrämpfe, legte mich wieder hin, stand wieder auf. Dann fiel mir ein, ich hatte die Beruhigungspille noch in meiner Jacke. Kurz bevor ich gegangen war, hatte ich sie noch eingesteckt, für alle Fälle. Ich nahm sie sofort ein. Am Morgen stand ich auf, müder und fertiger, als ich ins Bett gegangen war. Dunkle Augenringe zeichneten sich unter geröteten Augenlidern ab. Nach einer Tasse Kaffee und einem einzigen Bissen von einer Schnitte Brot rief ich in der Firma an. Nacheinander sprach ich mit jedem, sie alle bemühten sich um Mitgefühl. Ich vereinbarte, alle Termine zu verlegen und Anfragen erst einmal zu verschieben. Danach fuhr ich zu Opa Hans, ohne eine Ahnung zu haben, wie ich es ihm beibringen sollte." Hilbergs Blick war voller Mitgefühl.

„Opa Hans war erstaunlich gut drauf", erzählte ich. „Er strahlte, als er mich sah. „Hallo mein Junge, du hier um diese Zeit? Musst du nicht arbeiten?", fragte er ahnungslos.

„Nein Opa, ich ... ich muss dir etwas sagen", stammelte ich, wobei meine Augenlider sich mit Tränen füllten. Ich konnte es kaum aussprechen. Er begriff nicht – mir war, als würde es ihn überhaupt nicht erreichen, was ich ihm mitteilte. Erst nach einer Weile ließ er sich in seinen alten Ohrensessel fallen. „Was hat diese Familie nur verbrochen, warum haben wir dieses Los gezogen?", brachte er mit heiserer Stimme heraus. Ich erzählte alles, was ich über das Geschehene wusste, und er bemühte sich, mir sein volles Mitgefühl zu geben. „Warum hat der Herrgott um Himmelswillen nicht mich genommen, ich wäre so gerne gegangen. Ich verstehe diese Welt nicht mehr", klagte der kränkliche, alte Mann. Einen Augenblick später stand Olga, die Pflegerin in der Tür. Sie hatte einen Schlüssel, klopfte an und kam herein. Auch sie war erschrocken und zutiefst berührt, als sie es erfuhr. Ich bat sie, auf den alten Herrn aufzupassen, verabschiedete mich und versuchte mich stark zu zeigen. Ich erledigte alle formellen Angelegenheiten, sprach mich mit Christins Eltern ab und versuchte zu funktionieren. Nachdem ich mit einem Werkstattmeister gesprochen hatte, sah ich mir das Auto an, das total zerstört war. Im Fußraum des Wagens fand ich einen kleinen Teddybär-Anhänger, den ich ihr einmal als Glücksbringer geschenkt hatte. Ein furchtbares Gefühl von Traurigkeit überflutete mich in Wellen. Ich steckte den Anhänger in die Tasche. Es schien mir alles wertvoll, was ihre Finger je berührt hatten.

Am späten Nachmittag legte ich mich hin und versuchte ein bisschen Kraft zu tanken. Vor Erschöpfung nickte ich sofort ein, bis ich irgendwann die Türschelle vernahm. Ich erschrak so heftig, dass ich kurz aufschrie.

Als ich zur Uhr blickte, fiel mir ein, dass es nur Corinna sein konnte. Sie war es. Wir nahmen uns in den Arm und heulten eine Runde und kamen dann langsam ins Erzählen. „Es lief in der letzten Zeit nicht besonders gut bei euch", sagte sie, als die Tränen weniger wurden.

„Ja das stimmt wohl, aber wir hätten das wieder hinbekommen", entgegnete ich ihr mit kratziger Stimme. Corinnas Blick sagte jedoch etwas anderes, er druckte Bedenken aus. „Ja ihr hättet das bestimmt wieder hinbekommen, aber Christin war schon sehr verzweifelt", bemerkte sie. ‚O.k.', dachte ich und wollte nicht weiter fragen. Die Art, wie sie es mir sagte, enthielt noch ein paar mehr Informationen, die ich jetzt besser nicht wissen wollte. Ich wollte nichts hören, was das Bild, das ich von Christin hatte, eintrüben würde. Also beließ ich es dabei, keine Fragen zu stellen.

Tage später wurde Christin auf dem Westfriedhof beigesetzt, an einem der schwärzesten Tage in meinem Leben. Opa Hans konnte nicht mit, er war zu schwach.

Die Kirche war voll, Erich und Helga saßen mit mir in den vorderen Reihen. Erich war aus dem Krankenhaus entlassen worden, wenngleich auf eigene Verantwortung. Er hatte natürlich unbedingt bei der Beisetzung dabei sein wollen, obwohl dieses Kirchenritual der Folter lediglich die Krone aufsetzte. Niemand wollte wirklich hier stehen oder sitzen. Es war lediglich dazu gut, den Verbliebenen zu zeigen, dass man Anteil nahm. Doch ich war überzeugt, Christin legte bestimmt mehr Wert darauf, sie auch danach nicht zu vergessen. Doch wie sah die Realität aus? Auch wenn ich niemandem in den Kopf schauen konnte: Es hatte oftmals den Anschein, dass ein Mensch, wenn er von dieser Erde ging, nach einem Jahr für viele nur noch ein blasses Bild der Erinnerung war. Wie sehr hätte ich mir eine starke Schulter gewünscht, jemanden, der mich in den Arm nahm und mit mir diese ganze Sache durchstand. Selbst wenn es mein Vater gewesen wäre, den ich eigentlich aus meinem Leben, aus meinen Gedanken komplett gestrichen hatte – in diesen Momenten hätte ich ihm alles vergeben, wenn er nur bei mir gewesen wäre und mir etwas Trost gespendet hätte.

Es gab niemanden mehr, außer Opa Hans, der selbst alle Hände voll mit sich zu tun hatte. Ich war alleine. Und diese Beisetzung hatte es in sich. Nach der Predigt ertönte aus dem Chor ein Gesangsduo, das „Time to say Goodby" sang. Als wären wir nicht genug berührt gewesen von dem Schmerz, der uns bis in die letzte Zelle durchdrang. Ich war sicher, jeder in der Kirche weinte. Bis heute weiß ich nicht, wer dafür verantwortlich war, wer dieses Gesangsduo engagiert hatte." Die Journalistin verzog mit einem schmerzlichen Ausdruck das Gesicht. „Der Grabgang machte noch einmal mehr deutlich, wie endgültig der Tod war. Viele fühlten sich dazu verpflichtet, persönlich ihr Mitgefühl am Grab kund zu tun. Es war ein guter Gedanke, der dahinter stand, aber ich fand es grausam. Ich war nicht in der Verfassung, noch irgendetwas auszuhalten, meine mentale und emotionale Kraft war auf dem Nullpunkt. Ich versuchte dennoch dafür Dankbarkeit auszudrücken, Dankbarkeit für diese Vergewaltigung meiner Gefühle. Wir, der engste Familienkreis standen lange am Grab und versuchten uns von Christin zu verabschieden. Es war für uns alle nicht zu begreifen, irgendwie warteten wir beinahe darauf, dass sie gleich um die Ecke käme. Das Gehirn war langsam, brauchte lange, bis es begriffen hatte. Viel zu sehr hatte sich Christins ‚Lebendigsein' in unsere Hirnwindungen gegraben. Mit jedem Tag, der verging, wurde die Lücke deutlicher, die sie hinterließ. Das Haus war leer und leblos, was ein Gefühl von trostloser Einsamkeit hervorrief. Ich konnte nichts mehr mit Christin klären. Dieser Eindruck, den Christins beste Freundin Corinna bei ihrem Besuch hinterlassen hatte, schwirrte immer wieder in meinem Kopf herum. Ihr Blick hatte mehr gesagt... Hatte Christin ein Verhältnis? Wollte sie mich am Ende verlassen? Sollte ich Corinna fragen, um die Wahrheit bitten? So wäre ich für mich noch mehr im Unreinen mit Christin. Ich wollte nichts Ungeklärtes, der Gedanke dass Christin mich nicht mehr liebte, wäre für mich nicht zu ertragen gewesen. Aber irgendetwas stimmte nicht, ich fühlte es ganz deutlich.

In den nachfolgenden Tagen ging ich dennoch zur Arbeit. Ich musste unter Leute, denn zu Hause konnte ich mich kaum aufhalten. Ich brauchte diese Ablenkung und so setzte ich Kummer in Arbeitseifer um. Meine Mitarbeiter waren froh darüber. Doch außer David war anscheinend keiner in der Lage, die Verantwortung für Entscheidungen zu übernehmen. David jonglierte mit den Terminen. Er führte Gespräche in meinem Auftrag und legte alles beiseite, was meiner Zustimmung bedurfte.

Der Münchner Modemacher verschaffte mir den Sprung über die Grenzen Deutschlands hinaus. Ich nahm jeden Termin an, den ich nur bekommen konnte, um nicht unser gemeinsames Haus betreten zu müssen. Christins Eltern erklärte ich meine Strategie, mit den Tatsachen zurecht zu kommen, um ihnen nicht das Gefühl zu geben, dass mir Christins Tod gleichgültig wäre. Wir versprachen uns auch, den Kontakt weiterhin zu halten. Doch bei allem Arbeitseifer musste ich immer daran denken, dass Christin möglicherweise eine Entscheidung gefällt hatte. Eine Entscheidung gegen mich. Es ließ mich in diesen Momenten nicht mehr los. Wie gerne wollte ich mir ihrer Liebe bis zum letzten Tag gewiss sein. Ich schaffte es immer wieder, mich diesen Gedanken zu entziehen, auch wenn es großer Anstrengung bedurfte, meinen Wissensdurst abzulenken. Zugleich verspürte ich das Bedürfnis, etwas in meinem Leben zu ändern. Wenn etwas zwischen uns geraten sein sollte, dann war es deshalb, weil ich zu wenig Zeit für sie gehabt hatte. Es war der einzig relevante Kritikpunkt in unserer Beziehung. Nur, jetzt war der Arbeitseifer das Mittel der Wahl, um mich über die Zeit zu bringen. Die Wunden, die immer wieder in meinem Leben bluteten, mussten heilen. Sie konnten nicht heilen, indem ich den Verband immer wieder öffnete um nachzusehen, wie schlimm es doch war. Sie brauchten Ruhe. Doch ich nahm mir vor etwas zu verändern – nur nicht für den Moment.

Kapitel 5

Etwa sechs Monate später, als ich auf einem Außentermin in Österreich war, rief mich David an und bat mich, möglichst umgehend nach Hause zu kommen, es gäbe wichtige Korrespondenz zu unterzeichnen. Ich hatte mir nämlich meine Außentermine schon einige Male verlängert, indem ich einen Wellnesstag für die Seele einlegte. Es tat mir gut, einmal nicht von irgendjemandem auf mein Befinden angesprochen zu werden. Ich konnte die Fragerei, so mitfühlend und fürsorglich sie gemeint war, nicht mehr ertragen. „Wie geht's dir denn? Kommst du zurecht? Sie fehlt dir bestimmt sehr! Es tut mir sooo Leid." Was sollte ich darauf antworten? Es war die stetige Erinnerung an all den Schmerz, den ich ohnehin in jedem Moment unterschwellig fühlte. Diese Fragen bohrten in meinen Wunden, doch niemand wusste damit umzugehen. Als ich das Büro betrat, schauten alle ziemlich seltsam. David nahm mich am Arm und bat mich ins Büro. „Dein Opa Hans ist gestern gestorben. Ich wollte dir nichts am Telefon sagen, du hattest eine lange Fahrt vor dir, verzeih", erzählte er mir ohne Umschweife und blickte dabei verlegen zur Seite.

Diese Nachricht schockte mich zwar erneut, aber zugleich war ich auch ruhig. Ich spürte diesen Schmerz und doch wusste ich, dass es sein Wunsch gewesen war, zu gehen. Sicher hatte er nichts mehr ertragen können. Das ganze Drama der eigenen Tochter – von ihrer missratenen Ehe bis zu ihrem Tod – dann der tragische Verlust seiner Frau, und nun Christin. Er war dreiundachtzig und was hätte das Leben ihm noch zu bieten gehabt?

Auch wenn ich sehr an hm hing, auch wenn er mein Vaterersatz war, ließ mich die Nachricht von seinem Tod für den Moment erstaunlicherweise ruhig. Wenn jemand hatte gehen wollen, dann er. Olga, die Pflegerin, bemühte sich um alles Notwendige. Sie besaß durch ihren Beruf Erfahrung mit Sterbefällen und half, wo es ging.

Am Tag der Beisetzung wurde mir der Verlust dann doch sehr bewusst. Auch wenn ich seinen Wunsch zu gehen berücksichtigen konnte; das Leben wollte ich nicht verstehen. Es nahm mir alles, was mir ans Herz gewachsen war. Es wurde mir klar, wie sehr ich meinen Vater gebraucht hätte. Ich dachte nur selten an ihn. Das einzige Bild, das mir von ihm stets vor Augen stand, war das, wie er auf meiner Mutter saß und auf sie einschlug. Ich konnte es nicht vergessen. Wie konnte ein Mensch so außer Kontrolle geraten? ‚Was ist wohl aus ihm geworden? Lebt er noch oder hat er sich zu Tode gesoffen?', grübelte ich darüber nach. Ich verspürte einen flüchtigen Moment des Interesses, etwas darüber zu erfahren, das ich aber gleich wieder verdrängte.

Jetzt war die ganze Familie auf der anderen Seite des Lebens. Gab es doch so etwas wie Karma? – musste ich die Zeche zahlen, weil ich vielleicht in einem früheren Leben ein Monster gewesen war?

War ich verflucht oder wurde ich gestraft, weil ich mich schwertat an Gott zu glauben? Ich hatte bisher für Glauben nicht viel übrig gehabt, hatte immer Zweifel an der Bibel gehabt. Ich sagte mir immer: „Wenn jemand etwas erzählt, tut jeder etwas dazu, sodass vom Ursprünglichen nicht viel übrig bleibt." Das ging so mit einfachsten Informationen innerhalb meiner Firma, bei meinen Freunden und Bekannten."

Die Journalistin lächelte abermals zustimmend. „Immer wurden die Tatsachen verdreht und von jedem subjektiv interpretiert. Warum sollte es wohl vor zweitausend Jahren anders gewesen sein? Allein die Tatsache, dass ich kaum etwas von der Bibel verstand, hielt mich davon ab, dieser auch nur ansatzweise Aufmerksamkeit zu schenken. Aber hier kam es mir tatsächlich so vor, als spielten Kräfte mit, die nicht von dieser Welt zu sein schienen. Auch wenn der Gedanke momentan weit weg war, mich für eine andere Frau zu interessieren, stellte sich die Frage: „Würde ich immer in meinem Leben das Nachsehen haben?"

Es war eine kleine Gemeinde, die sich zur Beisetzung von Opa Hans zusammengefunden hatte. Auch ein paar meiner Freunde, die meinen Großvater kannten, waren da. Clarissa war ebenso zugegen, wie auch David und Arthur der Große sowie mein Mitarbeiter Adam Körner und Christins Eltern. Sie standen alle seitlich hinter mir, in ein paar Metern Abstand. Als die Beisetzung vorbei war, bat ich alle aus dem engsten Kreise in ein Café mitzukommen, das ich vorher für die Trauerfeier reserviert hatte. Und wieder einmal folgten ein paar Stunden geballte Emotionen. Auch wenn ich die meisten Anwesenden doch sehr mochte – es war mir alles zu viel. Die Einzigen, die mich verstanden und mit mir entsprechend umgingen, waren David und Clarissa. Clarissa war sowieso fur mich ein Mensch, der mir Energie gab, während die meisten anderen mir die Kraft abzogen. Sie war immer noch so schön wie an jenem Tag, als ich sie von Arthur Brackes Lager aus im Büro entdeckte. Es gab mir ein vertrautes Gefühl von Verständnis und Geborgenheit, wenn sie in meiner Nähe auftauchte. „Jean, wenn du Hilfe brauchst oder jemanden zum Reden, ruf mich bitte an, ich nehme mir gern Zeit für dich", gab sie mir zu verstehen." „Ja", nickte ich ihr zu. Der Tag ging vorbei und das war gut so. Ich fuhr nach Hause und versuchte abzuschalten, indem ich den Fernseher einschaltete. Stoisch sah ich in den Kasten. Als ich mir etwas zu trinken aus dem Kühlschrank holte, bemerkte ich den Briefkastenschlüssel, der auf dem Esstisch lag. Um es nicht zu vergessen, schaute ich sofort nach. Der Briefkasten quoll über, wobei das meiste lediglich Werbung oder Rechnungen waren. So grotesk es war, setzte ich mich in dieser Situation an den Tisch und öffnete alles der Reihe nach. Unter dem Fernseher stand Christins Laptop, der mir plötzlich ins Auge fiel. Ich nahm ihn zu mir, schaltete ihn ein und öffnete weiter meine Post. Einen Moment lang zögerte ich, da ihre privaten Dinge mich nichts angingen und es nicht meine Art war, in ihren Sachen zu stöbern. Doch Christin war tot. Als ich das E-Mailpostfach öffnete, flutete eine große Anzahl von neuen Mails herein. Sie kamen von vielen verschieden Absendern, doch einer von ihnen hatte gleich ganze dreiundzwanzig E-Mails an Christin verschickt: roscha@email.fxt. Die letzte Mail hatte der Absender vor circa drei Monaten versendet. Die Texte waren alle sehr kurz und verwirrend. „Warum meldest du dich nicht mehr? Was ist los, bist du eingeschnappt? Habe ich etwas falsch gemacht? Ich habe dich schon zigmal angerufen, aber du hebst nicht mehr ab." Alle E-Mails waren gekennzeichnet mit Grüße, R. Es musste jemand sein, der nicht wusste, dass Christin einen tödlichen Unfall gehabt hatte. Allmählich verstärkte sich meine Ahnung, dass es doch jemand gab, für den Christin mehr empfunden hatte.

Zur Sicherheit ging ich noch mal alle ihre Freunde und Bekannten durch, die mir einfielen. „Doch wer unterzeichnete mit „R."?", überlegte ich angestrengt. Ich untersuchte andere Mails, fand aber niemanden mit diesem Initial, der mit ihr in Kontakt gestanden hatte. Ich wollte jedoch nicht antworten und riskieren, dass sich jemand in Ausreden flüchtete. Also setzte ich alles auf eine Karte und schrieb:

„Treffen wir uns nächsten Mittwoch? Sag wo und wann!" Und unterzeichnete mit Christin. Ich bezweifelte, eine Antwort zu erhalten, es war schließlich schon drei

Monate her, dass „R.“ das letzte Mal geschrieben hatte. Doch zwei Stunden später erklang ein kleines akustisches Signal. Es war die Antwort. „Ja, wie immer, zwanzig Uhr? Same time, same place. Grüße, R.“ „Ja super“, dachte ich „und wie krieg ich jetzt raus, wo?“ Ich schrieb erneut. Können wir uns auf dem Parkplatz A4 Raststätte „Roter Stein treffen? Erkläre dir alles!“ Kurz darauf kam prompt die Antwort. „Geht klar, freu mich. Gruß R.“

Ein beeindrucktes „Wow“ entwich Stefanie Hillberg. „Ihr Leben ist wie ein Krimi.“ „Tja, nur dass mich niemand gefragt hat, ob ich mitspielen möchte”, konterte ich mit einem aufgesetzten Lächeln. „Wir sollten morgen weiter machen“, schob ich nach. „Ich will noch ein bisschen raus. Mein Bewegungsdrang, wenn Sie verstehen was ich meine?“

„Morgen geht es leider nicht. Ich habe für die aktuelle Ausgabe noch ein paar Artikel, die unbedingt fertig werden müssen“, antwortete sie mit einem Blick des Bedauerns. „Kein Problem, was schlagen Sie vor?“, fragte ich sie. Es geht bei mir erst wieder am kommenden Mittwoch, ich hoffe, Sie nehmen es mir nicht übel?“ „Gut, dann gleiche Zeit, gleicher Ort?“, erklärte ich mich einverstanden. Mit einem „Okay“ stand die attraktive Redakteurin auf und verabschiedete sich wieder mit einer herzlichen Umarmung.

„Du nimmst es mir nicht übel, Jean, dass ich Stefanie ein bisschen über dich erzählt habe?“, fragte mein bester Freund. „Nein, es ist in Ordnung. Ich kann heute damit umgehen“, beruhigte ich David und wir liefen los, eine Runde zu joggen. „Hübsch, die Kleine, was meinst du?“, fragte er mit einem verschmitzten Lächeln. „Yep, das ist sie“, bestätigte ich mit einem Fragezeichen im Gesicht, „hey, ich denke bei dir zu Hause ist alles in Ordnung?“ „Klar doch, ist es auch“, entgegnete David. „Ich wollte es nur mal so bemerken.“ David war ein aufrichtiger Mann, doch er war mittlerweile auch keine dreißig mehr und man merkte ihm an, dass er es sehr genoss, wenn er von schönen Frauen umgeben war. Auch wenn er vielleicht nichts riskiert hätte; das Flirten wurde noch einmal in diesen Jahren wichtig, um die Bestätigung zu bekommen, nicht völlig abgeschrieben zu sein. „Tolle Frau, und sie ist eine gute Zuhörerin", stellte ich fest. „Und, ist sie liiert?", fragte ich neugierig. „Nein, sie ist aber wohl erst seit kurzem getrennt. An ihrem dreißigsten Geburtstag hat ihr Freund sie verlassen. Wenn ich nicht schon so gut versorgt wäre", sprach David mit gespielt angestrengter Miene, „dann würde ich es glatt versuchen." „Aber das bist du, gut versorgt, und komm jetzt, leg mal einen Zacken zu", forderte ich ihn auf, schneller zu laufen. Wir liefen eine ganze Stunde und arbeiteten unsere zehn Kilometer ab, die wir uns einmal die Woche zur Regel gemacht hatten.

„Blöde Sache", warf ich David entgegen. Er verstand es nicht; wir waren die ganze Stunde gelaufen, ohne ein Wort zu reden. „Ich meine, mit Stefanie Hillberg!", ergänzte ich meinen Halbsatz. Die Luft war dünn, denn wir hatten für Nichthochleistungssportler ein ordentliches Tempo vorgelegt. „Ich meine, das mit ihrem Freund und dem Geburtstag", brachte ich nur unter Mühe hervor.

„Ja das stimmt" bestätigte David mich. „Sie kann es aber gut verbergen." „Hey, sag nichts zu ihr", wies David mich an, seine Informationen vertraulich zu behandeln. Ich versicherte ihm, nichts zu sagen.

Es war Mittwochnachmittag. Stefanie Hillberg erschien wie vereinbart. Sie lächelte, doch ich wusste, dass hinter ihrer Maske nicht alles in bester Ordnung war. Wie mit David besprochen, behielt ich meine Informationen für mich. Nachdem wir ein paar Höflichkeitsfloskeln wie, „Wie geht's, alles o.k.?", ausgetauscht hatten, packte sie ihre Schreibnotizen und das Diktiergerät aus. „Wollen wir?", fragte sie, um sich die Erlaubnis zu holen weiterzumachen. „Sie hatten also ein Date mit einem Unbekannten?“, nahm sie das Interview wieder auf.

„Ja, ich hatte mich für den kommenden Mittwoch an der Raststätte oder vielmehr an dem Autobahnrastplatz „Roter Stein“ mit R. verabredet. Wer auch immer es war. Die Zusage von R. war ein Volltreffer ins Schwarze gewesen. Als ich die Mail sah, stieg sofort mein Puls an. „Nicht noch mehr Psycho“, sprach ich leise vor mich hin. Da fiel mir auf, ich hatte noch nicht in Christins E-Mailpostfach unter „gesendet“ nachgesehen. Mist, ich war vielleicht zu voreilig gewesen. Doch seltsamerweise war das Postfach, bis auf die von mir selbst geschriebenen Mails an R., leer. Am nächsten Tag legte ich alle Termine so, dass ich in jedem Fall am Mittwoch um diese Verabredung herum frei hatte.

Zwischendurch fragte ich mich, warum ich mir das hier antat, gerade jetzt, wo ich noch mehr als genug zu verdauen hatte. Der Mittwoch kam und ich versuchte bis achtzehn Uhr die letzten Vorbereitungen für den nächsten Tag erledigt zu haben, um nur ja pünktlich aus der Firma zu kommen. Ich war früh genug fertig, hatte also gut eine Stunde dreißig Minuten, um dort hinzukommen. Am Kiosk nahm ich mir ein Brötchen auf die Hand, da mein Magen rumorte. Ich wusste allerdings nicht, ob dies der inneren Aufregung geschuldet war, oder einfach nur durch meine äußerst seltene Nahrungsaufnahme verursacht wurde. Ich setzte mich ins Auto und startete langsam. Der Gedanke, rechtzeitig loszufahren war mehr als berechtigt gewesen, die Straßen waren voll wegen des Feierabendverkehrs. Dazu kamen Regenschauer, der April machte seinem Namen alle Ehre. Ein Platzregen brachte den Verkehr in der Innenstadt fast zum Erliegen. Wenige Minuten später schien die Sonne und der Himmel klarte auf. Da das Glas trotz Klimaanlage beschlug, drehte ich die Fensterscheibe etwas herunter. Mühsam kämpfte ich mich zur Autobahnauffahrt. Ich blickte unentwegt zur Uhr, noch fünfzig Minuten trennten mich von neuem Wissen. Wissen, das ich aus Egosicht einfach erfahren musste. Es war Neugier und die Hoffnung, dass Christin mir treu gewesen war. Mir war klar, die Wahrheit konnte hart sein. Vom Gefühl her musste ich jetzt kurz vor dem Ziel sein – der Raststätte „Roter Stein". Laut Internetinformation musste sie in etwa auf dieser Höhe sein. Doch sie kam nicht. Da fiel mir ein, dass ich ja auf die Gegenspur wechseln musste. Ich hatte die ganze Zeit nur die Raststätten in meiner Fahrtrichtung im Blick gehabt. Ich fuhr also ein Stück weiter in Richtung Aachen, um von dort auf der anderen Seite wieder in Richtung Köln zu fahren, bis zu meinem Ziel. Auf keinen Fall durfte ich unpünktlich sein denn ich wollte es unbedingt schaffen, vor dem großen Unbekannten R. dort zu warten. Also trat ich das Gaspedal durch, ich beabsichtigte, mich nach meinem Ankommen unbedingt außerhalb des Autos aufzuhalten. Vielleicht würde derjenige, falls es ein heimlicher Verehrer war, andernfalls sofort weiter fahren, sobald er mich sah. Ich wusste nicht wie die Dinge lagen. War es so wie ich vermutete, oder lag ich vielleicht komplett daneben? ‚Wer kann das wissen?', ging es mir durch meine Hirnwindungen.

Hillberg genoss einen leckeren Tee und ein bisschen Gebäck. „Fast wie Kino", scherzte ich. „Wollen Sie ne' Tüte Popcorn?" „Danke, nein, bin bestens versorgt", erwiderte sie lachend.

„Ich kam auf der Raststätte an", erzählte ich ihr. „Es war ein Platz ohne Tankstelle oder Gastronomie. Einige LKW standen in einer Reihe, dahinter war ein WC zu sehen, daneben einige Parkbänke im üppigen Grün. Ich stieg aus und lief langsam ein wenig umher. Im gleichen

Moment näherte sich ein PKW, ein alter Opel Kombi mit Bergheimer Kennzeichen. Ein älterer Mann, kahlköpfig, saß darin, hielt an, stieg aus und lief eilig zum WC. Ich zog die Augenbrauen hoch und dachte: ‚Gott sei Dank dafür.' Ich lehnte mich mit dem Hintern an einen Steintisch, sodass ich die Einfahrt im Blick hatte. Dann näherte sich ein weiterer Wagen. Es war ein Audi, der ziemlich neuwertig erschien. Der Fahrer ein junger Mann, Anfang 30, gut aussehend, mit Hemd und Krawatte, soweit ich sah. ‚Das könnte er sein', dachte ich. Ich versuchte unauffällig zu wirken. Er hielt an und begann zu telefonieren. Ich fühlte in der Hosentasche nach Christins Handy. ‚Mist', dachte ich, ‚es liegt noch im Auto'. Ich lief sofort zu meinem Wagen und sah es durch das Seitenfenster neben der Mittelkonsole liegen. Indem ich aufschloss und mich herunterbeugte fuhr der Audi schon wieder los. Was sollte ich tun? Ich sprang auf die Fahrbahn und nötigte ihn zu stoppen. Während ich das Handy aufklappte, sprach mich der Audifahrer an. „Kann ich helfen?" rief er mir durch das halb geöffnete Fenster zu. „Bist du R.?", fragte ich. Er schien irgendwie nicht zu verstehen und verzog das Gesicht. „Nee", sagte er „bist du D?" „Was heißt denn D?" wollte ich wissen. „D – wie Doof", „was willst du von mir? Mach die Gasse frei!" Ich trat zur Seite und fühlte mich ziemlich betreten. ‚Was mache ich bloß hier', dachte ich und guckte verlegen aus der Wäsche. Mittlerweile war ein anderer Wagen nachgekommen und ich sah eine Frau, die im Wagen saß, sich die Lippen mit einem Lippenstift nachziehen. Ich blickte zu Christins Handy – kein Anruf in Abwesenheit. ‚O.k.', dachte ich und ging wieder zu dem Steintisch. Zwei weitere Wagen kamen an, wobei einer sofort durchstartete. Der Fahrer, vielleicht zwanzig, fuhr einen tiefer gelegten Golf. Der Subwoofer seiner Anlage ließ die Scheiben vibrieren. Das war ‚Er' sicher auch nicht. Der andere Wagen, ein japanisches Modell älterer Generation, war fast bis zur Unkenntlichkeit mit Abziehbildern beklebt. Der Fahrer hatte lange Haare, vom Alter her konnte ich ihn schwer einschätzen. Vielleicht zwischen vierzig und fünfzig Jahren. Die Frau saß währenddessen immer noch in ihrem Wagen und schaute in den Rückspiegel. Schließlich stieg sie aus und ging zur Toilette. Der langhaarige Typ verließ ebenfalls sein Fahrzeug und ging am Toilettenhaus vorbei ins Gebüsch. Ich sah wie er seine Hose öffnete und sich erleichterte. Jetzt kamen nochmals zwei weitere Autos an. In ihnen saßen zwei junge Männer, die mir etwas feminin erschienen. Einer wechselte zu dem anderen ins Auto, sie schienen sich zu kennen. Ich beobachtete die Beiden. Mein Eindruck war wohl berechtigt. Wie sie gestikulierten, sich bewegten, sie mussten schwul sein. Als sie meine Blicke bemerkten, versuchten sie mich mit einzubeziehen, indem sie mir vielsagend zulächelten. „Oh bitte nicht", nuschelte ich leidend und dreht mich um. In dem Augenblick kam die Enddreißigerin von der Toilette zurück. Auf fast gleicher Höhe mit mir fiel ihr der Schlüssel aus der Hand und ich bückte mich, um ihn aufzuheben. Ich gab ihr den Schlüssel und sie bedanke sich knapp. Sie schien etwas abweisend. Als sie mir den Rücken kehrte fragte ich intuitiv: "R...? Bist du R?" Sie ging etwas zögernder und drehte sich langsam um. „001– Wer will das wissen?", erkundigte sie sich. Es schien ein Volltreffer zu sein, ich suchte nach Worten. „Sagt dir der Name Christin etwas?" „Wer bist du?", entgegnete sie. „Ich heiße Jean, ich bin Christins Partner", erklärte ich. Sie wurde verlegen, machte einen kläglichen Versuch, es zu überspielen. „Ja hi, warum ist Christin nicht gekommen?"

„Nun, das tut mir Leid, aber... du scheinst es nicht zu wissen", tastete ich mich vorsichtig heran, sie auf den neuesten Wissensstand zu bringen. „Wissen? Was? Was weiß ich nicht?", forderte sie eine Antwort. „Christin hatte vor circa sechs Monaten, an einem Mittwochabend auf dieser Autobahn einen schweren Unfall. Christin ist tödlich verunglückt." Die Dame durchfuhr ein heftiger Schock, sie wechselte innerhalb Sekundenbruchteilen die Farbe und mir war, als verlöre sie gleich die Besinnung. Sie versuchte gegen ihre Emotionen anzukämpfen, hielt sich die Hand vor den Mund und verschwand in ihr Auto. Ich versuchte sie aufzuhalten. Sie reagierte mit einem einzigen Wort, das von einer Energie erfüllt war, wie ich es noch nie erlebt hatte: „WEG". Die Vehemenz dieser Zurückweisung verblüffte mich. Wer war sie? Warum kannte ich sie nicht? Christin hatte nie von ihr erzählt. Ich fuhr unverrichteter Dinge nach Hause. Vielleicht würde die Frau sich melden, wenn sie sich wieder beruhigt hatte. Unsere Begegnung war ihr anscheinend sehr nahe gegangen.

Meine Gedanken waren aufgescheucht wie ein Dutzend Hühner, deren Gehege man gerade im Laufschritt durchquerte. Ich blieb zurück mit tausend Fragen, denen ein Schuldgefühl anhaftete. „Schuld für was?", fragte ich mich laut. „Ich habe nichts getan." Im Gegenteil. Diese Unbekannte hatte mir wichtige Informationen nicht mitgeteilt, vielleicht ein Geheimnis, von dem ich ein Anrecht hatte, es zu erfahren. Ich hatte keinen Einfluss und ich konnte sie nicht zwingen, mir darüber zu erzählen. Ein Versuch mit der Brechstange hätte sie vielleicht dazu gebracht, ganz dicht zu machen. Also hieß es, sich in Geduld zu üben. Ich konnte nur hoffen, dass sie sich meldete.

Meine Laune war unten und mein Arbeitseifer hielt sich in den darauf folgenden Wochen sehr in Grenzen. Ich verschanzte mich so oft es ging in meinem Büro und meine Mitteilungsbereitschaft beschränkte sich auf „Ja", „Nein", und „Später". David Berg vertraute ich von allen am meisten und gab ihm die Vollmacht, kleinere Geschäftsabschlüsse eigenständig zu machen. David hatte alles im Griff und hatte zu meiner Entlastung zuvor schon einige Dinge entschieden, die jedes Mal in meinem Sinne waren. Er dachte mit, er war auf einer Linie mit mir, was das Denken in wirtschaftlicher Hinsicht betraf. Er erleichterte mir das Leben ungemein. Ich hatte wirklich Glück, so einen Mitarbeiter gefunden zu haben. Unser gutes Miteinander war das Resultat des Vertrauens, das ich in ihn setzte. Die anderen waren auch alle okay, fachlich gut, doch eigenständig zu arbeiten war und blieb das Ressort von vielleicht drei bis fünf Prozent der Bevölkerung. Ich war der Meinung, dass die meisten Menschen, die diese Welt bevölkerten, in einem Job als Angestellte besser aufgehoben waren. Als Selbstständiger war es notwendig, alles im Überblick zu haben und man musste bereit sein, weit über das Maß eines Angestellten zu arbeiten. Selbst und ständig halt. David und ich wuchsen zusammen, wir wurden auch privat Freunde.

Domian Fröhlich und Mark Pastollika entpuppten sich immer mehr als die perfekten Telefonmarketingexperten, obwohl sie ursprünglich als Layouter eingestellt worden waren. Sie wechselten sich ab und hatten stets den ersten Kontakt mit unseren Kunden, wenn diese anriefen. Beide waren freundlich und verhielten sich sehr auf den jeweiligen Kunden angepasst. Domian erinnerte mich ein wenig an Bob, hier und da hatte er ebensolche coolen Sprüche parat. Das war alles gut so, denn ich hätte meine schlechte Laune nicht immer gut verbergen können. Sie stellten nach Rücksprache Telefonate nur durch, wenn mich jemand persönlich sprechen wollte. An den Abenden fiel es mir immer noch schwer, unser Haus zu betreten. Ich konnte kaum einen Augenblick vergessen, was ich alles erlebt hatte. Viele meiner Bekannten und auch David hätten es gut gefunden, wenn ich mich eine Weile in Urlaub begeben hätte, doch da hätte ich zu viel Zeit gehabt, um über alles nachzudenken. Ich musste mich ablenken. Ich lud David, so oft es möglich war, in ein italienisches Restaurant in der Nähe ein. Für seine Gesellschaft war ich ihm sehr dankbar, zu Hause bei seiner Frau allerdings erwartete ihn dafür schon mal eine Predigt. Petra hatte Verständnis, doch das hielt sich, ebenso wie bei Christin, in Grenzen. Ich wollte die Beiden nicht in Uneinigkeit wissen und versuchte deshalb, es nicht allzu oft in Anspruch zu nehmen. In meiner Einsamkeit dachte ich oft darüber nach, ob es einen Grund dafür gäbe, warum ich dieses Leben leben musste. Ich verspürte den Wunsch, es wenigstens ein bisschen verstehen zu dürfen. Wie sollte ich jemals damit in Frieden kommen?

War alles Zufall? Hatte ich die Arschkarte gezogen und musste jetzt alles so hinnehmen? Gab es Regeln oder Gesetze, die ich nicht kannte, die ich verletzt hatte, und fuhr ich deshalb diese Ernte ein? Meine Gedanken kamen vor allem in den Abendstunden und ich resignierte meist schnell, fiel danach in einen unruhigen Schlaf. Ein Schlaf, durchdrungen mit hoffnungsgeladenen Traumbildern, die mich am Morgen voller Sehnsucht nach meinen Liebsten zurückließen.

Hillberg stutze plötzlich und gab einen unartikulierten Laut von sich. Sie überflog die letzte Seite. „Ja, bin wieder dabei“, bemerkte sie. „Sie wollten das Leben wohl verstehen, haben versucht die Frage mit Gott in Verbindung zu bringen?“, fragte sie etwas desorientiert. „Ja, ich suchte nach dem wahren Grund für das alles. Aber nur, wenn ich nicht abgelenkt war, alleine. Immer dann, wenn diese Gedanken mich einholten.“ „Welcher Konfession gehören Sie an?“, wollte sie wissen. „Keiner“, antwortete ich. „Meine Großeltern mütterlicher Seite waren katholisch. Die Eltern meines Vaters waren jüdischer Abstammung. Ich hatte mit dem ganzen Zeugs wenig am Hut. Meine Großeltern hätten es gerne gesehen, wenn ich daran Interesse gezeigt hätte, aber dafür waren bei mir irgendwie ein paar Drähte nicht angeklemmt." Hillberg lachte.

„Wie ging es weiter", fragte sie und goss uns einen Tee ein, der von meiner Haushälterin gerade frisch serviert wurde.

„Es war an einem Freitagmorgen als das Telefon unseres Büros, die Hauptleitung, läutete. Durch die offene Tür blickte ich zu Domian, der das Gespräch mit einem freundlichen „Degrange Grafik Design, Fröhlich am Apparat, guten Morgen, was kann ich für Sie tun?", annahm. Er hob den Blick von seiner Schreibtischvorlage auf zu mir. Lautlos „Clarissa" artikulierend, gab er zu verstehen, dass sie mich sprechen wollte. Mit einem Kopfnicken signalisierte ich ihm, durchzustellen. Clarissa war stets willkommen. Ohne mich zu fragen, wie es mir ging, fing sie an, ein paar technische Details, die laufende Projekte betrafen, zu besprechen.

Sie klang etwas betrübt. „Hey, du hast mich gar nicht gefragt, wie es mir geht", sagte ich, in den Hörer lächelnd, zu ihr. „Du weißt warum ich dich das gerade jetzt nicht frage. Du weißt, dass ich dich nicht daran erinnern will, also deute es bitte nicht als Nichtinteresse." „Ja, ist ja schon gut, war nur scherzhaft gemeint, aber wie geht's dir?", erkundigte ich mich. „Ich habe auch meine Probleme, auch wenn ich nicht wie du...", zögerte sie, es weiter auszuführen. „Jeder hat seine Sorgen und jeder hat sein Päckchen zu tragen, also willst du reden?", fragte ich sie. „Nein, nicht jetzt, lass uns mal bei einem Kaffeeplausch... sagen wir, Sonntagmittag? Nur wenn du Zeit und Lust hast."

Ich stimmte zu und wir verabredeten uns für Sonntagnachmittag um drei. Gerd, ihr Lebensgefährte, führte ein strenges Regiment. Er war ein Macho, wie er im Buche stand, alles musste nach seiner Pfeife tanzen und am Sonntagnachmittag gab er ihr gerne frei, wenn er auf dem Fußballplatz war. Im Anschluss feierte er Siege oder Niederlagen mit seiner Mannschaft. Er war ein begeisterter Fußballfan, der glänzende Augen bekam, wenn er irgendwas entdeckte, das nach Fußball aussah.“ Hillberg zog die Augenbrauen hoch, sie hatte ein passendes Bild gefunden.

Kapitel 6

Am Sonntagnachmittag tauchte Clarissa mit einer Platte Kuchen auf.

„Ich mach‘ uns einen Kaffee“, rief ich zur Küche gehend. Clarissa eröffnete das Gespräch, das zunächst mit dem Schwerpunkt Arbeit verbunden war. “Hey, wie geht’s dir, was ist passiert?“, fragte ich sie ohne Umschweife.

„Gerd betrügt mich“, brachte sie schweren Herzens heraus. Ich habe eine Mail gelesen, die ziemlich viel Aufschluss gab“, fügte sie noch hinzu. „Keine Zweifel? Hast du ihn darauf angesprochen?“ „Ja klar, er beteuert, es wäre nicht so. Nur eine Frau, die schon eine Weile verrückt nach ihm sei und jetzt ziemlich penetrant wäre. Ich glaube ihm kein Wort. Ich habe es schon lange im Gefühl, dass da etwas nicht stimmt. Aber ich hänge ja irgendwie an ihm, wir sind schon so lange zusammen", sinnierte sie leidend.

„Wenn es so ist, was willst du machen?", erkundigte ich mich. „Ich weiß es nicht, aber es macht mich total kirre. Er hat sich so verändert, er ist ein..." „Macho", ergänzte ich ihren Satz. Sie nickte zustimmend. Ich erzählte Clarissa von R., den seltsamen E-Mails und den vielen Fragen und Bedenken, die in mir ihr Unwesen trieben, und wir kamen wieder auf ihr Thema zurück „Was soll ich jetzt tun?", brachte sie in einem resignierten Tonfall heraus.

„Ich weiß nicht, ob die Liebe noch groß genug ist, um so was hinnehmen zu können. Ich weiß nicht, wie es weitergehen soll. Soll ich ihm jetzt nachspionieren oder soll ich sein Eigenleben akzeptieren und meine Bedürfnisse vergessen?", versuchte sie Antworten zu finden. „Was soll ich dir sagen? Das Einzige was ich dir sagen kann ist: Vergiss dich selbst bitte auf keinen Fall. Ich denke du wirst die Antwort irgendwie und irgendwann selbst wissen."

Ich versuchte so neutral zu sein, wie nur irgend möglich. Was hätte ich ihr sagen können. Die Gedanken, dass Christin vielleicht ihre Bedürfnisse, egal welcher Art, mit einem Anderen ausgelebt haben konnte, waren mir mehr als vertraut. Nur, wie hätte ich jetzt reagiert, wäre sie noch am Leben?

Ich spürte die brennenden Fragen: „Gab es einen anderen Mann in ihrem Leben?" und „Würde sich R. noch einmal melden und die Wahrheit enthüllen?"

Ich konnte Clarissa nur zuhören und was ich ihr über mich erzählte, gab ihr Aufschluss über mein Verständnis für diese Situation. Als sie wieder ging, nahm ich sie kurz in den Arm, was ihr Tränen in die Augen trieb.

Wir waren sehr vertraut, obwohl es niemals Intimitäten gegeben hatte. Wir verstanden einander, wir fühlten gemeinsam, was nicht auszusprechen war. Auf eine seltsame Weise ließ das Schicksal nichts weiter zu, als diese Vertrautheit. Es gab keine weitere Annäherung. Was sie mir zu der Zeit gesagt hatte, als ich sie kennen lernte, hatte eine Grenze markiert, die unüberwindlich schien. So nachhaltig beeindruckten mich die Worte, die ihren Mund verließen.

So sehr mir Clarissa auch Leid tat, ich spürte auch etwas Angenehmes. Es war ein Gefühl, dass ich nicht alleine auf der Welt war, vor allem: Eine vertraute Person litt, genau wie ich es tat. Tief in ihr brannte es wie Feuer und zog ihr die Lebensenergie, die Lebensfreude ab. Es waren die Gedanken – sie schafften es, uns zurückzulassen, als würde die Akkuleistung eines Elektrogerätes langsam aber sicher zur Neige gehen, wobei sich die Funktionen wie das Ende eines Musikstückes ausblendeten. Die eigentlichen Fakten besagten nur, dass dies oder jenes geschehen war, was wir beide erst einmal so hingenommen hatten. Doch mit jedem Gedanken der Verzweiflung, mit der Gegenwehr gegen das was war, begann der eigentliche Horror. Die Begebenheiten waren einfach so. Sie waren unabänderlich, denn was geschehen war, war geschehen.

Je nachdem wie ich darüber dachte, verstärkte sich der Unfrieden in mir, einmal mehr, einmal weniger. Baute ich ein Gedankenkonstrukt, dass voll übler Geschichten und Ausschmückungen war, litt ich mehr." „Was dachten Sie in solchen Momenten?", wollte Hillberg wissen.

„Ich sah Christin mit einem andren Kerl im Bett", erklärte ich. „Ich sah wie sie ihn so küsste, wie sie mich küsste. Ich sah, wie sie diesen Kerl anfasste, wie sie es leidenschaftlich trieben. Wie dieser Kerl sich dann bemühte, ihr alles zu geben und wie sie sich der Situation völlig hingab. Wie er ihr das gab, was ihr fehlte. Liebe, Zärtlichkeit sowie

Aufmerksamkeit und mehr Zeit. Zeit die ich nicht hatte", versuchte ich Hillbergs Verständnis zu gewinnen.

„Sie hatten die Zeit nicht?", fragte Hillberg. „Doch", rekapitulierte ich. „Ich sah es damals so, als hätte ich diese Zeit nicht. Ich setzte aber andere Prioritäten. Natürlich ist es nur eine Frage von Prioritätensetzung", verbesserte ich mich in meiner Ausführung. „Es ging mir gerade darum, zu erklären, dass je mehr ich mir in sorgenvollen Momenten vor meinem geistigen Auge Horrorszenarien vorstellte, ich umso mehr auch darunter litt." Hillberg dachte darüber nach und stutzte etwas. „Aus dieser Ecke habe ich das noch nie betrachtet", antwortete sie lakonisch. Mir war nicht klar ob sie es ernst meinte. Oder war da eine Portion Ironie enthalten? „Ich kenne das, wenn man sich über etwas Gedanken macht und sich die Einzelheiten in aller Grausamkeit vorstellt", gab sie zu. „Ich hab nur nie darüber nachgedacht, dass man diese Gedanken auch stoppen kann."

„An welche Lebenssituation haben Sie dabei gedacht?", fragte ich, in der Hoffnung, vielleicht endlich etwas über sie zu erfahren. Es wäre ein Vertrauensbeweis gewesen, auch persönliche Dinge von ihr zu erfahren, sicher hätte ich mich dabei wohler gefühlt. Es wäre nicht so einseitig gewesen.

„Mein Partner hat sich vor kurzem von mir getrennt", erzählte sie mir prompt. Ich stellte mich ahnungslos. „Hm, und ist es schlimm für Sie?", wollte ich wissen. „Nun ja, er hat mir mal eben gesagt, dass er eine Andere hat", gab sie bedrückt von sich. „Das ist nicht so schön, wenn man abserviert wird", ergänzte sie ihre Schilderung.

„Und dabei haben Sie sich dann alles in allen Einzelheiten vorgestellt?", interessierte ich mich dafür, wie sie damit umging.

„Ja, nix ausgelassen und es tat weh, verdammt weh!", betonte sie. „Aber das ist nur die Spitze des Eisbergs. Da sind noch ganz andere Dinge passiert", gab sie zu verstehen, tat es aber mit einer Handbewegung ab. „Was ist passiert?", drängte ich mehr zu erfahren. Emotional zu sehr berührt, gab sie mir jedoch ein Zeichen weiter zu erzählen. Ich fuhr fort.

„Am Mittwochabend kam ich nach Hause, setzte mich mit einer Fertigpizza an den Esstisch und ließ den Fernseher dabei laufen. In den Nachrichten wurde auf die derzeitige Gefahr eines Virenangriffs auf Betriebssysteme in Computern hingewiesen. Sofort kam mir der Gedanke, Christins Laptop zu kontrollieren, ob es eine Nachricht von R. gab.

Mit vollem Mund setzte ich mich in Gang und schaltete das Gerät ein. Der Computer startete ohne Murren. Das E-Mailprogramm war auch unversehrt und zeigte mir sechsundfünfzig Mails. Ich suchte in der Absenderzeile nach roscha@email.fxt und ja, da war sie. Sofort klickte ich die Mail an und las ihre Nachricht. Sie hatte mir viel mitzuteilen, es war ein durchaus langer Brief.

Hillberg schien sich gefangen zu haben. Mit ihren gerade mal dreißig Jahren begann sie die Kehrseite des Lebens, mit seinen Enttäuschungen und Härten, anscheinend zum ersten Mal in der Tiefe zu erfassen.

„Ist mir jetzt doch etwas unangenehm, aber ich denke ich spare diese Passage aus?!", erklärte ich Hillberg, „...ist etwas zu intim." Die Journalistin legte ihre Füße hoch und suchte sich eine bequemere Position in dem Sonnenstuhl, in dem sie saß. Entweder hatte sie sich wieder im Griff oder sie war eine perfekte Schauspielerin. Ihr Gesicht strahlte jedenfalls und sie schien äußerst neugierig zu sein.

„Ich brenne ehrlich gesagt darauf, davon zu hören! Würden Sie es mir vielleicht dann vorlesen, wenn ich Ihnen verspreche, dass es weder Notizen dazu geben wird, noch, dass ich darüber mit irgendjemandem spreche?", schürzte sich ihr Mund und sie ergänzte es mit einem breiten, kindhaften „BITTE“.

„O.k.“, dachte ich, „warum fällt es dir heute noch schwer Nein zu sagen, wenn dich jemand so bittet?“ Die Antwort lag darin, dass ich schnell jemandem vertraute. Ich versuchte sein Wesen intuitiv zu erfassen. Wenn ich Bedenken hatte, blieb ich auch hart. Die Redakteurin war mir mittlerweile schon vertraut, obwohl sie von sich noch nicht viel preisgegeben hatte.

„O.k., ich lese ihn vor. Keine Notizen und kein Wort zu Niemandem“, setzte ich mit aufgesetzt ernster Miene nach. Ich begann den Brief von R. an mich vorzulesen.

Hallo Jean,

ich möchte mich erst einmal dafür entschuldigen, dass ich mich einfach davongemacht habe, ohne mit Dir zu reden. Ich weiß sehr wohl, dass ich Dir den Grund für meine Reaktion hätte mitteilen müssen. Bitte verstehe, ich war einfach zu geschockt, um zu diesem Zeitpunkt mit Dir sprechen zu können. Es tut mir unsagbar leid, das was Christin widerfahren ist. Ich kann meine Gefühle hierzu nicht im Ansatz beschreiben und lasse es deshalb auch sein. Ich muss damit leben. Nun ist es aber Zeit Dir Einiges zu erklären.

Ich habe Christin vor etwa fünfzehn Monaten, an einem Mittwoch, im „Cool“ kennengelernt. Cool ist ein Pub in Aachen. Ich war dort mit einer Freundin, als ich Christin mit ihrer Clique traf. Wir hatten viel zu erzählen, entdeckten viel Gemeinsames. Von Anfang an hatte ich eine gute Beziehung zu ihr und wir wollten uns unbedingt wiedersehen. Es fällt mir schwer, das zu sagen, aber ich stehe auf Frauen und Christin war für mich der Inbegriff von Weiblichkeit.

Christin fand es anscheinend sehr spannend und war mir trotz meiner Offenheit sehr zugetan. Danach wollte ich unbedingt mehr von Christin, ich hatte mich irgendwie in sie verguckt. Ich weiß, welche Frage in Dir brennt, ja, wir haben es getan! Doch ich bitte Dich, dies nicht zu verurteilen, Christin liebte Dich und nur Dich, was ich mir zugegebenermaßen anders gewünscht hätte. Christin war für Verständnis und Liebe sehr offen, man spürte in ihrem Leben – oder vielmehr bei euch beiden – lief es nicht so, wie sie es gebraucht hätte. Ich wurde dadurch zum Ersatz oder zum Ausgleich eurer nicht harmonischen Beziehung. Wir haben oft geredet und ich weiß sehr viel über Dich und Christin. Sei unbesorgt, ich werde es irgendwann mit ins Grab nehmen. Ich brachte ihr all das Verständnis entgegen, das Christin fehlte. Sie merke sehr schnell, dass ich mehr Gefühle investierte und dass sie sich eine Beziehung mit einer Frau auf Dauer nicht vorstellen konnte. Christin suchte den Abstand und umso mehr fühlte ich mich zu ihr hingezogen. An jenem Mittwoch verließ mich Christin mit den Worten: „Ich möchte, dass wir diese Freundschaft beenden, ich liebe Jean. Versteh es und akzeptiere es bitte. Lebe wohl.“

Lieber Jean, ich weiß nicht wie sehr Dich diese Nachricht trifft, aber versuche zu verstehen, dass jeder Mensch sich nach Liebe und Verständnis, nach dem Gefühl als Mensch verstanden zu werden, nach Respekt und Achtung sehnt.
Christin hatte einen Ausrutscher. Einen Ausrutscher der Verzweiflung. Es war zu keiner Zeit das Begehren im Vordergrund, sie liebte Dich und das ist ihr durch uns ganz klar geworden. Ich lebe nun in diesem Bewusstsein, einen Teil der Verantwortung dafür zu haben, dass Christin den Tod fand. Ohne mich wäre sie nicht nach

Aachen gefahren. Sie wusste, wie wichtig sie mir geworden war und wollte mir so viel Ehre erweisen, es mir persönlich zu sagen.
Worte können nicht ausdrücken, was ich durchmache, was ich fühle um diese Dinge zu klären. Ich wünschte, Du kannst es verstehen, aber auch das änderte nichts an der Last, die ich durch mein Leben tragen werde.

In wohlwollender Achtung, Rohana Schaad

Die Medienvertreterin war überrascht, obwohl sie schon so etwas geahnt hatte. Es waren vielmehr die Worte, die Rohana Schaad gefunden hatte, um die Dinge klarzustellen. „Ich kenne viele Frauen, die für Sex mit einer Frau offen sind, " gab Hillberg zu verstehen. „Nun war es ja eher eine Verzweiflungstat", fügte sie noch hinzu. „Wie war die Nachricht für Sie, Herr Degrange?", erkundigte sie sich. Zu gerne hätte ich gewusst, wie Hillbergs eigene Geschichte weiterging, zeigte mich aber geduldig und fuhr fort.

„Ich schluckte natürlich und war im ersten Moment geschockt! Doch der Schock löste sich immer mehr auf, je mehr sich mir die wahren Beweggründe erschlossen. „Christin hatte Sex mit einer Frau, okay", dachte ich erst. Eine Tatsache, die mich zwar sehr irritierte, dennoch hatte es nicht den gleichen Effekt, als hätte sie eine Affäre mit einem Mann gehabt. Das, was sie bei Rohana gesucht oder gefunden hatte, konnte sie bei mir nicht finden. Dieses Defizit bescherte mir für einen kurzen Moment ein Gefühl von Eifersucht, doch auch dieses verblasste recht schnell. Ich war derjenige, von dem sie sich Verständnis erhofft, aber nicht bekommen hatte. Rohana war das Ventil. Christin liebte mich und es wurde ihr wohl im Nachhinein sehr bewusst. Deshalb auch der Brief an jenem Mittwochabend. Ich hatte das Gefühl, als wären die Worte von Rohana wahr, es war Verzweiflung, die Christin in ihre Arme getrieben hatte. Meine Gedanken rebellierten zwar immer wieder gegen die Erkenntnis, dass sie mir in gewisser Weise untreu gewesen war, doch tief in mir spürte ich meine Verantwortlichkeit für diese Situation. Auch ich hätte an manchen Tagen am liebsten in den Armen einer anderen Frau gelegen, aus Verzweiflung und voller Sehnsucht, in ihnen ein bisschen Bestätigung oder auch Verständnis zu finden. ‚Wir ticken alle irgendwie gleich', wurde mir bewusst. Ich fühlte, wir alle hatten den Wunsch, von unserem Gegenüber etwas Respekt und Achtung zu bekommen. Eine Bestätigung, dass wir als Mensch gut sind, so wie wir sind. Das Gefühl ließ mich in dieser Situation gnädig sein. Es kam aus den Tiefen meines Bewusstseins, nicht aus den moralisch gefestigten, gar festgefahrenen Vorstellungen, wie ein Mensch nach gängigen Moralvorstellungen zu leben hatte. Nein, es war die Wahrheit, die ich spürte.

Ich beschloss erst einmal ein paar Tage darüber vergehen zu lassen, bevor ich ihr vielleicht ein paar Zeilen zurück schrieb. Auch wenn diese Nachricht keine Freudensprünge auslöste, irgendwie war ich erleichtert. Zugleich vermisste ich Christin umso mehr. Die unabänderliche Tatsache traf mich immer wieder erneut, wie ein Faustschlag in die Magengrube. Wie könnte ich je wieder lachen, wie könnte ich je wieder unbelastet einen schönen Tag verbringen, mit all diesem Schmerz, der sich tief in meine Seele eingrub? Ich versuchte die Gedanken zu stoppen. Ich schaltete den Computer aus, streifte mir eine Jacke über und setzte mich ans Steuer. Ohne Ziel lenkte ich den Wagen über Landstraßen in Gegenden, die ich nicht wirklich kannte. Ich beobachtete Menschen in ihren Autos oder an der Straße. Teils waren sie fröhlich und teilweise erschienen sie leer oder enttäuscht. Sie wirkten unglücklich, lethargisch, in sich selbst gefangen. Allein mit Sehnsüchten, allein mit Schmerzen. Als es dunkel wurde, kehrte ich um. Es war mir gelungen, meine Gedanken ein wenig zu verdrängen. Den Rest der Woche war ich gefordert. Es lief jedoch rund, auch wenn hier und da sich kleine Strohfeuer entfachten. Wir waren alle routiniert genug sie zu löschen.

In den nachfolgenden Wochen erkundigte ich mich auch immer wieder einmal bei Clarissa über den Verlauf der Dinge, bezogen auf Gerd.

Sie erzählte mir, sie hätten sich ausgesprochen und es lief wieder sehr gut. Obwohl ich ernste Zweifel hatte, freute ich mich für sie. Tief in mir spürte ich jedoch, wie eine leise kleine Hoffnung zerbrach. Eine Hoffnung, die sich schon über Jahre so gehalten hatte. Ich liebte Christin, keine Frage. Meine Gefühle waren aufrichtig und ich vermisste sie. Doch Clarissa schien, ohne dass ich es von meinem Verstand her wollte, ebenso eine große Rolle zu spielen. Ich formulierte diese Gefühle jedoch nicht in einem einzigen Gedanken. Ich gestand es mir nie ein, dass ich sie liebte. Es war nur eine Wahrnehmung ohne bewusste Gedanken. Hin und wieder sprachen wir, auch wenn wir unregelmäßig aufeinandertrafen, wir standen irgendwie näher in Kontakt. Clarissa fing an, sich mit sich selbst zu beschäftigen. Sie begann einen Yogakurs und interessierte sich für spirituelle Lehren. Etwas in mir bewunderte dies. Ich selbst dachte nicht im Ansatz daran, dass spirituelle Lehren oder Yoga etwas für mich sein könnten. Ich fand es gut, was sie tat und ich fragte auch immer wieder nach, was sie da so machte. Dann erzählte sie mir über Sichtweisen, die auch für mich sehr gut nachvollziehbar waren. Es waren alles Dinge, über die ich nie so nachgedacht hatte. Sie erklärte mir, wie Gedanken

Schwingungsfelder, Resonanzfelder erzeugen, die entsprechende Lebenssituationen in unser Leben ziehen. Eine Aussage, die mich lange beschäftigte. Clarissa erzählte mir auch von den Übungen des Yoga und wie sie sich immer wieder „in die Mitte brachte". Was auch immer es bedeutete, es klang ja schon mal ganz gut." Stefanie Hillberg schmunzelte über meine Ausdrucksweise.

„Es war für sie der Weg zur Selbsterkenntnis, der laut ihrer neu gewonnenen Erfahrung lediglich eine von vielen Möglichkeiten darstellte, diese zu gewinnen. Selbsterkenntnis schien mir ein Begriff, mit dem ich recht wenig anfangen konnte. Was sollte ich für mich betrachtet sein, „ich bin Jean Degrange, wer sonst? Ich bin der Jean Degrange, der eine ziemlich heftige Vergangenheit mit sich schleppt. Einen großen Sack von schmerzhaften Erlebnissen im Gepäck hat, die Lücken dazwischen mit Ängsten gefüllt. So trug ich die Summe alles Erlebten mit mir herum und immer kam etwas dazu. Ein Sack voller Kummer, der vielleicht etwas schwerer wog, als die der Anderen in meinem Umfeld." Genau der war ich, was sollte ich da mehr von mir erkennen können? „Wenn das Selbsterkenntnis ist, ist es einfach, aber was bringt es?", fragte ich mich.

Bei diesen Gedanken kam mir wieder der Vergleich eines Boxers, der nur eine Chance hatte seinen Kampf zu gewinnen, wenn er einstecken konnte. Auf die Lebensjahre bezogen, war ich in der fünften oder sechsten Runde und noch nicht K O. Dieser Gedanke gab mir neuen Mut. Ich beschloss, wieder mehr am Leben teilzunehmen, mehr unter Leute zu gehen. Bei dem Gedanken auszugehen, machte sich ein sexuelles Bedürfnis bemerkbar. Ein Bedürfnis, das sich aus purem Trieb und der Sehnsucht nach menschlicher Nähe zusammensetzte. Ich ging, zusammen mit meinem Team, gleich am darauf folgenden Freitag aus. So stand ich nicht alleine da und konnte mich vorsichtig wieder an das Leben herantasten. Es dauerte nicht lange und ich war mit einer hübschen jungen Frau im Gespräch. Ich merkte jedoch, dass ich immer wieder Kraft aufwenden musste, um unsere Unterhaltung in Gang zu halten.

Sie hieß Mona, war dreißig Jahre alt, hatte braune Haare und war mit einer sehr sportlichen Figur ausgestattet. Sie war eine Fitnesstrainerin mit halb deutschen und halb rumänischen Wurzeln. Ihr Körper war eine Augenweide und ihr Anblick brachte mich auf allerlei sexuell gefärbte Gedanken. Sie musste gespürt haben, dass ich hungrig war, denn völlig unverhofft fragte sie: "Hey, wie lange ist es her, dass du mit einer Frau zusammenwarst?" „Wie kommst du jetzt da drauf?", stellte ich mich dumm. Mit einem „Och, nur so", gab sie sich arglos und grinste mich an.

Ich war jedenfalls unglaublich hungrig und ließ mich deshalb darauf ein, mit ihr gleich am Samstagnachmittag zu einem Probetraining in dem Fitnesscenter, in dem sie arbeitete, zu verabreden. Ich wollte mir die Chance, sie näher kennenzulernen nicht verbauen. Außerdem hatte ich sowieso den Gedanken, regelmäßig Sport zu treiben, im Hinterkopf. Warum nicht in einem Fitnesscenter? Mona war mit einer Freundin ausgegangen, die schon seit einer halben Stunde nach Hause wollte. Nachdem sie beide eine Weile verschwunden waren, verabschiedete auch ich mich von meiner Truppe. Um drei Uhr am Samstagnachmittag stand ich in der ‚Fitness-Oase', einer Filiale der großen Fitnesskette. Am Empfang fragte ich nach Mona. Ich hatte noch nicht ganz ausgesprochen, da tippte sie mir von hinten auf die Schulter. „Hey, schön, dass du da bist, lass uns gleich losle-gen." Etwas durch ihre strikte Art verwundert, wackelte ich zur Umkleide und zog mir meinen Sportdress über. Zurück in der Halle, ließ sie mich auf einem Laufband joggen. Ich kam mir vor wie ein Depp. Irgendetwas störte mich gewaltig. War es ihre Art, die vielleicht so wirkte, als stellte sie meine mangelnde Fitness unter Beweis, oder einfach nur die Tatsache, dass sie Lehrer und ich Schüler war. Ich war ihr gnadenlos unterlegen und das fühlte sich schäbig an. Jedenfalls versuchte ich gute Miene zum „kräftezehrenden Spiel" zu machen. Nachdem sie mich quer durch die Halle von einem Gerät zum anderen gescheucht hatte, wurde sie wieder locker und sie lenkte ihr Gespräch auf einen möglichen gemeinsamen Abend. Das stimmte mich wieder sanfter, denn innerlich kochte ich noch vor Wut über mich selbst. Es war die Wut darüber, dass mein Körper nicht dazu in der Lage war, die Leistung zu bringen, die mich als klaren Sieger aus diesem Training hervorgehen ließ. Ich sah es als Wettbewerb, wobei mir meine Kontrahentin überlegener nicht sein konnte. „Wie sieht es heute Abend aus?", wollte sie wissen. "Lust auf ein Date mit mir?"

Es war ein echt netter Abend, doch als er zu Ende ging, ließ mich unser Gespräch mein eigentliches Ziel vergessen. Wir redeten über Beziehungen und wie sollte es anders sein, ließ ich sie einen Blick hinter die Kulissen werfen. Ich gab ihr Einblick in die letzten zwei Jahre meines Lebens. Mona war sehr feinfühlig und bohrte nicht weiter in den Wunden. Am nächsten Tag forderte sie mich erneut auf, zum Training zu gehen. Meine „Nichtfitness" war jetzt endgültig bewiesen. Ich zeigte mich einsichtig und verpflichtete mich, zumindest für ein Jahr einen monatlichen Beitrag zu entrichten. Am Montagabend, ich war vielleicht eine Stunde zu Hause, klingelte die Türschelle. Ich öffnete. Mona stand vor der Tür, mit einem Lächeln, das etwas Verruchtes in sich barg. Nach einem kurzen „Hallo" und „Darf ich reinkommen" wusste ich mehr. Sie stand vor mir, sah mir in die Augen und legte beide Hände in meinen Nacken, zog mich zu sich und küsste mich voller Leidenschaft. „Okay“, grunzte ich vor Lust und erwiderte den Kuss. Wir nahmen beide Fahrt auf, rissen uns die Kleider vom Leib und gaben uns einander hin. Es war der besagte Trieb und das Bedürfnis von menschlicher Nähe, die Lust auf ‚fremde‘ Haut.

Es war wunderbar, das Leben in mir zu spüren, wenngleich es auf irgendeine Art ein schlechtes Gewissen bescherte. Es waren gerade mal zwei Jahre vergangen, seit Christin gestorben war. Ich war so gut zu durchschauen. In einem Moment der Stille sagte Mona: „Ich kann mir vorstellen, wie es dir geht, aber es ist in Ordnung, was du tust! Du bist auch nur ein Mensch.“ Ihre Worte, auch wenn sie etwas von einer dummen Ausrede hatten, bejahten mein Tun. Ich rechtfertigte es damit, dass ich auch ein Recht auf Leben hatte, nach alledem. Ich genoss dieses Abenteuer, doch die Erwartungen, die Mona insgeheim hegte, konnte ich nicht erfüllen. Sie suchte mehr, sie suchte nach der Liebe. Doch ich konnte nicht geben, war nicht fähig zu erwidern, was sie investierte. Ich betäubte meine Vergangenheit mit den Stunden mit ihr. Bis sie irgendwann resignierte und mir für weitere Treffen absagte. „Aus Selbstschutz“, wie sie meinte. So wurde aus Mona Bianka, aus Bianka wurde Petra und aus Petra wurde Rita usw. Ich hatte eine Affäre nach der anderen. Immer erstickte ich die Erinnerungen der Vergangenheit mit ein paar Stunden Leidenschaft und neuer fremder Haut. Tief in mir saß die verletzte Seele, die beschlossen hatte, nie mehr sensibel zu werden, nie mehr dem Leben die Chance zu geben, ihr wehzutun. Doch in dieser Zeit fühlte es sich an, als sei es ein ganz normales Leben. Viele andere taten es mir gleich, vielleicht aus anderen Gründen, aber sie taten es. Sie erstickten den Lebensschmerz mit Affären, mit Alkohol oder was auch immer sich dazu eignete, dem Dasein gewaltsam Freude zu entlocken. Sie verbogen sich die Wahrheit so, dass sie vor sich selbst bestehen konnten.

Mein Geschäft lief blendend. Mein Team harmonierte noch recht gut in dieser Zeit und ich genoss die vielen Termine, die ich, quer durch Deutschland und das deutschsprachige Ausland, gerne wahrnahm. Wir hatten Degrange Grafik Design im Markt positioniert und etabliert. Wir waren bei vielen Großunternehmen die erste Adresse, was mich sehr stolz machte. Egal, was das Leben für mich in vielerlei Hinsicht an Grausamkeiten bereithielt, in diesem Punkt stand ich im Licht. Der Stress hielt sich in keinem gesunden Rahmen, aber noch nahm ich mir die Freiräume für Sport und Freizeit. Ich interessierte mich für Autorennen und belegte einen Lizenzworkshop, an dem ich mit meinem Wagen am Nürburgring teilnahm.

Ohne genau definiertes Ziel lernte ich mit einem Sportgerät, einem Porsche 911, wie ich ihn besaß, umzugehen. War ich zunächst der Überzeugung, ein guter Autofahrer zu sein, wurde ich schnell eines Besseren belehrt. Die Instruktoren gaben vor, wo man mit Schalten und Bremsen fertig sein musste, um im Scheitelpunkt einer Kurve zu landen. Es machte mir Spaß und es forderte alle meine Konzentration und Fitness ab. Ein einziger Moment der Unkonzentriertheit ließ mich im Kiesbett landen. Ich liebte diese Herausforderung, auch wenn ich nicht gleich in der ersten Stunde Talent zeigte. Alles, was mir das Gefühl gab zu leben, das Leben zu spüren, Spaß zu haben, war dazu geeignet, mit meiner Vergangenheit abzuschließen. So meldete ich mich in den folgenden Monaten zu kleinen Rennsportveranstaltungen, die lediglich als Übung dienten, um Erfahrungen zu machen. Ich hatte plötzlich das Interesse, mir Rennveranstaltungen anzusehen, wie zum Beispiel Langstreckenrennen, die an zehn

Terminen im Jahr, immer an Samstagen, auf der legendären „grünen Hölle“, der Nordschleife des Nürburgrings ausgetragen wurden. Männer wie Frauen, erfreuten sich am Motorsport – deshalb, weil man durch das Abverlangen von aller zur Verfügung stehenden Konzentration mit der Materie verschmolz und dadurch einen lang anhaltenden Adrenalinkick erlebte. Sie waren eins mit dem Rennwagen und der Rennstrecke. Ein einziger Augenblick von Konzentrationsverlust konnte einen bitteren Crash bedeuten, womit dann sicherlich das Rennen zu Ende war. Im schlimmsten Fall konnte es das Leben kosten. Eine Rennstrecke, die über siebzig Jahre alt war und für die damaligen Rennwagen gebaut worden war, hatte ihren Reiz darin, dass sie für einen Wagen der heutigen Zeit eine große Herausforderung darstellte. Der einzige Vorteil: Die Autos waren sicherer denn je geworden. So nahm ich an Leistungsprüfungen teil, die den Fahrer aufforderten, eine Soll- und Ist-Zeit zu fahren. In der „Soll-Zeit-Runde“ wurde eine Zeit vorgegeben, die ich zu fahren hatte. Ich musste in zehn Minuten eine Runde abspulen – was leicht zu schaffen war – und möglichst genau auf die Sekunde ankommen. In der „Ist-Zeit-Runde“ durften wir alles geben, um eine möglichst kurze Rundenzeit zu fahren. Ich war auf eine angenehme Art und Weise angespannt, meine Konzentration forderte mich im „Hier und Jetzt“, jeder einzelne Moment der Aufmerksamkeit war wichtig.

Das „Hier und Jetzt“, von dem Clarissa mir erzählte, musste genau das sein. Sie hatte mir erklärt, dass sie ein Buch gelesen hatte, „Lebe den Moment“, in dem viele Weise empfahlen, stets den aktuellen Moment mit voller Bewusstheit zu erleben. Es war notwendig, um mit Gott und der Welt eins zu werden. Hier schien es mir eindeutig eine Parallele zu geben.

Die Kunst war unmissverständlich und klar für mich zu erkennen. Je mehr ich im „Hier und Jetzt" war, umso mehr wurde ich eins mit dem Wagen und der Rennstrecke. Alles stand im Fluss, alles lief wie am Schnürchen. Ich fühlte mich danach immer wieder auf eine angenehme Art erschöpft, es war meine „Reset-Taste" für den Alltag. Ich nutzte sie, wann immer mir die Zeit dazu verblieb.

David Berg gesellte sich oft dazu, auch er liebte es, dabei zu sein, wenngleich er partout nicht ans Steuer wollte. Er hatte zu großen Respekt davor und Angst, sein Leben zu lassen. Er freute sich aber darüber, mich voller Lebensfreude zu sehen. Er war ein echter Freund. Ich fühlte wie die Sicherheit in alltäglichen Situationen, auf normalen Straßen, wuchs, wenn ich zu Außenterminen unterwegs war. Ich war wachsamer und konzentrierter als je zuvor, wenn ich im Auto saß.

Kapitel 7

Es war Anfang Juli im Jahr 2002 und ich hatte das erste Mal seit Jahren einen Urlaub geplant.Um nicht Gefahr zu laufen, irgendwo allein herumhängen zu müssen, schloss ich mich einer Reisegruppe an. Ich hatte eine Rundreise nach Florida gebucht, vierzehn Tage mit Greydog Travel. Eigentlich war ich Individualist und nichts lag mir ferner als mit einer Horde Touristen durch die Gegend zu ziehen. Ich hätte auch leicht einen Urlaub zu zweit buchen können, doch die eventuell damit verbundenen Erwartungen an eine Beziehung wollte ich gezielt vermeiden.Wir landeten am 3. Juli, einem Montagmorgen nach etwa acht Stunden Flugzeit in Orlando. Zuerst mussten wir durch die unendlich wirkende Kontrollstation der Einreisebehörde. Eine Schlange von Menschen übte sich vor der Zollabfertigung in Geduld. Hier wurde spürbar, dass der 11. September das Land zu erhöhten Sicherheitsmaßnahmen verpflichtete. Inmitten der wartenden Menschenmenge schlich ein Zollmitarbeiter mit einem Cockerspaniel, um eventuell vorhandene Spuren von Drogen aufzuspüren. Viele um mich herum schauten gelangweilt auf den Beamten und dessen Hund, der das Gepäck beschnüffelte. Neben mir angekommen, steckte der Hund die Nase in die Reisetasche meines Vordermannes, die offen stand. Es war eine kleine Reisetasche, die er als Handgepäck mit sich führte. Das Tier schnüffelte ein paar Sekunden, zog den Kopf heraus und erbrach sich, dem Beamten vor die Füße. Alle, die diesem kurzen Schauspiel zugesehen hatten, brachen in Gelächter aus. Dadurch brach das Eis zwischen den Reisenden, die mit lustigen Kommentaren die Stimmung aufheiterten." Hillberg, die Journalistin, fasste sich an den Kopf und musste ebenfalls herzhaft lachen.

„Als ich endlich durch war, ging ich zum Gepäckband, um meinen Koffer zu holen. Nach einer weiteren halben Stunde trat ich durch den Ausgang ins Freie, wo ein Farbiger ein Schild mit der Aufschrift „Greydog Travel" in die Höhe hielt.

Wenngleich ich das Gefühl kannte, in meinem Büro an einem warmen Sommertag zu schwitzen, wurde hier schnell klar, was wirklich tropische Hitze bedeutete. Eine unvorstellbare Luftfeuchtigkeit bei über 35 Grad Hitze, machte deutlich, warum Amerikaner Klimaanlagen liebten. Ich gesellte mich zu einer kleinen Gruppe von Wartenden am gegenüberliegenden Bus Terminal. Dort standen mehrere Mitarbeiter des Reiseunternehmens und waren beim Verladen der Koffer behilflich. Ich suchte mir einen Fensterplatz im vorderen Teil des Busses.

Alle waren freundlich und hilfsbereit und nach einer weiteren halben Stunde setzte sich der Bus in Richtung Hotel in Bewegung. Schnell wurde klar, dass ich nicht der einzige Alleinreisende war. Eine Gruppe von Leuten zwischen dreißig und fünfzig Jahren einer Fußballthekenmannschaft war auch dabei. Ausschließlich Männer ohne Anhang, die mich willkommen hießen. Obwohl ich nie Interesse für Fußball gezeigt hatte, schien mir diese Gruppe in jedem Fall der Spaßgarant zu sein. Ich konnte, sofern ich das wollte, mich ihnen anschließen. Wir waren schnell im Gespräch. Den ersten Tag verbrachten wir zum Ankommen in einem Clubhotel am Stadtrand von Orlando. Am zweiten Tag ging es ab zu Disneyland. Es war ein wunderschönes Erlebnis, bei dem ich mich in die Kindheit zurückversetzt fühlte, obwohl es Disney damals für mich noch nicht gegeben hatte. Zwischen den ganzen Fahrvergnügen sprach ich mit Peter und Roman, die sich freundschaftlich zu mir hingezogen fühlten. Wir waren erwachsene Kinder auf einem großen Spielplatz und alberten herum, wie Erstklässler.

Wir erzählten miteinander und gaben von allem etwas preis, von der Arbeit, der Liebe und unseren Lieblingsbeschäftigungen. Meine Vergangenheit behielt ich jedoch für mich. Alles war ungezwungen und locker.

Wir machten ein paar Tage Badeurlaub in Fort Myers, besuchten die Everglades und verbrachten zwei Tage in Miami. In Fort Lauderdale tobte das Leben. Die Strandpromenade glich einer Partymeile. „Sehen und gesehen werden“ war das Motto. Junge Typen, vielleicht gerade mal zwanzig, fuhren mit Ferraris, Lamborghinis und Porsches auf und ab, um Beute zu ködern. Junge Mädchen, die eine hübscher als die andere, spielten mit den Blicken der vorbeifahrenden Jungs. Dazwischen patrouillierten Policeofficer und verhinderten, dass die Leute sich in größeren Menschentrauben versammelten. Wir ließen uns auf der Außenterrasse eines Pubs nieder und genossen das aufgewühlte Treiben. Von dort aus traten wir am nächsten Tag an der Ostküste entlang den Heimweg nach Orlando an. Es war eine Zeit ohne Störungen oder spektakuläre Vorfälle. Ich erlebte nichts Außergewöhnliches, und doch war die Welt eine andere. Man spürte die Mentalität der Amerikaner, kein Stress, keine Hektik, was mir sehr entgegen kam. „Haben Sie noch Kontakt zu Ihren Urlaubsbekannten“ fragte Stefanie Hillberg interessiert. „Nur gelegentlich, vielleicht einmal im Jahr und das nur zu zweien von der Truppe. Man hat manchmal das Gefühl, als hätte die Tür lediglich auf der einen Seite einen Knauf“, versuchte ich es Hillberg bildlich zu verdeutlichen. „Wie meinen Sie das?“, fragte sie nach. „Um den Kontakt zu halten, muss sich doch immer auch das Gegenüber bemühen.“ „Ach so, “ zwinkerte sie mir zu“, zwei Klinken...“ „Ja genau,... die Tür kann man auch von der anderen Seite aufmachen“, ergänzte ich.

„Peter und Roman erwiesen sich als echte Kumpel. Wenngleich sie etwas oberflächlich wirkten, waren sie auf eine Art wiederum bodenständig und schienen als Menschen sehr verlässlich. Es blieb uns noch eine Nacht in Orlando, im gleichen Hotel, in dem wir zu Anfang gewesen waren, um am nächsten Morgen den Rückflug anzutreten. Gemeinsam genossen wir einen Drink an der Poolbar des Hotels. Wir hatten den Laden unter Kontrolle. Es waren nur wenige andere Gäste am Pool, die sich wohl nacheinander aufs Zimmer verzogen. In mein Gesichtsfeld drängte sich eine Farbige, die von einem kleinen Jungen immer wieder mit einer Wasserpistole attackiert wurde. Ihre Kiekslaute, die sie krampfhaft zu unterdrücken versuchte, lenkten immer wieder unsere Blicke auf sie. Es war eine sehr attraktive Frau, Mitte dreißig, sie schienen Mutter und Sohn zu sein. Unsere Gruppe war auf voller Fahrt, mehr als die Hälfte der Leute war dank des Long-Island-Icetea blau. Ich hatte einen einzigen Longdrink gehabt und der reichte mir völlig. Ganz nach dem Motto „life is too short, think big", mixte der Hotelbarkeeper Mischungen, die jeden nach kurzer Zeit ins Koma zu versetzen imstande waren. Eine halbe Stunde später sah ich aus den Augenwinkeln den kleinen Jungen, der am Tauchen zu sein schien. Die Wasserpistole lag am Beckenrand, die Mutter entdeckte ich bäuchlings ein Buch lesend, dem Pool den Rücken zugekehrt. Intuitiv beobachtete ich den Pool, in dem der kleine Junge recht reglos wirkte. Es schien irgendwie ungewöhnlich und mein Blick konzentrierte sich mehr und mehr auf den kleinen Jungen, der nun seit mehr als zwei Minuten unter meiner ununterbrochenen Beobachtung stand. Roman zwinkerte mir zu, als ich die Runde anblickte und gab mir zu verstehen, „Junge ich weiß, wen du im Visier hast." Mich wieder umdrehend sprintete ich los, um mit einem Satz ins Wasser zu springen. Mit zwei Kraulbewegungen war ich dort und drehte den kleinen Jungen um, der leblos im Wasser trieb. Meine Gruppe folgte mir mit den Blicken, um zu erfassen, was los war. Die Mutter schrie auf und verfiel sofort in Panik. Meine Kumpels waren fast alle schlagartig nüchtern und halfen mir, den kleinen Kerl auf den Beckenrand zu ziehen. Er war aschfahl im Gesicht, obwohl er natürlicherweise eine kastanienbraune Hautfarbe hatte. Keiner wusste so richtig, was zu tun war und ich wies Roman hektisch an: „Ruf einen Rettungswagen." Sofort begann ich mit einer Herzdruckmassage und beatmete den kleinen Jungen durch die Nase, während ich seinen Mund mit einem Fingerdruck auf den Unterkiefer verschloss. Erster Versuch. Ich drückte den schmalen Brustkorb circa dreißig Mal in kurzen, kräftigen Stößen nach unten, versuchte die Atmung zu kontrollieren und seinen Puls zu fühlen. Kein Lebenszeichen. Die Mutter schrie und weinte. Zweiter Versuch. Ich drückte seine Brust erneut tief nach unten, in einem Rhythmus, von dem ich dachte, ihn irgendwann einmal gelernt zu haben. „Wo bleibt der Rettungswagen?“, schrie ich zwischendurch und wies die anderen harsch an, mir Platz zu lassen. Alle, die irgendwie in der Nähe gewesen waren, scharten sich nun plötzlich um den Ort der Tragödie. Ich beatmete den Jungen immer wieder und massierte den kleinen Brustkorb mit harten Stößen, suchte den Pulsschlag an seiner Halsschlagader und am Arm, konnte ihn jedoch nicht fühlen. Die Zeit schien unendlich, kein Rettungswagen weit und breit. Ich keuchte und spuckte, der Schweiß tropfte von meiner Nase in das Gesicht des kleinen Jungen, der kein einziges Lebenszeichen gab. „Out of my waayyy!“, erreichte mich das Geschrei der Mutter, die vollkommen hysterisch wurde. „Nehmt die Alte weg, nehmt sie weg...“, schrie ich zurück.

Die Frau wurde von den Jungs meiner Gruppe gewaltsam ferngehalten, auch wenn ich sie verstehen konnte, aber sie machte mich verrückt. Zwei Minuten später brach sie zusammen und die Jungs legten sie auf eine Liege. Insgesamt war wohl eine Viertelstunde aktiver Wiederbelebungsmaßnahmen vergangen und ich war am Rande meiner körperlichen Leistungsgrenze angelangt. Plötzlich hustete der kleine Junge und spie mir eine Ladung Wasser ins Gesicht. Ich drückte seinen kleinen Kopf zur Seite, um ein erneutes Verschlucken zu verhindern. Das Leben hatte ihn wieder, Weinen und Husten vermischten sich. Als klar war, dass er lebte, dass ich ihn wieder zurückgeholt hatte, ließ ich mich seitlich abrollen und fiel ins Wasser.

Eine Abkühlung, die ich dringend brauchte. Dann zog ich mich sofort wieder aus dem Becken heraus, um mich weiter um den Jungen zu kümmern. Ich hob ihn auf und brachte ihn zu der Mutter, die kollabiert war. Im selben Augenblick erschien der Rettungswagen und ein Farbiger kam zielstrebig auf mich zu. Er hatte leicht aggressive Züge und sprach mich an. „What's happened, Sir", riss er mir förmlich den kleinen Jungen aus den Armen. Ich war zu erschöpft um es zu erklären und überließ es den Anderen, die durcheinander in einem Kauderwelsch versuchten, die Situation aufzuklären. „Sir, this man saved the life of the little boy". Er schaute verdutzt und drängte erneut, endlich zu erfahren was passiert sei: "What's happened?" Roman versuchte erneut, mit seinem grausamen Englisch die Erklärung für das ganze Durcheinander fortzusetzen. „The boy was drunk". Die Anderen verdrehten die Augen und Peter kam ihm zur Hilfe. „Du hast gerade gesagt, der Junge war besoffen!" „Sorry Sir, the little boy was drowning, my friend saved him!". Der farbige Mann verstand.

Es war der Vater des Kindes, der von allem nichts mit bekommen hatte. Er war müde gewesen und hatte sich auf dem Hotelzimmer ausgeruht. Dabei war er eingeschlafen. Ein Arzt kümmerte sich um die Frau, die langsam wieder zu sich kam. Jetzt hatten wir Grund zu feiern und ich trank ein Budweiser auf ex. Alle bedankten sich bei mir für die Lebensrettung des kleinen Jungen, das Hotelpersonal, der Hoteldirektor und wenige Augenblicke später stand auch das Ehepaar mit seinem kleinen Jungen auf dem Arm vor mir, Tränen in den Augen und außer sich vor Freude über den glimpflichen Ausgang. Auch sie dankten mir und drückten mir ihre Visitenkarte in die Hand. „Please visit us, whenever you want, we are so thankful Sir. " Ich fühlte mich gut. Ich konnte dem Tod trotzen. Die Menschen sahen mich an, vielmehr sahen sie zu mir auf und zollten mir Respekt und Achtung, indem sie mir in einer wohlwollenden Geste zunickten und mit den Daumen nach oben zeigten. Früh am Morgen nahmen wir ein Frühstück im Laufschritt und brachten unser Gepäck zum Transferbus, der uns zum Airport fuhr. Der Flug war ruhig und die anderen erzählten bereitwillig im Flugzeug von meiner Heldentat. Es war schon etwas beschämend, ich hatte nur das getan, was man eigentlich von jedem Mitbürger eines Landes erwartete – Hilfestellung in einer lebensbedrohlichen Situation. Doch es war eher der Erfolg dabei, der sie veranlasste, es zum Besten zu geben. Die Tatsache, durch richtiges Handeln ein Leben gerettet zu haben, machte mich ein wenig stolz. Das Schicksal, wenn man so will, hatte es anscheinend so gewollt. Man konnte mir zwar auf die Schulter klopfen, aber ich wurde das Gefühl nicht los, dass das Leben diese Situation für mich inszeniert hatte.

Als ich am Flughafen durch den Zoll marschierte und im Ankunftsbereich ankam, winkte mir David Berg zu. Er hatte zugesagt, mich abzuholen. Gleich erzählte ich ihm von dem wunderschönen Urlaub, der beinahe in einer Tragödie enden wollte. Es war Wochenende und so ging ich den Tag ruhig an. Ein bisschen geschlaucht vom Jetlag, verbrachte ich einen gemütlichen Sonntagvormittag.

Der Wochenauftakt ließ mich in vielerlei Hinsicht rotieren: Angebote nachkontrollieren, Außentermine verabreden und ein etwa fünfundzwanzig Zentimeter dicker Stapel Post, der gelesen werden wollte.

Am Mittwoch lud ich Rita zu mir ein, eine gutaussehende Frau Ende der Dreißiger. Sie hatte lange blonde Haare und wirkte wie ein Teenager. Sie trotzte dem Älterwerden durch eine günstige genetische Prädisposition. Ich kannte niemanden, der in diesem Alter so jung wirkte. Allerdings hatte sie etwas morbide Ansichten, was Beziehungen betraf. Ein Partner war so etwas wie ein Besitz, über den man bestimmen konnte. Ein Absolutismus, über den ich nur schmunzeln konnte. Ich machte ihr meinen Standpunkt mehr als deutlich und dennoch schien bei ihr eine leise Hoffnung hindurch, mich ganz für sich gewinnen zu können. Für mich war es jedoch nur ein Zeitvertreib, auch wenn ich das niemals bewusst so formuliert hätte. Die Tatsache, dass ich mich, wenn es zu eng wurde, gnadenlos aus dem Staub machte, sprach eine eindeutige Sprache. Eine Beziehung war irgendwie nicht das was ich suchte, zumindest nicht mit Rita.

Wir hatten dennoch Spaß, wir gingen ins Kino oder genossen gemeinsam ein Abendessen in einem gemütlichen Restaurant. Zu Letzterem hatten wir uns für einen Samstag verabredet. Es war ein südamerikanisches Restaurant, das zwischen den Gängen brasilianische Tänzerinnen präsentierte. Junge, kaffeebraune Frauen mit tollen Rundungen und knappen Bikinis tanzten um uns herum. Rita beobachtete mich in jeder Sekunde, wie ich mich den knackigen Mädchen gegenüber verhielt. Sie versuchte meine Blicke, die sehr wohl immer mal wieder an den leckeren Mädchen auf und ab glitten, zu deuten. Ich spürte ihre wachsende Eifersucht. Am anderen Ende des Restaurants bemerkte ich ein Pärchen, das sich leidenschaftlich küsste. Irgendwie hatte es den Anschein, als könnten sie es kaum abwarten, nach Hause zu kommen. Die junge Frau schien eine Osteuropäerin zu sein, blond, mit hohen Wangenknochen und etwas „overstyled“ für meinen Geschmack. Das passende Gegenstück konnte ich nicht genau erkennen. Rita bemerkte meine Blicke, die nach hinten schweiften. „Wen hast du denn jetzt im Auge?“, wollte sie wissen. „Das wild knutschende Paar dort drüben, bitte sieh jetzt nicht hin“, wies ich sie an, sich zurückzuhalten. Sie konnte sich es dennoch nicht verkneifen, die Neugierde plagte sie zu sehr und sie drehte ihren Kopf. Im gleichen Moment wandte sich der Begleiter der schönen Blonden zu uns um, und mir verschlug es die Sprache. Es war Gerd Seller, der Freund und Verlobte von Clarissa. „Oh, oh“ entfuhr es mir. „Wenn das mal nicht in flagranti erwischt ist“. Rita verstand nicht so recht, „Du kennst die Beiden?“. „Nein, nur den Typen. Er ist der Lebensgefährte meiner besten Freundin.“

„Oh, wie peinlich“ flüsterte Rita überartikulierend. Eine Bedienung kam gerade vorbei, die ich auch sofort aufforderte die Rechnung fertig zu machen. Im Hintergrund sah ich, wie die beiden aufgeregt tuschelten. Gerd schien plötzlich Heimweh bekommen zu haben und gestikulierte in Richtung Service. Ich wollte erst einmal in Ruhe nachdenken und keinesfalls mir dumme Ausreden anhören, also versuchte ich schnell das Lokal zu verlassen. Wir waren sowieso mit dem Essen längst fertig. Kurz bevor ich in den Wagen einstieg, kam Gerd mir im Laufschritt nachgerannt, etwas außer Atem. „Hallo Jean,... hör mal, ich kann das erklären. Das ist nicht so wie es aussieht“. „O.k.“, erwiderte ich zynisch, „wonach mag das wohl ausgesehen haben?“. „Bitte sag Clarissa nichts, ich rufe dich morgen an.“ Ich nickte und stieg in den Wagen, in dem Rita schon Platz genommen hatte.

„Was war das denn?“, fragte Rita neugierig. Ich zuckte nur mit den Schultern und lächelte sie an. „Männer! – kannste alle vergessen“, fügte sie noch hinzu.

„Gut, dass es auch immer eine Frau dazu benötigt“, versuchte ich das letzte Wort zu behalten und Rita startete einen Vortrag über die untreuen Männer. Wir landeten im Bett, auch wenn sie spürte meine Liebe nicht erzwingen zu können. Sie konnte dennoch nicht widerstehen.

Am darauffolgenden Tag wurde ich vom Klingeln des Telefons geweckt. Es war Sonntagmorgen gegen neun Uhr. Ich hob ab und hatte schon so eine leise Ahnung. „Hier ist Gerd ... du, Jean..." suchte er nach Worten. Ich antwortete nur „Ja, bitte?". Gerd zögerte: „Es tut mir leid, was da vorgefallen ist. Mensch, du bist doch auch nur ein Mann. Du kannst dir doch vorstellen, wenn man Jahre zusammen ist und es im Bett nicht mehr so läuft... da kann man nicht immer widerstehen." „Ist gut Gerd, sag es ihr!", forderte ich ihn auf mit Clarissa zu sprechen. "Wenn du es nicht tust, tu ich es, o.k.?" „Das kannst du doch nicht machen, sie verlässt mich...". „Ja, das wird sie vermutlich tun. Versteh mich, ich weiß wie sehr sie sich auf dich verlässt und wie sehr es sie kränkt. Ich stehe ihr einfach näher und was wäre, wenn ein guter Freund dir verheimlichen würde, dass dir von deiner Freundin Hörner aufgesetzt werden?" Ich wusste nicht ob es der richtige Weg war, doch ich mochte Clarissa zu sehr, um mich zum hämischen Mitwisser zu machen und sie dadurch zutiefst zu enttäuschen. Ich wünschte ihm Kraft und alles Gute und legte den Hörer auf.

Hillberg

„Die Männer, jaja, so sind sie", entwich es Hillberg. „Na, Sie werden doch nicht alle über einen Kamm scheren, oder?", fragte ich die Journalistin mit einem süffisanten Lächeln. „Vielleicht nicht alle, aber die meisten", behauptete Stefanie Hillberg.

„Ich glaube, dass manche, vielleicht sind es auch mehr als die Hälfte", gab ich zu, „einfach Opfer ihres hohen Testosteronspiegels sind." „Opfer?", fragte sie empört, „Das ist mal wieder typisch!".

„Ja, Hormone können uns ganz schön durcheinanderbringen. So, wie Frauen in der Phase vor und während ihrer Periode oft Schwierigkeiten mit Stimmungsschwankungen,

Kopfschmerzen, prämenstrualem Stress und dergleichen haben, so können hohe Testosteronspiegel uns Männer zu triebgesteuerten Monstern verändern", versuchte ich ihr klarzumachen. „Das, was dann noch hinzukommt, ist die charakterliche Standfestigkeit oder Schwäche, die darüber entscheidet, ob jemand seinen Trieben nachgibt oder nicht. Und", ergänzte ich meinen Gedankenfluss. „ob es mir bewusst ist oder nicht, was ich tue." „Interessant", meinte Hillberg.

„Es ändert aber nichts am Resultat, Männer sind..." zögerte sie. „Schweine?", interpretierte ich ihre Gedanken. „Schwach, trifft es eher", ergänzte sie ihre Sichtweise. „Warum sind da Frauen einfach anders?" stellte sie die Frage in den Raum, ohne zu erwarten eine zufriedenstellende Antwort zu bekommen. „Zum einen gehört zu jeder dieser männlichen Aktionen auch immer eine Frau, zum anderen, haben Männer einfach mehr Testosteron, und...", schloss ich an, „es gibt ja immer einen Auslöser."

„Der da wäre?", wollte sie prompt wissen. „Dass es in der Partnerschaft nicht richtig läuft, angefangen von gemeinsamen Interessen, Werten, Vorlieben, Respekt, Achtung, Anerkennung etc. pp. Wenn etwas über längere Zeit nicht befriedigt wird, sucht die Natur des Menschen einfach einen Weg. Und ja, auch wenn es falsch ist, ist es menschlich".

Ich ahnte das Hillberg etwas Derartiges erlebt haben musste, aber ich wollte von mir aus nicht konkreter auf ihre Probleme zu sprechen kommen.

„Sie haben anscheinend intensiv darüber nachgedacht", stellte sie fest.

„Ich hatte ja schon ein bisschen Zeit", reagierte ich auf ihre Flanke. Sie schien sich wieder gefangen zu haben, aber man spürte ihren Unmut in Bezug auf Männer deutlich.

Sie hatte die Nase gestrichen voll, ihr innerlicher Groll dampfte ihr aus jeder Pore.

„Wollen Sie mir nicht erzählen was genau vorgefallen ist", bat ich sie um etwas mehr Offenheit. Sie reagierte jedoch nicht.

„Wie ging es weiter für die Beiden damals?", fragte sie einfach, als hätte sie meine Frage überhaupt nicht wahrgenommen. Ich folgte ihrem Wunsch

„Ich hörte etwa eine Woche keinen Ton von den Beiden, doch am darauf folgenden Samstag rief Clarissa mich privat an. „Hallo Jean, du weißt warum ich anrufe?"

Ich sagte: „Ja, ich kann es mir denken." Eine Stunde später kam sie bei mir vorbei um zu reden. Anfangs wirkte sie gefasst, doch irgendwann fing sie an zu weinen. Ein kurzer Anflug der Gefühle, den sie aber recht schnell wieder im Griff hatte. Ihr Verhalten war der Beweis dafür, dass Menschen mit Tatsachen besser zurechtkommen, als mit Lügen. Sie wies Gerd an, aus der gemeinsamen Wohnung auszuziehen, was er dann auch tat.

Tief in sich spürte sie die Wahrheit. Sie wusste sehr genau, mit welcher Art Mann sie es zu tun hatte. Seine charmante Art, die er nur noch selten zutage treten ließ, konnte sie für Momente glauben lassen, dass er der Richtige war.

„Doch schaue nicht auf das, was Menschen sagen, schaue auf das, was sie tun. In seinen Taten liegen des Menschen wahre Gedanken",

zitierte sie einen Spruch aus einer Weisheitslektüre, den sie in der letzten Zeit gelesen hatte. Es traf des Pudels Kern. Es war so. Menschen tun nur Dinge, die sie denken. Erst der Gedanke, dann folgt die Tat. „Ich werde jetzt sicher eine ganze Weile alleine bleiben, ich habe erstmal genug", gab sie mir beim Gehen zu verstehen. Wir umarmten uns und sie verließ meine Wohnung.

Ich hatte ein etwas schlechtes Gewissen, doch damit musste ich klarkommen. Gerd hatte mich eben in eine selten blöde Situation gebracht, doch Loyalität war eines der wichtigsten Charaktermerkmale, die ich mir auch von meinen Freunden gewünscht hätte. Loyalität ließ wenig Kompromisse zu, da war ich mir sicher.

Es vergingen Monate, Gerd war mittlerweile ausgezogen und bei uns tobte das Vorweihnachtsgeschäft. Wir hatten viel zu tun und allmählich fing ich an, mein Fitnesstraining zu vermissen. Ich kam an den Abenden nicht mehr rechtzeitig raus, der Alltag hielt mich fest in seinen Klauen. Es war die gewohnte Jahresend-Rally, bei der viele Unternehmen noch schnell in Werbemaßnahmen investierten, bevor das Geld beim Fiskus landete. Fitnesstraining war ein willkommener Ausgleich, dessen Ausbleiben ich im Rücken zu spüren bekam. Ich fühlte mich schon wieder urlaubsreif, alles tat weh, mein Rücken war starr wie ein Brett. Es war ein stetes Arbeiten und Schlafen, Schlafen und Arbeiten. Es gab nichts Außergewöhnliches, irgendwie langweilte mich alles. Selbst die Highlights der kleinen Rennveranstaltungen machten Winterpause. Ich konnte, vielmehr musste, ich mich mit den Dingen auseinandersetzen, die längst zur Routine geworden waren. Der Erfolg wurde zur Gewohnheit, die Affären wurden schal und die Abende einsam. Die Weihnachtszeit, Zeit der besinnlichen Stunden, war für mich das Grauen. Mir wurde nur einmal mehr bewusst, was mir alles fehlte – Christin und meine Familie. Hin und wieder traf ich mich mit Christins Eltern, doch jedes Mal endete unser Zusammentreffen in Trauer und Tränen. Deshalb fing ich allmählich an, Ausreden zu suchen, wenn sie eine Einladung aussprachen.

Ich konnte es nicht mehr ertragen. Die letzten Tage vor Weihnachten schickten wir Karten und Präsente für die besten Kunden und hier und da telefonierte ich mit Bekannten und Freunden. Auch mit Roman und Peter blieb ich in Kontakt. Unser gemeinsames Erlebnis am letzten Tag in Orlando festigte unsere Urlaubsfreundschaft. Beide arbeiteten in der Montageabteilung eines großen deutschen Autoherstellers. Sie standen in der Endkontrolle und nahmen die Fahrzeuge endgültig ab, bevor sie in den Verkauf gingen. Sie waren wohl zufrieden mit dem was das Leben ihnen zu bieten hatte. Es war ja auch so, dass sie beide sich ein ruhiges Leben ausgewählt hatten, einen durchstrukturierten Alltag. Sie fühlten sich wohl, wenn sie dann nach Feierabend das eine oder andere Fußballturnier ausrichten konnten, oder genossen es, bei ihrer Familie zu sein. Obwohl unsere Vorstellungen vom Leben in vielen Punkten so unterschiedlich waren, wie sie nur sein konnten, gab es doch gemeinsame Interessen. Eines davon waren Autos.

Ich saß in meinem Büro und kritzelte die Schreibvorlage voll, während ich mit Roman telefonierte. Es war kurz vor Feierabend und Domian nahm ein Gespräch an. Arthur Bracke war es, der mich sprechen wollte. „Hallo Jean, wie geht es dir“, tönte es freundlich auf der anderen Seite, als ich das Gespräch mit Roman beendet hatte. „Danke, gut“, war die Standardantwort. „Wollt ihr nicht alle zu unserer Weihnachtsfeier kommen?“ fragte Arthur. „Ich habe ein Restaurant für Freitag reserviert.“ Ich wollte schon absagen, da ich eigentlich gemeinsam mit meinen Jungs in einen Gasthof gehen wollte, ins ‚Haus am Tor‘. Doch Arthur ließ mich nicht ausreden und sagte: „Ich habe im ‚Haus am Tor‘ reserviert... Es würde mich sehr freuen, Geschäftspartner.“ „Okay“, ging ich auf ihn ein, „da wollten wir sowieso hin.“ „Siehst du, dann seid ihr jetzt meine Gäste.“ Wer hätte es gedacht – Arthur nannte mich Geschäftspartner und war mir väterlich zugetan. Meine Vergangenheit war ihm sehr präsent und auf seine alten Tage wich die Härte der Herzlichkeit.

Wenn auch die wirklich grausamen Weihnachtstage noch vor mir lagen, einen Tag davon konnte ich gut heißen.

Freitagabend versammelten wir uns im ‚Haus am Tor'. Es waren alle dort, auch Clarissa. Als hätten wir uns Monate nicht gesehen, begrüßte sie mich herzlich und drückte mir einen dicken Schmatzer auf die Wange. "Was ist passiert, so überschwänglich?", fragte ich lachend. „Ich freu mich einfach dich zu sehen, ist doch okay oder findest du das doof?" „Nein, nein, alles bestens, ich freu mich ja auch", erwiderte ich. Es war ein wunderschöner Abend. Irgendwann brachten zwei Jungs, die bei Arthur in der Verpackungsabteilung arbeiteten, große Kartons herein. Große Kartons mit kleinen Präsenten. Dann wurde ein Zylinder herumgereicht und jeder durfte ein Kärtchen ziehen, auf der eine Nummer stand. Ich hatte die 88 gezogen, Clarissa, die selbstverständlich neben mir saß, hatte die Nr. 16. Dann stellte sich Ramona, eine der Bürokräfte, nach vorne, rief eine Nummer nach der anderen auf und hielt die dazugehörigen Päckchen hoch über ihren Kopf. Die neuen Besitzer der Präsente packten natürlich gleich aus um zu sehen, was sie abbekommen hatten. Es waren Kleinigkeiten, alle liebevoll von der weiblichen Belegschaft Arthur Brackes in einem Billigladen ausgewählt. Von Shampoo und Bodylotion über Bücher bis zu CDs mit Oldie-Hits.

Dann rief Ramona: „Wer hat die 88?" „Hier", rief ich und ging ihr entgegen. Die Verpackung verriet gleich, was es war. Es musste ein Buch sein! Und? Es war ein Buch. Ich riss das Geschenkpapier unsanft herunter. „Wer bin ich", war der Buchtitel von Lumen Nomos, wie er sich nannte, dem Autor des Buches. „Wie komme ich denn dazu?“, fragte ich kopfschüttelnd, das Buch musternd. „Nee, das gibt’s doch nicht“, sagte Clarissa und schaute mit offenem Mund, als hätte sie noch nie ein Buch gesehen. „Ich war dabei, als wir die... ich meine...“, stotterte sie. „Ich habe die Präsente mit ausgesucht und ich dachte, dass ich es dir schenken wollte“, war sie überrascht. „Und jetzt hast du es bekommen. Das kann kein Zufall sein. Ich habe es selbst auch und finde es grandios“, schnatterte sie begeistert. „Okay, dann weiß ich ja, was ich die nächsten Tage tue“, gab ich grinsend von mir. „Worum geht’s in dem Buch?“, interessierte ich mich. „Selbsterkenntnis“, antwortete Clarissa. „Lies es, tu dir den Gefallen.“ Ich nickte und dachte nicht ansatzweise daran, es wirklich zu lesen. Ich hatte den Kopf so voll mit Dingen, überlegte den ganzen Tag, jonglierte mit Terminen. Ich war froh, mich einmal nicht mit irgendetwas befassen zu müssen. Die Ruhe war etwas, das ich am meisten vermisste. Ruhe in meinem Kopf. Nie konnte ich ganz vergessen, immer waren die Gedanken aktiv. Entweder hing ich gedanklich in meiner schmerzhaften Vergangenheit oder organisierte meine Zukunft. Ich plante voraus, baute an neuen Geschäftsfeldern und grübelte in der Einsamkeit, die schmerzte. Nirgendwo gab es diese ersehnte Ruhe, alles animierte mich zum Denken. Die Vorstellung, mir auch noch ein Selbststudium antun zu müssen, machte mich wütend. Es war sicherlich gut gemeint, aber mir stellten sich die Nackenhaare hoch bei jedem weiteren Gedanken daran. Aber Clarissa konnte nichts dafür, dass ich es letztendlich bekommen hatte. Sie hatte es ja dann doch nicht für mich gekauft.

Clarissa ahnte wohl, dass ich für dieses Thema in konzentrierter Form noch nicht bereit war. Vielleicht würde ich irgendwann einmal geneigt sein mich näher damit zu befassen, doch nicht jetzt und vor allem nicht an Weihnachten, um womöglich alte Wunden aufzureißen. Wir unterhielten uns alle und es war eine wirklich gute Stimmung. Einige fanden das rechte Maß beim Trinken nicht und wurden von Stunde zu Stunde blauer. „Hast du auch Angst vor den nächsten Tagen, ich meine Heiligabend?“, fragte mich Clarissa. „Ich denke wahrscheinlich ganz ähnlich wie du. An Heiligabend bin ich bei meiner Familie, möchtest du nicht mitkommen?“ fragte sie entschlossen. „Nein, ich möchte nicht. Ich weiß nicht, ich bin garantiert nicht auszustehen und möchte lieber alleine sein“, gab ich offen zu. „O.k., du weißt aber, du kannst jederzeit zu uns kommen, meine Eltern würden sich auch darüber freuen.“ „Gut, dann lass uns doch am ersten Weihnachtsfeiertag uns treffen, das wäre doch eine gute Idee“, bot ich ihr an. „O.k., meinte Clarissa, „dann kommst du zu mir, am besten gleich zum Frühstück.“ Ich willigte ein.

❂

Kapitel 8

Heiligabend war ich, wie erwartet, den ganzen Tag in einer sonderbaren Stimmung. Ich hatte Angst, Christin gerade in diesen Tagen besonders zu vermissen. Dies waren die Tage, in denen wir uns noch Zeit füreinander genommen hatten. Ich dachte an meine Mutter und an Opa Hans und Oma Marie. Am Mittag besuchte ich Christins Eltern, was unausweichlich war. Zusammen gingen wir zum Grab von Christin, danach noch zum Grab meiner Mutter und dem meiner Großeltern. Eine geballte Ladung Trauergefühle bügelte mich für den Rest des Tages. Auf eindringlichen Wunsch von Helga und Erich kam ich mit zum Abendessen, es konnte ja kaum schlimmer kommen. Die Beiden waren entgegen meiner Erwartungen erstaunlich gut drauf. Sie versuchten die Ereignisse zu verdrängen, so gut es ihnen möglich war. Helga hatte ein traditionelles Weihnachtsessen vorbereitet, eine Weihnachtsgans mit Rotkohl und Klößen. Das Wohnzimmer war geschmückt, als gäbe es eine Schar von Kindern im Haus. Es gab einen prächtigen Weihnachtsbaum mit glänzenden Christbaumkugeln und bunten Lichtern, wie ich ihn in meiner Kindheit in Frankreich gehabt hatte. In einem Moment, als Erich sich um Getränke bemühte und Helga den Tisch abräumte, reisten meine Gedanken durch die Zeit zurück. Sie hielten an etlichen Stationen der Vergangenheit und ich fühlte mich wie in Trance, den Blick in die Weihnachtslichter des Baumes gerichtet. Die Stille, in der ich verharrte, wurde von Erich abrupt unterbrochen: „Jean trinkst du noch ein Bier mit mir?“ „Okay“, gab ich mein Interesse kund, „wenn du mich so fragst, dann gerne“.

Helga kam dabei um die Ecke und hielt ein Fotoalbum in die Höhe. „Hier habe ich die Tage ausgegraben...“ Mir schwante Böses. So schauten wir gemeinsam Familienbilder, wir lachten herzhaft und vergossen zusammen Tränen und dennoch war es nicht so erdrückend, als hätte ich den Abend alleine verbracht.

Als ich später im Bett lag, fühlte ich mich hin und her gerissen. Ich versuchte erneut mit dem Leben in Frieden zu kommen, denn ich hatte Geld, ich hatte Erfolg – aber ich hatte keine eigene Familie, weder Vater noch Mutter oder Frau. Diese Dinge waren mir aber so wichtig und das, was ich besaß, konnte ich nicht wertschätzen, weil es nichts davon ersetzen konnte. Selbst Opa und Oma hatte ich verloren. Auch wenn es völlig normal war, dass Menschen starben, ich fühlte mich vom Leben beraubt, vom Verlust Christins ganz zu schweigen. Nichts von dem, das ich besaß konnte aufwiegen, was ich im Herzen sehnlichst brauchte und vermisste. Es waren Bedürfnisse auf einer anderen Ebene. Ich suchte einen Schuldigen, ich suchte den, der verantwortlich war. In diesem Falle war Gott derjenige, den ich zur Rechenschaft zog. Ein Gott, an den ich nicht glaubte. Ich dachte vielmehr: ‚Ist das euer barmherziger Gott, der es zulässt, dass Menschen solche Grausamkeit widerfährt? Zu so etwas soll ich beten, es ihm nachsehen, weil doch alles einen Sinn haben soll?' Bei diesen Gedanken geriet ich in Rage. So konnte ich keinen Frieden schließen. Doch genauso konnte ich an den Tatsachen nicht vorbei, sie waren unabänderlich. Ich war es nicht, der sein Leben verloren hatte. Ich war es, der in Unwissenheit zurückgelassen worden war. Zurückgelassen mit einem menschlichen Unverständnis, einem vielleicht viel zu kleinen geistigen Horizont, um die Wahrheit, die sich dahinter verbarg, erkennen und begreifen zu können. Dies alles mit einem Gefühl des Schmerzes, des Verlustes, der Unvollkommenheit und Leere.

‚Diese Gedanken werden mich wohl ein Leben lang begleiten', dachte ich. Es war so, als suchte man einen Weg und würde immer wieder in einer Sackgasse landen. Ohne jegliches Entkommen. Irgendwann schlief ich über diesen Gedanken ein.

Am Morgen des ersten Weihnachtsfeiertags schwangen die Gedanken der Nacht noch mit. Da musste es einen Zusammenhang geben – wenn mein Geist nachts Probleme wälzte, begleitete dieser Spirit mich unter Umständen durch den ganzen nächsten Tag."

Hillberg, nickte zustimmend. "Ich glaube das ist auch bei mir und dem Rest der Menschheit so", bestätigte sie die Erfahrung, die auch ihr schon bewusst geworden war.

„Entsprechend meiner Lebensenergie beraubt, blickte ich in den Spiegel und versuchte einen Moment zu begreifen, wessen Antlitz ich sah. „Das bist du, Jean Degrange. Du mit dem Sack voller Sorgen. Wie lange noch muss ich ihn tragen?" Es war kein Selbstmitleid, es war eine ernstgemeinte Frage. Ich stellte fest, dass ich es leid war, ihn durch mein Leben zu schleppen.

Ich beschloss, den Sack erst einmal beiseite zu stellen und einfach nicht mehr daran zu denken. Während ich mich frischmachte, fiel mir brennend heiß ein, dass ich das Präsent für Clarissa nicht vergessen durfte. Ich hatte es in den letzten Tagen besorgt. Es war nicht einfach, einer Frau, mit der man nicht zusammen war, etwas Passendes auszusuchen. Nicht zu persönlich, aber auch kein Kitsch. Ich zog mich schick an und fuhr zu meiner besten Freundin. Clarissa hatte den Tisch wunderschön weihnachtlich dekoriert. Kerzen und Engelsfiguren auf weinrotem Samt. Ein Frühstückstisch, an dem man nichts vermisste. Ich überreichte ihr mein kleines Präsent, ein Buch über Yogatechniken und einen Wellness-Gutschein für eine Ayurvedische Ölmassage. Sie freute sich und hielt mir ebenfalls ein Päckchen entgegen, das sie für mich gekauft hatte. Es war mein Lieblingsaftershave und ebenfalls ein Gutschein. Er galt für ein Seminar über zwei Tage mit Lumen Nomos. „Ich gehe auch hin, überlege es dir... du musst nicht.“, sagte Clarissa etwas verlegen, da sie gleich merkte, dass sie mir damit nicht unbedingt eine Freude machte. „Danke trotzdem“, erwiderte ich und drückte sie herzlich an mich. „Ich überleg es mir, o.k.?“

„Wie geht es dir?“, fragte ich, während Clarissa mir einen Kaffee einschenkte. „Danke, es geht mir besser denn je“, antwortete sie fröhlich. „Klingt super“, kommentierte ich. Irgendwie erwartete ich, dass sie mir ihr Leid klagte. Sie erzählte mir jedoch, dass sie an sich arbeitete, dass sie es leid war zu leiden. „Jean, ich möchte glücklich sein. Alles, woran ich mich in den letzten Jahren hängte, war eine Illusion. Es war ein Idealbild, das ich mir wunderschön gezeichnet hatte, aber es entsprach in keiner Weise der Realität. Gerd war nicht der Partner, den ich mir gewünscht hatte. Ich war so naiv zu glauben, dass er der Vater meiner Kinder sein sollte, er hat aber ganz andere Ziele, andere Werte.“ Baff darüber, wie ungeniert sie mit sich selbst ins Gericht ging, nickte ich nur leise. „Ich habe Luftschlösser gebaut“, sagte sie und blickte mir in die Augen. „Jeder von uns baut Luftschlösser, wir sind nicht bereit für die Wahrheit. Wir sind alle nicht bereit zu sehen, wie wir sind. Wir denken und interpretieren immer an der Wahrheit vorbei.“ Ich verstand und verstand auch wieder nicht. Ich fragte nach: „Was meinst du damit?“

„Ich habe Gerd nicht erkannt, wie er ist, was er will. Ich kenne oder kannte nicht mal meine eigenen Bedürfnisse. Ich habe nicht erkannt, was seine Werte sind, ich habe nicht gesehen, dass er weit entfernt von dem ist, was ich will, weil ich sein Äußeres sehr gemocht habe und sein Inneres nicht sehen wollte.“ „Und was willst du?“, fragte ich sie. „Ich will glücklich sein. Ich will mir keine Sorgen darum machen müssen, ob mein Partner sich mit anderen Frauen vergnügt. Ich brauche Familie und feste Strukturen. Ich möchte als Mensch, dass man meine Not erkennt, wenn es so ist." Das verstand ich sehr gut. Sie war einfach wie ich.

Es waren einfache Dinge, die das Leben ihr bisher verwehrt hatte. Ich konnte sehr gut verstehen, was sie damit meinte, es war als spräche sie auch von meinen Werten. „Und wie bist du dazu gekommen, dass du das heute erkennst?", fragte ich nach einem Moment des Schweigens. „Ich beschäftige mich mit mir, vielmehr sind es spirituelle Ansätze, die mich anders denken lassen. Siehst du hier, die habe ich alle gelesen", deutete sie auf einen Stapel Bücher, die auf einem Tisch neben dem Wandregal lagen. „Wenn du es leid bist zu leiden, dann musst du anfangen deine Sichtweisen zu überdenken", gab sie etwas dozierend kund. Ich fand dieses Thema zum einen spannend, doch zum anderen mochte ich es nicht, wenn jemand den moralischen Zeigefinger erhob. Ich dachte viel nach und war durchaus in der Lage, Wahrheiten zu erkennen, doch irgendwas hielt mich ab, es zu einem Hauptthema zu machen. „Ich habe so Vieles gefunden, mithilfe dessen ich es in der letzten Zeit schaffte, einigermaßen klar zu kommen. Warum soll ich jetzt anfangen in meiner Vergangenheit zu wühlen?", fragte ich sie. „Du brauchst nicht in deiner Vergangenheit zu wühlen, du richtest dir ein neues Betriebssystem ein." „Wie, Betriebssystem?", fragte ich nach.

„Es ist wie bei einem Computer. Du richtest ein neues Betriebssystem ein, die Daten, die auf deiner Festplatte sind, bleiben davon unberührt. Du kannst sie danach nur einfach besser verarbeiten." „Aha", gab ich abweisend zurück, „wo hast'n das gelernt?"

Clarissa zeigte mit dem Kinn in Richtung Bücherstapel. „...zum Beispiel", schloss sie an.

„O.k., ich denke drüber nach", lenkte ich ein. Innerlich war ich auf Krawall gebürstet, doch ich beherrschte meine unreflektierte Wut, die in mir auf einen geeigneten Moment zu warten schien.

Sie wechselte das Thema, wissend, dass sie in mir etwas geweckt hatte, und wir redeten über Arthur Bracke. Darüber, wie er doch für alle irgendwie wie ausgewechselt schien. Clarissa meinte, er zeigte sich immer herzlicher, aber das läge daran, dass Arthur auf seine alten Tage eine neue Frau an seiner Seite hätte. Arthurs bisherige Frau war wohl ein Tyrann gewesen. Sie hatte ihn verunsichert und es geschafft, ihm ihre persönlichen Vorstellungen aufzunötigen. Irgendwann hatte es ihm gestunken. Wohl wegen seines nicht vorhandenen Ehevertrags hatte er sich nie dazu entschließen können, sie zu verlassen. Doch irgendwann war die Bombe geplatzt. „Kein leichter Schritt", meinte ich. „In seinem Alter so eine Entscheidung zu treffen."

"Ich glaube man möchte gerade dann, wenn man im fortgeschrittenen Alter ist, sich nicht die restlichen Jahre mit Problemen herumschlagen", erwiderte Clarissa überzeugt. Alles was sie sagte hatte Ausdruck, hatte Wirkung. Alles was ihren Mund verließ schien kostbar und durchdacht. Und Recht hatte sie, jeder Tag eines Lebens barg die Chance, etwas zu verändern. „Und wie sieht es aus mit Männern?", fragte ich spitzbübisch. „Nichts", antwortete sie mit einem Lächeln, „ich genieße es frei zu sein. Ich will nicht von einer Beziehung in die andere. Und du? ... nein, ich frage besser nicht. Du hast ja ...", stockte sie. „Hast ja was ...?", fragte ich mit hochgezogenen Augenbrauen nach.

„Wie viele Frauen hast du in der letzten Zeit gehabt?", grinste sie mich verlegen an. „Es geht mich nichts an, du kannst machen was du willst", startete sie den Versuch, ihre Frage zu entschärfen.

„Ich mache keinen Hehl daraus“, gab ich rotzig zu. „Du hast Recht. Es ist nur ein Versuch, mich abzulenken, aber ich gehe mit den Frauen ehrlich um, sage ihnen gleich, dass ich keine Beziehung will“, verteidigte ich mich. „Das ist vollkommen okay“, versuchte sie mich zu besänftigen. “Solange du niemanden arglistig hintergehst und absichtlich verletzt, finde ich das fair.“ Dann überfiel mich ein Schamgefühl. Ich schämte mich vor der Frau, die ich so achtete, so sehr mochte, ja sogar begehrte, zuzugeben, etwas von dem zu sein, das sie gerade verlassen hatte. Ich war nicht viel besser als Gerd. Ich benutzte Frauen. Ich benutzte sie dazu, meine Vergangenheit zu übertünchen, zwar offen, ohne die Lüge von falschem Versprechen, doch ich benutzte sie. Jede Einzelne von denen, die in meinem Bett gelandet waren, wollte am Ende mehr. Irgendwie erwies es sich immer wieder, dass dieses „Kein Problem, ich bin eine erwachsene Frau, ich weiß, was ich tue“ letztendlich eine Lüge war. Wobei ich natürlich berücksichtigen musste, dass ich als wohlhabender Lebensgefährte auch ein finanzielles Interesse nicht ausschließen konnte. Dennoch wollten sie mehr und sie wurden enttäuscht. Ich trug bei der Sache immerhin fünfzig Prozent der Verantwortung. Es war ein Deal mit klaren Bedingungen und die Verlierer standen schon von vornherein fest.

„Was denkst du über mich?“, fragte ich sie und blickte ihr direkt in die Augen. „Denkst du, ich sei ein Schwein?“, giftete ich. „Nein, gewiss nicht! Ich denke nur, wenn du dein Leben nicht änderst, wirst du niemals richtig glücklich werden. Du wirst eine verlorene Seele sein, die keine Ruhe findet.“

Es traf mich von ihr so etwas zu hören. Sah sie mich wie jemanden, der auf die schiefe Bahn geraten war, der vielleicht irgendwann zu Alkohol oder Drogen greifen würde?

„Willst du etwa sagen, dass bei mir Hopfen und Malz verloren ist?“, wetterte ich ihr entgegen. „Komm Jean, du weißt genau, wie ich das gemeint habe. Interpretiere nicht etwas in meine Worte, was nicht ist. Ich meine nur, schau auf dein Leben. Du sehnst dich nach Familie, nach einer ruhigen verlässlichen Partnerschaft, nach Harmonie und Liebe, aber die vielen Affären der letzten Zeit bringen dich sicher nicht dorthin. Begreif es doch, dass du deine Sichtweisen überdenken solltest, sofern du daran etwas ändern möchtest.“ Das saß. Tief in mir spürte ich die Wahrheit, die sie gerade ausgesprochen hatte, doch ich kam mir vor wie ein kleiner Junge, der sich eine Standpauke anhören musste. Ich war ein erwachsener Mann, der voll im Leben stand und hier an diesem Punkt kam ich an meine Grenzen.

„Sicher weiß ich, dass es nicht der richtige Weg ist, doch was würdest du tun? Ich habe alles verloren, was ich je geliebt habe,“ brüllte ich, den Tränen nah. „Ich möchte dem Leben einfach keine Chance mehr geben, mir noch einmal so weh zu tun“, warf ich ihr wütend um die Ohren. „Hey Jean, ich verstehe das. Ich verstehe auch das, was du tust, aber du bist ein guter Freund und ich würde dir nur allzu gerne helfen. Vielleicht war es einfach nicht der richtige Zeitpunkt, dich damit zu konfrontieren. Es tut mir Leid“, entschuldigte sie sich. „Ich werde dann mal besser gehen“, schloss ich unser Weihnachtstreffen ab und ging zur Garderobe um meine Jacke zu holen. Ich spürte ihre Verzweiflung darüber, dass sie in mir etwas ausgelöst hatte, was sie nicht beabsichtigt hatte. Sie fühlte sich schlecht und sie spielte die Rolle der Schuldigen, die versuchte es irgendwie wiedergutzumachen. Ich dagegen spielte die Rolle des Opfers.

Ja, ich war betroffen und irgendwie verletzt und machte sie dafür verantwortlich. Es war ein Spiel, das so viele Menschen spielten. Wie oft kam es vor, dass die einen verletzt und missverstanden wurden und sich in die Rolle des Opfers fügten. Andererseits, wo es Opfer gab, gab es Täter. Schnell wurden die Rollen verteilt und angenommen, ohne es wirklich zu wollen. Clarissa versuchte mich zu besänftigen, versuchte mich dazu zu bewegen, dass ich diese Opferhaltung wieder ablegte – ohne Erfolg.

Irgendetwas in mir genoss es gerade, in dieser Position zu sein. Es gab mir irgendwie ein befriedigendes Gefühl, sie zappeln zu lassen; dass sie sich um unsere Freundschaft bemühte. Ich drückte sie kurz und verließ ihre Wohnung.

Ich war noch nicht in den Wagen eingestiegen, da überfiel mich das schlechte Gewissen. Ein schlechtes Gewissen darüber, sie so zurückgelassen zu haben. Um meine Position nicht ganz aufzugeben, schrieb ich ihr eine SMS:

Sei mir nicht böse, ich fühle mich irgendwie ertappt und weiß auch im Moment nicht,wie ich damit umgehen soll.
Wir reden ein anderes Mal darüber.

Gruß, Jean

Wenige Augenblicke danach piepte mein Handy. Als ich die Nachricht öffnete, war nur ein Smiley zu sehen – ein Augen zwinkernder.

„Sind wir nicht manchmal wie Kinder?“, fragte ich die Journalistin. „Es sind die Erfahrungen, die uns reifen lassen“, entgegnete sie. „Das Leben scheint wie eine Schule, bei der jede noch so negative Erfahrung uns weiter bringen will.“Das hatte ich Hillberg nicht zugetraut. Zumindest hatte sie anderen in ihrem Alter vieles an weisen Erkenntnissen voraus. Doch wie tief diese Erkenntnisse saßen, erschloss sich mir noch nicht. Hillberg blickte auf die Uhr und bat mich weiterzumachen.

„Zu Hause angekommen, legte ich meine Jacke ab und setzte mir einen Tee auf. Auf dem Esstisch lag noch immer das Buch, das ich auf der Weihnachtsfeier bekommen hatte. Ich setzte mich mit dem frisch aufgebrühten Tee und einer Schale Weihnachtsgebäck auf die Couch, betrachtete das Buchcover und las den Titel erneut. ‚Wer bin ich'. Irgendwie hatte ich Angst es aufzuschlagen und darin zu lesen, doch ich überwand mich.

Das Kapitel über den Autor ließ ich gleich beiseite und ich begann mit der Einleitung.

Der Autor beschrieb sein eigenes Leben, das aus zahlreichen Tragödien bestanden hatte, ohne sie inhaltlich näher auszuführen. Irgendwann hatte er dann begonnen, sich für spirituelle Themen zu interessieren, da er außer im Freitod keinen Ausweg mehr sah. Er beschrieb, wie er vor einer endgültigen Wahl stand, zu kapitulieren oder sein Leben von etwas Höherem, von Gott, leiten zu lassen. Ich verzog das Gesicht und dachte nur: "Es gibt diese Sorte Menschen, die sich dann plötzlich von Gott leiten lassen; abgedreht und realitätsfremd. Ein Eso-Spinner." Dieser Gott würde mir aber noch Einiges erklären müssen, bevor ich mich auf ihn einließe. Ohne dieses Kapitel komplett gelesen zu haben, blätterte ich weiter und landete bei einem weiteren mit dem Titel: ‚Die Entstehung des Ich'. Der Autor übersetzte die Bibel in ihre ursprüngliche Wortbedeutung, er zitierte bekannte Bibelforscher. Er zeigte die massiven Fehlinterpretationen der Bibelübersetzer, die angeblich unter der Führung des Heiligen Geistes die Bibel übersetzt haben sollten.

"Ja, ja", witzelte ich laut vor mich hin. „Nach drei Flaschen Messwein bin ich auch vom Heiligen Geist beflügelt." Dennoch wollte ich etwas davon erfahren, was er schrieb. Er machte auf Bedeutungen aufmerksam, die die biblische

Schöpfungsgeschichte in einem anderen Licht darstellten. Das gefiel mir, es hörte sich interessant an. Alles, was darauf hindeutete, dass die Bibel und das ganze religiöse Gehabe nur Lug und Trug waren, empfand ich als sympathisch. In weiteren Abschnitten erklärte der Schreiber die Entstehung unseres denkenden Geistes, der unabhängig vom wahren Bewusstsein des Menschen existiert. Er beschrieb es als unsere unvergängliche wahre Natur. Der denkende Geist sei nur ein illusionäres Ich, das sich über alles gestellt hatte. Ein autonom gewordenes Konstrukt einer Persönlichkeit, die aus Gedanken, konditioniertem Verhalten, Erinnerungen und Erfahrungen bestand. Ein gewachsenes Ich, womit wir uns als Mensch identifizieren. Er nannte es das Egobewusstsein, was er mit dem denken den Geist gleichsetzte.

Wenn ich auch nicht die Tragweite dieser Aussagen erfassen konnte, irgendwie spürte ich, dass etwas Wahres daran war, auch wenn ich es mir an manchen Stellen nicht verkneifen konnte, mich darüber lustig zu machen. Ich fragte mich nur, „Wenn ich nicht das oder der bin, der ich zu sein glaube, wer oder was bin ich dann?“. Wo steckte der wahre Kern und vor allem, aus was bestand er? „Das ist mir jetzt zu hoch“, sprach ich laut aus und legte das Buch erst einmal zur Seite.

Hillberg schien etwas gelangweilt. Ich fragte nach. „Nein, alles in Ordnung. Es ging mir genauso, als ich es las“, erklärte sie. „Sie haben es gelesen?“, wollte ich wissen. „Ja, – vergessen, für was ich schreibe? Da kennt man die ganzen Autoren.“ Ich hatte tatsächlich für einen Augenblick vergessen, dass sie durch ihren Job ständig mit diesen Themen konfrontiert war. Ich erzählte weiter.

„Für den Silvesterabend hatte David Berg mich eingeladen, er gab eine Party.

Es waren etliche aus unserem Unternehmen da. Obwohl er alle eingeladen hatte, hatten einige jedoch abgesagt. Domian Fröhlich, Adam Körner und Peter Solver waren ebenfalls gekommen um gemeinsam zu feiern. David hatte vor zwei Jahren ein recht großes Haus ersteigert. Ein Anwesen mit einer großen Doppelgarage, in der eine kleine Werkstatt Platz fand. Wir waren rund fünfundzwanzig Leute. Es gab ein reichhaltiges Salatbüffet, zu dem die meisten der geladenen Gäste sich vorher verpflichtet hatten, einen Beitrag mitzubringen. Ich kümmerte mich um die Pyrotechnik, ein Silvesterfeuerwerk, das etwas Besonderes sein sollte. Auch wenn ich wusste, dass ich es damit ein klein wenig übertrieben hatte, aber wenn ich etwas machte, musste es perfekt sein. So ließ ich mir von einem Unternehmen ein Feuerwerk zusammenstellen, das wir schon am Nachmittag aufbauten.

Kurz vor Mitternacht wies ich alle an mit nach draußen zu kommen. Ich leitete den Countdown der letzten Sekunden ein, bei dem alle anderen mitzählten. 3-2-1 und ... nichts passierte! „Mann, was is‘n das für‘n Scheiß...“, entwich es mir. Ich drückte den Starter nochmals, aber es passierte wieder nichts. „Hast du es auch bezahlt...?“ oder „Toll, das Feuerwerk, es ist wohl ein Imaginäres“, riefen sie mir entgegen. Ich wurde sofort hektisch und suchte das Verlängerungskabel ab. „Suchst du danach?“, fragte mich Peter Solver und hielt den Stecker hoch. „Na los, steck ihn ein“, wies ich harsch an.

Irgendjemand hatte den Stecker, der für die elektrische Zündung des Feuerwerks notwendig war, herausgezogen, um die Musikanlage mit Strom zu versorgen.

Dann endlich zündete jedoch ein feudales Feuerwerk und es waren überall nur noch Ahhs und Ohhs zu hören. Das ganze Schauspiel dauerte vielleicht sieben Minuten, doch diese sieben Minuten zogen alle Bewohner der Straße in den Bann. Römische Lichter, kleine Vulkane und prächtige Sonnenlichter wechselten sich mit einem Goldregen am Himmel ab. Licht war das, was die Dunkelheit seiner Existenz beraubte. Es hatte etwas Magisches. Wir wünschten uns alle ein gesundes und stressfreies Jahr und den passenden Erfolg und Gesundheit dazu. Als das Feuerwerk vorbei war, dachte ich an Christin, meine Familie. Gefühle des Verlustes, der Trauer und des Schmerzes, die wie Kletten an mir hingen. Dann versuchte ich bei Christins Eltern mit dem Handy durchzukommen. Keine Chance. Die Leitungen waren überlastet. Ich wollte Clarissa eine Kurznachricht schreiben, um ihr alles Gute für das neue Jahr zu wünschen, da sah ich bereits eine Nachricht von ihr. „Alles Gute fürs neue Jahr,... für dich soll es rote Rosen regnen! In tiefer Freundschaft, Clarissa.“ Für den Moment war ich wieder im Frieden mit der Welt. Ich freute mich sehr über diese Nachricht und schrieb ihr zurück.

Während ich mit dem Schreiben der SMS beschäftigt war, kam mir Adam Körner, mein erster Mitarbeiter, den ich eingestellt hatte, zur Seite. Adam hatte schon tief in die Flasche geguckt. „Hey Schean“, lallte er. „Du bist wirklich ein feiiiner Käll, aber worüm kannst de nicht mal ne richtig..., ne richtig geile Seketäring einschellen? We wollen doch auch mal wat su gucken ham.“ Adam war total blau. Er war eigentlich jemand, der nie groß auffiel; zurückhaltend und Frauen gegenüber eher schüchtern. Wahrscheinlich würde er zu den ewigen Junggesellen gehören, denn er fand keine Frau, die sich für ihn interessierte. Er war einfach zu introvertiert.

Überrascht, wie er plötzlich unter Alkohol aufblühte, versuchte ich passend zu reagieren: „Ach Adam, weißt Du, Frauen lenken uns vielleicht zu sehr von unserer Arbeit ab.“

„Nee Nee Nee, fasch, die bringen uns zum Aabeiten. Das isses doch, worüm sich de ganze Sirkus dreht. Geld un Weiber!“, erklärte er. Ich musste herzhaft lachen. Irgendwie hatte er auch Recht. Aus der Sicht eines unterversorgten Mannes schien das die Wahrheit zu sein.“

Die Medienvertreterin verzog grinsend das Gesicht. Sie genoss es, wenn ich eine Person nachahmte.

„Am ersten Januar, ‚The Day After‘, brauchte ich viel Ruhe. Ich hatte wohl auch etwas zu viel getrunken und war ziemlich verkatert.

Der zweite Januar war gleich ein Arbeitstag und ich musste meinen Verpflichtungen nachkommen. Mühsam und träge versuchte ich mich durch den Wust liegengebliebener Post und Aufträge zu wühlen. Es war die Stimmung, die ich allzu oft an Montagen hatte. Ein Gefühl, wie verkatert zu sein. Ich mochte Montage nicht – oder vielmehr war es ja kein Montag; ich hasste den Tag nach einer Pause, wie nach einem Wochenende. An Freitagen blühten viele auf, in der Hoffnung ein schönes Wochenende zu erleben. Entweder war es dann gut, und man war hinterher traurig, dass es wieder vorbei war, oder es war schlecht und man setzte in das nächste bevorstehende Wochenende all seine Hoffnung. Es war immer ein Warten auf das Leben. Ein Durchhangeln durch die Zeit, mit der Hoffnung, etwas außergewöhnlich Schönes zu erleben. Ich hatte das Gefühl, dass es fast allen so ging. Was mich betraf, zog ich mich an den kleinen Highlights des Lebens hoch, dazwischen war es langweilig und öde geworden. Der Alltag, den ich einst, in der Aufbauphase, genossen hatte, wurde zur Gewohnheit, wobei Gewohnheit sich von gewöhnlich ableiten ließ. Es war nichts Besonderes mehr. Doch wie dem entkommen, was konnte man schon daran ändern? Ich bewunderte diejenigen, denen es möglich war, an ganz normalen Tagen fröhlich zu sein. War ich etwa zu verwöhnt und konnte dem Allem nichts mehr abgewinnen? Es fühlte sich jedenfalls so an. Der Gedanke, in ein paar Monaten wieder auf einer Rennstrecke zu fahren, zauberte mir ein kleines Lächeln auf die Lippen. Ich nahm mir darüber hinaus vor, wieder regelmäßig Fitnesstraining zu machen. Das Training an sich machte mir weniger Spaß, es ging eher um den Effekt, der sich danach einstellte, eine gewisse Ausgeglichenheit, die sich sehr gut anfühlte. Im übertragenen Sinne eine „Reset-Taste“, die ich wieder häufiger drücken wollte. Um mich mit mir selbst auseinanderzusetzen, nahm ich mir vor, dieses seltsame Buch zu lesen.

Kapitel 9

Wie bei vielen anderen Menschen wohl auch, blieb es bei den frommen Wünschen, denn die Umsetzung der neuen Vorsätze gestaltete sich, wie konnte es anders sein, schwierig. Der Alltag nahm mich so in die Pflicht, ich kam einfach vor neun Uhr abends nicht nach Hause. Die Zeit reichte allenfalls um etwas zu essen und innerlich herunterzukommen. Nach dem Essen ließ ich mich meistens vom Fernseher berieseln und schlief oft dabei ein. Mich mit mir selbst zu beschäftigen hieß allenfalls, meinen Körper zu waschen und Zähne zu putzen und so sahen die ersten vierzehn Tage des neuen Jahres aus.

Es war alles andere als angenehm, es fühlte sich krank an. Jeden Tag aufs Neue mehr zu tun zu haben, als man leisten konnte.

Ich musste eine Lösung finden, für etwas, das unlösbar erschien. Personal einstellen war die Antwort, die ich jedoch wegen der allgemeinen Risiken aus Kosten-Nutzen-Sicht immer wieder scheute. Ich hasste es, auf der einen Seite neue Mitarbeiter einarbeiten zu müssen, die ich dann auf der anderen Seite vielleicht wieder entlassen musste. Diese Überlegungen gingen mir durch den Kopf, während ich vor mir in meinem Abendessen, einem ungenießbaren Fertiggericht, herumstocherte. Ich beschloss, endlich eine kleine Betriebsversammlung einzuberufen. Hierzu bot sich der kommende Freitag an, da wir uns an diesem Wochentag sowieso meist zu unseren Präsentationen versammelten bei denen wir die Umsetzung der Kundenwünsche intern begutachteten.

„Liebe Kollegen“, eröffnete ich das Gespräch und Domian fing an zu lachen. “Was ist, hab ich was Falsches gesagt?“, fragte ich nach. „Nein, nein, hörte sich nur so offiziell und förmlich an“, witzelte er Beifall heischend. „Jedenfalls, ich möchte in der ganzen Maschinerie etwas ändern“, führte ich, ohne auf Domian einzugehen, weiter aus. „Ich komme hier keinen Abend mehr rechtzeitig raus und ernähre mich nur noch von Dosenfutter. Es sind definitiv zu viele Aufgaben, mit denen ich belastet bin. Ich schreibe die Angebote selbst, weil ich den Überblick haben möchte. Auftragsvolumen von unter dreitausend Euro werden bisher von David bearbeitet. Ich stocke das jetzt auf fünftausend Euro auf, also bis zu diesem Limit wird alles ab sofort auch von dir bearbeitet, David.“ David verzog das Gesicht, als hätte ich gerade seine Kündigung ausgesprochen. „Jean das geht nicht, ich arbeite schon jeden Tag mindestens zwei

Stunden mehr, ich schaffe das nicht", setzte er sich zur Wehr. „Okay", erwiderte ich, „dann helft mir doch mal. Macht mal Vorschläge." Domian Fröhlich und Mark Pastollika meldeten sich zeitgleich, wobei Domian das Wort dann weiter führte. „Wir haben hier in der Telefonzentrale alle Hände voll zu tun. Wenn wir auch noch Aufträge bearbeiten sollen ...das geht einfach nicht." Ich fragte nach: „Warum nicht?" „Du wirst andauernd bei der Arbeit unterbrochen, du kannst hier nichts am Stück arbeiten, das funktioniert einfach nicht", widersetzte er sich vehement. Ich schaute in die Runde und Adam Körner fühlte sich angesprochen. „Hey, guckt mich nicht an, ich programmier mir schon mit Peter Solver den Wolf. Wir sind einfach zu Wenige." „Ich will nicht Leute einstellen, die ich nach zwei Monaten wieder vor die Tür setzen muss", machte ich meinen Standpunkt klar. „Bevor ich nicht hundert Prozent sicher bin, versuche ich es auf dem Wege der Umverteilung". Bei diesem Satz verdrehten die meisten meiner Mitarbeiter die Augen oder zogen die Augenbrauen hoch. Mit den Worten „O.k., ich denke darüber nach und bespreche es mit dem Steuerberater" und „Feierabend für heute, habt ein schönes Wochenende", entließ ich sie. Ich versuchte das Steuerbüro noch anzurufen, das aber bereits im Wochenende war. Somit hinterließ ich eine Nachricht, in der ich um Rückruf bat.

Am Samstagmorgen musste ich noch einmal für ein paar Stunden ran, was mir natürlich nicht gefiel. So begann der Ruhetag schon mit Aufgaben und Pflichten. Ich hatte Olga angerufen, die Altenpflegerin, die sich mittlerweile an zwei Tagen um meinen Haushalt bemühte. Sie sollte ab jetzt auch noch die Einkäufe erledigen. An den Tagen, wo sie dort war, hinterließ ich ihr kleine Zettel mit Einkaufswünschen. Dann versuchte ich mir aus den Lebensmitteln, die sie mir eingekauft hatte, etwas Essbares zuzubereiten. Ich hatte mir ein Kochbuch besorgt mit dem Titel „Schnelle Küche, aber gesund". Während ich mir ein Stück Fisch briet, versuchte ich, einen grünen Salat zuzubereiten. Die dazugehörigen Salzkartoffeln ersetzte ich mit Pommes. Als ich fertig gegessen hatte, setzte ich mich auf die Couch und blickte nachdenklich zum Fenster hinaus. Das Wetter war eisig, hier und da gab es kleine Schneeschauer, die die Erde mit einem zarten Flaum bedeckten. Durch das Wohnzimmer schauend, blieb mein Blick auf dem Beistelltisch neben der Couch hängen. Dort lag das Buch von Lumen Nomos noch. Ich klappte es mit einem Seufzer auf und versuchte die zuletzt gelesene Stelle wiederzufinden, da ich kein Lesezeichen verwendete. Also überflog ich das Kapitel noch einmal. Ich las noch einmal über die Entstehung des ICH, das sich als autonomes Gebilde, bestehend aus Gedanken, Erinnerungen, Erfahrungen und konditioniertem Verhalten, zu dem bestehenden immerwährenden Bewusstsein hin zu entwickelt haben sollte. Ungeduldig wie ich war, fragte ich mich nur, „Wie kann ich dieses Bewusstsein erfahren?" Kann man es irgendwie begreifen, fühlen oder sehen?"

Es half nichts, ich war gezwungen weiterzulesen. Der Autor erklärte, wozu das Egobewusstsein fähig war. Er machte es verantwortlich für sämtliches Unheil dieser Welt. Die meisten Motive, die die menschliche Rasse antrieben, waren laut seiner Meinung Begehrlichkeiten. Gedanken, die den Menschen dazu bringen, die schlimmsten Gräueltaten zu tun. Er erklärte, dass Morde, Vergewaltigungen sowie Kriege allein durch eine Ansammlung von Gedanken entstanden seien. Ideologien und verquere Sichtweisen, die gestern noch wahr und heute längst überholt waren, wurden von ihren Denkern rücksichtslos durchgesetzt. Recht behalten zu wollen in Streitsituationen erklärte er ebenso als ein typisches Symptom des Egos. Ebenso machte er anhand von Beispielen deutlich, dass der denkende menschliche Geist nicht dazu in der Lage ist, im Moment zu leben – der einzige wirklich wahrhaftige Moment sei das Hier und Jetzt! Er sei ein unaufhörlicher Vortrieb, der durch Gedanken initiiert und getrieben ist. Das Gehirn, eine Gedanken produzierende Maschine, die niemals ruhte. Es sei dem Menschen dadurch nicht möglich, im Geiste zur Ruhe zu kommen. Das Ego sei somit wie eine eigenständige Wesenheit, deren einziger Lebenssinn sei, sich mit Problemen auseinanderzusetzen – gäbe es keine, suchte es sich welche oder erzeugte sie durch nicht nachvollziehbare Gedanken.

Das war alles ein bisschen viel, doch der Weise traf damit meinen Nerv.

Genauso verhielt es sich. Ich dachte immer an meine Vergangenheit und richtig, diese Gedanken verdarben mir jedes aufkommende Glücksgefühl. Alles war begleitet von einer Schwere, die ich nicht einfach so abschütteln konnte. Die Vergangenheit war nicht vorbei, sie lebte. Sie lebte an jedem einzelnen meiner Tage. Ich konnte keinen Moment genießen, ohne die Vergangenheit je zu vergessen. Auch wenn meine Gedanken keinen direkten Bezug nahmen und ich aktuell nicht das Gefühl hatte, an Vergangenes zu denken; latent war unter diesem aufgesetzten Lebensgefühl alles noch unberührt und roh vorhanden. Ich brauchte nur eine Kleinigkeit, die mich daran erinnerte und schon fühlte ich alles wieder, was mich belastete.

Der menschliche Verstand war eine gedankenproduzierende Maschine, die niemals ruhte, damit hatte er so Recht. Ich dachte nach und je mehr ich dachte, umso mehr tauchten Fragen auf. Auch Clarissa hatte Recht, es gab Möglichkeiten außerhalb der typischen psychologischen Vorgehensweisen, die man Analyse nannte oder

Verhaltenstherapie. Hillberg verstand. Auch sie hatte diese Erkenntnisse mit ihren jungen Jahren schon erfasst. Doch ich war mir sicher, dass vieles davon auf der intellektuellen Ebene festhing, von der wahren Erkenntnis noch weit entfernt.

Eine Psychoanalyse beinhaltete eben diesen Seelenstrip, dem ich mich in keinem Fall unterziehen wollte. Es gab die Chance dahinterzublicken, nur, ich musste es tun. Ich war gefordert. Die Gedanken rotierten. Doch wie war das Ganze, das ich erfahren hatte, jetzt in eine Veränderung umzusetzen? „Ein Buch mit sieben Siegeln", dachte ich. Ich hoffte nur, es gäbe irgendwie eine Anleitung dazu.

„Genug für heute!", erklärte ich Hillberg, dass wir es für den Tag gut sein lassen sollten. „Morgen Mittag? Oder möchten Sie eine Pause?" stellte ich ihr frei, zu wählen. „Morgen gerne, fünfzehn Uhr?", erkundigte sie sich. Mir war es recht. Ich hatte keinen Atem mehr. Einen Tag später würde es sicher wieder besser gehen.

Hillberg stand einen Tag später wie vereinbart pünktlich an der Eingangstür. Ich bat sie einzutreten. Wir gingen gleich auf die Terrasse, denn schon wieder war es ein warmer Sommertag. Sie wirkte in sich gekehrt, etwas schien sie sehr zu beschäftigen. „Alles o.k. bei Ihnen?", fragte ich nach. Sie nickte nur mit geschlossenem Mund. Ich bemerkte, wie sie ihre Lippen zusammenpresste und ihre Augen sich mit Tränen füllten. „Was ist passiert", bemühte ich mich einfühlsam zu fragen.

„Nun, ich habe gerade etwas erfahren, das mich ziemlich aus der Bahn geworfen hat. Ich möchte aber jetzt nicht darüber reden, ich kann die Dinge doch nicht ändern", erklärte sie, während sie alle ihr zur Verfügung stehende Kraft aufwenden musste, um nicht loszuheulen. „Hören Sie, Frau Hillberg, wir können das an einem anderen Tag fortsetzen, uns läuft nichts davon", versuchte ich, sie zu beruhigen. „Nein, ich muss diese Story bis zum Ende des Monats fertigbringen, wir sind sonst nicht komplett." „Möchten Sie mir nicht erzählen, was passiert ist? Manchmal tut es einfach nur gut, wenn man darüber spricht", bot ich ihr an, ihr Herz bei mir auszuschütten.

„Also gut", wo soll ich anfangen?" fragte sie und schob die Antwort gleich hinterher. „Von vorne, natürlich." „Mein Lebensgefährte, Eric Handler, hat sich von mir vor zwei Wochen getrennt." Das kannte ich bereits, tat aber verwundert: „Oh das tut mir Leid." Gerade setzte ich an, das Drama etwas herunterzuspielen, da so etwas ja alltäglich war. „Das wäre nicht so schlimm", fuhr sie fort. „Ich habe Eric vor zwei Jahren auf einer Feier kennengelernt. Er war charmant und sehr witzig. Ja, Eric ist viel älter als ich, um genau zu sein, zwanzig Jahre älter, aber er war immer so humorvoll. Der hatte Sprüche drauf...", lächelte sie. „Er konnte mich irgendwie immer zum Lachen bringen. Ich mag Menschen mit Humor." Ich nickte zustimmend. Ich mochte solche Menschen auch.

„Im Nu hatte er mich um den Finger gewickelt. Wir verstanden uns gut, nur hielt es Eric an keiner Arbeitsstelle lange aus. Vor einem Jahr fing es an, dass er mich um Geld bat. Er war immer pleite, chronisch." Ich schüttelte den Kopf und mir schwante Böses."

Erst ging es um fünftausend Euro, die ich ihm auch gab. Ich verdiene recht gut und hatte so einiges auf der Kante. Er versprach, es mir zurückzugeben, doch kaum drei Monate danach, kam er wieder. Diesmal sollten es dreißigtausend Euro sein. Ich fragte, wozu er das viele Geld brauche.

Er meinte, er hätte Spielschulden. Jemand wäre stinksauer und er würde in ernsthafte Schwierigkeiten kommen, wenn er nicht in dieser Woche zahlen würde. Ich hatte kaum Zeit, darüber nachzudenken und gab ihm schließlich auch diese Dreißigtausend."

Fassungslos schüttelte ich den Kopf.

„Eric kam dann vor einem halben Jahr und erzählte mir von einer Geschäftsidee. Er wollte gebrauchte Autoteile nach Afrika exportieren. Er kannte einige Autoverwerter und hatte Kontakte zu Schwarzafrikanern. In vielen Teilen Afrikas wären Autoersatzteile absolute Mangelware, erklärte er mir. Die Autoverwerter hätten die Teile auf Halde liegen und hierzulande wäre der Ersatzteilverkauf nur noch für hochwertige Fahrzeuge von Interesse, alles andere würde dahingammeln. Er meinte, er könne die Teile zum Schrottpreis kaufen und die gut zahlenden Abnehmer würden schon händeringend auf einen Vermittler warten". Hillberg lachte schief. „Ich habe das alles geglaubt". „Wie viel wollte er diesmal von Ihnen haben?", erkundigte ich mich, auf das Schlimmste gefasst. Es waren..." zögerte sie. „es waren hunderttausend Euro. Autoverwerter. Ich hatte dennoch ein seltsames Gefühl. Ich wollte, dass er auch einmal eine Chance bekäme. Er erzählte mir, dass er elternlos aufgewachsen war, in einem Heim. Sehr früh schon hätte er sich durchschlagen müssen und nie die Chance gehabt, zu studieren oder eine Ausbildung zu machen. Immer hätte das nackte Überleben im Vordergrund gestanden. Da er immer sehr hilfsbereit und lieb zu mir war, vertraute ich ihm. Ich habe ihn geliebt. Nachdem er mein gesamtes Geld aufgezehrt und mich immer wieder vertröstet hatte, setzte ich ihm eine Frist zur ersten Rate. Ja, und vor kurzem hat er dann mit mir Schluss gemacht. Er sagte, er hätte eine andere. Das mit der Geschäftsidee hätte sich zerschlagen, er wäre einem Betrüger aufgesessen. Der Schwarzafrikaner wäre nach der ersten Lieferung spurlos verschwunden und mit ihm auch das ganze Geld. Es täte ihm Leid, aber solche

Dinge passierten eben. Es wäre ja nur Geld, ich sollte mich nicht so anstellen."

Ich saß fassungslos da und fand keine Worte. „Sie müssen zur Polizei gehen", versuchte ich der Journalistin klar zu machen. „Da war ich schon. Eric ging sogar mit. Er hatte einen Vertrag, der auf Amharisch geschrieben war. Es war lediglich eine Art Frachtdokument, ein Akkreditiv, bei dem man auf viele Kleinigkeiten achten muss, da sich der Kunde ansonsten mit der Ware einfach so aus dem Staub machen kann. Der Name, der darauf stand, ein ‚Botomba Massimi', ist wahrscheinlich ein Phantasiename. Einer unserer Anwälte hat es für mich geprüft und mir keine Hoffnung gemacht. Ohne Verträge, keine Chance! Eine Anzeige gegen Unbekannt ist alles was wir tun konnten. Und Eric...", stockte Hillberg, „bei dem ist nichts zu holen." „Das tut mir Leid, sehr Leid", gab ich zu verstehen. "Es waren meine ganzen Ersparnisse und ein Teil des Erbes meiner Großmutter. Ich bin jetzt absolut pleite. Dann wurde noch obendrein vor drei Monaten an einer Tankstelle meine EC-Karte kopiert und die Täter haben regelmäßig Geld in kleinen, unauffälligen Beträgen abgehoben. Bis ich es gemerkt hatte, war mein Dispo vollkommen ausgeschöpft." Ich verzog ungläubig das Gesicht. „Eric Handler?", fragte ich mit hochgezogenen Augenbrauen. „Nein, sicher nicht. Er hat damit bestimmt nichts zu tun. Die Polizei hat den Betrügerring, der dahinter steckt, schon länger im Auge. Aber soweit ich weiß, konnte noch niemand konkret angeklagt werden. Der Tankstellenbesitzer hatte angeblich einen windigen Mitarbeiter, der über so ein Kartenkopiergerät verfügte, eingestellt und als er aufflog auch wieder rausgeschmissen. Dieser Mitarbeiter ist jetzt in Haft. Die Untersuchungen laufen noch. Jedenfalls, bis das geklärt ist, muss ich auf mein Geld warten. Die Bank sträubt sich, es zu ersetzen, weil noch nicht konkret nachgewiesen werden konnte, dass das Geld von diesem Betrügerring gestohlen wurde. Es ging immer um kleine Beträge. Mal waren es fünfzig, mal hundertfünfzig, bis hin zu vierhundert Euro. Alles Beträge, die mir nicht aufgefallen waren." Ich sah, wie sehr sie dies belastete. „Kann ich etwas für Sie tun, Frau Hillberg?", fragte ich, bereit, ihr wirklich tatkräftig zur Seite zu stehen. „Nein, ich kann im Moment absolut nichts unternehmen, außer, meine Story fertig zu bringen." „Ich werde mir mal Gedanken machen", versprach ich ihr. „Vielleicht fällt mir ja etwas ein."

Kapitel 10

Schweren Herzens fing ich an zu erzählen, wie es für mich weitergegangen war.

„Am Sonntagnachmittag kam Clarissa zu Besuch, mit einem selbst gemachten Kuchen. Ich hatte schon ein schlechtes Gewissen, weil sie mir einen Tag zuvor im Garten geholfen hatte. Und nun brachte sie auch noch den Kuchen selbst mit. Doch so war sie. Wenn sie jemanden mochte, gab sie alles. „Hey, Clarissa, habe in der Tat im Buch gelesen“ gab ich ganz stolz von mir, als hätte ich eine extreme Spinnenphobie überwunden. „Okaay!“, erwiderte sie. “Kannst du damit etwas anfangen?“ erkundigte sie sich neugierig. „Ja, da... ist schon vieles dabei, das ich durchaus...“, zögerte ich, „das ich für wahr halte. Nur das Wissen umzusetzen ist eine andere Sache, ...und, kannst du den Denker beobachten?“, fragte ich sie. „Ja klar, antwortete sie selbstsicher. Ich erkenne durchaus, wenn mein Ego am Werk ist.“

„Wie meinst du das, ‚Ego am Werk‘?“ „Dein Ego oder dein Verstand will immer etwas, ist nie zufrieden, kennt keinen perfekten Moment. Wir Menschen sind in aller Regel mit unseren Gedanken in der Zukunft oder in der Vergangenheit. Zukunft und Vergangenheit sind aber nicht existent. Der einzig wahre Moment ist das Jetzt, das vom nächsten Jetzt abgelöst wird.“ „Habe ich gelesen“, verkündete ich stolz. „Wenn du in diesen Gedanken bist, also entweder in der Zukunft oder Vergangenheit, dann ist das Ego am Werk.“ „Okay“, sagte ich, „und was nützt es mir, wenn ich das differenzieren kann?“ „Du wirst dann dein Ego, wenn du dir zum Beispiel Sorgen machst, nicht mehr so ernst nehmen. Wenn du weißt, dass es eine Gedanken produzierende Maschine ist, deren einziger Sinn darin besteht, sich mit Problemen auseinanderzusetzen, dann erkennst du, dass dein Verstand nicht anders kann. Irgendwann nimmst du ganz automatisch deine Gedanken nicht mehr so bitter ernst. In vier Wochen ist das Seminar mit Lumen Nomos, er wird das sicherlich besser erklären können.“ Es war durchaus eine Erklärung, bei der ich das Gefühl hatte, es sei etwas angekommen. Doch wie konnte ich diese Erkenntnis in meinen Schädel einmeißeln? „Ich weiß, du willst das jetzt am liebsten gleich und sofort alles verstehen“, erklärte Clarissa, doch es braucht eine Weile, bis die Wahrheit angekommen ist. Beschäftige dich bis dahin noch etwas mit dem Buch, damit du bei dem Seminar nicht nur Fragezeichen im Gesicht stehen hast“, fügte sie lächelnd hinzu.

„Und sind Sie hingegangen, zum Seminar?“ fragte Hillberg. Ich ignorierte ihre Frage erst einmal. Ich wollte mich nicht an dieser Stelle unterbrechen lassen, auch wenn es vielleicht unhöflich erschien.

„Dann erzählte Clarissa mir von einer neuen Bekanntschaft, die sie zwei Wochen zuvor gemacht hatte. „Oh, schön“, gab ich vordergründig von mir. Ich musste einige Kraft dafür aufwenden, mir nichts anmerken zu lassen. Ich freute mich kein Stück darüber. Irgendetwas in mir hatte die leise Hoffnung anscheinend nie aufgegeben, den Wunsch, sie irgendwann an meiner Seite zu sehen. Im gleichen Moment wurde mir das bewusst, worüber wir gerade gesprochen hatten. Es war mein Ego, das in diesem Moment etwas wollte. Mein Ego fühlte sich verletzt, weil sie es anscheinend nie in Betracht gezogen hatte, mit mir zusammen zu sein. Ich war einfach nur ein guter Freund, was mir schwer fiel anzunehmen. Ich bemühte mich dennoch, es so gut, wie ich nur konnte, zu überspielen. Als sie gehen wollte, fragte sie mich: „Ist alles o.k.? Du bist irgendwie komisch!“ „Du, ich habe einfach den Kopf so voll, bin schon wieder in der nächsten Woche mit meinen Gedanken." Sie nickte. „Wie wär's, wenn du schon mal anfängst zu üben?" „Ach ja, da war doch was." Ich konnte diese Gedanken aber nicht so einfach abschütteln.

Als sie fort war, versuchte ich zu ergründen was in mir vorging. Es war doch nichts Neues, wir waren nie zusammen. Entweder war sie in einer Beziehung gewesen oder ich, es passte einfach nicht. Ich versuchte dieses gekränkte Gefühl zu isolieren, es mir vor Augen zu führen. Ich konnte nicht verstehen, warum sie es nie in Erwägung gezogen hatte, mehr von mir zu wollen. War ich einfach nicht ihr Typ? Vielleicht, weil wir fast wie Geschwister waren oder uns einfach schon zu lange kannten, als dass da noch irgendwie Leidenschaft aufkeimen konnte. Vielleicht war es bei mir aber auch nicht mehr als das Wunschdenken eines Kindes, das vor dem Spielzeugregal stand und etwas davon haben wollte? Ich glaube heute, es war von allem etwas, doch es musste wohl das Ego sein, das einen Anspruch erhob. Um mich abzulenken, fuhr ich am Sonntagabend zum Fitnesstraining. Nachdem ich mich einmal quer durch die Trainingshalle gequält hatte, ging es mir besser. Ich schloss das Ganze mit einem Saunagang ab und fuhr wesentlich entspannter nach Hause.

Die Woche begann mit einer miserablen Laune. Zu dem mühsamen Start in die Woche gesellte sich das passende Aprilwetter. Der Himmel war grau und es regnete in Strömen. Auch meine Mitarbeiter hatten das unstete Wetter der letzten Wochen satt. Mein ganzes Leben fühlte sich irgendwie an wie ein „immerwährender Herbst".

Die Wochenenden gaben nicht viel her. Bis auf ein paar Tage, die es immer mal wieder trocken war, hatten wir die Sonne noch nicht allzu oft zu Gesicht bekommen. Wir warteten auf den Sommer und setzten alle unsere Hoffnungen in die Zukunft. Einen kleinen Zeitabschnitt, der durchstrahlt war von Sonnenlicht und Wärme, der unseren Gemütern neuen Auftrieb geben würde. ‚Wie abhängig wir doch sind', ging es mir durch den Kopf. ‚Jetzt warten alle auf den Sommer und der Sommer muss es dann bringen, und wehe nicht. Wie ein Glücksspiel' dachte ich, nicht alleine, dass es dann wohl den einen zu heiß und den anderen zu kalt sein würde, der Sommer brachte auch andere Sorgen zum Vorschein.

Meine Überlegungen wanderten zu dem, was ich durch das Buch erfahren hatte. Der Weise Lumen hatte Recht. Wir setzten alle unsere Hoffnungen in die Zukunft. Selbst der nächste Tag oder gar die nächste Stunde war ungewiss, manch einer würde sie nicht mehr erleben.

Während ich mit meinen Gedanken an den weisen Erkenntnissen klebte, öffnete ich Post, die ich in Ablagekörbe sortierte. Ich machte ein paar Briefe auf, die handschriftlich adressiert waren. Es waren Bewerbungen auf eine Stellenausschreibung für das Sekretariat, die wir im Internet auf unserer Seite bekannt gemacht hatten. Unser Steuerberater hatte mir grünes Licht dafür gegeben, neues Personal einzustellen. So hatte ich mich tatsächlich das erste Mal entschlossen, eine Sekretärin einzustellen. Eine erste weibliche Kraft. Sie sollte mir die Arbeit des Schriftverkehrs abnehmen. Ich wusste, Adam würde sich freuen. Also rief ich die Bewerberinnen persönlich an und vereinbarte Vorstellungsgespräche, wie es in Großbetrieben üblich war. Ganze vierzehn Termine vereinbarte ich für den Donnerstag und Freitag der laufenden Woche.

Als die erste Bewerberin, Helga Mahnstein, so hieß sie, im Türrahmen stand, guckten alle ziemlich verlegen und grüßten die etwas rundliche Dame nur knapp. Sie machte für meinen Geschmack einen etwas ungepflegten Eindruck, doch ihre Referenzen waren durchweg gut. Als sie das Office verließ, sprangen Adam Körner, Domian Fröhlich und Peter Solver von ihren Stühlen auf, “Nee, du hast doch nicht etwa – nee, nicht die, denk mal an uns.“ „Was soll das denn Leute, nach welchen Kriterien soll ich jetzt bitte auswählen?“, wandte ich ein. „Naja, so ein bisschen hübsch darf sie ja ruhig sein“, bemerkte Adam grinsend, ohne mich anzusehen. Kopfschüttelnd drehte ich mich um und ging in mein Büro zurück. Ich hatte die Tür noch nicht geschlossen, da rief Peter Solver erneut. „Hey Jean...“, und zeigte mit dem Kopf in Richtung Office-Eingang. Es war die nächste Bewerberin, die auch mir die Sprache verschlug. Nicht nur, dass sie gleich nach einem Aschenbecher fragte, sie roch förmlich wie ein Aschenbecher. Zudem war sie so unpassend gekleidet, wie man nur unpassend für ein Bewerbungsgespräch gekleidet sein konnte. Zerrissene Sneakers, viel zu kurze Hosen und einen Mantel, mit Flicken besetzt. Fettige Haare, mit einer Spange lieblos zusammengezurrt. Es war nicht zu übersehen, sie wollte nicht arbeiten.

So ging das den ganzen Tag, die eine schlimmer als die andere. Am Freitag um die Mittagszeit betrat jedoch eine Frau um die Vierzig mein Büro. Sie stellte sich kurz vor: „Hallo, Julia Kramer mein Name, ich komme wegen der Stelle.“ „Okay, kommen Sie doch bitte rein“ gab ich ihr zu verstehen und forderte sie mit einer Geste auf, in mein Büro zu folgen. Ich bot ihr einen Platz auf dem Besucherstuhl an. „Meine Referenzen haben Sie ja gesehen, jetzt muss nur noch der Rest passen?“, gab sie mit einem Lächeln kund. „Wie, der Rest?“, fragte ich etwas irritiert zurück. „Na ja“, gab sie zögerlich von sich, „Die Chemie sollte schon stimmen.“ „Ach ja, stimmt“, pflichtete ich ihr bei. Ich dachte an die anderen Bewerber, die sich allesamt zuerst nach dem Verdienst erkundigt hatten. „Wissen Sie, was wir hier tun?“, fragte ich sie. „Ja natürlich, sonst hätte ich mich kaum beworben. Ich habe in einem ähnlichen Betrieb gearbeitet. Leider haben sie mir gekündigt." „Warum das?" interessierte ich mich. „Ich wollte nicht, wie der Chef wollte, oder anders gesagt, ich ziehe Grenzen zwischen privat und Geschäft ... mehr möchte ich nicht dazu sagen." „Okay", ich las zwischen den Zeilen. Sie wirkte durchaus attraktiv und hatte eine Ausstrahlung, die sehr sexy war. Je länger ich sie ansah, umso mehr konnte ich verstehen, dass man sie gern als Lustobjekt sah. Sie war nicht makellos; ihre Fältchen an den Augenwinkeln, ihre nicht ganz so kleine Nase und ihr verführerischer Mund waren eine Komposition, die diese Frau einmalig und unverwechselbar, zu etwas Besonderem machten.

Ich konnte es mir nicht verkneifen, auch ich versuchte ihren Körper in dem Moment ihres umherschweifenden Blicks zu begutachten. Alles was ich sah war für meine Männeraugen sehr ansprechend. Anscheinend stand dies aber in deutlichem Gegensatz zu dem, was sie ausstrahlte, wie sie wirkte, zu den inneren Absichten und Prioritäten, die sie für sich zu setzen schien. All ihre Aussagen waren präzise und sie beeindruckte mich durch ihre Selbstsicherheit, zugleich gewahrte ich aber auch die Mauer, die sie sofort errichtete. Sie hatte wohl ein Leben lang damit zu kämpfen gehabt, dass Männer sie anders sahen, dass jede Beziehung zu Männern, geschäftlich oder privat, sie immer an den gleichen Punkt brachte: Sie wollten alle mit ihr ins Bett. Dieser Eindruck machte die Entscheidung nicht einfacher. Sie galt durch ihre Referenzen und ihr selbstbewusstes Auftreten schon als Finalist bei meiner Suche. Ich durfte jedoch meine wirtschaftlichen Ziele nicht aus den Augen verlieren. Der Impuls war verlockend, das Geschäftliche vielleicht dann doch mit Privatem zu verbinden. Ich erwischte mich selbst bei diesem Gedanken und sofort drängte sich die Vernunft in den Vordergrund. „Nein, das ist genau das, weswegen sie wahrscheinlich die letzte Stelle hatte aufgeben müssen, also lass das!“, maßregelte ich mich selbst. „Sind Sie verheiratet oder haben Sie Kinder?“, schob ich noch eine Frage nach, weil ich auch wissen wollte, ob sie wegen irgendwelcher familiären Verpflichtungen ausfallen konnte. „Ja, ich bin in einer Beziehung und habe einen Sohn, der ist allerdings schon zwanzig“. „Ich lasse dann von mir hören“, gab ich ihr freundlich zu verstehen und begleitete sie zur Tür. Kaum hatte sie das Office verlassen, fing das Geschnattere meiner Mitarbeiter an. „Hey, die hat doch was!“, gab Adam von sich. „Ja, nimm die“, sagte Peter Solver. „Ich glaube, ich würde doppelt so gerne zur Arbeit kommen“, gab Domian lauthals von sich.

Der Einzige der begriff, worum es ging, war David. „Hey, die soll uns in erster Linie doch entlasten, also, haltet eure triebgesteuerten Gedanken mal gefälligst im Zaum!“, zischte David wie ein Moralapostel, sodass er selbst schmunzeln musste. Die restlichen Bewerber an diesem Freitag glichen denen des Vortages. Gegen Feierabend kam jedoch noch ein kleiner Lichtblick in Frauengestalt. „Ich heiße Jessy Haller und möchte mich vorstellen“. „Na dann kommen Sie mal mit“, forderte ich sie auf mir ins Büro zu folgen. „Ja, ich heiße also Jessy Haller, ich bin neunundzwanzig Jahre alt und habe Sekretärin gelernt. Ich habe bisher im Unternehmen meines Vaters gearbeitet und ich brauche einfach diese neue Erfahrung. Sie können sich ja vorstellen, Vater und Tochter“, erklärte sie lachend, „das ist ganz schön schwierig, ...manchmal.“

„Ja“, lächelte ich zurück, „wird wohl nicht so einfach sein.“ Ich dachte einen Moment darüber nach, wie es wohl sein musste, mit dem eigenen Vater zusammenzuarbeiten.

„Was hat Ihr Vater denn gemacht?", erkundigte ich mich. "Oh, mein Vater hat ein Architekturbüro, ein ziemlich großes. Vielleicht kennen Sie es ja – Architekturbüro Haller?" „Ja ich glaube ich habe schon davon gehört", antwortete ich beiläufig. Ich wusste genau, wer ihr Vater war. Er war einer der größten Architekten in der Gegend. Vielleicht war sie eine reiche verwöhnte Göre. Doch irgendwie brachte sie auch Sonne mit. Sie hatte so viel Erfrischendes und Belebendes. Ihre Referenzen waren nicht sehr aussagekräftig. Der Einzige, bei dem sie gearbeitet hatte, war „Architekturbüro Haller", ihr Zeugnis verständlicherweise sehr gut.

Auch ihr gab ich zu verstehen, dass ich mich melden wollte.

Als sie unser Büro verließ, grinsten einige nur und Domian fragte: "Und wer wird jetzt das Rennen machen?" „Der Aschenbecher", scherzte ich mit gespieltem Ernst, „wenn ihr nicht aufhört zu bohren." Ich ließ den Tag bei einem leckeren Essen am frühen Abend mit David Revue passieren.

„Was meinst du", fragte ich David. Du hast die Bewerberinnen ja gesehen. Drei sind nach rein objektiven Kriterien zu gebrauchen", legte ich ihm dar. „Die letzte schien mir etwas jung oder vielmehr traue ich der nicht zu, dass sie Erfahrung genug hat, uns zu entlasten", meinte David. „Ja, du hast Recht, sie ist die Tochter von Haller, Architekturbüro Haller. Diese Julia Kramer, die gutaussehende..." „Sexy Lady", ergänzte David meine Beschreibung. „Genau. Die hat wohl das Problem, dass ihr die Männer allzu gern zu Leibe rücken wollen...", ich erklärte David die problembehaftete Situation. „Hat sie denn gute Referenzen?", fragte David engagiert. Ja, das hat sie. Sie hat in einer Werbefirma gearbeitet. Nur, ich will selbst Geschäft und Privatleben trennen. „Ja dann tu es", sagte David bestimmend. Ich spürte, wie David mich bestärkte, meine Entscheidung für Julia Kramer zu fällen. „Naja, dann gibt es ja noch Helga Mahnstein, die kleine Rundlichkeit." David hatte sie ganz vergessen. „Sie hat auch durchaus gute Referenzen. Ich habe nochmal ihre Unterlagen durchgesehen. Sie besitzt Verlagserfahrung und hat in einer großen Druckerei als Chefsekretärin gearbeitet. Sie macht uns dann wenigstens nicht kirre im Kopf", meinte ich zu David. „Hm, und wie würde es aussehen, wenn ich eine Frau einstelle, die zu gut aussieht?", überlegte ich laut. „so eine Hammerfrau, bei der alle nur das eine im Kopf haben, sie flach zu legen – und bis dahin rutschen sie dann abwechselnd einer auf der Schleimspur des anderen aus." „Zuviel Energie für das Unwesentliche", ergänzte David.

„Ich will noch einmal darüber nachdenken, indem ich alle Äußerlichkeiten beiseiteschiebe", schloss ich das Thema ab. Ich mochte es nicht, lange herum zu hadern, wollte mich nicht groß mit dem Thema belasten.

Der Sonntag gestaltete sich recht öde. Den Morgen verbrachte ich mit Sport und danach telefonierte ich mit allen möglichen Bekannten und Freunden, auch mit Clarissa. Sie schien mir verliebt und sie redete überschwänglich. Dann erinnerte sie mich an das Seminar, das nun in zwei Wochen stattfinden würde. Es war auch noch ausgerechnet ein Termin, an dem die Rennsaison mit unseren Leistungsprüfungen startete. „Oh, Clarissa, da fällt mir ein..." Ich hatte noch nicht zu Ende gesprochen. „Hör mal zu Jean", pfiff sie mich an. Du musst das nicht machen. Es gibt sicher immer etwas, das dazwischen kommen kann. Es ist doch nur für dich. Du entscheidest für dich, nur beklag dich nicht mehr, wenn es dir schlecht geht, o.k.?" Für meinen Geschmack blaffte sie etwas zu heftig, aber sie hatte Recht. Es war dieser zentnerschwere Sack mit Sorgen, den ich immer wieder spürte. Ich war nie ganz glücklich, konnte nie ungetrübt lachen, mich ausgelassen freuen. Die Vergangenheit hielt mich am Boden. „Ich komme ja mit", stimmte ich ihr zu. Als ich mich verabschiedet hatte, fiel mir wieder ein, ich wollte mich doch „mit mir selbst beschäftigen". Ich hatte es ganz vergessen. Zu sehr war ich in Gedanken verstrickt, als mich damit auseinandersetzen zu können. „Ich hab einfach keinen Bock darauf", haderte ich lauthals, schob dieses Gedankenfass beiseite und ging in die Küche, um nach etwas Essbarem zu suchen.

Am darauffolgenden Montag rief ich Julia Kramer an und teilte ihr mit, dass sie direkt anfangen könnte. Ihre Freude trug sie jedoch nicht allzu sehr nach außen. Sie konnte die Ressentiments wohl nicht ganz ablegen, die schlechten Erfahrungen, die sie an früheren Arbeitsplätzen gemacht haben musste. Wir verabredeten uns für den kommenden Montag, sie hatte noch eine Woche Zeit, bis sie bei uns voll durchstarten sollte. Es war eine Entscheidung, die ich dann doch sehr spontan, aus dem Bauch heraus, entschieden hatte. Eigentlich hatte ich noch mal gründlich darüber nachdenken wollen, doch ich war des Denkens einfach müde. Den anderen sagte ich ab. Für die meisten schien es eine Erleichterung zu sein, doch für Jessy Haller bedeutete es eine Niederlage.

Sie fragte nach: „Warum nicht?" „Sehen Sie, wir brauchen eine Kraft, die Erfahrung in diesem Bereich mitbringt. Ich bin selbst ziemlich verzweifelt über die derzeitige Situation und ich habe die Zeit nicht, um Sie an der Hand zu nehmen und Ihnen alles beizubringen. Zudem werden Sie wahrscheinlich irgendwann zu Ihrem Vater zurückkehren." Ich spürte die Enttäuschung auf der anderen Seite der Leitung. „Ich verstehe das natürlich", meinte sie und hängte den Telefonhörer ein.

Mir war bewusst, was es für Jessy Haller bedeutete. Sie bekam keine Chance, weil man bei ihr wirkliche Not nicht erkennen konnte. Ihr Vater stand im Hintergrund, was auch immer sie tun wollte. Es fiel mir generell nicht schwer Nein zu sagen, doch hier spürte ich, Jessy Haller wollte auf eigenen Beinen stehen und wäre bereit gewesen, alles zu geben.

Zur gleichen Zeit boomte das Geschäft. Anfragen über Anfragen, Angebot über Angebot, dazu noch ein paar Außentermine in Hamburg, München und Frankfurt. Ich musste gleich am nächsten Tag los, denn für jeden Termin hatte ich gut einen Tag geplant. Der Rest der Mannschaft musste die Woche ohne mich auskommen. Es wurde stressig. Der Weg nach Frankfurt gestaltete sich schwierig. Auf der A3 Köln – Frankfurt gab es mehrere Unfälle in Baustellen, ganze fünf Stunden brauchte ich für die Strecke. Den ersten Termin hatte ich mir auf halb drei gelegt, in weiser Voraussicht, da ich ahnte, ich würde länger brauchen.

Als ersten besuchte ich einen Onlinebroker, dessen Homepage sehr komplizierte Programmierungen erforderte. Hier hatten private Investoren die Möglichkeit, ihr Geld anzulegen; in Aktien, Fonds oder in Tagesgeldanlagen. Jedem Kunden musste es möglich sein, über seinen Account auf sein Depotkonto und den Aktienhandel zugreifen zu können. Dies zu bewerkstelligen wäre eine verantwortungsvolle Aufgabe gewesen, die ich allerdings ablehnte. Wir hätten hierzu einen eigenen Personalstab einrichten müssen, zur Überwachung des Ganzen. Manchmal musste ich einfach auch Nein sagen. Den Rest des Tages verbrachte ich in der Frankfurter Altstadt. Ich genoss die alten Fassaden des mittelalterlichen Römerbergs, setze mich in einige Kaffees und erwog recht früh in ein Hotel zu gehen. Am nächsten Morgen musste ich gleich nach München. Die Nacht war ruhelos, ich konnte nicht schlafen und grübelte über alles Mögliche nach. Mein Gehirn schien auf Hochtouren zu laufen, sodass es fast wehtat. Ich wälzte mich im Bett umher und blickte schließlich ein letztes Mal um drei Uhr siebzehn auf meine Uhr. Danach musste ich dann doch eingeschlafen sein. Das Aufstehgefühl am Morgen glich einer Katerstimmung. Ich brauchte fast eine ganze Kanne Kaffee, um wieder auf die Beine zu kommen. In meinen Gedanken befand ich mich schon auf dem Weg nach München, so checkte ich aus und fuhr los. Alleine der Weg zur Autobahn war abenteuerlich. Ich kannte mich nicht sonderlich gut aus in Frankfurt und so bekam ich bei einigen Fahrbahnwechseln den Mittelfinger einiger Autofahrer zu sehen. "Wie freundlich die Menschen hier doch sind", dachte ich und gab entsprechende Gesten zurück. Der Modemacher Heinrich Floshammer war an der Reihe, auch dieses Treffen hatte ich auf den späteren Nachmittag gelegt. Herzlich begrüßte er mich in seinem heimischen Büro. Seine Geschäfte liefen gut, er hatte einen 24-Monatsvertrag mit uns abgeschlossen und gab mir gleich zu verstehen, dass es keine Unzufriedenheiten gab. Er hatte nur neue Ideen – ein eigenes Onlineportal für Miederwaren. Es sollte sich von der üblichen Onlinepräsenz abheben. Nicht, dass wir es nicht hätten telefonisch besprechen können, er suchte aber immer den persönlichen Kontakt mit seinen Geschäftspartnern.

"Wie war die Fahrt? Sicherlich sehr anstrengend!" fragte er aufmerksam, bereit, mir jeden Wunsch von Verköstigung zu erfüllen. „Ich nehme gerne eine Schorle, wenn Sie haben?", erwiderte ich und setzte mich in einen der Clubsessel, die er mir anbot. Wir redeten vom Wetter, Urlaub und dem stressigen Alltag, den ich hatte. „Ich habe gehört, dass Sie, äh... ihre Frau...", zögerte er. Ich nickte nur. „Ich möchte auch gar nicht darüber reden", gab er empathisch zurück und begann sofort zu erzählen, was er vorhatte. Wir starteten eine Konferenzschaltung zu meinem Büro und hangelten wir uns durch das Programm. Glücklicherweise hatte er schon eine Aufstellung der Menüpunkte gemacht und so waren wir nach anderthalb Stunden durch. Danach lud er mich zu Tisch. Während wir aßen, begann ich jedoch zu erzählen, was mir in den letzten anderthalb Jahren alles widerfahren war. Er staunte: „Mal ganz ehrlich, wie stecken Sie das alles nur weg? Das ist doch der blanke Horror. Sie können noch arbeiten?" „Die Arbeit ist das, was mich am Leben erhält", entgegnete ich ihm. „Es fragt einen niemand, ob man das will oder nicht". Wir redeten mindestens drei Stunden lang über alles Mögliche. Ich hatte bei Heinrich Floshammer das Gefühl von ehrlicher Anteilnahme und Menschlichkeit. Er begegnete mir eher wie einem Freund, nicht wie einem Auftragnehmer. Die Zeit, die ich dort verbrachte, empfand ich als sehr angenehm, wenngleich ich mich ein wenig in die Position des Opfers versetzt fühlte. Doch so wollte ich nicht gesehen werden und versuchte deshalb, ihm das Gefühl zu vermitteln, obenauf zu sein.

Er bot mir das Du an, was ich gerne annahm. Um zehn Uhr abends fuhr ich in ein Hotel, das ich schon gebucht hatte. Am nächsten Morgen verließ ich gegen neun Uhr in der Früh das Parkhaus des Hotels. Ganze achthundert Kilometer lagen vor mir. Ich liebte es, im Auto zu sitzen. Beim Autofahren konnte ich sehr gut nachdenken. Auch die Kreativität sprudelte – ich hatte bei langen Autofahrten die besten Ideen. Nur musste ich erst einmal zur Autobahn kommen, der Verkehr war katastrophal. Was mich wirklich nervte, war, im Verkehr zu stehen und nicht voranzukommen, vor allem dann, wenn ich noch so einen Batzen an Kilometern vor mir hatte. Der Kunde, den ich ansteuerte, war ein Autoteilelieferant, der im Onlinebereich bereits eine Präsenz hatte. Er nannte sich Q-Parts und strebte, wie mir der Prokurist Markus Lamm erklärte, die Marktführung an. Ich war mir nicht sicher, ob wir das Quantum stemmen konnten. Es sah so aus, als bedurfte es dabei einer Dauerbetreuung. Zwar hatte man mitgeteilt, dass sie die täglichen Aktualisierungen gern selbst mittels eines Content-Management-Systems durchführen wollten, doch in der Praxis war es erfahrungsgemäß oft etwas anders. Es gab immer Unwegsamkeiten technischer Natur. Die ausgefeilten Softwareprogramme funktionierten ohne Frage, doch hier und da hakte es trotzdem und es entstanden Probleme, die wir richten mussten. Und zwar sofort. Das war unser Tagesgeschäft. Wir schlossen Rahmenverträge, die einen gewissen zeitlichen Aufwand inkludierten. Doch dazu waren wir gebunden, Probleme umgehend zu lösen. Alle meine Mitarbeiter waren weitestgehend ausgelastet. Ich musste also den Überblick behalten über das, was ich meinem Team noch alles an Aufgaben aufbürden konnte. Diese Unternehmen lagerten bestimmte verantwortungsvolle Bereiche aus. Sie ersparten sich dabei, selbst Personal einzustellen und hatten dadurch, dass sie dafür bezahlten, eine ganz andere Position. Wer bezahlt, bestimmt, so war es immer. Wir hatten ganze vier Stunden damit verbracht, das Notwendigste zu dokumentieren. Für Zwischenmenschliches schien kaum ein Atemzug übrig zu sein, wir konzentrierten uns auf das Wesentliche. Es war schon spät und ich sehr müde. Eigentlich wollte ich es wagen, von Q-Parts in einem Zuge nach Hause zu fahren, doch ich ging in ein Hotel. Ich fühlte mich ausgelaugt.

„Bevor du auf der Autobahn einpennst, fahr mal lieber in ein Hotel“, sagte ich mir selbst, mahnend. Ich versuchte noch etwas zu essen, obwohl es mir widerstrebte in ein

Restaurant einzukehren. Allein in einem Restaurant zu essen, wurde mir immer mehr zuwider. Ich liebte einfache Hausmannskost, die mir das Gefühl gab, ein Zuhause zu haben, eine Familie, zu der ich gehörte. Doch bei dieser Art Gedanken kam immer alles in mir hoch. Ich aß also in diesem kleinen Hotelrestaurant, das auf meinem Weg lag und mietete mir dort für eine Nacht ein Zimmer. Nach einem spartanischen Nachtmahl trat ich am nächsten Morgen den Nachhauseweg an.

Hillberg zog sich eine Strickjacke an, sie fröstelte. Der Himmel zog sich zu und es sah danach aus, als würde es bald regnen. Sie schien sich im Griff zu haben, machte fleißig ihre Notizen. „Sagen Sie“, wagte ich ihr eine Frage zu stellen. „Gingen Sie dort des Öfteren zum Tanken?“ „Ja, ich fuhr dort immer vorbei, auf dem Weg zur Arbeit. Auch abends, wenn ich nach Hause fuhr.“ „Kannten Sie die Leute dort alle?“, fragte ich nach. “Nein, es ist eine halbwegs große Tankstation, mit häufig wechselndem Personal. Warum fragen Sie?“ interessierte sie sich. „Nur so ein Gedanke, sicher nicht so wichtig. Machen wir lieber mal weiter“, schloss ich an. Ich hatte ein eigenartiges Gefühl. Irgendetwas in mir schlug Alarm. Ich wusste nur nicht was – doch ich würde es herausfinden. Ich erzählte weiter.

„Als ich in der Firma ankam, tobte der Bär! Peter Solver hatte Probleme mit seinem Rechner. „Es muss irgendetwas an der Hardware kaputt gegangen sein“, fluchte er. „Das Scheißding stürzt nach ein paar Sekunden immer wieder ab und gibt keinen Mucks mehr von sich. Das macht er jetzt schon seit drei Stunden und ich kriege die Krise.“ „Festplatte ausbauen und bring den Rechner sofort zu unserem Händler“, wies ich harsch an. „Warum könnt ihr so was nicht einmal alleine entscheiden?“, wetterte ich herum. „Ganz einfach“, konterte Peter, „ich wollte erst einmal alles probieren. Weißt du, wie sehr ich hier hinterherhänge? Ich soll die neue Seite für Floshammer programmieren und bin noch mit Hoffenbergs Seite beschäftigt. Er hat angerufen und mich angeschrien, dass das Login nicht einwandfrei funktioniert. Du kennst ihn ja, da brauch ich jetzt nichts dazu sagen." „Aber es bringt doch nichts, drei Stunden einen toten Gaul zum Leben zu erwecken, also... und bring gleich einen neuen Rechner mit", krakeelte ich weiter. Ich verstand es nicht, wie jemand sich Stunden quälen konnte und nicht die Zeichen der Zeit erkannte, die danach schrien, eine Entscheidung zu treffen. Ich ging kopfschüttelnd in mein Büro, wo mich ein Berg Post und mindestens einhundert E-Mails erwarteten.

Kurz darauf kam David in mein Büro. „Jean wir müssen reden." „Okay." sagte ich. „Schieß los!" „Wir schaffen das nicht, das alles ist zu viel. Wir arbeiten echt am Limit. Wenn sich hier nichts ändert, werde ich mir überlegen müssen, etwas anderes zu suchen." Ich wechselte die Farbe und war ziemlich schockiert. „Wie jetzt, willst du mich unter Druck setzen?" „Nein", gab er zurück, „unter Druck stehen wir. Wir brauchen noch mindestens einen Programmierer. Die bestehenden Kunden zufrieden zu stellen, ist eine Menge Arbeit und es kommen jeden Monat welche hinzu. Ich arbeite jeden Tag mindestens zwei bis drei Stunden mehr. Auf Dauer bekomme ich zu Hause die Kündigung und das will ich nicht, verstehe das bitte..." Ich nickte, doch innerlich fühlte ich, wie es in mir brodelte. Noch mehr Verantwortung und die Maschine war am wachsen. Ich würde keine Ruhe mehr bekommen. Es überforderte mich alles maßlos. Vor allem aber die Verantwortung. Bei Festanstellungen riskierte ich zu viel. Ich überlegte. „Wie kann ich das Risiko nur irgendwie begrenzen?" Plötzlich hatte ich einen Einfall: „Ich mache einfach Projektverträge, die an Zeit und Bestehen der Projekte gebunden ist. Das wäre genial. Jeder neue

Mitarbeiter ist so lange beschäftigt, wie das Projekt besteht." Ich rief den Steuerberater an und klärte es mit ihm ab. Betreffs der bestehenden Verträge konnte man nichts tun, aber alle neu hinzugewonnenen Arbeitsverträge konnte ich so gestalten. Es ging mir bei diesem Gedanken um einiges besser. Ich benötigte zuverlässiges Personal, was ich durch eine Ausschreibung auf unserer Website publik machte. So wurden in den nächsten Wochen drei Programmierer eingestellt. Julia Kramer hatte ebenfalls mehr zu tun, als sie vertragen konnte.

„Ich finde es wirklich etwas zu viel ...", redete sie leise vor sich hin, ohne meine Anwesenheit zu bemerken. „Okay", räusperte ich mich. „Entschuldigung, ich wollte mich nicht beschweren, aber es ist so unglaublich viel was ich ...", erklärte sie verlegen. „Brauchen Sie Hilfe?", erwiderte ich. „Ich hätte ehrlich gesagt nichts dagegen. In meiner regulären Arbeitszeit komme ich nicht klar und ich bin nicht die Langsamste." „Ich werde sehen, was ich machen kann", ließ ich im Gehen verlauten, verzog mich in mein Büro und dachte darüber nach. Ich wollte die Bewerbungsunterlagen durchsehen. Die ersten, die mir in die Hand fielen, waren die von Jessica Haller. Ohne lange darüber nachzudenken rief ich dort an. Ich war mit dem Architekturbüro des Vaters verbunden. „Haller" meldete sich eine ältere Männerstimme die genervt klang. Jessica hatte die Durchwahlnummer des Büros, in dem sie arbeitete, angegeben. Es war zwar auch eine Mobilnummer auf ihren Unterlagen vermerkt, aber wie aus Gewohnheit versuchte ich zuerst die Geschäftsnummer zu erreichen.

„Jean Degrange, kann ich bitte Jessica Haller sprechen?" „Worum geht's denn, bitte?", bemühte sich Haller mehr um Freundlichkeit. „Sie hatte sich vor einiger Zeit beworben und ich wollte sie fragen, ob sie noch interessiert ist." „Haben Sie eine Nummer für mich?", fragte Haller senior zurück, „ich gebe sie an meine Tochter weiter". „Danke, ich versuche es auf ihrem Handy", erwiderte ich. „Da werden Sie kein Glück haben, das liegt hier vor mir." Zwei Stunden später rief sie mich an. „Hallo, hier ist Jessica Haller, Sie haben angerufen."

„Ja habe ich. Sind Sie an einem Zeitvertrag interessiert oder haben Sie mittlerweile einen Job gefunden?", erkundigte ich mich.

„Wann kann ich anfangen?", fragte sie, ohne auf die Frage einzugehen."

„Morgen, von mir aus." Zugleich überlegte ich, ob ich mit der sofortigen Zusage einen Fehler machte. Mir fiel nichts ein, was ein Fehler hätte sein können. Okay, Julia Kramer würde sich wohl etwas wundern über die schnelle Entlastung, als die sich die Neue ja hoffentlich erweisen würde. Jessica tat es. Sie war ein Sonnenschein und verstand sich blendend mit Julia. Die beiden ergänzten sich hervorragend und man hatte schon bald den Anschein, dass sie „best friends" wurden. Das Klima in der Firma wurde dennoch kaum entspannter, vor allem für mich nicht. Ich hatte zwar ein wenig das Gefühl, alle kämen sich auf halbem Wege entgegen, man half sich untereinander, einer der neuen Programmierer, Peter Wiede, war mir allerdings nicht so geheuer. Irgendwie klopfte er ständig Sprüche und suchte den Beifall in der Runde. Vor allem, wenn er in der Nähe unserer weiblichen Besatzung war, versuchte er zu glänzen. Er war witzig, ohne Frage, nur – ich hatte ihn als Programmierer eingestellt und nicht dazu, die Mannschaft zu unterhalten. Er war Kölner, durch und durch, und liebte die Tradition, Witze in Bezug auf Düsseldorf zu machen. „Hey, kennt ihr den schon?" schallte es durch die Bürotüren, nachdem er schon ein paar Jokes vom Stapel gelassen hatte. „Wie entstanden die Düsseldorfer?" Alle zuckten mit den Achseln.

“Am sechsten Tag schuf Gott die Affen und am Nachmittag ging ihm das Fell aus.“ Alle brachen in schallendes Gelächter aus. „Wird hier auch noch etwas gearbeitet?“, fragte ich, als ich das Büro betrat. „Ja Chef, wir sind gut dabei“, wiegelte David ab. „Denke jetzt bitte nicht, dass wir nur Witze reißen. Wir haben das Gerüst für Q-Parts stehen“, gab er beruhigend zu verstehen „Gut, aber es gibt ja sicherlich noch zu tun“, sprach ich aus, ohne es eigentlich zu wollen.

„Compushop, guten Tach, hab ne Warenlieferung, äh... Rechner, glaube ich, wohin damit?“, sprach mich ein hagerer, ein Meter neunzig großer UPS Fahrer an, der plötzlich vor mir stand. „Hier bitte unterschreiben“, hielt er mir ein elektronisches Gerät vor die Nase.

Er ließ die Ware mitten im Eingang stehen. „Hören Sie, Sie können...“ rief ich ihm nach. „Auspacken und anschließen müssen Sie schon selbst, Tschö“, konterte er selbstbewusst.

Da alle anderen beschäftigt waren, trug ich die Kisten grollend vor mir her in einen Raum, den wir für Büroutensilien auserkoren hatten. Beim letzten Karton verspürte ich einen scharfen Schmerz im Rücken. „Das auch noch“, stöhnte ich gefrustet. Als hätte mir jemand ein Messer in den Rücken gerammt. Der Schmerz reduzierte sich allerdings wieder auf ein Maß der Erträglichkeit. Ich ging in mein Büro und ruhte einen Moment aus.

Mir machte dieses Ausmaß, das mein Unternehmen angenommen hatte, langsam Sorgen. Mir fehlte ein Hafen, wo ich meine Seele auftanken konnte. Doch das Leben gab mir stattdessen immer größer werdende Verantwortung. Ich stellte irgendwie fest, dass ich allmählich so wie Arthur der Große wurde, oder vielmehr, wie er all die Jahre gewesen war. Mürrisch und verbittert. Kaum ein Lächeln, das von wirklicher Freude am Leben rührte. Egal wie gut es meinem Bankkonto auch ging, es war nicht das, was ich im Herzen wirklich brauchte. Am Abend dieses Tages fiel ich erschöpft auf die Couch. Ich dachte an das bevorstehende Wochenende. Ich stand vor der Entscheidung, entweder die beginnende Rennsaison nicht komplett mitfahren zu können oder an diesem fragwürdigen Seminar teilzunehmen. Beides war am gleichen Tag, wobei das Seminar an zwei Tagen stattfand. Ich konnte Clarissa unmöglich so kurz davor absagen, sie würde wahrscheinlich jegliche Achtung vor mir verlieren. „Also telefoniere ich und melde mich für den Start der Leistungsprüfung ab. Wer weiß, wozu es gut sein wird. Aber wenn die mich da versuchen auseinander zu nehmen, dann gehe ich sofort nach Hause, egal was Clarissa sagt", monologisierte ich vor mich hin. „Sie kann ja gut reden, was weiß sie schon davon? Sie hat ja ihren neuen Lover, sie hat Familie, einen Job, bei dem sie sich kein Bein ausreißen muss. Diesen Killefitz an Problemen hätte ich auch gerne. Wir können gerne tauschen..." Ich dachte mich in Rage, war wütend, war enttäuscht. Ich fühlte mich unverstanden und missachtet. „Was wollen die an meiner Vergangenheit ändern, wollen sie es ungeschehen machen, dass ich nicht lache. Wer ist dieser Wichtigtuer Lumen Nomos? Was für einen Namen der schon hat. Na warte nur, eine einzige blöde Bemerkung, dann platzt mir der Kragen", fluchte ich vor mich hin. Nach einer Weile flaute der Wutanfall langsam ab. Ich hätte am liebsten abgesagt. Doch irgendwie war es mir so, als hätte ich mir selbst dabei zugesehen, wie ich mich aufregte, immer wütender auf alles und jeden wurde. Ich sah die ganze Zeit Clarissa in meiner Gegenwart, die sich anhörte, was aus mir heraussprudelte. Ich empfand sie dabei als stillen Zuhörer und sah ihr Gesicht, das nichts erwiderte. Ich wusste genau, was sie zu meinen Argumenten und Vorwürfen sagen würde. Nichts. Sie würde es hinnehmen und gehen. Alles was von ihr ausging, hatte so viel Kraft. Selbst der Gesichtsausdruck, der nur in meiner Vorstellung existent war. Dieses „nichts" war so voller Worte, dass ich es dennoch über mich ergehen lassen wollte. Es waren zwei lächerliche Seminartage, was sollte es denn noch schlimmer machen können. Ich war entschlossen, mich der Sache zu stellen. Ja, ich hatte meine Wut und nutzte sie zur Offensive."

„Sie waren einfach überfordert mit Ihrer Aufgabe", stellte Hillberg fest. „Ist Ihnen denn heute bewusst, was Sie geleistet haben?", fragte sie. „Ich hatte es mir nie so vorgestellt", versuchte ich es auf den Punkt zu bringen. „Die Selbstständigkeit war aus einer Not geboren, ich hatte nie vor, so ein großes Unternehmen aufzubauen. Ich wollte ursprünglich nur überleben können. Als ich aber den Fuß in der Tür hatte, ging es irgendwie nur nach vorn. Ich war einfach mit allem allein. Beinahe jede Entscheidung musste von mir getroffen werden, zu viel für einen jungen Menschen. Am Ende war ich abhängiger als jeder Angestellte. Es war ein ungeheurer Stress. Das Geld, das ich verdiente, forderte von mir das wahre Leben ein. Ein Tribut, den ich zu zahlen eigentlich gar nicht bereit war." Hillberg nickte, als habe sie Hochachtung vor dieser Leistung. „Fahren Sie doch fort", wies die Journalistin mich freundlich an, weiter zu erzählen. „Ich glaube für heute reicht es erst einmal von meiner Seite."

Erzählen Sie mir doch lieber noch ein bisschen von Ihnen", forderte ich sie auf. „Kannte Eric Handler Ihre Gewohnheiten? Wusste er beispielsweise, wo Sie Ihr Auto auftankten?" Ja sicher, aber hören Sie", wandte sie ein, „Eric hat damit sicher nichts zu tun." „Was macht Sie so sicher, nach alledem?", gab ich ihr zu bedenken. Sie wiegte den

Kopf hin und her. „Nein, das glaube ich nicht. Es ist eher Zufall, dass dies auch noch passiert ist“, erwiderte sie. “Was hat Eric denn so den ganzen Tag gemacht?“, fragte ich. Ich spürte, dass ihr diese Fragen auf die Nerven gingen. „Er hat sich bemüht, war ständig unterwegs. Genau weiß ich es nicht...“. „Wäre doch mal interessant herauszufinden, was der liebe Eric den ganzen Tag so macht, meinen Sie nicht?“ „Wie soll ich das bitteschön herausfinden, soll ich ihm nachspionieren? Auf keinen Fall!“ Hillberg war nicht erfreut über meine Gedanken. Sie wollte diese Sache so schnell wie möglich vergessen, doch ihre finanzielle Schieflage würde sie noch lange daran erinnern. „Ich werde Sie nicht länger mit Fragen quälen“, versprach ich ihr. „Erlauben Sie es, dass ich einen guten Bekannten um Rat frage?“ Ich wollte ihr helfen. Es kostete mich vielleicht ein paar Telefonate. Ich brauchte jedoch die Privatadresse von Hillberg. „Kein Problem“, sagte sie und fing an in ihrer Tasche zu kramen. Aus dem Portemonnaie zog sie eine Visitenkarte mit ihrer Privatadresse heraus und überreichte sie mir. „Wollen Sie jetzt den Privatdetektiv spielen?“, lachte sie etwas schief. „Nein, sicher nicht, aber mal sehen, was zu machen ist.“

„Hier Degrange Grafik Design, könnte ich bitte Mr. Bond sprechen?“, fragte ich witzelnd, als ich bei der Detektei Reichert anrief. „Jean, du bist es! Der Grafik-Design-König persönlich, was verschafft mir die Ehre?“, fragte Marcel scherzend.“ Ich brauche mal deine Hilfe, Marcel. Zurzeit gebe ich ein umfangreiches Interview für dieses...“ überlegte ich. Der Name war mir immer noch nicht geläufig, „...äh, New Age Magazine. Eine Homestory über mein Leben.“ „O.k.“, sagte er knapp. Marcel wusste nichts damit anzufangen. „Was kann ich für dich tun?“

„Die Interviewerin hat mir auch ein paar Dinge anvertraut, unter anderem, dass ihr Freund sie finanziell ausgenutzt hat." Ich erzählte ihm die Story in groben Zügen. „Könntest du für mich herausfinden, wo sich dieser Typ zurzeit herumtreibt und was er so den ganzen Tag macht?" „Klar kann ich das, aber das ist schon etwas aufwändig", gab Marcel zu bedenken. „Die Rechnung geht an mich. Ich werde mich schon mit der Dame einigen", erklärte ich ihm. Durch Marcels Tipp von damals hatte ich bei SABO-Gartengeräte über die Jahre hin sehr viel Geld verdient und ich hatte nie die Chance gehabt, mich dafür erkenntlich zu zeigen. Dies war eine Gelegenheit. Ich gab ihm alle Informationen, die mir zur Verfügung standen. Marcel setzte einen seiner besten Mitarbeiter ein, Miroslaw Basser.

Basser war polnischer Abstammung und er sprach immer noch, nach zwanzig Jahren in Deutschland, mit starkem Akzent. Er nahm seinen Job sehr ernst, für den er von Marcel sehr gut bezahlt wurde. Seine leicht schiefe Nase, sein kantiger Kopf und die tiefliegenden Augen ließen eher auf den Job eines Söldners als auf den eines Detektivs schließen. Basser war jedoch loyal und integer.

„Hierr muss sein", murmelte Basser, als er mit seinem alten Ford Transit in Leverkusen in den Lehweg einbog. Er hatte sich von einem Navigationsgerät herführen lassen. Sofort suchte er nach der Hausnummer 23, die nur wenige Meter vor ihm auf der rechten Seite lag. Bezahlbare Reihenhäuser beheimateten hier den gehobenen Mittelstand. Hier war Eric Handler heute mit Hillberg ein letztes Mal verabredet, um noch ein paar persönliche Dinge aus ihrer Wohnung abzuholen. Sie hatten zwölf Uhr mittags vereinbart. Hillberg kam ein paar Minuten früher als abgesprochen, Handler dagegen eine Viertelstunde zu spät. Mit der Baseballmütze, die er sich tief ins Gesicht gezogen hatte, und der Sonnenbrille war nicht viel von seinem Gesicht zu erkennen. „Warrten besser", stöhnte Basser, der versuchte aus sicherem Abstand ein paar brauchbare Bilder zu machen. Die Journalistin hatte ihm leider kein Foto von Handler gegeben. Seltsamerweise hatte der alle Fotos von sich beseitigt. Handler trat mit einigen Taschen und einer kleinen Kiste auf die Straße, setzte sich in den Wagen und fuhr los. Es war ein alter 7er BMW mit Kölner Kennzeichen. Basser folgte ihm in sicherem Abstand und nach einer halben Stunde erreichten sie endlich eine elegante Villa in Junkersdorf, einem noblen Kölner Stadtteil. Eine groß angelegte Gartenanlage umgab das prachtvolle Haus aus den Sechzigern. Basser stellte den Wagen in einer Parkbucht in gut fünfzig Metern Abstand ab und beobachtete Handler, nachdem der seinen in der Einfahrt geparkten Wagen verlassen hatte.

„Was haben Sie gemacht, Herr Degrange?“, interessierte sich die Journalistin für meine gegenwärtigen Aktivitäten in Sachen Hillberg... „Sie dürfen sich jetzt auf die Lifestory konzentrieren“, forderte ich sie auf, meinem Wunsch nachzukommen. Machen Sie sich jetzt bitte keine Sorgen mehr, denn ich bin zumindest sicher, dass wir Einiges über Ihren Eric herausfinden werden. „Phhh“, stöhnte mein Gegenüber, „ich weiß noch nicht so richtig was ich davon halten soll, aber ... wird sicher nicht schaden.

„Und... vielleicht kriegen wir Ihr Geld wieder zurück“, stellte ich meinen Optimismus zur Schau. „Das habe ich, ehrlich gesagt, abgeschrieben. Bei solchen Typen ist nichts zu holen. Ich war einfach nur dumm und bin darauf reingefallen, Pech gehabt“, resignierte Hillberg. „Erstens ist es nur Geld, egal wie sehr es schmerzt, und zweitens eine gute Übung, sich in Gedankendisziplin zu üben“, versuchte ich Hillberg abzulenken. Sie nahm ihre Notizen hervor und stellte das Aufnahmegerät an. Dann gab sie mir ein Zeichen, in meinen Erzählungen weiter fortzufahren.

„Es war der 20. April 2002. Sonnenstrahlen erhellten durch die winzigen Spaltöffnungen der Rollläden die Fensterlaibung meines Schlafzimmers.

Das Schrillen des Weckers hatte mich um neun Uhr geweckt. Müde und ausgelaugt setzte ich einen Fuß nach dem anderen vors Bett. Als ich die Rollläden hochzog, erblickte ich die ganze Pracht dieses wundervollen Morgens: Sonne pur und kein einziges Wölkchen am Himmel zu sehen. „Warum ausgerechnet an so einem wunderschönen Tag, ich will auf die Rennstrecke", moserte ich wie ein ungezogener Teenager. Nach meiner „Daily Routine" schob ich eine CD in den Spieler, drehte die Lautstärke hoch und aß in aller Ruhe ein Früchtemüsli.

Die Musik half mir wach und munter zu werden, doch durch mein Herumtrödeln vergaß ich die Zeit. „Mist, ich bin zu spät", fluchte ich, schnappte mir den Wagenschlüssel vom Bord sowie eine Jacke und sprintete zum Auto.

Um zehn wollte ich bei Clarissa sein, um sie abzuholen – es war fünf vor. Schnell tippte ich ihre Nummer ins Handy und fuhr fast gleichzeitig los. Ich brauchte eine gute Viertelstunde zu ihr.

„Guten Morgen", ertönte es auf der anderen Seite. „Auch guten Morgen, ich bin zu spät, aber auf dem Weg. Um elf Uhr fängt es an, richtig?" Mit einem breitgezogenen „Jaaaa" gab sie Antwort. „Wir brauchen sicher mehr als eine halbe Stunde und wir wollten ja auch einen guten Platz, also schwing die Hufe."

„Bin ja gleich da, keine Panik, wir werden schon nix verpassen, ...von deinem Lumen Nomos".

„Dadadadadadaaa", äffte sie mich überzogen nach, was sie mit einem Lachen und „bis gleich" beendete. Ich fuhr so schnell wie es nur irgendwie möglich war, doch der Verkehr war an Samstagen katastrophal.

Am liebsten wäre ich rausgesprungen und hätte mir eine handfeste Prügelei mit jedem dieser langsamen, blockierenden und egoistischen Verkehrsteilnehmer geliefert – aber ich hatte weder Zeit, noch war ich darin geübt. „Lass gut sein, lass gut sein, lass gut sein“, beruhigte ich mich selbst.

Ich flippte in letzter Zeit regelmäßig aus, wenn andere sich meiner Meinung nach rücksichtslos oder nicht vorausschauend im Verkehr bewegten. Eine halbe Stunde zu spät wendete ich mit einem kurzen Hupen vor Clarissas Tür. Im gleichen Moment öffnete diese sich und Clarissa trat heraus, hinter sich einen Typen. „Der wird doch nicht zu ihr gehören?“, stammelte ich vor mich hin. Mein Frustpegel stieg merklich an. Während sie mit ihm sprach bewegten sie sich auf meinen Wagen zu.

Ungläubig stieg ich aus. „Hey, guten Morgen Clarissa“. „Guten Morgen, Jean, darf ich vorstellen, das ist Felix Schramm.“ „Ah der Neue“, entwich es mir nicht gerade freundlich. „Felix hat sich gestern Abend doch noch dazu entschlossen, mitzukommen. Felix, das ist Jean.“ „Morgen, Felix”, würgte ich mir raus. Sie sah die Enttäuschung in meinem Gesicht und wurde ganz unsicher. “Ich hatte dir ...doch von Felix...“

„Alles o.k., ich war nur ein bisschen überrascht, weil du gar nichts davon erzählt hast, dass Felix mitkommen will“, überspielte ich die Situation aufgesetzt freundlich. „Kommt, na dann, wir müssen!“. Wir stiegen ein, wobei sich Clarissa nach hinten setzte. „Bin ja sehr gespannt“, unterbrach Felix die unangenehme Situation. „Ja, ich allerdings auch“, erwiderte ich. „Seid mal nicht so skeptisch, das wird sicher ganz interessant“, warf Clarissa ein. Wie hatte sie mich nicht vorwarnen können? Den Typen unangekündigt mitzubringen war einfach taktlos!

„Ich habe gehört, dass du ein erfolgreicher Geschäftsmann im Bereich Grafik Design bist“, versuchte Felix ein Gespräch in Gang zu bringen. „Ja? Wer sagt das?“, warf ich etwas spitzzüngig zurück „Ja... wer schon? Clarissa.“ Ich blickte in den Rückspiegel, in dem ich Clarissa nachdenklich beobachtete. Unsere Blicke trafen sich. Sie hatte längst erkannt, dass mir etwas nicht passte, wusste nur noch nicht genau, wie sie damit umgehen sollte.

„Und was machst du so, Felix?“ „Ach ich bin bloß ein Autoverkäufer.“ „Aha, und wo?“, fragte ich interessiert. „Bei Porsche.“ „Klasse“, erwiderte ich, „Porsche find ich gut.“ „Du fährst Autorennen, hab ich gehört“, sprach er weiter. „Leistungsprüfungen, keine Rennen in klassischem Sinne. Es sind Rennen für Einsteiger, in einem bezahlbaren Rahmen“, erklärte ich gequält und blickte dabei immer wieder in den Rückspiegel. „Was hast du dem denn noch alles über mich erzählt?“, fragte ich stumm. Das Seminar war völlig aus meinem Bewusstsein verdrängt.

„Vielleicht werde ich in den nächsten Jahren einmal an einem richtigen Rennen teilnehmen, mal sehen“, gab ich gelangweilt hinzu. Felix war ein durchaus interessanter Mann, Anfang vierzig, mit großer Nase und großen Ohren, etwas schlaksig für mein Empfinden. Ich hätte geschworen, Clarissas Geschmack zu kennen, doch weit gefehlt. Er war eher hager, kein Typ wie Gerd, kein „Kerl“ in dem Sinne. Als wir ankamen, gab Felix ein lakonisches „Und auf zur Gehirnwäsche“ von sich, das mich schmunzeln ließ. Clarissa verdrehte die Augen. „Männer, tz tz tz...“ Wir näherten uns dem Eingangsbereich des „Panorama Inn Hotels“. Eine Menschentraube auf der linken Seite des Eingangs scharte sich rauchend um zwei Sandkübel. Einige von ihnen lösten sich aus der Gruppe und verschwanden ins Innere des Hotels. Wir folgten ihnen. „Ich will möglichst nach vorne, könntet ihr bitte schon mal reingehen? Ich muss noch mal", drängte Clarissa. Ihre Aufregung war spürbar. Sie fühlte sich sicher verantwortlich dafür und hätte es gern gesehen, wenn wir der ganzen Sache etwas Positives hätten abringen können. „Ich komme mit, muss auch noch mal!", gaukelte ich vor, Felix anblickend. „Okay, dann such ich uns gute Plätze", sagte der entschlossen. Er trabte los. Wir in die andere Richtung. „Sag mal, hättest du mir nicht vorher sagen können...," wandte ich mich an Clarissa. Ohne dass ich aussprechen konnte, fegte sie angegiftet zurück. „Jean! Was genau ist dein Problem?" „Ich bin etwas überrascht... ja, ich hätte es gerne gewusst, dass wir nicht alleine... sondern, dass du deinen Neuen mitbringst...", suchte ich nach einer plausiblen Rechtfertigung. Clarissa blickte mich nur an und begann zu schmunzeln. Ich fühlte mich ertappt, sie spürte genau, was mit mir los war."

„Eifersüchtig!" brachte die Journalistin es auf den Punkt. "Hatten Sie nie den Mut, ihr zu sagen, dass Sie sie lieben?" „Nein", ich hatte Angst sie zu vergraulen, wenn ich es ihr gestanden hätte. Diese Tatsache hätte sicher alles zwischen uns verändert." Ich fuhr fort.

„Mit einem ‚Komm mach schnell' küsste sie mich auf die Wange und ging in Richtung Damentoilette. Berührt und halbwegs zufrieden erleichterte ich mich ebenfalls noch einmal, bevor das „lange Sitzen" begann.

Wir gingen gemeinsam zum Eingang des Seminarraums. Eine Dame und ein Herr, vornehm gekleidet, hatten sich dort aufgebaut. Wir hatten bereits Karten. Rechts vom Eingang standen etwa fünf Leute, die noch keine Karten zu haben schienen. Sie lauerten darauf, noch kurzfristig frei gewordene Plätze zu ergattern. Als wir eintraten, sahen wir Felix aus der zweiten Reihe winken. „Oh nein", stöhnte ich. „So weit vorn." „Da sehen wir doch besser als von hinten, das ist hier keine Delphinshow, bei der sie die ersten Reihen mit Wasser bespritzen", erwiderte Clarissa, verständnislos den Kopf schüttelnd. Ich dackelte ihr hinterher. Mein Platz befand sich direkt am Mittelgang, ganz außen, rechts von mir ‚Clarissas und Felix' direkt neben ihr. Der Saal war fast voll besetzt. Auf einer kleinen tritthohen Bühne stand ein Tisch, auf ihm ein bunter Frühlingsblumenstrauß, eine Wasserflasche, ein Trinkglas und ein Skript. Davor standen ein Stuhl und ein Standmikrophon. Am hinteren Ende der Bühne wurde eine breite Leinwand von einem Beamer angestrahlt. „...und plötzlich war nur noch Sommer..." war in großen Lettern auf dem Hintergrund einer blumenreichen Sommerwiese zu lesen. „Immer Sommer, hätte nix dagegen", kommentierte ich.

„Ja siehste mal, die Ziele stimmen ja schon einmal halbwegs überein", konterte Clarissa mit einem Lächeln. „Wusste gar nicht, dass es um das Thema Meteorologie geht", flachste Felix. „Also, wenn sich dadurch das Wetter auch nur um zwanzig Prozent verbessert, dann hat sich das ja gelohnt." Felix erntete einen gespielt strafenden Blick von Clarissa, den sie danach auch mir zuwarf. „Es kommt nur darauf an, wie viel ‚gutes Wetter' ihr von hier mitnehmt."

Felix und ich wussten genau, wie sie es gemeint hatte, dennoch hatte er sich mit mir verbündet. Es schien, als wäre er auch eher deshalb hier, um Clarissa nicht den Eindruck zu vermitteln, er wäre oberflächlich. Ich für meinen Teil wollte Clarissa wirklich nur den ‚guten Willen' zeigen, aber noch viel lieber wäre es mir gewesen, die Unwirksamkeit der Methode dieses Lumen Nomos an meinem Problemkomplex hier und heute zu beweisen. Ich konnte mir nicht vorstellen, wie irgendjemand an meiner Vergangenheit etwas ändern konnte, es war unmöglich. Mir war nicht zu helfen.

Dann trat ein Mann in den frühen Vierzigern ans Mikrofon.

„Meine sehr verehrten Damen und Herren, ich darf Sie recht herzlich zu unserer zweitägigen Seminar-Veranstaltung mit Lumen Nomos begrüßen", begann die Anmoderation mit den üblichen Begrüßungen, die mir immer etwas gekünstelt vorkamen.

„Ein Mensch, der selbst alle Höhen und Tiefen des Lebens durchlebt und durchlitten hat", fuhr er fort.

„Nach vielen heftigen Schicksalsschlägen und aufgrund seiner Alkoholsucht stand er vor einem großen – so sagt er – Scherbenhaufen. Es waren Jahre, die er wie ‚das wahrhaftige Fegefeuer' erlebt hat. Doch irgendwann gibt es, wie im Leben eines jeden Menschen, einen Wendepunkt. Man könnte sagen, es war ein Zufall, doch Zufälle, so sagt Lumen Nomos selbst, gibt es nicht. Er meint dazu nur, ‚Unsere Seele sucht nach Seelenheil und sie führt uns zu der Gelegenheit dieses Heil zu finden. Dieses Auf und Ab des Lebens gleicht den Jahreszeiten. Nach einer Periode von Regen, Sturm und Kälte freuen wir uns alle auf den Sommer. Wir freuen uns über jeden Tag, an dem die Sonne strahlt und unser Gemüt erwärmt. Vielleicht ist das Heute und Morgen ja auch ein Wendepunkt in Ihrem Leben, bei dem Ihre Seele heilen kann und vielleicht wird auch der Sommer für Sie niemals mehr enden'."

„Mal sehen wie du das hinbekommst, Lumen", kommentierte ich leise. Clarissa nickte nur genervt, ohne den Blick von der Bühne zu lassen. Sie mochte es nicht, wenn ich alles kommentierte und bewertete. „Begrüßen Sie jetzt, mit einem kräftigen Applaus, Lumen Nomos!"

Alle klatschten laut, darunter Pfiffe der eingeschworenen Fans. Dann trat Lumen Nomos hervor. Durch den Mittelgang kam er im dynamischen Laufschritt mit einem

Sprung auf die Bühne. Ich schätzte ihn auf ca. Anfang bis Ende fünfzig. Genauer konnte ich es nicht bestimmen. Sein vom Leben gegerbtes Gesicht oder das, was davon unter seinem langen krausen Bart hervorlugte, drückte Lebensfreude und Vitalität aus. Sein Haar trug er etwas länger und nach hinten gekämmt, es war grau, mit dunklem Schimmer. Unter dem anthrazitfarbenen Anzug hatte er einen grauen Pulli. Er wirkte gepflegt, aufs Äußere bedacht. Mit einem „Vielen Dank, meine Damen und Herren" quittierte er den Applaus. Er befand es als sinnvoll, uns allen das Du anzubieten.

„Wir sind ja hier, um uns mit ganz sensiblen Themen auseinanderzusetzen und das ‚Sie', bringt uns ja nicht näher sondern distanziert ja dann doch eher...", gab er mit einem Lächeln und leichter Verlegenheit kund. Seine Worte schienen wohl gewählt, mit Vorsicht und Sorgfalt. Eine angenehme rauchige Stimme, die jedes Wort mit Bedacht artikulierte. „Plötzlich nur noch Sommer", griff er den Titel auf, den ich erst jetzt bewusst vernahm, obwohl er auf der Eintrittskarte stand. „Ja wäre das nicht wunderbar...?", fragte er offen in die Runde, blickte dabei in die Gesichter der Zuhörer und setzte sich in Richtung Mittelgang in Bewegung. „Ich bin sicher, viele von euch stecken im Winter fest und haben schon lange keine Sonne mehr gesehen. Oder vielleicht erlebt ihr ja Tage, an denen das Wetter nicht direkt schlecht ist, sondern nur wolkenverhangen, trocken und kühl. Nur die Sonne hat sich euch schon lange nicht mehr gezeigt..." Er blickte mir direkt in die Augen und hielt den Blick auf mich gerichtet. Ich empfand großes Unbehagen. Mit seinen stahlblauen Augen, die sanft zu lächeln schienen, fokussierte er mich für weitere Momente und fuhr nach diesem Augenblick des Innehaltens weiter fort.

„Wer wünscht sich nicht, dass ein schöner Tag von einem noch schöneren abgelöst wird? Das wäre sicher wunderbar, aber das ist nicht das Leben“, erklärte Lumen Nomos selbstbewusst, unterlegt von dem hypnotischen Timbre seiner Stimme. „Das Leben der Dualität, das Leben in der manifesten Welt der Formen, hat stets zwei Seiten...“ „Das ist nichts Neues“, flüsterte ich, sodass Clarissa über meine Äußerung wieder die Stirn runzelte. „Es gibt in unserem Leben nichts Gutes ohne das Schlechte. Nach diesen zwei Tagen wird auch das nicht anders sein.“ ‚Toll‘, dachte ich und verkniff es mir auszusprechen. ‚Und wozu sitzen wir jetzt hier, wenn sich dann doch nichts ändert?‘ „Aber“, führte er fort, „es wird sich etwas verändern. Euer Blick und eure Wahrnehmung werden sich verändern. Sicher nicht bei jedem hier im Saal, denn nicht jeder ist bereit für diese Wahrheiten. Für diejenigen, die bereit sind: Ihr werdet die Ursache erkennen, warum wir allzu oft traurig sind. Wir werden gemeinsam die Ursachen herausfinden, weshalb unser Leben oft mit Schwermut bepackt ist. Eine davon ist unsere Vergangenheit, um es einmal vorwegzunehmen. Wir reden von der Vergangenheit, wir meinen sie ist vorbei. Aber sie lebt...“ Sein Blick traf mich erneut, so dass es auch Clarissa auffiel – als hätte er alles in mir gesehen.“

Hillberg stutzte. „Was war so außergewöhnlich daran, dass er Sie angesehen hatte?“, wollte sie wissen. „Ich kann es nicht sagen, es war irgendwie ein Bezug zu mir da. Ich hatte keine Ahnung.

„Lumen sagte, „Die Vergangenheit, sie lebt in jedem Augenblick“. Ich sah Clarissa fragend an, „hast du dem etwas von mir erzählt oder warum sieht der mich so an?“ „Nein, sicher nicht, ich kenne ihn doch gar nicht. Aber“, sie drehte sich zu mir, „steht doch groß auf deiner Stirn.“ Dabei grinste sie schelmisch. Lumen hatte unser Getuschel bemerkt und legte den Zeigefinger mit einem Augenzwinkern auf den Mund. Er fing an zu erzählen wie sich unsere Persönlichkeit entwickelt. Wie ein ‚Ich' entsteht, das vom eigentlichen ‚Sein' getrennt ist. Er erklärte nun, wie dieses ‚Ich' zum einen der Segen und zum anderen der Fluch sein kann. „Dieses ‚Ich', ist unser denkender Verstand. Dieser Verstand ist leider nie zufrieden, er möchte immer mehr und hat er mehr, will er noch mehr. Es gibt nichts, was ihm gut genug ist. Er kennt nur selten etwas, was ihm perfekt erscheint. Und zu alledem, sind wir mit diesem ‚Ich', das alle diese Erfahrungen und Erlebnisse gemacht hat, vollkommen identifiziert. Die gewachsene Persönlichkeit, mit all den Erkenntnissen, Erfahrungen und dem Begehren bildet dieses ‚Ich', von unserem wahren Sein getrennt. Wir glauben aber, wir sind dieses ‚Ich' mit all dem was es erlebt hat. Haben das alle verstanden?", fragte er und blickte langsam von rechts nach links. „Verstand, Ich oder Ego, drei Ausdrücke für eine der zwei Ebenen in uns, o.k.?", stellte er nochmals heraus. „Der Verstand sieht sich als ‚DAS Wesen', das wir sind. ICH und MEIN identifiziert sich mit dem Verstand. Wir sagen ‚Ich bin der oder die und das ist mein'... und so weiter.

Die Worte, die aus uns sprechen, die unser Verstand kreiert, sehen sich als das ‚Ich'.

Dieses ‚Ich', ist wie ein ungezähmtes wildes Pferd, doch warum? Wir haben es nie gelernt, es zu bändigen. Wir wissen gar nicht, dass man es bändigen kann und wir wussten vielleicht noch gar nicht, dass es noch eine andere Ebene in uns gibt... Die Ebene des wahren Seins!"

Er führte etwa eine Stunde über das, was dieses Ich permanent mit uns veranstaltet, aus. Er sprach darüber, als sei dieses Ego nicht nur ein wildes ungezähmtes Pferd, nein, er stellte es als wahres Monster dar. Ein autonom gewordenes illusionäres ‚Ich', das uns unter Umständen die Freude am

Leben ordentlich verderben kann. Dass es Menschen gäbe, die dies alles nicht berühre, stehe außer Frage, doch ließe diese Ignoranz nur ein recht oberflächliches Leben zu. Keine wirklichen Höhen und keine wirklichen Tiefen.

Er entließ uns um ca. ein Uhr in die Mittagspause, mit einer kleinen Aufgabe.

„In der Pause bitte ich euch, eure Gedanken zu beobachten. Was denkt ihr? Der eine hat vielleicht vom langen Stillsitzen Rückenschmerzen – denkt über diese letzten zwei Stunden nach – mag das, was er gehört hat, oder mag es nicht. Wie ist das Essen? Die Leute hier? Was geht in euren Köpfen vor? Beobachtet euch selbst beim Denken. Und wer Lust hat, darf danach etwas davon erzählen." Wir schauten uns alle mit hochgezogenen Augenbrauen an.

„OOOKAY", wandte ich mich zu Clarissa, „erzählen werde ich das sicher hier nicht." Meinen Blick abwendend ging ich in Richtung Ausgang, um mich in der mittlerweile entstandenen Schlange vor der Eingangstür einzureihen. Felix kam hinterher.

„Also ich find das schon ganz interessant, weiß zwar nicht, wo er noch hin will, aber eine Ausstrahlung hat der Typ, das muss man ihm lassen", fasste Felix für sich zusammen. „Wenn ich aber nicht ‚Ich' bin, der ich zu sein glaube, wer oder was bin ich dann?", fragte Felix, den Schalk wieder einmal im Nacken. „Nach meinen Ohren zu beurteilen... o.k., nennt mich Dumbo." Wir lachten. Felix hatte überdimensionale Ohren. Irgendwie war alles, was an ihm abstand, groß, zumindest das, was zu sehen war. Doch es passte ganz gut zusammen. Wahrscheinlich hatte er auch einen riesengroßen... und ich verspürte einen Anflug von Eifersucht. Vielleicht war das der Grund, warum Clarissa auf ihn stand. Ich empfand es als peinlich darüber nachzudenken, ob seiner größer war als meiner. Indem ich mich den anderen wieder anschloss, verdrängte ich diesen absurden Anflug von Vergleichsdenken. Im großen Speisesaal suchten wir uns einen Platz. Es waren sicherlich mehr als zweihundert Gäste da. Mit drei weiteren Seminargästen setzten wir uns an einem Tisch zusammen und stellten uns einander kurz vor. Philipp, Sandra und Horst waren alle drei mittleren Alters, wobei Sandra und Horst ein Paar zu sein schienen.

„Und? Auch eingeladen worden?", sprach mich Philipp an. „Ja, so könnte man sagen", antwortete ich und blickte dabei Clarissa grinsend an. „Ich musste auch mit", schob Felix nach. „Hey, das darf doch nicht wahr sein", wehrte sich Clarissa. Alle kicherten. „Wie jetzt? Muss man euch zu eurem Glück zwingen, oder wie ist das?", fragte Sandra mit gespielter Empörung. „Meine Freundin fand die Bücher so toll und hat so lange auf mich eingeredet, bis ich Ja gesagt habe! Sie wollte nicht allein...", meinte Philipp. Etwas verstört dreinschauend fragte ich. „Wie, und du musstest alleine...?" „Nee, sie sitzt da hinten an einem anderen Tisch, ist ja sonst kein Platz mehr." Philipp war sichtlich nervös und blickte andauernd zu seiner Liebsten. Er hatte offensichtlich ein Eifersuchtsproblem. „Ach, ist ja blöd", bemerkte ich. „Da hast du ja genug Gelegenheit, dein Denken zu beobachten." „Und was haben wir gelernt?", fragte Felix gespielt lehrerhaft. „Nicht wir, sondern das Ego findet etwas gut oder schlecht! Also jetzt alle mal den Denker beobachten und beim Essen sollte man ja eh nicht so viel reden", wies Felix an. Es wurde tatsächlich still am Tisch. Ich hatte den Eindruck, mehr oder weniger versuchten alle den Fokus ihrer Aufmerksamkeit nach innen zu richten.

Während des gesamten Essens wurde kaum geredet. Ich beobachtete mich selbst und das, was in mir vorging. Ich bemerkte, dass ich diesen und jenen Gedanken hatte, fand es jedoch schwierig, aus einem neutralen Blickwinkel mein

Denken als eigenständige Einheit zu sehen. ‚Das Ego' als etwas anderes als ich, ‚seltsam', dachte ich. Meine Gedanken glitten wieder zu Felix und Clarissa. Ob sie wohl auf große Schwänze steht?', fiel es mir wieder ein.

„Wir wollen mal kurz an die frische Luft", unterbrach mich Horst in meinen Gedanken mit einem Augenzwinkern, was die Zigarette nach dem Essen signalisierte. „O.k., wollen wir auch mal raus?", fragte ich in die Runde. Wir alle folgten Horst und Sandra, machten dann aber einen Bogen um den Aschenbecher am Eingang. Wir liefen ein bisschen auf und ab, um uns aus dieser lethargischen Körperstarre zu lösen. Kaum fünf Minuten später: „Es geht weiter", rief eine junge Frau uns entgegen, die kam, um uns wieder in den Saal zu leiten. Ich hatte mir keine Gedanken gemacht, für den Fall, dass ich gefragt würde, was ich in der Pause so beobachtet hatte. Die Zeit war für mich zu knapp, aber ich würde mich sowieso weigern, etwas zu sagen.

„Wer möchte uns etwas von seinen Gedanken preisgeben?", fragte Lumen Nomos, als alle wieder ihren alten Platz eingenommen hatten.

Keiner von uns meldete sich, aber gleich in der ersten Reihe vor uns erhob sich eine Frau um die vierzig. Ein Mitarbeiter der Organisation brachte ihr ein Handmikrofon.

Verrätst du uns deinen Namen?", fragte Lumen.

„Ich heiße Kerstin."

„Konntest du die Gedanken deines Egos erkennen?"

„Ich habe zuerst gedacht, das ist ja alles ganz aufregend hier, habe das alles hier ganz gut gefunden. Aber dann wurde ich gedanklich unterbrochen, vorhin als wir in die Mittagspause gingen. Ich habe an meine Kinder zu Hause gedacht. Sie sind heute alleine. Mein Mann muss arbeiten, das ganze Wochenende und... meine Kinder sind gerade dreizehn und vierzehn. Zwei Jungs. Ich machte mir Gedanken, ob sie auch nichts anstellen. Dann habe ich bemerkt, wie sich diese Ängste breit machten. Das ein oder andere kleine Unheil hat es schon in der Vergangenheit gegeben und ich habe..." zögerte Kerstin. „Du hast Angst, weil deine Erfahrungen nicht die besten waren", führte Lumen weiter aus, „richtig?" Kerstin nickte.

„Deine Erfahrungen hast du gespeichert und dabei entsteht eine gewisse Erwartungshaltung, Ängste machen sich rasch breit", erklärte er, seinen Blick zum Publikum gerichtet. „Wie ging es weiter?", fragte Lumen.

„Ja... ich habe bemerkt, dass diese Angst stärker wurde, die Gedanken fingen an sich zu überschlagen. In dem Moment waren ich und diese Gedanken eins. Ich konnte mich nicht davon unterscheiden, ich war die, die da dachte. Erst als ich mich dann an Ihre, ...äh..., deine Aufgabe erinnerte, wurde mir klar, dass dieser Prozess des Denkens ja vom Verstand ausgeht."

„Sehr gut", lobte Lumen Kerstin. Ich vermutete, keiner wusste was genau daran gut sein sollte.

„Und haben deine Sorgen irgendetwas Positives beigetragen, dich entlastet?", fragte Lumen Nomos, die Antwort schon wissend.

„Nein" antwortete Kerstin. „Im Gegenteil, es beunruhigt mich sehr."

„Das ist ein gutes Beispiel, danke erst mal Kerstin", wies Lumen sie mit einer Handgeste an, wieder Platz zu nehmen.

„Wir denken an etwas und plötzlich entwickelt diese Maschine, unser Kopf, seine Dynamik: Wir machen uns plötzlich Sorgen, Angst und Panik ergreift uns. Wir stellen uns vor unserem geistigen Auge Horrorszenarien vor – das Haus brennt ab oder die Kinder fahren mit nem kleinen Schlauchboot durch die Zimmer, alles steht unter Wasser. Ja, das ist etwas überzogen, aber wir bekommen Schweißperlen auf der Stirn und die Kinder sitzen womöglich gemütlich auf der Couch, essen Chips und gucken vielleicht nur einen Krimi, den sie sonst nicht sehen dürften, das ist alles...!“ Manche im Saal kicherten, lachten, raunten.

„Ja, ihr Lieben, das macht unser Verstand, unser ICH, unser Ego“, predigte Lumen Nomos, der mittlerweile so richtig in Fahrt gekommen war.

Er stellte vieles bildhaft dar, schaffte es, den Zuhörern mittels Metaphern die Dinge zu veranschaulichen. Die Prise Humor, die er hier und da einstreute, löste unsere Verkrampftheit, aber vor allem unsere Vorbehalte. Es war ganz und gar nicht, wie von mir erwartet. In diesen zwei Tagen wuchsen die Teilnehmer, die zu einem Entwicklungsschritt auf geistiger Ebene bereit waren, zu einem Haufen Gleichgesinnter zusammen. Von Stunde zu Stunde und mit jeder noch so kleinen Gelegenheit wurden wir einander verbundener. Die einen mehr, die anderen weniger. Wenn auch nicht gleich die innigsten Freundschaften daraus erwuchsen, man näherte sich an, erstrebte die grundsätzliche Tendenz eines freundlichen Miteinanders. Wir waren offen, waren tolerant, hatten Verständnis für vieles. „So sind wir Menschen“, dachte ich. „Ein Anziehen und Abstoßen gleichermaßen, wie der Pendelschlag einer Uhr.“ Es fand alles auf der gleichen Ebene statt. Es war eine Schwingungsebene, eine Frequenz, in der wir uns befanden. Wir standen alle im Leben, doch es war uns nicht genug. Das Leben war für viele eine Enttäuschung, brachte nicht das, was man sich als Kind vielleicht einmal vorgestellt hatte. Jeder hier trug sein Schicksal und hatte keine Wahl, außer der, einen Perspektivwechsel vorzunehmen und von dort das Glück und den Frieden zu spüren, was in ihm verborgen lag. Unter all den Sorgen, der Trauer und der Schwermut lag das Glück, wie Lumen Nomos es erklärte.

Wir alle schienen in dem Grau des Herbstes festzustecken. „Wer kann noch etwas erzählen?", fragte Lumen, den Saal absuchend. „Kommt ihr Lieben. Ihr denkt den ganzen Tag, also, was habt ihr vorhin so gedacht?"

Lumen schritt von links nach rechts und kam im Mittelgang vor mir zum Stehen. Dann blickte er mich an. „Komm, erzähl uns doch, was du in der Pause so gedacht hast", forderte er mich auf. „Äh, ich?", stotterte ich verlegen. „Ja, du! Steh doch bitte mal auf und sag uns deinen Namen", überrumpelte er mich. „Du hast doch sicher etwas gedacht, oder?", fragte er wissend nach. „Ich habe da ...", stotterte ich weiter. „Wer sind deine Freunde, deine Begleiter?", setzte er unerbittlich nach. Ich zeigte mit der Hand auf Clarissa und Felix. „Ist er immer so schüchtern?", alle kicherten. „Also ich bin Jean." Die Leute klatschten. Ich kam mir vor wie bei einem amerikanischen Mutmachseminar. Mir fiel nichts ein und ich redete wirres Zeugs. „Ja, ich habe vorhin über Felix's Anhängsel nachgedacht, ob bei ihm alles so groß ist? Ich meine... seine Nase, Ohren, Hände...", ergänzte ich.

Die Menge grölte. Clarissa schaute peinlich berührt und hielt sich die Hand vor den Mund. Mit aufgerissenen Augen blickte sie mich an. „O.k. Leute, egal, auch wenn's lustig ist", versuchte Lumen die Saallautstärke herunterzufahren. „Jean, hast du dich dabei mit ihm eventuell verglichen?", schloss er die Frage an.

„Also bei Ohren, Nase und Händen nicht", brachte ich etwas verlegen heraus.

Die Leute lachten erneut. „O.k., als es also...", versuchte Lumen eine passende und witzige Frage zu formulieren, „... als es also um die Wurst ging?" Lumen konnte sein eigenes Wort kaum noch verstehen, so erheiterte sich das Publikum an der Wortwahl. Ich nickte und musste mitlachen.

„Da war dein Ego am Werk, mein Freund!“, klärte er mich auf. Mann, war es mir peinlich. „Ihr Lieben, auch das ist ein gutes Beispiel! Wie oft vergleichen wir uns und kommen dann in den Unfrieden, weil unser Verstand mal wieder die Dinge nicht so akzeptiert, wie sie sind. Wir sehen vielleicht einen anderen, vom Leben besser ausgestattet, und sehen für uns nur Nachteile. Wir fangen an zu neiden – das will ich dir, lieber Jean, nicht unterstellen“, betonte er. „Es ist ganz allgemein so und passt auf viele dieser Denkprozesse.“ Und er führte noch viele Beispiele an, wie unsere Gedanken sich ganz willkürlich aufmachten, Geschichten auszudenken, die an der Realität oft vorbeigingen. Als wir den ersten Seminartag beschlossen und den Saal verließen, bekam ich noch einige Kommentare zu hören, die aber alle sehr wohlwollend waren.

„Wie kommst du um Himmelswillen darauf, so etwas zu erzählen?“, fragte Clarissa kopfschüttelnd. „Sorry Felix, aber du hast ja selbst Witze über deine Ohren gemacht...! Naja, an dir scheint alles groß...“, zögerte ich, es auszusprechen. „Dann fiel mir der Spruch ein: ‚An der Nase des Mannes, erkennt man den Johannes‘.“ Die beiden mussten nochmal lachen.

Wir fuhren nach Hause und ich versprach Clarissa am nächsten Morgen pünktlich zu sein, der zweite Seminartag begann bereits um neun Uhr.

Hillberg hatte herzlich mitgelacht. Sie mochte die lustigen Episoden meiner Erzählungen. Wir nahmen beide einen Snack und ich fuhr fort.

„Was ist dein größtes Problem?“, wies Lumen uns an, gleich zum Auftakt des zweiten Tages zu überdenken. „Was ist es, worüber du dir aktuell Sorgen machst?“ Hier und da meldeten sich meist Frauen, die etwas davon preisgaben, was sie am meisten belastete. „Ich habe Angst meine

Arbeit zu verlieren", gab Petra, eine Mittvierzigerin, an. Sie erklärte, dass ihr Arbeitgeber Stellen abbaute und sie Angst hatte, bald zu den Arbeitslosen zu gehören.

„Okay", sagte Lumen. „Du machst dir Sorgen es könnte dich treffen, aber was für ein Problem hast du gerade jetzt, in diesem Augenblick?" Petra war, wie die meisten wohl, über die Frage irritiert.

„Jetzt gerade?" „Ja, jetzt gerade!", bestätigte Lumen.

„Im Moment ist noch alles o.k.", antwortete sie. „aber es belastet mich ständig."

„Seht ihr, das meine ich. Wir haben ganz oft kein Problem. Wir könnten ein Problem bekommen und deshalb verderben wir uns die restliche Zeit. Wir machen uns Sorgen, wie es so schön heißt und das stimmt auch genau so. Was heißt es denn genau, wenn ich sage, ‚Ich mache mir Sorgen'?", forderte Lumen uns auf, über die genaue Wortbedeutung nachzudenken... Er nahm es vorweg und blickte uns eindringlich an. „Wir – Machen – UNS – Diese – Sorgen!"

„Auch wenn wir noch keine Probleme haben, wir machen uns welche. Ist das nicht irre? Es kann noch so vieles passieren, bei deinem Arbeitgeber, bei dir selbst, liebe Petra. Wir können das gar nicht alles erfassen, aber wir machen uns diese Sorgen, wir machen uns selbst Probleme, wo noch nicht wirklich welche sind."

„Aber was ist, wenn jemand sehr durch seine Vergangenheit, durch traumatische Erlebnisse, belastet ist?", sprang eine Teilnehmerin von ihrem Stuhl auf. „Möchtest du uns darüber erzählen – und wie heißt du?", fragte Lumen. „Ich heiße Jutta. Es geht nicht um mich. Es ist meine beste Freundin. Sie ist von ihrem Vater als Kind schwer misshandelt worden. Sie ist dadurch beziehungsunfähig, kann keine Nähe zulassen."

„Wir alle haben eine Vergangenheit", erwiderte Lumen. „Wir alle haben die eine oder andere Erfahrung gemacht, wo es uns heute noch schwer fällt, darüber nachzudenken. Der einzige Unterschied liegt im Inhalt, der von jedem anders bewertet wird. Sorge ist Sorge und die machen wir uns selbst."

Über diese Aussage wäre ich Lumen Nomos am liebsten an die Gurgel gesprungen. Ich fand sie dreist und ohne jegliches Mitgefühl, aber er führte weiter aus: „Ich weiß, wovon ich rede, so hart es auch klingen mag. Die Vergangenheit oder auch die Zukunft ist eine Illusion. Aber bleiben wir bei der Vergangenheit. Sie ist geschehen und unabänderlich. Ihr Bild zeigt sich deiner Freundin aber noch, als wäre es heute. Heute wäre sie eigentlich frei davon, sie orientiert sich aber noch am Bild der Vergangenheit. Das Einzige was sie als erstes tun kann, ist die Hingabe. Ja ‚Hingabe', und damit meine ich, wenn dich etwas aus der Vergangenheit belastet, dann nimm es als gegeben hin. Es ist ja schon geschehen, also warum noch dagegen kämpfen. Unser Verstand will es aber am liebsten ungeschehen machen, doch das geht nicht. Gib den Widerstand vollkommen auf. Was vergangen ist, ist nicht zu ändern und es bringt nichts, sich den Kopf zu zermartern und sich alle möglichen Wenn-Szenarien vor Augen zu führen, - es – ist - vorbei." Lumen redete sich in Rage. Doch irgendwie schien es für mich, als hätte er auch selbst in sich etwas angesprochen, womit er noch nicht vollkommen im Reinen war.

„Es sind alles nur Gedanken, meine Lieben. So trivial wie es auch klingt, aber es sind nur Gedanken. Unser Körper kann den Unterschied zwischen Gedachtem und der vielleicht ganz anders lautenden Realität nicht unterscheiden. Er reagiert genauso auf Gedachtes wie auf die Realität. Stellt euch doch einmal eine Zitrone vor, eine schöne gelbe Zitrone“, wies er an. Stellt euch vor, wie ihr die Zitrone zusammendrückt und der Saft in euren Mund träufelt…“ Viele von uns verzogen das Gesicht, als hätten sie gerade tatsächlich Zitronensaft im Mund. „Wann immer Gedanken meiner Vergangenheit in mir auftauchen, lasse ich diese dadurch leben, indem ich den Dingen Raum und Bedeutung gebe.“ Lumen wirkte für einen Moment etwas ausgepowert. „Ich glaube eine kleine Pause täte uns allen gut, also eine Viertelstunde und wir sehen uns gleich wieder“, entließ er uns. Er machte geradezu den Eindruck, als kämpfte er innerlich mit sich selbst.

Irgendetwas, so schien es mir, war geschehen. Irgendetwas hatte Lumen Nomos selbst mit einer Erinnerung konfrontiert. „Ich glaube, der hat da selbst noch was aufzuarbeiten“, bemerkte ich. „Wie kommst Du denn darauf?“, fragte Clarissa. „Weiß nicht, hab so den Eindruck.“ Clarissa zuckte nur mit den Schultern, aber es musste für uns ja keine Bedeutung haben.

Die angesprochenen Themen passten jedenfalls zu meinen Sorgen, wie die Faust aufs Auge. Ich fühlte mich innerlich aufgewühlt, war ganz zittrig und doch hatte ich das Gefühl, dass mich jemand bei der Hand nahm. Auch wenn ich wenige Augenblicke zuvor in der Lage gewesen wäre, Lumen Nomos von der Bühne zu prügeln – wo er Recht hatte, hatte er Recht. Es waren lediglich Gedanken, die mein jetziges Leben beeinträchtigten, soweit konnte ich folgen. Dennoch war es für mich allenfalls eine nette Theorie. So einfach war es nicht, wie Lumen vorgab. All das was ich erlebt hatte, all diese Erfahrungen waren ich. Es war der Mensch, der sich daraus formte, individuell, immer etwas verschieden von einem anderen.

Ich spürte, dass hier noch nicht das letzte Wort gesprochen war. „Wir gehen mal vor die Tür, kommst du mit“, fragte Clarissa mit einem Lächeln. „Nein geht mal alleine, ihr Glücklichen. Ich möchte ein paar Minuten für mich sein."

„O.k., dann bis gleich", zwinkerte sie mir zu, ohne auf meine Bemerkung „ihr Glücklichen" zu reagieren und wohlwissend, dass Lumen mich gepackt hatte. Alle waren draußen, tranken oder aßen eine Kleinigkeit oder standen am Eingang und rauchten eine Zigarette. Nur ich saß allein im Saal und sann vor mich hin. Ich dachte an die kommende Arbeitswoche, die vor mir lag, die ich jetzt ohne eine Ablenkung oder Erholung zu bewältigen hatte. An all die Sorgen meiner Vergangenheit, daran, wie ich meine Familie vermisste. Ich blickte dabei auf die Leinwand, an der noch immer „...und plötzlich war nur noch Sommer" stand.

Wie sehnte ich mich in diesem Moment nach einer wärmenden Sonne für mein Gemüt.

„Keine Lust auf eine Pause?", durchbrach die Stimme von Lumen meine Gedanken. „Äh, nein...", zögerte ich. „Ich wollte ein bisschen für mich sein."

„Verstehe", antwortete Lumen. „Was quält dich, außer dem Anhängsel deines Freundes, wenn ich fragen darf?", witzelte er ein wenig.

„Das äh, ...ist ziemlich komplex und würde glaube ich den Rahmen hier sprengen", antwortete ich und wurde dabei etwas verlegen. Ich wollte – und wollte auch nicht – darauf angesprochen werden. „Komplex heißt? Es ist viel passiert, richtig?"

„Ja, so könnte man... das sagen", druckste ich herum. „Es ist der Inhalt der sich von anderem Inhalt unterscheidet, ich meine die Geschichte ist immer anders, aber der Effekt ist immer der gleiche", versuchte er es mit viel Empathie begreiflich zu machen.

„Ich bin noch ein paar Tage hier und vielleicht hast du ja Lust mir deine Geschichte zu erzählen?", bot er an und drückte mir dabei ein kleines Kärtchen in die Hand, auf der nichts außer einer Telefonnummer stand.

„Das ist sehr nett, aber... ich überleg's mir, danke." Er lächelte, nickte und fügte hinzu: „Fühl dich völlig frei."

Inzwischen füllte sich der Saal wieder und wir schritten zur letzten Runde und zugleich dem Ende des Seminars entgegen.

„Das wahre Sein, meine Lieben, liegt im jetzigen Moment", eröffnete er seinen weiteren Vortrag. Wie die Vergangenheit uns vorspiegelt, sie wäre real und gegenwärtig, so illusorisch ist auch die Zukunft. Keiner von uns kann genau vorausbestimmen, wie die Dinge kommen werden, aber in unserer Vorstellung kreieren wir ein lebendiges Bild. Dieses Bild kann uns erfreuen oder auch betrüben. Doch Fakt ist, die Zukunft ist nicht real, sie ist eine Illusion.

Wir denken uns etwas aus, was aber vielleicht nie exakt so kommen wird. Das Vergangene ist vorbei, gibt's nicht mehr. Lasst sie am besten auch dort wo sie ist. In dem ich sie nämlich ins Hier und Jetzt hole, wird sie natürlich lebendig.

„Aber das ist doch nur Verdrängung", tönte es aus einer Ecke der hinteren Reihen.

„Nein, ich gebe den Dingen aus der Vergangenheit keine Bedeutung, keine Kraft mehr", wehrte Lumen vehement ab. „Es liegt bei jedem selbst, den Dingen Kraft, Macht und Raum zu geben. Entscheide selbst. Wenn es dir Freude macht, diesem vielleicht hässlichen Teil deines Lebens noch einmal so richtig nachzuspüren, ihn lebendig werden zu lassen, nur zu. Es steht jedem frei zu entscheiden, was immer er in seinem Leben bestärken will."

Der Kerl aus der hinteren Reihe verstummte. Das klang sehr hart und erbarmungslos, doch keiner konnte etwas dagegen sagen. Mir fehlte in seinen Äußerungen die Menschlichkeit. Wie konnte man nur solche harten Aussagen treffen? Wir waren doch alle irgendwie davon betroffen. Wir haben das doch alle nie anders gelernt. Wer hätte uns aufklären sollen?

„Nur das Jetzt ist vollkommen und perfekt", rissen mich Lumens Worte aus den Gedanken. „Im Jetzt ist alle Kraft, Friede und Glückseligkeit enthalten. Der Moment beinhaltet alles, was Du brauchst."

Das verstand ich nicht, ich konnte ihm nur stückweise folgen. Wie konnte im jetzigen Moment alles perfekt sein? „Was glaubt ihr denn, wo die Freude herkommt, wenn ihr euch über etwas freut?", lud er uns ein, darüber nachzudenken.

„Glaubt ihr denn, man müsste euch erst eine Portion Freude einführen, wie auch immer das aussehen mag, um euch bei Bedarf erfreuen zu können? Nein, die Freude ist schon in euch, sie muss nur durch etwas ausgelöst, freigegeben werden. Der Verstand gibt sie manchmal frei."

Es war die Antwort, der ich nichts entgegensetzen konnte.

Er erklärte weiter, wie unser Verstand ständig illusionäre Bilder kreiert und uns falsche Tatsachen vorspiegelt. Diese falschen Tatsachen gründen auf einem lückenhaften Wissen, dass nie vollkommen und ganz sein kann. Er sagte „Wissen ist begrenzt, das wahre menschliche Bewusstsein nicht."

Sein Ziel war es ohne Zweifel, den menschlichen Verstand in die Schranken zu weisen, ihn zu zähmen, so wie „man ein wildes Pferd bändigen muss, um darauf reiten zu können".

Um nicht dominiert zu sein durch die Vorstellungen fiktiver Szenarien, die sich unser Verstand ständig in allen möglichen Lebenssituationen ausdenkt, riet er zur ständigen Überwachung unsere Gedanken und Gefühle.

Er stützte seine These auf alte Schriften, ursprüngliche Übersetzungen, aus denen später auch die Bibel entstanden sei.

„Die Bibel wurde von Menschen geschrieben, die anscheinend keinen Schimmer von dem hatten, was man eigentlich vermitteln wollte“, gab Lumen lautstark kund.

„Es traut sich in diesen festgefahrenen Regelwerken kaum jemand, sich dagegen aufzulehnen und etwas anderes zu behaupten. Da steckt heute noch eine gehörige Portion Mittelalter drin“, verhöhnte er die christliche, westliche Welt.

Er führte vieles wieder vor Augen, was die meisten längst vergessen hatten. Die Hexenverbrennungen, die Folter oder die Kreuzzüge. Grausamkeiten, die im Namen Gottes begangen wurden.

Ich musste zugeben, das hatte mich beeindruckt. Auch wenn ich mich nicht imstande fühlte, es in die Tat umzusetzen. Ich fühlte die Wahrheit und den Gehalt seiner Rede.

„Wann immer euch etwas besorgt“, läutete er das Ende ein, „wenn ihr wütend oder enttäuscht seid, stellt euch nur diese einfache Frage:

‚Wie ginge es mir jetzt ohne diesen Gedanken?‘

Es wird euch sicher an vieles, das heute gesagt wurde, erinnern.“ Er entließ uns mit den Worten,

„Seid gegenwärtig in jedem Moment und ihr werdet zu jeder Zeit den Sommer des Lebens spüren.“

Alle gaben einen kräftigen Beifall, applaudierten und pfiffen. Als einer der letzten, die den Saal verließen, sah ich Lumen noch einmal an, der dabei war, sein Skript zu sortieren.

Er bemerkte mich, hielt für einen Moment inne, sagte aber nichts, lächelte freundlich und etwas verlegen, wie mir schien. Ob ich ihn anrufen und ihn womöglich auch treffen wollte, wusste ich noch nicht. Ich nickte ihm freundlich mit einem dankbaren Lächeln zu.

Wir verabschiedeten uns von Sandra und Horst, die sich plötzlich aus einer Menschentraube im Foyer herauslösten und vor uns standen. Philipp sahen wir nur von weitem, er befand sich mit seiner Freundin schon draußen und verabschiedete sich mit heftigem Winken über die Distanz. „Na Jungs, wie hat's euch gefallen?“, fragte Sandra erwartend, dass wir ebenso begeistert waren, wie sie selbst.

„Ich hatte schon immer die Vermutung, dass ich eine gespaltene Persönlichkeit bin“, witzelte Felix. „Ich fürchte, ich muss ihnen Namen geben, sonst kann ich die zwei ‚Ich's‘ nicht auseinanderhalten. „Wie wär's mit Mips und Mops?“, konterte ich.

Clarissa gab Felix und mir einen Boxhieb auf den Arm. „Ihr könnt es nicht lassen, große Klappe aber...“, sie stockte dann doch in ihrer Ausführung. Sie wollte was mich betraf nicht deutlicher werden, wozu auch, es hatte völlig gereicht. Ich hätte an dieser Stelle zugeben müssen, dass ich viel Wahres entdeckt hatte. Der befürchtete seelische Zusammenbruch war ausgeblieben. Ich hatte eine ganz andere Vorstellung von diesem Seminar gehabt. Tatsächlich hatte ich mich schon im Schneidersitz im Kreis mit den anderen auf dem Boden gesehen, wobei wir dann alle unsere intimsten Dinge ausplaudern sollten. Dem war nicht so. Der Weg, mich darüber lustig zu machen, schien aber verlockender, war einfacher, als ernsthaft darüber zu sprechen. Es wäre mir schwergefallen, es in ein paar Sätzen zusammenzufassen.

Wir gingen zu meinem Wagen und fuhren los. „Habt ihr noch Lust auf nen Kaffee zusammen? Ich lade euch ein“, fragte Felix. „Da musst du Jean fragen“, war vom Rücksitz zu hören. „Ja, können wir machen." Felix war einfach nett, witzig und charmant. Ich wollte ihn annehmen, ihn akzeptieren, also beschloss ich, es mit „Hingabe" zu versuchen, das hatte ich ja gerade gelernt.

Wir besuchten ein Café in der Nähe von Clarissas Wohnung.

„Na, was sagst du zum Seminar?", fragte mich Felix. „Ich muss zugeben, war nicht wie erwartet. Keine Wollsocken und wir mussten uns auch nicht auf links drehen." „Das hätte ich dir auch vorher sagen können, du Doof", fegte Clarissa lachend dazwischen. „Wie kommst du auf so einen Mist?" „Ja, was weiß ich denn? Ich hab mal so einen Beitrag gesehen, bei dem man sich alles erzählen musste und später dann mit einem Chakra Klöppel, oder was das war, die Chakren abgeklopft wurden, da wo sie die böse Energie vermuteten." Clarissa und Felix fingen laut an zu lachen. „Alles klar Jean. Wieso hast du nicht mal gefragt, wegen deiner Bedenken?" Ich zuckte nur mit den Schultern.

„Ich finde, das war ganz großartig", vieles aus seinem Buch erklärt sich noch einmal besser und es gab für mich auch neue Impulse", betonte Clarissa um für sich noch mal ein Statement abzugeben, denn keiner von uns hatte sie bis dahin nach ihrer Meinung gefragt. ‚Etwas unhöflich von Felix und mir', stellte ich im Nachhinein fest. „Ich bin sicher, das wirkt noch nach – ich meine, die nächsten Tage wird man schon an die eine oder andere Aussage denken, was meint ihr?", fragte Felix. „Kannst du mir das Buch mal leihen?", schob er nach, die Frage an Clarissa gerichtet. „Nein, kauf dir eins, brauch ich selbst." „Wie oft willst du das denn noch lesen?", wollte Felix irritiert wissen. „So oft, bis ich nicht mehr anders denken kann." So war Clarissa – ganz oder gar nicht. Es war der einzige Weg, diese Erkenntnisse tief im Unterbewusstsein zu verankern.

Ich erzählte den beiden nicht davon, dass mir Lumen eine Einladung ausgesprochen hatte, ich wollte nicht dazu gedrängt werden. Wir ließen den frühen Abend ausklingen und ich verabschiedete mich von den Beiden.

Während ich nach Hause fuhr, dachte ich über vieles nach, was mir in den letzten zwei Tagen an Wissenswertem widerfahren war. Aus Gewohnheit schaltete ich den Fernseher ein und sah zwar hin, war jedoch mit den Gedanken noch beim Seminar. Ich handelte unbewusst dabei, das Gerät einzuschalten, sicherlich in den Augen von Lumen Nomos ein ungünstiges Verhalten. Der Fernseher, so wurde mir plötzlich bewusst, war für mich ein Ersatz für Gesellschaft. Die Stimmen, die ich vernahm, gaben mir das Gefühl, nicht alleine zu sein. Ich blickte dahinter und verstand etwas. Ich freute mich darüber, etwas in mir entdeckt zu haben, wäre auch diese Erkenntnis für viele nicht wichtig, gar lächerlich. Ich verstand meine Verhaltensweise, den Hintergrund, dass es eigentlich darum ging, meine Einsamkeit mit fernsehen zu bewältigen. Ich sah oft gar nicht, was in mir so ablief.

Doch ausschalten konnte ich das Gerät trotz dieser Erkenntnis nicht, dazu fehlte mir die Alternative."

Hillberg saß immer noch ruhig im Stuhl und schien sehr angetan von meinem Bericht über das Seminar. „Leider konnte ich noch keines seiner Seminare besuchen, sie sind eh viel zu selten geworden", brachte Hillberg heraus. Zurzeit gibt es gar keine, soweit wir informiert sind", ergänzte sie ihre Gedanken. Ich wusste allerdings etwas, was sie nicht wusste, behielt es aber noch für mich.

„Wie ging es weiter?", fragte die Journalistin, worauf ich erneut zu erzählen begann.

Kapitel 11

„Es war Mittwochnachmittag, der Arbeitsalltag hatte mich wieder voll im Griff. Stress, Nervereien und ein ständiges Überfordertsein dominierten mich.

Dazwischen ein paar lichte Momente, in denen ich mich selbst beobachtete.

Gegen vier Uhr wurde ein Anruf von Julia Kramer durchgestellt. „Ist für Sie privat, ich glaube eine Helga Baum." „Okay, in Ordnung, stellen Sie das Gespräch durch", wies ich sie an.

„Hallo Jean, sag mal, wir konnten dich nicht erreichen. Wir wollten dich Sonntag zum Essen sehen...", tönte es aus der Leitung. Es war Christins Mutter. „Entschuldige Helga, ich war auf einem Seminar, ...äh einer Fortbildung", flunkerte ich. Ich wollte nicht erklären müssen, was es für ein Seminar war. „Lass uns doch den Sonntag nächster Woche nehmen, dann habe ich wieder Zeit." Der Anruf reichte aus, um mich an alles, was nicht in meinem Leben in Ordnung war, zu erinnern.

Jedes Mal wurde ich wieder auf Anfang, in die Steinzeit meiner seelischen Verfassung katapultiert. Ich mochte Helga und Erich sehr, sie konnten ja nichts dafür. Ich war das Problem, oder vielmehr, das eine ‚ICH'. Mops, das Pendant von Mips, wie ich Felix vorgeschlagen hatte, sie zu nennen.

Ich war es leid zu leiden, wie Clarissa es formulierte. Ich konnte, oder vielmehr wollte, Mops nicht länger ertragen. Im gleichen Moment fiel mir ein, dass ich Lumen noch hätte anrufen sollen, aber es lag bei mir. Ich kramte in meiner Brieftasche nach der Nummer.

„Bestimmt ist er schon weg", dachte ich laut. Ohne wirklich zu wissen warum, wählte ich seine Nummer. „Ja bitte", ertönte seine rauchige Stimme auf der anderen Seite.

„Hier ist Jean Degrange, ich... äh“, stotterte ich. „Am letzten Wochenende war ich auf Ihrem Seminar“, klärte ich ihn auf. „Ich weiß, eigentlich befinde ich mich schon auf der Rückreise, aber ich bin noch nicht allzu weit gekommen.“ „Oh bitte, keine Umstände“, entgegnete ich. Es fiel mir irgendwie ein Stein vom Herzen, somit hatte ich eine willkommene Ausrede. Ich hatte es ja zumindest versucht. „Wo sollen wir uns treffen?“, fragte Lumen ohne weitere Umschweife.

Darauf war ich nicht gefasst. „Wo bist du denn?“, erkundigte ich mich. „Etwa dreißig Kilometer auf der A3 in Richtung Frankfurt, aber kein Problem, ich komme zurück. „Hören Sie, äh du... das ist mir unangenehm... wegen mir brauchst du...“ “Jean, wo sollen wir uns treffen?“, entgegnete er bestimmt.

„O.k.“, ich nannte ihm ein Hotel in der Nähe der Auffahrt A3, Köln-Mühlheim. „Gut, in einer halben Stunde bin ich dort“, sagte er und legte auf.

Ich packte meine Sachen, gab meinen Leuten gegenüber einen verpassten Termin vor und fuhr zu diesem Hotel. Dort angekommen, saß Lumen bereits in der Lounge und begrüßte mich herzlich. „Setz dich. Nimmst du einen Kaffee?“ „Gerne“, erwiderte ich und nahm Platz. „Woher kommst du eigentlich?“, wollte ich von ihm wissen.

„Es geht um dich, nicht um mich!“, wandte er ein.“ „O.k., wo soll ich anfangen?“ Obwohl in ihm etwas Vertrautes war, etwas Bekanntes, empfand ich ihn zugleich auch kalt und abweisend. Vielleicht wollte er einfach nur nicht so viel Zeit investieren, aber verständlicherweise fiel es mir schwer einen Anfang zu finden und ich versuchte deshalb erst einmal, von mir abzulenken. Aber dass er mir gar keine Antwort auf meine Frage gab, erschien mir merkwürdig. Vor allem fand ich es unfreundlich.

„Was ist deine Geschichte?“, drängte er mich, zu erzählen. Ich zögerte, wusste nicht wo ich anfangen sollte. Ich begann von der Zeit zu erzählen, als meine Mutter starb. „Dein Vater, was ist mit ihm?“ „Muss das sein?“, fragte ich genervt. „Ist er nicht wichtig gewesen in deinem Leben?“ Also erzählte ich ihm von Anfang an alles, was in meinen Augen bedeutsam war. Es dauerte etwa eine Stunde, die wichtigsten Stationen meines Lebens wiederzugeben. Lumen trank seinen Kaffee, bestellte noch einen und noch einen, sein Blick hinter den Tresen gerichtet. Ich bemerkte, dass er berührt war, doch er versuchte es zu verbergen. Noch nie hatte ich bei jemandem eine solche Ambivalenz feststellen können, er schien hin- und hergerissen, wovon auch immer.

„Heftig, das Leben hat bei dir nichts ausgelassen, wie?“, stellte er diese rhetorische Frage. „Und jetzt kommst du nicht mehr zur Ruhe. Du bist einsam und fühlst dich vom Leben betrogen. Das einzige Plus ist dein Erfolg, dein Unternehmen. Aber auch da hast du mittlerweile keine richtige Freude mehr. Suchst wahrscheinlich in irgendwelchen abenteuerlichen Hobbys deine Befriedigung, um dich selbst zu spüren. Du ziehst jetzt die falschen Frauen an und hast Angst vor Nähe, weil du fürchtest am Ende wieder der Verlierer zu sein. Und die Eine, die du haben willst, will dich nicht haben.“ Ich saß da und traute meinen Ohren nicht, schüttelte ungläubig den Kopf. „Was ist?“, fragte er. „Liege ich ganz falsch?“

„Nein“, erwiderte ich fassungslos. „Ich bin darüber, wie du die Wahrheit hier mal eben so ableitest, erstaunt – um nicht zu sagen, geschockt.“ „Ist nur die Erfahrung, sind fast immer die gleichen Resultate, die sich aus bestimmten Ereignissen ergeben, aber deshalb sind wir der Lösung ja nicht unbedingt näher gekommen“, stellte er sachlich fest.

Auch wenn er in diesem Moment ja von keiner Lösung sprach. Er brachte es alles auf den Punkt. Ich fühlte Dankbarkeit für das Verstandensein.

„Was soll ich nun mit meinem verkackten Leben machen?", fragte ich mit einem künstlichen Lächeln.

„Ich kann dir nicht sagen, was du machen sollst, aber du solltest nicht aufgeben. Ich hatte ein ganz ähnlich beschissenes Leben und es dauerte lange bis ich zu mir kam." Lumen blickte mich, während er seine Gedanken aussprach nicht einmal an. „Das ist übrigens die einzige Aufgabe des Menschen. Zu sich zu kommen, sich selbst zu finden. Das Leben stellt dich so lange vor Herausforderungen, bis du es kapiert hast. Es ist meine Erfahrung und auch Überzeugung." Dann war er still, spielte mit dem Kaffeelöffel.

Ich war etwas enttäuscht, keine Anleitung bekommen zu haben. Genau genommen, wünschte ich mir eine Pille zu schlucken, die alles heilen konnte, oder einen Hokuspokus, der mir die Last von meinen Schultern nehmen würde. Doch das alles gab es nicht.

„Alles, oder zumindest einen großen Teil von dem, was ein Leben in Ordnung bringt", fuhr er fort, „hast du in meinem Seminar gehört oder kannst es in meinem Buch nachlesen." Lumen stockte und mir schien, als sei er etwas blass um die Nase geworden. „Verzeih mir, aber ich mache mich auf den Weg. Ich fühle mich nicht gut, die Tage waren anstrengend. Vielleicht telefonieren wir wieder, ich ruf dich an." Er legte mir seine Hand auf die Schulter, drückte sie kurz und bevor ich etwas sagen konnte, verschwand Lumen durch die Tür. Das hatte ich jetzt wirklich nicht erwartet, ich war frustriert. Einfach zu gehen; ‚ein komischer Kauz', dachte ich. Jetzt stand ich da mit blutender Wunde. Aus meiner Freude über diese Begegnung wurde im gleichen Moment bittere Enttäuschung. Meine Gedanken rasten. „Ich Idiot", brüllte ich, schon in meinem Wagen sitzend. „Das hast du ja fein hingekriegt, Lumen Nomos, toll", fluchte ich vor mich hin. Zugleich fiel mir ein, dass es ihm tatsächlich körperlich nicht gut gehen könnte. Er hatte sich verausgabt, zwei Tage auf der Bühne mit höchster Konzentration zu sprechen, war sicher anstrengend und kraftraubend. Er hatte irgendwie auf einmal anders ausgesehen, mitgenommen und ausgezehrt.

Mir wurde bewusst, dass ich meine Erwartungen zu hoch geschraubt hatte und gleich, als die Dinge nicht so liefen, wie ich wollte, dachte ich negativ darüber. Ich fing an zu verurteilen und zu bewerten. „So viel zum Thema ‚Wissen ist begrenzt' ", sinnierte ich laut. Dies war auch eine der Aussagen von Lumen Nomos, die ich mir gemerkt hatte. Ich erkannte vielleicht nur einen Bruchteil von dem, wie es ihm ging, was er fühlte, oder was ihn gerade bewegte.

‚Wer weiß, wozu es gut ist', mein Groll wich ganz allmählich einem Verständnis. Es war tatsächlich nicht so schwer, eine andere Perspektive einzunehmen. Meist war ich dazu bereit, wenn mir gewisse Fakten, die ich zuvor nicht bedacht hatte, wie ein Geistesblitz klar wurden. So war das menschliche Verstehen manchmal extrem lückenhaft. Ein hohes Maß an Intelligenz konnte das nicht überbrücken, es war eher die Wachheit, die Bewusstheit oder die ‚Gegenwärtigkeit', wie es Lumen lehrte. Mehr und mehr wurde mir klar, dass mir in den folgenden Tagen noch viele Dinge widerfahren würden, die den direkten Bezug zu Lumens Lehre erkennen lassen würden. Ich wurde immer wieder daran erinnert, doch mit der Zeit verschwanden die Erinnerungen. Die wichtigsten Erkenntnisse, die ich für mein Leben gewonnen hatte, verblassten zusehends, doch ich war zu eingefahren, zu unentschlossen etwas zu ändern, zu unbewusst, um es selbst zu bemerken. Mir bot sich die einzige Chance, mein Leben in den Griff zu bekommen. Doch was tat ich? Ich ging meine gewohnten Wege, die mir vertraut waren. Ich sah die anderen; sie waren auch nicht sehr viel glücklicher. Was konnte der Mensch tatsächlich verändern?

Ich hätte einen radikalen Schnitt machen müssen, wahrscheinlich mein Unternehmen verkaufen oder auf die kleinstmögliche Größe reduzieren müssen. Das wiederum hätte bedeutet, dass ich auf manche materielle Annehmlichkeit hätte verzichten müssen. Außerdem hätte das weder meine Familie zurückgebracht, noch mir zu einer Beziehung verholfen, die mir gut tat. Auch wenn ich die falschen Frauen anzog, ich war mir eigentlich sicher, dass ich auch unter finanzschwächeren Verhältnissen eine Beziehung zustande gebracht hätte. „Mein halbwegs gutes Aussehen und ein bisschen Charme sollten ausreichen, um zumindest etwas zu starten", plapperte ich vor mich hin. „Ich sehe doch... ganz gut aus, oder?", stellte ich mir selbst die Frage, als ich einige Tage danach prüfend in den Spiegel schaute. Ich erinnerte mich an Lumens Aussage. „Die einzige Frau die du haben willst, kriegst du nicht." Ich fand mich durchaus attraktiv und war sicher nach dem Geschmack der breiten Masse zumindest nicht unansehnlich. Aber, hatte Lumen Recht? War ich für Clarissa unsexy? Wenn etwas wenig anziehend an mir war, dann war es das Drama, das wohl beständig in meiner Aura mitschwang.

All diese Gedanken und Assoziationen zu dem, was ich bei dem Seminar erfahren hatte, schwanden jedoch aus meinem Blickfeld. Der Alltag schaffte das, was ich eigentlich hatte vermeiden wollen. Lumen Nomos meldete sich in den Tagen darauf nicht mehr. Es formte sich ein Bild von ihm, das mit Zweifeln gespickt war. Dass er sich mit mir getroffen hatte, war eine nette Geste. Er hatte wahrscheinlich anderes zu tun, als Problemfällen wie mir ein Einzelcoaching zu verabreichen. Zudem fand ich seinen Abgang nicht gerade passend. Wozu also der Aufwand, mich zu treffen und sich meine Geschichte anzuhören?

Clarissa war die Einzige, die mit der Lehre Lumens weitermachte. Sie schien immer mehr ihre seelische Mitte gefunden zu haben. Felix kam eher nach mir. Auch er hatte einen stressigen Alltag und der Erfolgsdruck, dem ein Autoverkäufer einfach ausgesetzt war, ließ nur wenig Zeit für die eigenen Bedürfnisse. Es fiel ihm ebenso schwer wie mir, dabei ständig darauf zu achten, was er gerade dachte und sich währenddessen immer wieder zur Räson zu rufen. Clarissa war uns allen um Welten voraus. Sie dachte nicht mehr groß nach, sie war einfach. Sie versuchte auch nicht uns weiter zu belehren, sondern überließ es uns. Zudem war es nicht ihre Art, mehr als zweimal etwas zu sagen.

„Schluss für heute, würde ich sagen, morgen ist auch noch ein Tag, oder sagen wir lieber, am kommenden Mittwoch?", erwog ich, das Interview für die „Life- Story", an einem anderen Tag fortzusetzen. „Gerne, ist mir recht", lächelte mein Gegenüber mich an. Zu erzählen war anstrengend. Zudem versuchten sich hin und wieder die alten Ängste und Zweifel breit zu machen. Die Pause tat mir gut.

Eric Handler hatte die Autohupe versehentlich beim Aussteigen gedrückt, worauf eine Hand in einem Fenster auf der Vorderseite des Hauses die Gardinen etwas zu Seite schob, um den Blick freizugeben. Kurz darauf kam eine brünette Mittvierzigerin durch den Hauseingang und begrüßte Handler überschwänglich.

Sie legte ihm beide Arme um den Hals und küsste ihn. Handler erwiderte und Hand in Hand gingen sie ins Haus. Kurz darauf kamen beide wieder heraus und es schien, als trügen sie die gleichen Habseligkeiten, die er zuvor aus

Hillbergs Appartement geholt hatte, nun zu ihr ins Haus. „Bäumchen wechsel dich", sinnierte Basser laut in seinem Ford Transit. Er schoss ein paar Fotos, auf der die Dame zu sehen war. Vielleicht kannte Hillberg sie ja. Basser hatte seine Kontakte zu den Behörden. Es würde kein Problem sein, mehr über die Frau oder über Handler zu erfahren.

Es war ein Mittwochnachmittag. Stefanie Hillberg traf sich das vierte Mal mit mir, um eine Lifestory für das „New Age Magazine" zu schreiben. Die Leser des New Age Magazine brannten darauf zu erfahren, wie es Menschen trotz widrigster Umstände geschafft hatte, das Leben zu meistern, es sogar zu etwas gebracht zu haben. Entscheidend war die Basic Message, die aus den Biografien sprach: ‚Never give up', wie Winston Churchill es formulierte. ‚Gib niemals auf.' Mein Schicksal hatte eben genau diese Message.

Nachdem wir uns begrüßt hatten, suchten wir einen Platz im Wohnzimmer. „Ich habe ein paar Informationen für Sie", eröffnete ich das Gespräch. Hillberg schaute verwundert. „... Und was?" „Es ist nicht viel, aber wir stehen ja auch erst am Anfang", bemerkte ich. „Sagt Ihnen der Name Petra Hanisch etwas?", fragte ich Hillberg und legte ihr das Foto, dass Basser geschossen hatte, vor. Die Journalistin schüttelte den Kopf. „Nein, kenne ich nicht. Das ist also die Neue. Er steht also nicht nur auf junge Frauen?". Ich ging nicht darauf ein und informierte Hillberg über die spärlichen Fakten der Ermittlungen durch Miroslaw Basser. „Hören Sie, Herr Degrange. Ich kann das nicht bezahlen...", entschuldigte sich die Medienvertreterin. „Kein Problem. Ich habe durch jemanden viel Geld verdient und dieser Jemand hat eine Detektei. Jetzt revanchiere ich mich. Er würde sonst nie etwas annehmen. Und, sollten wir das Geld zurückbekommen, können Sie es immer noch begleichen", erklärte ich Hillberg. „Also, die Frau heißt Petra Hanisch, ist vierundvierzig Jahre alt und gilt als vermögend. Sie hat einige Boutiquen. Ihr Vater, der ebenso wie ihre Mutter bei einem Unfall ums Leben kam, besaß mehrere Patente für Maschinen, die weltweit sehr gefragt waren. Petra Hanisch ist eine Millionenerbin." Hillberg nickt leise zustimmend. „Das beweist noch gar nichts", schloss ich an. „Aber lassen wir dem Ermittler ein paar Tage. Mal sehen, was er noch alles in Erfahrung bringt.

„Dann kommen wir jetzt zu der Lifestory?", fragte Hillberg mit einem Lächeln. Sie freute sich darüber, dass ihr jemand zur Seite stand.

Ich konzentrierte mich wieder auf das, was ich Hillberg erzählen wollte. Diesmal würde ich etwas von meiner größten Leidenschaft mitteilen, dem Motorsport.

Kapitel 12

„Das Donnern der Motoren war ohrenbetäubend", begann ich weiter meine Vergangenheit zu schildern. „Ich saß in meinem Rennwagen, den ich mir gemeinsam mit einem Freund aus der Motorsportszene angeschafft hatte. Statt an Leistungsprüfungen nahm ich inzwischen an soliden Rennveranstaltungen teil, dem VLN Langstreckenpokal, der zehn Mal pro Jahr auf der grünen Hölle, der legendären Nordschleife des Nürburgrings, gefahren wurde. Es gab Vier-, Sechs- und Vierundzwanzig-Stunden-Rennen", erklärte ich der Journalistin, „wobei wir uns aus Kostengründen auf die vier und sechs Stunden konzentrierten. Bernhard Stockheim, mein

Partner, besaß eine Werkstatt, in der er sich auf Rennfahrzeuge spezialisiert hatte. Er stellte somit auch das Team an den Renntagen. Die Kosten teilten wir so, dass keiner übervorteilt war. Mein Sponsor war Degrange Grafik Design, wer sonst? Ich pumpte in die Rennen jährlich etwa hundertdreißigtausend Euro, die ich steuerlich wieder absetzen konnte. Den Rest, etwa weitere Hunderttausend, brachte Bernhard mit, der einen Autoteilelieferanten zur Unterstützung an Land gezogen hatte. Davon wurde alles bezahlt, abzüglich der Vorbereitung, Wartung und Reparatur.

Hillberg verdrehte die Augen. „Was, so viel Geld, bloß um im Kreis fahren zu dürfen?"

Die Journalistin schien wie die meisten Frauen von Autorennen wenig begeistert zu sein. Dennoch war ich interessiert, ob sich ihr der Sinn, aber vor allem der Spaß, durch meine Erzählung erschließen würde.

„Es war ein Freitagnachmittag. Ich machte mich zum Training bereit, wollte in unserem modifizierten Porsche 911 GT-3 RS ein paar Testrunden drehen. Wir hatten zu einer anderen Reifenmarke gewechselt, die mehr Bodenhaftung versprach, da uns im Vorjahr die Konkurrenz davongefahren war. Die vorderen Plätze waren sowieso für die werksunterstützten Teams reserviert. Keine Chance, da auch nur in die Nähe ihrer Platzierungen zu kommen. Das Budget sowie die technische Unterstützung verhalfen diesen Teams zu einer Überlegenheit, mit der sich kein Privatteam auch nur ansatzweise messen konnte. Der grüngelbe Werksporsche fuhr den meisten um die Ohren. Dahinter kamen werksunterstützte Audi R8, diverse andere Porsche-Teams, Mc Laren und BMW M3.

Ich fuhr aus der Boxengasse. Direkt vor mir fuhr ein stark modifizierter weißer Cup Porsche der älteren Serie.

Eines der Fahrzeuge, bei denen man richtig arbeiten musste, um es auf der gefährlichsten und zugleich schönsten Rennstrecke der Welt schnell zu bewegen. Auf den ersten Metern der Grand Prix Strecke fuhr der Fahrer ein paar heftige Bögen, um die Reifen aufzuwärmen. Grundsätzlich nichts Ungewöhnliches, es war ein freier Trainingstag. Er bemerkte aber wohl nicht, dass sich auch andere Fahrer auf der Strecke befanden. Unberechenbar fuhr er hin und her, ohne dabei den Rückspiegel zu gebrauchen. Ein Warmup für die Reifen sah anders aus. Kaum jemand kam an ihm vorbei. Ich beschloss hinter ihm zu bleiben, wollte nichts riskieren. Ein paar der superschnellen Teams schafften es dann doch sich durchzuquetschen. Ich bemerkte, dass in dem Wagen, der so sonderbar fuhr, wohl ein zweiter Sitz montiert worden war, auf dem eine weitere Person saß und wild gestikulierte. „Was ist das denn, was haben die denn vor?", nuschelte ich in den Helm. Es schien mir, als ob die Person auf dem Beifahrersitz dem Fahrer die Streckenführung erklärte. „Schnellkurs durch die grüne Hölle, das kann nicht gut gehen", dachte ich laut und fand es immer amüsanter, zuzusehen. Mal war er viel zu schnell, mal viel zu langsam, stand auf der Bremse, wo es nichts zu bremsen gab, um dann wieder mit zu hoher Geschwindigkeit die Randbegrenzungen zu überfahren, sodass er teilweise mit vier Rädern in der Luft stand. Es hatten sich auch noch weitere Fahrzeuge knapp neben mir eingereiht um das Spektakel zu sehen. Ich sah wie ein BMW Fahrer neben mir sein Unverständnis kundgab und lachte. Ich erwiderte mit einer entsprechenden Geste. Wie sollte das wohl ausgehen? Es war nur eine Frage der Zeit. Würde diese oder die nächste von den circa achtzig hammerharten Kurven dem Spuk ein Ende bereiten? Am Streckenabschnitt Schwedenkreuz, einem Vollgasteilstück, bot sich mir die Chance vorbei zu fahren, doch nicht nur ich blieb dahinter. Noch weitere drei Fahrer außer mir waren geil darauf zu sehen, wie dieser Porsche in seine Einzelteile zerlegt wurde. Nach dem Schwedenkreuz ging es durch den Abschnitt Fuchsröhre zum Adenauer Forst. Eine Stelle, bei der es einen ganzen Film über Hobbyfahrer gab, die sich hier in der Nordschleife als Rennfahrer versuchten. Die Strecke war an rennfreien Tagen oftmals gegen entsprechende Gebühr für jedermann zu befahren.

Der Titel „Rhapsodie in Blech", sprach Bände. Die Fuchsröhre war ebenfalls ein sehr schnelles Teilstück. Viele erreichten hier Höchstgeschwindigkeiten. Beim ersten Teil der Strecke bergab bis zu einer Senke gab er richtig Gas. "Hey, er scheint doch zu wissen, wo er fährt", fuhr es mir durch den Kopf. Nach der Senke, die unsere Wagen so richtig zusammenstauchte, ging es bergauf in einen schnellen Rechtsknick, der sehr gut einsehbar war. Wenige Meter danach stellte sich der Abschnitt einem nicht Streckenkundigen nur als nicht überschaubare Kuppe dar, wobei aus jeder Distanz nur der Horizont zu sehen war. Der Adenauer Forst – eine scharfe Linksrechtskombination, die man als Neuling erst im letzten Moment erkannte und die vielleicht 80 oder 90 km/h zuließ.

Wie konnte es anders kommen? Der weiße Porsche bremste, aber bei weitem nicht genug. Er hatte auch kaum eine Ahnung, was dahinter kam. Er schoss über die an dieser Stelle äußerst hohen Randbegrenzungen der Kurve, die ihn mit seinem harten Fahrwerk in die Lüfte katapultierte. Der Wagen drehte sich in der Luft, überschlug sich mehrmals und landete auf den nicht mehr vorhanden drei von vier Rädern.

Wir hielten an und stiegen so schnell es ging aus. Ganz sicher gab es Schwerverletzte. Ich war geschockt.

Fast zur gleichen Zeit hatten sich die beiden Insassen aber befreien können und standen aufrecht auf den Beinen. Außer Prellungen war ihnen nichts geschehen – der Wagen: Kernschrott!

„Sagt mal, was macht ihr denn da?“, rief der BMW Fahrer den beiden zu.

Der verunglückte Fahrer erntete einen bösen Blick und ein fassungsloses Kopfschütteln seines Copiloten. „Und du hast gesagt, du kennst die Strecke“, schrie der Copilot, aber es kam keine Antwort. Nur ein wütendes Zischen des Fahrers war zu hören. „Scheisssssssse“.

„Ich habe den Wagen genau vor zwei Stunden bezahlt“, krakeelte der Co-Pilot weiter, den Blick auf uns gerichtet. Motorsport war eine Geldvernichtungsmaschinerie, denn selten waren die kleineren Teams gegen solche Schäden versichert.

Die Streckensicherheit brauchte einen breiten Besen, sämtliche Anbauteile waren in alle Richtungen zerstreut. Ich fuhr wieder los und schloss direkt eine weitere Runde an, um meine Reifen auf Temperatur zu bringen. Mir wurde bewusst, welche Kräfte freigesetzt wurden, wenn ein Wagen bei solchen Geschwindigkeiten außer Kontrolle geriet. Das Geschehen beeinflusste mich unbewusst, ich fuhr nicht mehr enthemmt.

Dennoch landeten wir am darauffolgenden Renntag auf der zweiunddreißigsten Position des gesamten Starterfeldes, das aus ca. hundertsechzig Teilnehmern bestand.

„Gratulation für das schadfreie Ankommen“, meinte Bernhard mit einem Lächeln. Er war zweifellos der mit der meisten Erfahrung in unserem kleinen Team. „Naja“, erwiderte ich mit einem schiefen Lächeln, „stimmt, das ist auch schon ein Erfolg... nicht wie die Kollegen von gestern...!“ Bernd nickte zustimmend. „Dein Handy hat übrigens schon mehrmals geklingelt, nur damit du Bescheid weißt." Ich nahm es vom Regal, wo ich ein paar persönliche Dinge abgelegt hatte. Mein Handy vermeldete sechs anonyme Anrufe in Abwesenheit. Sie mussten von jemandem sein, der nicht wusste, dass ich an diesem Wochenende Rennen fuhr. „Bescheuert", dachte ich. „wann kapieren solche Leute wohl, dass sie ihre Nummer vielleicht einmal sichtbar machen könnten, damit man sie zurückrufen kann?" Dasselbe war die Woche zuvor schon mehrmals passiert.

Es war zu meinem Ventil geworden, im Rennwagen Frust abzubauen und zugleich gaben diese Autorennen mir die Gelegenheit, mich selbst zu spüren. In jeder Sekunde musste ich voll bei der Sache sein, eine kurze gedankliche Abwesenheit hätte unter Umständen das Leben kosten können. Je länger ich am Lenkrad saß, umso mehr verschmolz ich mit der Materie. Ein umwerfendes, befriedigendes Gefühl, das süchtig machte. Es fühlte sich an, als seien die Räder ein Teil meines Körpers, jede ihrer Bewegungen empfand ich als Ausdruck dieser Einheit.

Es ging um die bestmögliche Beherrschung einer Maschine, die man möglichst nah an die physikalischen Grenzen bringen musste, um ein Maximum an Speed herauszuholen, um dann möglichst kurze Rundenzeiten zu absolvieren. „Ja das kann ich nachvollziehen. Es ist wie beim Klettern, da muss man auch in jeder Sekunde hellwach sein", erklärte Hillberg. „Sie sind ein Grenzgänger, stimmt's?" „Wie meinen Sie das genau?", wollte ich wissen. „Es gibt Menschen, die sich gerne an der Grenze bewegen, sie ständig ausloten. Es ist einfach interessanter, abenteuerlicher, aber auch gefährlicher!" Ich überlegte ob ich ihr zustimmen konnte. „Ja, aus dieser Sicht bin ich ein Grenzgänger und Grenzüberschreiter". Ich wusste, Hillberg verstand meine Aussage noch nicht in vollem

Umfang, aber ich wollte die Dinge nicht vorwegnehmen. Ich fuhr weiter fort.

„Im Alltag war ich dort längst angekommen, ich hatte die physikalischen Grenzen eher überschritten. Ausgelaugt und müde beendete ich fast jeden Arbeitstag. Mittlerweile waren sechs Jahre vergangen, seit ich an diesem Seminar mit Lumen Nomos teilgenommen hatte. Ich erinnerte mich nur noch sehr selten daran, was ich an Wahrheit und Erkenntnis aus diesem Wochenende mitgenommen hatte.

Erfolge wurden zur Normalität, Niederlagen nahm ich nur mit großem Widerstand hin. Ich wusste mein berufliches Glück nicht mehr zu schätzen.

Vielleicht deshalb, weil ich es mit keinem Menschen, der mir wirklich sehr viel bedeutete, teilen konnte. Ich hatte Bewunderer, Menschen die zu mir aufschauten. Doch diese Menschen sahen nur die finanzielle Freiheit, die sich mir bot, nicht die Defizite, die Aufopferung und schon gar nicht, was mir wirklich fehlte.

„Wer noch wagt, in den nächsten zwei Stunden mein Büro zu betreten und wegen irgendeinem Scheiß anzukommen, den schmeiße ich heute achtkantig raus!“, wetterte ich allen in unserem Büro entgegen. Julia Kramer und Jessica Haller zogen die Köpfe ein. Adam, wie auch einige andere hatten es sich angewöhnt, jede erdenkliche Angelegenheit, sei sie auch noch so banal, von mir absegnen zu lassen. Einige Monate zuvor hatte ich eine Betriebsversammlung einberufen. Es waren Büroutensilien bestellt, Einkäufe im Namen der Firma getätigt und auch Zusagen an Kunden gemacht worden, die den Profit in weiten Teilen zunichtemachten. „Leute, ich kann euch versichern, es werden Köpfe rollen!“, hatte ich damals geflucht und die Versammlung geschlossen. Man konnte es mir nicht mehr recht machen, ich war alles leid. Ich hatte keine Lust mehr auf die Firma, es war mir einfach zu viel. Durch den ununterbrochenen Ansturm von Arbeit und Entscheidungen fungierte ich, wie mir schien, nur noch als Generalkoordinator. Es hätte auch anders laufen können, doch meine Mitarbeiter hatten alle Angst vor meinen Wutausbrüchen, die immer unangenehmere Formen annahmen.

Ich hatte Arthur Bracke in seinen schlimmsten Zeiten getoppt. Die Kreativität wurde durch meine ständige Gängelei gehemmt, meine Mitarbeiter waren unfrei und unsicher. Der Druck, den ich ihnen machte, hatte fatale Folgen für mich. Ich bekam jeden Tag mehr Grund, mich über alles Mögliche zu beschweren. Die Fehlerliste meiner Leute wuchs. Außer meinen beiden Bürodamen Julia Kramer und Jessica Haller gab es nur einen, den ich nicht beeindrucken konnte. Peter Wiede, der Witzkönig aus Köln, ließ seinem Drang, die Leute bei jeder Gelegenheit aufzumuntern, freien Lauf. Ich hatte auch ihn schon mehrmals verwarnt, dass er seine Witze für den Feierabend aufsparen sollte. „Kümmer dich um die Programmierung deiner Kunden-PCs, statt ständig deine Scheißwitze zu erzählen", motzte ich ihn an. Wir hatten ihn für projektbezogene Arbeiten eingestellt. Er war für Q-Parts, den Autoteilelieferanten, zuständig. Einen langjährigen treuen Kunde, wie wir feststellten. Peter Wiedes Job war so weit sicher, wie er seinen Pflichten nachkam.

Mein Ego wartete nur darauf, entsprechendes Futter zu bekommen, sodass es sich aufregen und aufblähen konnte. „Hatte nicht Lumen Nomos gesagt, dass dem Ego nie etwas recht zu machen war? Dass es immer nach Anlässen sucht, sich beschweren zu können?", überlegte ich und erinnerte mich an die Seminartage vor sechs Jahren. Ich bemerkte, dass es so nicht weitergehen konnte. Ich war so sehr im Unfrieden mit allem, dass ich selbst an meinen heiligen Renntagen Gründe fand, mich über Kleinigkeiten aufzuregen. Ein vergessenes Werkzeug, die Anmeldung für das Rennen, die vonseiten Bernhards auf den letzten Drücker gemacht worden war und zusätzlichen Stress verursachte oder ein unglücklich platzierter Anruf aus meinem Büro, der mich in meiner geringen Freizeit zusätzlich malträtierte –mein Leben war durchseucht von Frust.

„Hier ist Meyer-Feltin, von Q-Parts“, ertönte es auf der anderen Seite der Leitung. Ein Anruf, den mir Jessica durchgestellt hatte, nachdem der Supervisor es abgelehnt hatte, weiter mit Peter Wiede zu sprechen.

„Was kann ich für Sie tun, Herr Meyer-Feltin?“, erkundigte ich mich bemüht freundlich. Herr Degrange, wir haben Probleme mit den Teiledatenbanken. Sie funktionieren nicht einwandfrei. Artikel, die das Programm immer noch als innerhalb 24 Stunden lieferbar deklariert, sind in Wirklichkeit bereits abverkauft und wir kommen so in Erklärungsnot vor unseren Kunden.“

Ich hörte gespannt zu, was Meyer-Feltin zu erzählen hatte. Zwischendurch gab ich kund, dass ich die Problematik erfasst hatte. „Herr Degrange, das passiert jetzt schon zum wiederholten Mal. Ich habe es Herrn Wiede seit Monaten immer wieder reklamiert. Ich möchte niemanden...“ zögerte der Supervisor. Ich möchte niemanden denunzieren, verstehen Sie...“ „Herr Meyer-Feltin, ich kläre das“, ging ich mit fester Stimme dazwischen.

Im Vorzimmer bei Jessica Haller angekommen, hörte ich dem leisen Gelächter aus dem Hauptbüro zu. Das passte wie die Faust aufs Auge. Peter Wiede erzählte seine Lieblingswitze und hatte wohl vergessen, dass ich im Haus war.

„Ein Mann kommt in den Himmel und sieht eine Menge Uhren, deren Zeiger sich alle in verschiedenen Geschwindigkeiten bewegen. Er fragt Petrus:‚Was sind denn das für seltsame Uhren?' Petrus antwortet: ‚Für jede Stadt auf der Erde gibt es eine Uhr, und jedes Mal, wenn dort ein Idiot geboren wird, bewegt sich der Zeiger um eine Sekunde nach vorne.'

‚Aha. Und wo ist die Uhr für Düsseldorf?' -‚In der Küche - wir benutzen sie als Ventilator.'"

Peter Wiede verstummte allmählich, als er mich im Türrahmen des Büros entdeckte. Ich hatte leise die Tür geöffnet und stand unbemerkt hinter der ganzen Besatzung, die allesamt Wiede anschauten und sich über den Witz amüsierten. „Wiede, sofort in mein Büro", befahl ich zischend.

Ich trug ihm den Sachverhalt vor, doch der grinste nur ganz verlegen. „Wiede, wie lange sind Sie bei uns beschäftigt?", versuchte ich es humorvoll anzugehen, „...und morgen mal nicht mit eingerechnet?" Wiede überlegte angestrengt. „Sechs Jahre und sieben Monate", antwortete er, bemüht, eine aufrechte Haltung einzunehmen, die Verantwortungsbewusstsein demonstrieren sollte. „Ich will nicht lange drum herum reden, Wiede, packen Sie Ihre Siebensachen. Die Papiere machen wir Ihnen fertig und schicken sie Ihrer Firma zu." Wiede war ein Leiharbeiter, ich hatte hier keinerlei Kündigungsschutz zu beachten.

Ich fühlte, hier musste ich durchgreifen und ein Exempel statuieren. Auch als mir im Nachhinein bewusst wurde, dass es für Wiede einen harten Einschnitt bedeuten würde, empfand ich eine Befriedigung dabei. Es fühlte sich an, als hätte ich den Grund für mein persönliches Dilemma gefunden, wenngleich nur für einen kurzen Moment. Alle schauten danach nur noch betreten unter sich, wichen dem Kontakt mit mir möglichst aus. Sie kannten die Zusammenhänge nicht. Sie wussten nicht, dass Q-Parts ein ernstzunehmendes Problem hatte, was Wiede geschuldet war. Erst am Ende des

Tages klärte ich sie auf. Ich hatte alle zu einer Besprechung in unseren Konferenzraum beordert. „Ich habe nichts gegen gute Witze", eröffnete ich mein Plädoyer, „nur nicht auf Kosten der Qualität unserer Arbeit!" Ich erklärte ihnen den Sachverhalt.

„Ich will dir nicht in den Rücken fallen", bemerkte David, „aber du hättest ihn zumindest vorher einmal schriftlich verwarnen sollen. Er ist heute nicht nur hier rausgeflogen, sondern auch bei der Leihfirma", gab David zu bedenken. „Ich hatte ihm schon mehrmals gesagt, dass er seine Witze für den Feierabend aufheben soll", schloss ich unvermittelt an.

„Also komm mir jetzt nicht mit schlechtem Gewissen und so…!" Ich wollte meinen Standpunkt verdeutlichen und meine Handlung rechtfertigen. Ich spürte, wie ich innerlich auf Krawall gebürstet war, fühlte wie ohnmächtig ich war, diese Gedanken abzuschalten oder zu umgehen. Es widerfuhr mir einfach. Ich hätte meinen Mitarbeiter sicher vorher einmal schriftlich abmahnen können, aber ich dachte nicht im Traum daran. Es war wie eine Sucht, mich aufzuregen und mich daran zu laben. Die Tatsache, dass ich rein faktisch Recht hatte, war nur eine Maske, hinter der sich mein Verstand, das Ego versteckte, um weiter seiner Lieblingsbeschäftigung nachkommen zu können – dem Wälzen von Problemen.

„Ihr könnt mir, verdammt noch mal", schrie ich, „alle den Rücken wegen meiner Entscheidung zudrehen. Derweil überlege ich mir, wer der Nächste sein wird."

Ich spürte, dass ich zu weit gegangen war, aber ‚Mops', die bösartige, innere Stimme in mir, erlaubte mir nicht, mich zu entschuldigen.

„Ein Gespräch für Sie", Jessica Haller winkte mit dem Hörer des Telefons.

„Degrange, hallo", meldete ich mich, als ich das Gespräch in meinem Büro entgegennahm.

„Hier ist Lumen, Lumen Nomos", erklang die rauchige Stimme, die ich vor mehr als sechs Jahren das letzte Mal gehört hatte. „Hallo Lumen, was verschafft mir die Ehre?", erkundigte ich mich. Sofort fiel mir der unschöne Abschied ein. Lumen war einfach gegangen, aber ich erinnerte mich auch an meinen damaligen Gedanken, es könnte viele Gründe gegeben haben. „Wie geht's dir?" Ich wusste nicht, was ich antworten sollte. Der Groll auf Wiede steckte mir noch im Hals und ich entschloss mich, ehrlich zu sein. „Frag mich was anderes, Lumen, ist nicht gerade der Moment um zu sagen, dass es mir gut geht". „Verstehe", antwortete er. „O.k., Grund genug, um sich mal wieder zu sehen. Ich bin ein paar Tage in deiner Nähe. Hättest du Lust dich mit mir zu treffen?", erkundigte er sich, offensichtlich ohne einen Hauch von schlechtem Gewissen. „Was macht das für einen Sinn, Lumen? Ich erzähle dir dann alles und du lässt mich da stehen und haust einfach ab, wie beim letzten Mal? „Jean, bitte..." „Unterbrich mich bitte nicht", würgte ich seinen Wunsch, mit mir zu reden ab. „Was macht es für einen Sinn, Lumen, dass ich meine Probleme einem wildfremden Mann offenbare, von dem ich aber auch gar nichts weiß und der mir dann als Antwort sein weises Buch in die Hand drückt?" Schweigen machte sich auf der anderen Seite breit. Ich war geladen und verwendete den ganzen Frust, der sich in mir angestaut hatte, um Lumen zu begegnen. „Jean, nichts ist so wie es scheint...", versuchte er erneut einfühlsam an das Gespräch anzuknüpfen. „Was soll das? ‚Nichts ist so wie es scheint'!", so eine Scheiße. Mach's gut Lumen." Ich knallte den Hörer auf, sprang von meinem Stuhl auf und wollte gerade aus der Tür stürzen, da stand Clarissa vor mir. „Ich glaube, ich geh besser gleich", sagte sie, wandte sich um und verschwand vor mir durch die Eingangstür. Auch Clarissa hatte meine Veränderungen mitbekommen. Ich wusste, ich tat ihr leid. Aber ich brauchte kein Mitleid und schon gar nicht von ihr. Dennoch wollte ich es mir nicht ganz verscherzen. „Hey Clarissa, wir reden ein anderes Mal... ist gerade nicht gut...“, rief ich ihr nach. Clarissa drehte sich nicht einmal um, sie hob nur die Hand, als Zeichen, dass sie einverstanden war.

Ich fuhr in die nächste Kneipe und bestellte mir einen Wodka auf Eis. Nach dem vierundzwanzigsten Wodka erkannte ich nur noch die Silhouette einer Person, die auf mich einredete. Der Bursche war auch nicht viel klarer als ich.

„Hasse keng Frou su Huss or worüm besse hey?“ lachte er herzhaft. Kölscher Dialekt, gepaart mit drei Promille, war selbst für mich als Wahlkölner zu viel. Doch ich ahnte was er meinte. Ich schüttelte nur den Kopf.

„Worüm net?“, bohrte er weiter. „De siehst doch net üwel us“. Noch nicht einmal hier konnte ich meinen Sorgen entfliehen. Wohin ich auch ging, überall wurde ich an meine Vergangenheit, an meine Sehnsüchte erinnert.

Ich musste es wohl doch geschafft haben nach Hause zu kommen. Zumindest wurde ich am Morgen in meinem Bett wach.

Am Abend des „Day after“, so nannte ich diese Tage nach Sauforgien, plagte mich mein schlechtes Gewissen. Das schlechte Gewissen Clarissa gegenüber. Ich erwog, einfach bei ihr vorbeizufahren und den beiden Hallo zu sagen. Vielleicht freuten sich Felix und Clarissa über meinen äußerst seltenen Besuch. „Clarissa öffnete mir, Felix stand schräg hinter ihr und war gerade dabei, seine Jacke anzuziehen. „Hallo ihr Beiden“, grüßte ich sie bemüht fröhlich. „Hallo“, erwiderten sie beide kurz und emotionslos. War es meinem Verhalten vom Vortag geschuldet, hatten sie gerade gestritten? Dass sie wohl häufiger stritten, wusste ich von Felix. Ich hatte ihn an einer Tankstelle getroffen und mit ihm über alles Mögliche gesprochen.

Felix packte mich beim Rausgehen an meiner Schulter und sagte: „Mach's gut Jean". „Komm doch kurz rein", meinte Clarissa, sich die Haare zurückstreichend. Ich traute mich kaum zu fragen, fühlte mich fehl am Platz. „Ich glaube, ich komme einfach ein anderes Mal wieder", entgegnete ich und wandte mich wieder zum Gehen. „Nein", bat Clarissa, „ich wollte es dir sowieso sagen." Sie ging vor mir her in die Küche und machte ungefragt zwei Kaffee. „Was ist passiert?", wollte ich wissen. Mir schwante nichts Gutes. „Ich habe mich soeben von Felix getrennt!" Clarissa klang sehr gefasst. Nicht so, wie es Jahre zuvor bei Gerd der Fall gewesen war. „Warum?", stellte ich die verständliche Frage. Sie waren nach außen hin ein glückliches Paar. O.k., sie wohnten nicht zusammen. Felix wollte seine Bleibe nicht aufgeben, wegen der Nähe zur Arbeit. „Wir kommen irgendwie nicht zusammen. Wir finden keinen gemeinsamen Nenner", begann Clarissa das Problem aus ihrer Sicht zu schildern. „In fast sieben Jahren haben wir es nicht geschafft, zusammenzuziehen." „Woran liegt's?", fragte ich weiter. „Er will nicht nach Dellbrück ziehen und ich nicht nach Ehrenfeld. „Und deshalb machst du Schluss mit ihm?", ich war verwundert. „Nein Jean, es ist...", zögerte sie etwas. „Ich liebe Felix nicht." „Und dazu brauchst du sieben Jahre? Um das herauszufinden?", fragte ich mit hochgezogener Augenbraue. „Ich weiß nicht, wie ich es erklären soll. Ich dachte immer, dass ich ihn liebe, doch es war nie so diese Liebe, die ich beispielsweise Gerd gegenüber empfunden hatte. Gerd war ein...", versuchte Clarissa ein passendes Wort zu finden, das seinen Charakter beschrieb, ohne dass sie ein Schimpfwort gebrauchte. Ich ergänzte es einfach so, wie ich dachte. „Arschloch!“ Clarissa wehrte kopfschüttelnd ab. „Ja, das war er, aber er war auch ein Kerl. Er hatte auch ganz gute Seiten. Er konnte sehr charmant sein. Er konnte mich im Nu um den Finger wickeln. Auch im Bett war er ein Kerl.“ Ich spitzte die Ohren. Noch nie zuvor hatte Clarissa über dieses Thema mit mir gesprochen. Ich war gespannt, was sie an Intimitäten preisgeben würde. „Nach Gerd hatte ich mir geschworen: Nicht noch einmal so ein Frauenheld. Ich wollte nicht immer Angst haben, dass mein Partner fremdgeht. Deshalb bin ich auf Felix angesprungen. Er war absolut treu, aber irgendwie zu brav“, schloss sie ihre Erklärung. „Aus Frauen soll mal jemand schlau werden“, nuschelte ich vor mich hin. „Gehst du fremd, bist du ein Schwein, aber sie lieben dich dafür. Bist du brav, bist du uninteressant und man schickt dich in die Wüste“, sinnierte ich. „Jean, verurteile mich nicht dafür. Ich will nicht, dass du schlecht über mich denkst.“ „Ich kann verstehen, wenn du ihn nicht liebst, ja o.k., aber dass man um es zu merken sieben Jahre braucht, begreif ich nicht.“ Felix tat mir leid. Er war ein anständiger Mann und er war witzig. „Ich wollte Felix lieben, doch ich kann mein Herz nicht zwingen. Auch dadurch, dass wir es nicht geschafft haben, eine gemeinsame Wohnung zu beziehen, ist nie etwas Innigeres entstanden. Eine Wochenendbeziehung ist etwas ganz anderes, als wenn man den Alltag gemeinsam bestreitet“, gab Clarissa mir zu bedenken.

Sie hatte damit Recht. Die Begegnung morgens um sieben im Bad war eine stete Herausforderung für jedes Paar. Wenn man übellaunig mit verquollenen Augen und dem Atem eines Pavians seinem Partner gegenübertrat und sich drei Quadratmeter teilen musste – das hatte schon was, wie ich zugeben musste.

„Was meint Felix dazu?", wollte ich noch wissen. „Felix war sehr enttäuscht von mir. Er konnte es auch erst gar nicht verstehen, dass ich erst heute gewiss bin, ihn nicht lieben zu können. Ich habe es ihm jedoch erklärt und dass ich alles nur schlimmer machen würde, je länger ich mit ihm zusammen wäre. „Diese Beziehung war eine Lüge", stellte ich fest. „Ja, meinetwegen drücke es so hart aus." Clarissa fühlte sich elend bei diesem Gedanken. „Du verurteilst mich", setzte sie nach. „Nein, ich stelle nur fest", antwortete ich. Ich wollte Clarissa ganz klar zeigen, dass sie fast sieben Jahre lang eine Lüge gepflegt hatte und damit einem Menschen wahrscheinlich sehr wehgetan hatte.

Aber sie wusste es selbst. Sie wusste wahrscheinlich mehr, als ich jemals feststellen konnte. Sie hatte nur das Beste gewollt, aber sie war in diese Falle gestolpert. Ein ‚guter Wille', konnte keine fehlende Herzensliebe ersetzen, so sehr sie das auch wünschte. Die Wahrheit drängte an jedem einzelnen Tag an die Oberfläche. Bei den kleinen Dingen im Alltag bemerkte man schnell, ob es Liebe war. Wie jemand aß, sich pflegte, wie er schlief, wie er atmete, wie er ging, wie er sah oder wie er mit anderen Menschen umging, alles das ließ die Liebe durchscheinen. Liebe die nicht an ein ‚weil' gebunden war. Die Liebe die kein Gegenteil kannte. Die Liebe, nach der auch ich mich sehnte.

Sie sehen, überall auf der Welt trennen sich Menschen, aus den unterschiedlichsten Gründen", läutete ich Hillberg das Ende meines Berichtes für diesen Tag ein. Sie sah nachdenklich aus. „Ja, das ist wohl richtig, überall trennen sich Menschen, in jedem Augenblick...", seufzte sie und streckte ihre Arme nach oben. „Es ist erstaunlich schwer, wenn man versucht, einen Partner mit dem Verstand auszusuchen. Man findet nie den Richtigen, habe ich den Eindruck", brachte Hillberg es auf den Punkt. Ich hatte ihr nicht zugetraut, mit ihren zarten dreißig Jahren schon über solche Lebenserfahrung zu verfügen. Doch sie war nicht nur eine hübsche Erscheinung, sondern verfügte auch über reichlich Intelligenz. Sie war fähig Erfahrung und Wissen logisch zu verknüpfen. Wir beschlossen unser Treffen und verabredeten uns für drei Tage später.

✪

Kapitel 13

Basser stand mit seinem Ford wieder in der Parkbucht, fünfzig Meter von Petra Hanischs Haus entfernt und kippte sich gerade einen Kaffee in den Becher seiner Thermoskanne. An Tagen, bei denen er die von seinen Kunden ausgesuchten Personen observierte, musste er früh aus den Federn, da er deren Gewohnheiten nicht kannte. Es konnte ja sein, dass er einen entscheidenden Augenblick verpasste. Der Augenblick, bei dem sich Eric Handler auf den Weg machte, um irgendwelchen dubiosen Geschäften nachzugehen. Basser sah zur Uhr, trank schluckweise seinen Kaffee. Die digitale Anzeige sprang auf 9:18 Uhr. Er wartete nun schon ganze drei Stunden, dass sich etwas regte. Leise im Hintergrund warnte der Radiosprecher von 1LIVE vor einem Gegenstand auf der A 46 zwischen Düsseldorf und Wuppertal. Plötzlich hob sich das Garagentor und ein schickes Mercedes SL Cabrio setzte rückwärts aus der Garage, die leicht abfallende Einfahrt herab, um dann in Bassers Richtung zu fahren. Basser duckte sich nicht, er würde in seinem alten Ford Transit wahrscheinlich für einen Handwerker in der Frühstückspause gehalten werden. Er sah Petra Hanisch, die ihn keines Blickes würdigte. Gut so.

Das Garagentor verschloss sich automatisch, um sich wenige Minuten später erneut zu öffnen, diesmal stieß ein Aston Martin Vantage rückwärts aus der Garage. Miroslaw hängte sich an den Wagen, ohne genau zu wissen wer darin saß. Er hatte Mühe, dem Fahrzeug zu folgen. Er dankte Gott für den zähen Verkehr, der Aston Martin wäre ihm ansonsten sicher auf freier Strecke davongefahren. Er versuchte, etwas versetzt auf der zweiten Spur zu fahren, um die Person am Steuer zu erkennen. „Es ist Handler", bestätigte er laut seinen eigenen Verdacht. Wem gehörte dieser Wagen? War es Handlers oder ein weiteres Spielzeug aus der Sammlung der Millionärin Petra Hanisch? Er merkte sich das Kennzeichen und kritzelte es blind auf den Rand einer Tageszeitung, die auf dem Beifahrersitz lag. Es handelte sich um ein Schweizer Kennzeichen. Die Fahrt ging über die Deutzer Brücke auf die andere Seite der Stadt. In einem Industriegebiet schien Handler nach einer Adresse zu suchen. Er bog mehrmals ab, um schließlich bei einem Autoverwerter zum Stehen zu kommen. Basser hielt in sicherem Abstand und sah wie Handler ausstieg und das Gelände betrat. Er verschwand in dem Büro des Autoverwerters.

„Was mach du, Eric Handler?", sprach Basser in seinem akzentuierten Deutsch vor sich hin. Nach einer Weile kam Handler in Begleitung eines Mannes aus dem Büro und stapfte mit ihm über den dahinterliegenden Platz und in die Lager. „Ersassteile wirst du hier wohl nix finden für Aston Martin", witzelte Basser. Es dauerte eine ganze Stunde, bis Handler sich endlich verabschiedete. Basser beschloss, ihm nicht weiter zu folgen, sondern stattdessen herauszufinden, was er hier gewollt hatte.

„Bittescheen?", fragte der korpulente, kahlköpfige Mann im schwarzen Overall. „Suche ich Anlasser für Ford Transit, Baujahr 1978", antwortete Basser, wissend, dass es da kaum noch was gab. Der Mann im Blaumann überlegte. „Kann sein, dass isch noch habe, kommst du mit", wies er Basser an, ihm zu folgen. „Miroslaw, mein Name", stellte sich der Detektiv auf dem Gehweg zur Halle vor.

„Bogdan, freit mich", erwiderte der Autoverwerter. Wie sie feststellten, waren sie beide Landsleute. Die Chemie stimmte schon einmal. „Bogdan, kennst du den Mann im Aston Martin?" fragte Basser auf Polnisch.

„Nein, er will meine Altteilelager kaufen für viel Geld. Scheint Geschäfte mit Afrika zu machen." Basser hörte gespannt zu.

„Kommt er wieder?", wollte er wissen. „Wer bist du, bist du Schniffler?", fragte Bogdan auf Deutsch weiter und fing an zu grinsen. „Er will Morgen wiederkommen. Er bringt einen Vertrag mit, vielmehr eine Kaufoption, die er von mir unterschrieben haben will", wechselte er wieder ins Polnische.

„Kein Problem, hat er Geld, kriegt er Teile, so einfach." Basser überlegte, während Bogdan nach einem passenden Anlasser suchte.

„Wann genau will er wieder herkommen?", setzte Miroslaw mit einer weiteren Frage nach. „Will um siebzehn Uhr dreißig kommen, mit Partner", erzählte Bogdan. „Ist Betriger?", wollte er nun wissen. „Keine Ahnung, ich erkläre dir später, bis dahin..." Miroslaw zog mit der Hand einen imaginären Reißverschluss am Mund zu und ging davon. „Hey, was ist mit Anlasser?", rief Bogdan ihm nach. „Hast Du?" „Nein". Miroslaw grinste und zuckte mit den Schultern.

Am nächsten Nachmittag saß Basser erneut in der Nähe des Autoverwerters in seinem alten Ford Transit und aß genüsslich einen Burger. Er war gespannt. Wer würde wohl der angekündigte Partner sein.

Pünktlich um halb sechs fuhr der Aston Martin vor. Petra Hanisch und Eric Handler stiegen aus dem grünmetallicfarbenen Edelbriten.

Sie gingen ins Büro, kamen nach einer halben Stunde wieder heraus, und fuhren davon. Schnellen Schrittes ging Basser zum Haus und trat ein. Bogdan freute sich. „Alter Schniffler, willst du Neiigkeit heren?"

„Wenn du mir Neuigkeiten erzählen kannst, gerne", entgegnete ihm Miroslaw in seiner Landessprache. „Gut", switchte Bogdan ebenfalls in seine Muttersprache, dann gebe ich dir die Informationen. Wenn es ein Betrüger ist, musst du es mir sagen, o.k.?" Basser willigte ein.

„Wie ich gestern schon sagte, hat er sich lediglich eine Kaufoption unterschreiben lassen. Keinen Vertrag. Wenn er Geld bringt, kriegt er die Teile. Drei Altteilelager – oder circa fünfzehn bis zwanzig Tonnen Schrott", erklärte Bogdan und bekam das Grinsen nicht mehr aus dem Gesicht. „Wäre klasse", schloss er an. „So viel kriege ich sonst nie und nimmer für den Mist."

„Wieviel bietet er an?", interessierte sich Basser. Bogdan überlegte, ob er ihm antworten sollte. „Okay, Fünfhunderttausend!" – Bogdan rieb sich die Hände. „Hoffentlich kauft er. Packe ich ihm ein in Geschenkpapier".

Basser lächelte und ahnte schon, wer die Rechnung dafür würde zahlen müssen.

„Ich drücke dir die Daumen, dass er dir alles abkauft", sagte Basser mit schiefem Lächeln, „aber ehrlich – ich glaub es nicht." Bogdans hämisches Lachen verschwand aus seinem Gesicht. Miroslaw verabschiedete sich mit einem

Augenzwinkern und fuhr zurück zur Detektei, um weitere Schritte zu besprechen. Machte Handler wirklich einen zweiten Anlauf zu einem dieser durchaus lukrativen Geschäfte? Gebrauchte Autoersatzteile für Afrika waren sicher sehr gefragt. Basser wusste, dass die Nachfrage für deutsche Autos überall auf der Welt sehr groß war, so wie auch in seinem Heimatland Polen. Er wusste auch von polnischen Schrotthändlern, die in Deutschland Teile kauften. Handler hatte somit keine schlechte Idee gehabt, aber Miroslaw traute dem Braten noch nicht.

Wir waren um fünfzehn Uhr verabredet, doch es war schon Viertel nach und Hillberg hatte nicht angerufen. Sollte sie den Termin vergessen haben? Kaum hatte ich zuende gedacht, da erklang die Türschelle. Swetlana, die Haushalterin, machte sich auf den Weg, ihr zu öffnen. „Hallo, tut mir Leid. Ich musste zur Bank“, erklärte die Journalistin. Es gab noch ein Gespräch wegen...“, zögerte sie. „ Sie können es sich sicher denken.“ „Lassen Sie mich raten: Man lässt sie gerne auf dem Verlust wegen der EC-Karten sitzen?“, kombinierte ich. Hillberg nickte und schien bedrückt.

„Wir haben ein paar Neuigkeiten über die Aktivitäten ihres Ex.“ Hillberg spitzte die Ohren. „Basser, der Detektiv, hat Eric Handler observiert“, begann ich ihr zu berichten. „Handler hat erneut einen Autoverwerter aufgesucht und versucht, das gleiche Geschäft zu machen. Der Autoverwerter scheint aber neu zu sein, er kannte Handler nicht. Am nächsten Tag hat der seinen Partner mitgebracht und jetzt dürfen Sie raten, wer das ist.“ Hillberg stutzte kurz und meinte: „Botomba Massimi, der Schwarze?“ Ich schüttelte den Kopf. „Dann diese Hanisch?“, versuchte Hillberg im zweiten Anlauf, das Rätsel zu lösen. „Denken Sie was ich denke?“, fragte sie und nestelte nervös an ihren Haaren. „Ja, das ist durchaus denkbar, dass er die gleiche

Nummer abzieht." „Und für wie viel will er diese Autoteile kaufen?", interessierte sich die Medienvertreterin weiter. „Fünf – Hundert - Tausend", sprach ich jedes Wort einzeln aus. „Und noch was", schloss ich an, „wem gehört der Aston Martin?" „Was ist das?". „Das ist ein sündhaft teurer britischer Sportwagen. Ich schätze, der kostet Zweihunderttausend", informierte ich Hillberg. „Keine Ahnung, zu mir kam er immer mit diesem schon etwas älteren BMW." „Egal", gab ich mich zuversichtlich, wir werden es herausfinden. Das Blöde ist, um herauszufinden, ob Eric Handler gerade die gleiche Tour wieder fährt, müssen wir eine Weile warten und hoffen, dass es so läuft wie bei Ihnen", erklärte ich ihr. „Wenn wir Glück haben, erzählt uns Hanisch das, was wir hören wollen. Wenn sie allerdings keinen Vertrag mit ihm gemacht hat, dann stehen wir genauso hilflos da, wie in Ihrem Fall. Hillberg ließ ein leises, bitteres Lachen hören. „Na toll, mein Geld ist futsch." „Warten wir es ab, meistens kommt alles ganz anders", versuchte ich Stefanie Hillberg neuen Mut zu machen. „Ach hier, bevor ich es vergesse! Ich soll Ihnen die Nummer von Basser geben, falls Ihnen irgendwelche Details einfallen, die für den Fall wichtig sein könnten." Nickend steckte Hillberg die Karte weg.

„O.k., lassen Sie uns loslegen", meinte Sie mit gespielter Fassung. Ich begann zu erzählen, wie es in meinem Leben weitergegangen war.

„Ich hätte meine Entscheidung bezüglich Wiedes Kündigung rückgängig machen können, doch ich beließ es dabei. Peter Wiede war entlassen und an seine Stelle trat Roland Porter. Porter war vierunddreißig, knapp einen Meter fünfundachtzig groß, hatte blaue Augen, dunkle, etwas längere Haare und einen sehr sportlichen Körperbau. Er war der typische Surfertyp, nicht wie man einen Computer Nerd vermutete, mit weißer Haut, tiefen Augenringen, eine hagere Gestalt, die sich die Nächte vor dem Rechner um die Ohren schlug. Er schien ein netter Typ zu sein, doch ich hielt mich mit Freundlichkeit zurück. Ich wollte ihm gleich zeigen, wer der Herr im Hause war und dass ich weniger an Mitmenschlichkeit interessiert war, als daran, mir schlicht seine Fähigkeiten zunutze zu machen. Er kam mit allem gut klar und arbeitete präzise. Doch seit diesem Vorfall mit Wiede war die Stimmung in der Firma sehr angeschlagen. Die Kommunikation zwischen meinem Team und mir beschränkte sich auf das Wesentlichste. Ich hatte das Gefühl, es hätten sich zwei Lager gebildet.

Es war wie damals bei „Arthur dem Großen". Ich hatte es unbeabsichtigt hinbekommen, dass sich viele meiner Mitarbeiter nicht mehr wohl fühlten. Und ich fühlte mich einsamer denn je, die restliche Freude an meiner Arbeit verschwand gänzlich. Ich war jetzt ganz allein mit meinen Sorgen. Der Einzige, der mir halbwegs zugetan war, war David Berg. David sah wie ich mich bemühte, das Unternehmen zu führen. Die schlechte Stimmung verursachte jedoch, dass meine Leute unsicher wurden und keine Verantwortung mehr für irgendetwas übernehmen wollten. Man spürte zudem, dass sie möglichst wenig Zeit im Unternehmen verbringen wollten – nicht mehr als unbedingt notwendig.

„Du hast dich verändert, Jean", sagte David, als wir über die Gesamtproblematik im Unternehmen sprachen. David war meistens einer der letzten, die das Unternehmen am frühen Abend verließen. „Ja David, ich sehe nicht mehr einfach nur zu. Ich habe Verantwortung und es sollte jeder hier in der heutigen Zeit dankbar sein für seinen Job, den ich ganz gut bezahle", erwiderte ich, nahe dran, wieder auszuticken. „Du hast sicher Recht, aber diese Stimmung hier ist alles andere als angenehm", gab David zu bedenken. „Die

Leute haben Angst vor dir, sie werden unsicher und machen Fehler. Dann kommst du, machst sie an und sie werden noch unsicherer und machen noch mehr Fehler. Das ist ein Teufelskreis." „Ja, wie wäre es denn, wenn sie sich bemühten weniger Fehler zu machen; umso weniger habe ich zu meckern", parierte ich.

David versuchte mir klar zu machen, dass ich mich ändern musste. Ich sah das anders. Sie lebten von mir, sie wurden gut bezahlt und machten ihren Job nachlässig. Wir fanden keine Einigung. Einige Wochen später legte mir Peter Solver seine Kündigung auf den Schreibtisch. Peter Solver, der eigentlich noch einer der besseren Leute im Team war, wollte nicht mehr.

„Chef, ich fühl mich nicht mehr wohl hier", brachte er nur unter Anstrengung heraus. Peter Solver kümmerte sich seit einigen Jahren um den Telefonsupport und das machte er gut. Er fand bei allen Kunden den richtigen Umgangston. Ihn hätte ich nicht unbedingt missen wollen. „Tut mir leid Jean, ich fange nächste Woche bei einem anderen Unternehmen an." Ich nickte nur. Allmählich fing ich an, an mir und meiner Einstellung zu zweifeln. Es war wie ein Faustschlag ins Gesicht, der nur schwer wegzustecken war. „Meine Leute hassen mich", dachte ich laut und mir wurde bewusst, wie es um mein Ansehen bestellt war. Das Telefon klingelte zum fünften Mal und ich starrte nur stoisch an die Wand. Ich reagierte nicht, ich wollte niemanden sprechen. Doch es läutete weiter und ich hob ab, „Hallo Jean", erklang die rauchige Stimme von Lumen Nomos. „Hallo Lumen", antwortete ich ohne den Hauch einer Emotion. Ich versuchte neutral zu sein, unser letztes Gespräch wurde mir allmählich gegenwärtig. Ich hatte nicht angemessen reagiert und das wurde mir zusehends klar. „Wie geht's Dir?", fragte er zuerst. „Gab schon bessere

Zeiten", ließ ich ihn wissen. „Ich weiß, dass ich damals nach unserem Gespräch nicht einfach hätte fahren dürfen. Ich konnte nur nicht, ich war einfach nicht in der Lage...", rang Lumen um Worte, „es war nicht der richtige Zeitpunkt, überhaupt mit dir zu reden." Ich hörte nur zu. „Ich bin am 17. 08., also in vier Wochen wieder in Köln. Wir könnten noch einmal über alles sprechen, ich möchte es wiedergutmachen ", bot Lumen mir an. Geräuschvoll sog ich Luft in meine Lungen und überlegte, ob ich zustimmen sollte. Doch was sollte das? Was wollte er von mir? Was sollte es noch bringen? Mir war damals nicht wirklich ein Licht aufgegangen, warum sollte das heute anders sein? „Warum hast du dich nie einmal vorher gemeldet?", fragte ich ihn. „Oh, das habe ich zigmal versucht, aber ich hatte kein Glück. Du hast nie abgehoben", informierte er mich. „Du hast auch nie zurückgerufen", ergänzte Lumen seine Erinnerung. „Dazu hätte ja dann wohl eine Nummer sehen müssen, ohne die kann ich auch niemanden zurückrufen", rechtfertigte ich mich. „Hm, seltsam", nuschelte Lumen. „Dabei achte ich immer auf die Übertragung meiner Nummer..." Er versuchte zu ergründen, warum seine Mobilnummer nicht übertragen worden war. „Ich war im Ausland!", kiekste seine Stimme, freudig darüber, den Grund erkannt zu haben. „Ausland?", stutze ich. „Ja, das war dumm von mir", lenkte Lumen ein. „Also, in einem Monat bin ich wieder in Köln, überlege es dir einfach, ich rufe dich nochmals in der Woche davor an, o.k.? ... dann bis bald." Ich konnte und wollte nichts dazu sagen, außer „ja ich überlege es mir, Tschö" – das „Tschüss" auf Kölsch.

Es war an der Zeit, etwas zu ändern, das wusste ich – aber war dies mein Weg? Sollte ich mich tatsächlich noch einmal mit Lumen Nomos treffen? Meine Probleme waren so komplex, er hatte für ein Jahr bei mir einziehen müssen, um mich wieder in die Spur zu bringen. Ich war so an der Grenze des Machbaren, ich konnte einfach nicht mehr. Es war wie die zwölfte Runde in einem Boxkampf. Ich war mehr als angeschlagen, doch mein Gegner stand noch genau so frisch vor mir, als sei es die erste Runde. Man hatte den Eindruck, dieser Gegner wurde von Tag zu Tag stärker. Was ich an Kraft verlor, bekam er dazu. Wie ein Parasit, der seinen Wirt ganz allmählich auszehrte. Es war der Frust, die Enttäuschung, der Unfriede in mir, der meine wüsten Gedanken nährte. Das autonom gewordene Ego, wie es Lumen vor Jahren erklärt hatte. Mittlerweile besaß ich nicht mehr die Kraft, mich gegen dieses Monster zu wehren. Es bestand allenfalls die Chance, die zwölfte Runde aufrecht auf zwei Beinen zu überstehen. Doch was machte es jetzt eigentlich noch für einen Unterschied? Für das Leben auf dieser verrückten und oberflächlichen Welt gesehen, hatte ich vieles erreicht. Doch mir selbst gegenüber hatte ich alles verloren. Einsam und ohne wirkliche Liebe. Kaum jemand, dem ich etwas bedeutete. Die letzten Sympathien meines sozialen Umfelds hatte ich mir selbst verscherzt. Ich fühlte mich in meinen Gedanken gefangen und war nicht mehr fähig etwas zu ändern. Wo sollte ich anfangen, der Berg vor mir erschien gigantisch.

„Das hört sich ja grausam an“, entwich es Hillberg. „War da nicht auch ein bisschen Selbstmitleid...?“, fragte sie mich ganz vorsichtig, ohne damit verletzen zu wollen.

„Vielleicht war auch eine Portion Selbstmitleid dabei, aber es waren ja Fakten. Mich mochte kaum noch jemand so richtig. Die wenigen Menschen, die mir verblieben waren, hielt ich auf sicherem Abstand“, beschrieb ich meine Lage so objektiv es nur ging. Dann erzählte ich weiter von der einzigen Freude, die mir noch geblieben war.

Dem Autorennen.

Kapitel 14

Der Monat Juli zählte den neunten Tag. Ein Freitag am Nürburgring. Mein Teampartner Bernhard Stockheim fuhr die ersten Runden, um den Wagen zu testen. Wir hatten neue Fahrwerksfedern eingebaut, gleich zwei Stufen härter als in allen Rennen davor. Bernhard gewöhnte sich sehr schnell daran. Das Auto reagierte aber einfach nicht wie gewohnt. Es war nicht nur härter, es fühlte sich ganz anders an. Gefährlich wurde es, wenn man Unebenheiten überfuhr oder gar die Korps, die seitlichen Randbegrenzungen der Kurven. Sie waren auf den meisten Strecken in weiß-rot gehalten, um Kurven aus der Distanz besser einschätzen und erkennen zu können. Das Auto wurde beim Überfahren dieser Korps wie durch ein Katapult in die Lüfte befördert, wie die Kollegen in dem Training zuvor. Nach einer Stunde war ich an der Reihe. Ich brauchte etwas länger, bis ich den Mut fand, das Gaspedal richtig durchzudrücken. Gegen Schluss des Trainings war ich wieder mit dem Wagen eins. Wir waren guter Dinge. Das Qualifying am nächsten Morgen konnte kommen, genauso wie das Rennen.

Bernhard fuhr um die Startposition. „Ja“, schrie ich auf, als ich die Zeit gesehen hatte. Wir lagen an der 26. Position. Auch wenn das für viele kein Grund gewesen wäre, Champagnerkorken knallen zu lassen, aber für dieses Auto, mit seinen vierhundertvierzig Pferdestärken und einem privaten Team, das nur über ein kleines Budget verfügte, war es einfach beachtlich.

Den ersten Stint fuhr Bernhard, wir lagen durch ein paar Ausfälle bereits auf Position einundzwanzig. In der vierten Runde waren gleich vier Autos am Eingang des Schwedenkreuzes von der Strecke abgekommen.

Ein Regenschauer hatte diesen Teil unter Wasser gesetzt und einer der Rennboliden verlor genau an dieser Stelle durch einen Motorschaden sein ganzes Motorenöl. Die Rutschbahn war perfekt und Unfälle programmiert. Jedoch ging alles glimpflich aus, es gab nur Sachschäden und dadurch bedingt Ausfälle von vier Fahrzeugen. Dazu hatte sich Bernhard noch zusätzlich um eine Position nach vorne gekämpft. Nach elf Runden kam er rein, zum Tanken. Das Team reinigte in der Zeit die Scheiben, putzte und kontrollierte hier und da, bis die circa einhundert Liter Benzin in den Sicherheitstank eingefüllt waren. „Und los", gab ein Mitglied der Boxencrew das Zeichen. Bernhard fuhr mit durchdrehenden Rädern los und lenkte den Wagen im vorgeschriebenen Tempo aus der Boxengasse. Das Team, wie auch ich, verfolgten derweil das Geschehen auf den Monitoren. Die direkte Konkurrenz musste wohl ebenfalls zur gleichen Zeit zur Box gefahren sein, wir lagen immer noch auf Position einundzwanzig. Im Laufe der nächsten Stunde schaffte es Bernhard, noch zwei weitere Plätz gut zu machen. Der Druck in mir wuchs. Ich wollte in keinem Fall das fulminante Ergebnis wieder zunichtemachen. Bernhard fuhr, als wäre der Leibhaftige selbst hinter ihm her.

Es waren jetzt weitere zehn Runden geschafft. Mein Partner musste spätestens nach der nächsten Runde in die Box zurückkommen. Doch er kam eine Runde früher. Sofort steckte ein Mechaniker die Pressluft an den dafür vorgesehenen Anschluss, um die eingebaute Wagenhebeanlage zu betätigen. Vier der Männer schraubten die Räder ab, während Bernhard aus dem Wagen kletterte, so schnell er eben konnte. Er zog den Helm ab, und lächelte angestrengt mit hochrotem, schweißnassem Gesicht. „Kontrolliert die Bremse, irgendwas rubbelt da wie verrückt", wies er an.

Sofort kontrollierten die Mechaniker die Bremsanlage und versahen die vorderen Bremszangen mit neuen Belägen. Mittlerweile hatten die anderen Mechaniker schon einen neuen Reifensatz parat, der Wagen wurde erneut betankt. Ich saß bereits drin und gurtete mich an. „Bernhard steckte seinen Kopf ins Cockpit und versuchte noch ein paar Hinweise zu geben. Einige Abschnitte der über 24,8 Kilometer langen Strecke waren Regenschauern ausgesetzt. Es konnte sein, dass an Start und Ziel die Sonne schien, aber irgendwo fünf Kilometer weiter es heftig regnete. Mein Partner informierte mich darüber, wo es nass und gefährlich war. „Eine Sache noch", versuchte mir Bernhard, der immer noch unter gewisser Atemnot litt, mit auf den Weg zu geben, „behalte mal die Bremse im Auge, die fühlte sich vorhin etwas sonderbar an." „O.k.", nickte ich ihm zu. Es war durchaus normal, dass eine Bremse mal Geräusche machte, auch wenn dadurch das ganze Auto zu vibrieren begann. ‚Kein Problem', dachte ich. ‚Ich will heute mehr Gas geben als bremsen.'

Die Windschutzscheiben wurden noch einmal von toten Insekten befreit und schon bekam ich ein Zeichen, loszufahren. Der Wagen lag fantastisch auf der Straße, das Bremsenproblem schien nicht mehr existent. Wahrscheinlich waren die abgefahrenen Beläge die Verursacher des dröhnenden Geräusches gewesen. Die Bremsen schienen mir allenfalls etwas zu weich, aber dies war in den ersten Runden völlig normal, wenn neue Bremsbeläge montiert wurden. Ich versuchte das Tempo allmählich zu erhöhen, denn in den ersten Runden fuhr ich acht Sekunden langsamer als Bernhard. Als ich allmählich den Dreh raus hatte, bemerkte ich, wie das Bremspedal für meinen Geschmack etwas zu sehr nachgab. Ich änderte jedoch mein Tempo nicht. Fuchsröhre, dritter, vierter, fünfter, sechster Gang Vollgas, mit Tempo zweihundertsiebzig durch die Senke, ein kurzes Stück bergauf, bremsen rechts, links zum Adenauer Forst. ‚Hm, seltsam. Fühlt sich komisch an, geht aber', dachte ich. Breitscheid runter und ab in Richtung Bergwerk – der Stelle, an der Nicki Lauda seinen legendären Formel Eins Unfall hatte. Hier konnte die Bremse sich etwas erholen, falls sie thermische Probleme hatte. Alles ging irgendwie, aber es beschlich mich ein seltsames, nicht gerade angenehmes Gefühl. Durch das Karussell, ein Steilwandstück, hoppelte der Porsche GT 3 R mit seinen harten Federn wie eine ungefederte Lore aus dem Bergbau. Danach Vollgas Richtung Hohe Acht, Wippermann, und Brünchen, eine Stelle, an der sich viele Fans aufhielten, um bei den Rennen ganz nah dabei zu sein. Es war eine Freude zu wissen, dass die Fans mitfieberten. Dann ging es durch die Eiskurve und mit Vollgas in Richtung Pflanzgarten, ebenfalls eine Fanbase, an der ich die Silhouetten der Menschen im Augenwinkel wahrnahm. Hier waren die meisten Fahrer, wie auch ich, motiviert eine „gute Figur" zu machen. Am Ausgang der Kurve trat ich das Gaspedal voll durch, über den Sprunghügel zum Pflanzgarten II in Richtung kleines Karussell. Ich gab alles vor den Fans. Ich trieb den Wagen bis zum Äußersten. Der Grat zwischen einem Abflug und dem Bleiben auf der Strecke wurde schmal wie eine Messerschneide. Vollgas. Der Wagen passierte die 200 km/h Marke ... Gashebel ganz durchgedrückt. Dann kam ein leichter Rechtsknick, ich war zu schnell, bremste und bumm – ich spürte, wie das Wagenheck in diesem Hauch von Kurve schlagartig ausscherte. Bei weit über Zweihundert wurde aus einer kaum merkbaren Biegung in der Tat eine Killerkurve. Dann ging alles wie in Zeitlupe. Der Wagen drehte sich neunzig Grad zur Fahrbahn, katapultierte über die Sicherheitsplanken, blieb daran hängen, riss sich die Eingeweide heraus und überschlug sich mehrmals. Ich spürte, wie ich mich mit dem Wagen in die Lüfte erhob, wie sich alles drehte. Wieder und wieder schlug er auf den messerscharfen Planken auf. Ich fühlte die heftigen, schmerzhaften Schläge, als würden mir sämtliche Organe herausgezerrt. Bis ich nichts mehr empfand, nichts mehr hörte. Es war ganz still geworden. Plötzlich spürte ich Leichtigkeit, als schwebte ich über allem. Ich sah den Ort der Zerstörung, ich sah Menschen, die sich an dem Wrack zu schaffen machten. Ich sah mich selbst, wie ich dort aus dem Wagen gezogen wurde, wie sie den Helm entfernten, sah den geschwollenen Kopf, das Blut, das aus den Ohren lief. Ich sah es von einem Punkt oberhalb des Geschehens. Und dort war Licht, ein gleißend helles Licht, das jedoch nicht blendete. Ich wandte mich ihm zu. Alles konnte ich genau erkennen, durch und durch. Ich sah die feinen Wurzeln der Bäume und Sträucher, wie sie sich vollsogen mit Nährstoffen und dem Wasser aus dem Grund. Ich sah die Menschen und ihre Herkunft. Ich erkannte sie in ihrem Ursprung. Wir waren alle gleich. Wir entsprangen alle der gleichen Quelle, das Sein, das Selbst. Wir waren alle Bewusstsein aus dieser einen Quelle. Mit allem war ich verbunden. Dann fühlte es sich an, als ginge ich über die Unendlichkeit und über die Zeit hinaus. Ich verstand alles, ich spürte alles, ich war das Leben selbst.

Und es fühlte sich wie Liebe an, es war, als hätte ich Gottes Gesicht berührt. Es war die Liebe, die ich immer gesucht hatte. Ich wusste ich war tot, doch wo war der Schrecken? Ich fühlte mich wohl wie noch nie in meinem Leben zuvor. Wie auf Samt gebettet. Etwas schien mich zu berühren, ich wandte mich um und erblickte Christin, meine Mutter, Oma Marie und Opa Hans. Wir berührten uns, nahmen uns in die Arme und lachten. Es war, als wären wir nie getrennt gewesen, für immer vereint. Alles fühlte sich so lebensecht an, als wäre das Leben auf der Erde nur ein flüchtiger Traum. Das wirkliche Leben war hier, jenseits von Zeit und Raum.

Es schien, als tanzten unsere Seelen und alles war Licht, war Liebe. Dann wurde ich in einen anderen Schwingungsbereich getragen und jemand unterwies mich. Man erklärte mir die Mechanismen der Reinkarnation. Wie sich eine Identität, eine Persönlichkeit, unabhängig vom wahren Sein entwickelt. Wie das Leben funktioniert, den Einzug der Seele in den Körper. Dann hörte ich eine Stimme, doch ich verstand sie nicht. Ich wollte sie nicht anhören, doch sie rief lauter und lauter. Sie rief: „Du musst zurück, du musst zurück." Nein! Ich wollte nicht zurück. Ich sah noch einmal zu Christin, zu meiner lieben Mutter, wie sie lächelte, zu Opa und Oma – sie alle lächelten und es war so, als sagten sie: „Gehe nur, hab keine Sorgen. Wir bleiben immer zusammen, doch du musst noch einmal zurück. Irgendwann verstehst du alles..." Ich wandte mich ab und spürte, wie ich angezogen wurde und es wurde wieder dunkel.

Vierzehn Tage später wurde ich wach. Ich blinzelte in den Raum, von dem ich umgeben war. Und es war jemand da, den ich kannte, eine Frau. Sie saß an meinem Bett, hielt meine Hand ganz fest und presste sie immer wieder zusammen. Sie trug einen Mundschutz und einen grünen Kittel, ihr Haar mit einem Häubchen bedeckt. Während sie ihren Kopf ganz nah zu mir herabbeugte, sprach sie leise und unverständlich. Tränen liefen ihr über die Wangen. Ich erblickte die Geräte, an die mein Körper angeschlossen war, hörte den wiederkehrenden Piepton sowie das Geräusch von Luft, die man maschinell in meine Lungen presste. Der Tubus in meinem Mund hinderte mich am Sprechen. Dann glitt ich wieder zurück in die Dunkelheit. Es musste der folgende Tag gewesen sein, als ich erneut aufwachte. Irgendetwas war anders. Ich war allein. Ich spürte meine linke Hand und tastete an mir herum. Zugleich bemerkte ich, dass ich wieder selbstständig atmete, die Instrumente waren verschwunden. Nur der Piepton war noch zu hören. Ich betastete meinen Mund und meinen Kopf, der sich stoppelig anfühlte. Ein scharfer Schmerz durchfuhr meinen Schädel, als ich ihn etwas anhob. Und wieder tauchte ich ab, in einen traumlosen Schlaf. Immer wieder wurde ich wach und schlief ein, doch die Wachphasen wurden länger. Gern hätte ich erfahren was passiert war, doch ich war noch zu schwach, um die Frage zu artikulieren. Als ich wieder einmal auftauchte und durch die Augenschlitze blinzelte, war sie wieder da. Die Frau, die schon einmal dagesessen, leise zu mir gesprochen und geweint hatte. Ihre Augen schienen immer noch feucht, als hätte sie die ganze Zeit nicht aufgehört zu weinen. Wer war sie? In meinem Kopf hämmerte es. Die Krankenschwester kam in das Zimmer und befeuchtete mit einem großen Wattestäbchen meine Lippen und meine Mundhöhle. Ich hatte Durst, konnte nicht reden und driftete immer wieder in den Dämmerzustand. Es mussten weitere Tage vergangen sein. Ein Arzt stand vor mir, als ich erwachte. Tränen liefen mir übers Gesicht. Ich wollte endlich wissen, was geschehen war. Bruchstückhaft stellte ich ihm die Frage.

„Sie hatten einen Rennunfall, Herr Degrange, erklärte mir der Arzt. Sie haben ein Schädelhirntrauma. Sie müssen jetzt viel schlafen. Wir haben Ihre Schädeldecke auftrennen müssen, damit die Schwellung ihres Gehirns Platz hatte. Wir hatten Sie in ein künstliches Koma gelegt, aber Sie haben das Gröbste überstanden. Es wird alles wieder gut, schlafen Sie jetzt bitte“.

Ein scharfer Schmerz in meinem rechten Auge weckte mich. Es war Nacht. Ich bemerkte wie eine Schwester neben mir stand und meine Kopfwunde versorgte. „Herr

Degrange, ich habe den kleinen Schlauch entfernt, durch den das Wundsekret abfließen konnte. Sie werden jetzt weniger Schmerzen haben." Ich gab ihr mit den Augen ein Zeichen, dass es in Ordnung war.

Erneut dämmerte ich weg. Irgendwann holte mich eine sanfte Stimme aus dem Schlaf. Zunächst undeutlich, kam sie immer näher, bis ich die Worte verstand: „Ich werde für dich da sein, mach dir keine Sorgen, nur werde bitte wieder gesund. Ich brauche dich doch. Wir alle brauchen dich noch..." Da saß ‚Sie' und sobald ich sie anblickte, flossen wieder die Tränen. „Hallo Jean..." flüsterte sie und drückte meine Hand. „Alles wird gut". „Wer bist... " wollte ich sie fragen. „Pscht", bat sie mich, still zu sein. „Ich bin's, Clarissa. Du musst dich ausruhen. „Ich hatte einen Unfall...?", fragte ich sie. Clarissa nickte und wies mich erneut an, mich zu schonen. An jedem weiteren Tag kam sie zu mir und tröstete mich, stand mir bei. Ich wurde auf die normale Station verlegt und es ging mir zunehmend besser. Eines Morgens klopfte es an der Tür und David Berg lugte dahinter hervor. „Hallo Jean", sagte er, „wie es dir geht brauche ich nicht zu fragen..." „Es geht mir schon viel besser", teilte ich ihm mit.

„Mensch Junge, du hast echt Schwein gehabt. „Du weißt, was mit dir los war?", fragte er. Wie sich zeigte, wusste er Dinge, die mir noch keiner mitgeteilt hatte. „Du warst tot, klinisch tot! Man hat dich an der Unfallstelle reanimiert. Du warst ganze zehn Minuten weg, unglaublich." Er erklärte mir, dass Bernhard sich mit ihm sofort in Verbindung gesetzt hatte. „Dein Auto sah verheerend aus. Der Motor und das Getriebe lagen über einhundert Meter vom Rennwagen entfernt", klärte David mich ganz aufgeregt auf. „Weißt du warum es passiert ist?", wollte ich von David wissen. „Bernhard meint, eine der Bremsscheiben vorne wäre gebrochen. Man hatte übersehen, dass sie unter dem Verschleißmaß waren. Es lag wohl an irgendwelchen neuen Belägen, die die Bremsscheiben so schnell verschleißen, dass man sie während des Rennens hätte wechseln müssen." Ich nickte nur. Ich konnte mich nicht an das Rennen erinnern. „Was ist mit deiner rechten Hand?", fragte er weiter. „Gebrochen. Ein paar Rippenprellungen und ein Riss im Schienbein. „Der Feuerlöscher hat sich anscheinend beim Überschlag aus der Halterung gelöst und muss dir wohl heftig auf den Kopf geschlagen haben", erklärte David. „Dein Helm war kaputt."

Wie David weiter berichtete, hatte er das Regiment in der Firma übernommen. „Ich habe gedacht, dass es in deinem Sinne ist, wenn ich...", zögerte David. „Du bist ab heute nicht nur Artdirector, sondern auch Geschäftsführer von Degrange Grafik Design", ging ich dazwischen. „Danke, du kannst dich auf mich verlassen", ergänzte er seinen Satz. Ich merkte, wie schwer es mir noch immer zu sprechen fiel und wie sehr mich alles anstrengte. David ging nach einer Weile und versprach, sich täglich zu melden.

Ich schlief darauf ein und wurde vom leisen Klopfen an der Tür wach. Es war Clarissa. „ Na, wie geht's dir, du Held?", fragte sie mit einem Lächeln auf den Lippen. Ich lächelte zurück. Sie drückte mich vorsichtig und gab mir einen Kuss auf die Wange. „Du hast mir so einen Schrecken eingejagt, ich kann den Schock gar nicht beschreiben", erzählte mir Clarissa. David hatte sie gleich informiert. „Die Ärzte wussten nicht, ob du durchkommen würdest! Du warst an der Unfallstelle klinisch...", versuchte sie das Wort ‚tot' nicht auszusprechen, „und man hat dich reanimiert." Und wieder wurden ihre Augen feucht.

„Ich hatte so eine Angst um dich", beteuerte sie ihre aufrichtige Sorge um mich. In den nächsten Tagen kamen ein paar Erinnerungen wieder zurück. Ich entsann mich, wie ich im Wagen saß und fuhr.

Ich versuchte zu ergründen, was geschehen war. War ich tatsächlich tot gewesen? Ich konnte es kaum glauben. Ein seltsamer Frieden begleitete mich durch diese Tage. Aller Groll, alles Leiden war weit weg von mir. Die Probleme bei der Arbeit, meine ständige Unzufriedenheit, alles das war nur noch ein blasses Abbild alter Erinnerungen. An einem Abend im Krankenhaus, ich war schon sehr müde, döste ich vor mich hin. Plötzlich tauchten Szenen vor mir auf, Christin, meine Mutter, Opa Hans und Oma Marie – es waren Bilderfetzen, begleitet von einer heiligen Stimmung. Immer wieder wurde es taghell, wie das Zucken von Blitzen, die für einen Moment die Dunkelheit verdrängten und einen Blick auf meine Liebsten freigaben. Ich erkannte diese seltsame Stimmung, dieses Rauschen, und ich hörte eine Stimme, die sich wiederholte: „Du musst zurück. Du kannst noch nicht bleiben.“ Dann schreckte ich aus dem Schlummer auf und mir wurde bewusst, dass ich diese Bilder, diese Situation bereits kannte. Ich hatte es erlebt. Allmählich erinnerte ich mich an die Einzelheiten. Wie mein Blick über dem Geschehen des Unfalls stand und ich alles sehen konnte. Die Menschen, die aufgeschreckt umherliefen, wie sie hektisch waren, wie sie helfen wollten.

Mir wurde abermals bewusst wie unwichtig unsere Sorgen hier auf Erden waren. Wie nichtig, klein und unbedeutend die Probleme des Alltags. Ich erkannte, dass Seelen wahrhaft unsterblich waren, sie waren das wahre Sein, das wahre Bewusstsein, dass jedem Lebewesen innewohnt.

Wir waren alle eine Einheit. Wie ein riesiger Körper, deren Zellen wir bildeten.

Niemand war wirklich getrennt von einem anderen. Der Tod war nur das Tor zu neuem Leben. Ebenso wurde mir bewusst, dass das Leben mir ein Geschenk gemacht hatte. Ich hatte einen Blick in diese Welt werfen dürfen oder vielmehr müssen. Es war sicher der Wunsch meiner Seele gewesen, dass mein Verstand einen Blick darauf werfen konnte, um endlich all diese Sorgen zu vergessen. Trotz meiner schweren Verletzungen und dieser misslichen Lage war mehr Frieden in mir, als jemals zuvor. Das irdische Leben hatte mir eine Chance gegeben, das wahre Leben zu verstehen. Die meisten Menschen wurden durch Leiden, durch den Schmerz des Daseins zu Bewusstsein geführt, bei mir half es nichts, deshalb hatte das Leben ein härteres Geschütz aufgefahren. Ich lag noch lange Zeit tief berührt auf meinem Bett, bis mich irgendwann der Schlaf einholte.

Hillberg schien nachdenklich und bedrückt. Es ist schon erstaunlich, was ein Mensch alles ertragen kann", versuchte sich die Journalistin zusammenzureißen. „Also ich habe genug gehört für heute. Wie wäre es nächsten Mittwoch?", erkundigte sie sich nach einem neuen Termin. „Ist ne gute Sache mit Mittwoch", zwinkerte ich ihr zu.

Basser fuhr bei dem Autoverwerter Bogdan Ilwan in Köln Porz vor. Es waren einige Tage vergangen, seitdem Handler sich die Kaufoption hatte unterschreiben lassen. „Hallo Schniffler, wie geht?", fragte Bogdan. Miroslaw bot ihm die Hand zur Begrüßung an, Bogdan schlug ein. „Gut, mir geht gut. War mein Freund Handler schon hier?", fragte Basser neugierig. Bogdan schüttelte den Kopf. „Schade, er war noch nicht da. Ich hätte sofort in Rente gehen können", redete Ilwan weiter auf Polnisch.

„Aber hab isch Anlasser für dein scheiß Ford", informierte der Pole lächelnd mit starkem Akzent. Basser lächelte gequält zurück. Der Händler bückte sich und holte das alte Teil unter dem Tresen hervor. „Bittescheen, soll ich einpacken?", fragte er grinsend. „Wie viel", gab Basser genervt zurück.

„Gibst du Hundert". „Was? Krieg ich neu dafir". Bogdan zuckte mit den Schultern. „Neiigkeit inklusiv, versprochen", versicherte Bogdan Ilwan.

Basser nahm den Anlasser und ging. Er überlegte. Was konnte er noch tun, um in diesem Fall weiterzukommen. Eric Handler zog mit ziemlicher Sicherheit die gleiche Nummer mit Petra Hanisch ab, wie zuvor mit Stefanie Hillberg.

Schluck für Schluck trank er seinen Kaffee und überlegte. Das Vibrieren seines Handys riss ihn aus den Gedanken. „Hier ist Stefanie Hillberg", meldete sich eine Frauenstimme. „Guten Tag Frau Hillberg", antwortete Miroslaw. „Ich weiß gar nicht, ob es richtig ist...", versuchte die Journalistin ihren Anruf zu rechtfertigen. Ich tanke immer an dieser freien Tankstelle, auf dem Weg zu meinem Büro", erklärte Hillberg, „und ja, ich glaube ich habe diesen Botomba Massimi dort gesehen, wie er sich mit einem der Mitarbeiter unterhielt. Er hat mich aber nicht gesehen..." Hillberg klärte Basser noch einmal über die EC Kartenbetrüger auf. Vielleicht gäbe es ja einen Zusammenhang, meinte sie. „Kannten Sie den Kassierer?", fragte Basser, bemüht, klar zu sprechen. „Nein, er muss neu sein. Hab ihn noch nie gesehen." Basser überlegte angestrengt, bedankte sich für die Informationen und legte auf. „Nix als Vermutungen", brummelte er in sich hinein. Er kam zu dem Entschluss, weiter an Handler dranzubleiben.

Es war halb zehn am Abend, als der blaue BMW 750 i aus Petra Hanischs Einfahrt zurücksetzte und in Richtung Lindental fuhr. Basser benutzte für den Abend einen unauffälligeren Wagen, einen silberfarbenen Ford Focus.

Er folgte Handler in sicherem Abstand. Dieser fuhr jedoch seltsame Wege. Erst in Richtung Innenstadt, um dann über die Luxemburger Straße auf die A4 zu gelangen. Basser folgte ihm, zwei andere Autos zwischen ihnen. An der Abfahrt Eifeltor fuhr Handler ab. Basser folgte mit einigem Abstand, er war nicht sicher, ob Eric Handler ihn bemerkt hatte. Handler bog einige Male ab und parkte den Wagen vor einer Industriehalle, die anscheinend nicht mehr genutzt wurde. Basser hielt an einer Straßenecke und schaltete sofort die Scheinwerfer aus. Der Lichtschein einer Laterne leuchtete die seitliche Silhouette von Handlers Wagen aus. Basser konnte erkennen, dass er telefonierte. Kurz darauf tat sich eine Tür seitlich der Halle auf und eine Gestalt schritt auf Handlers Wagen zu. Sie war schwarz gekleidet, das Gesicht nicht zu erkennen. Als sie die Beifahrertür öffnete, wurde sie für einen Moment vom Laternenlicht angestrahlt. „Bingo", sprach Basser leise aus. „Bist du gleiche Schwarz, wie andere Schwarz?", stellte er sich selbst die Frage. Basser nahm seine hochauflösende Spiegelreflexkamera und schraubte ein langes Teleobjektiv darauf, drehte die Scheibe ein paar Zentimeter herunter und versuchte, sich die Kamera auf einen günstigen Bildausschnitt voreinzustellen. Würde Handler weiter stehenbleiben um Dinge zu besprechen oder fuhren die beiden womöglich gleich davon? Basser war anspannt.

Er spähte durch das Suchfenster seiner Kamera, es funktionierte beinahe wie ein Fernglas. Er sah, wie Handler einen dicken Umschlag entgegennahm, diesen sofort öffnete und etwas herauszog. Das Laternenlicht reflektierte auf einer kleinen weißen Karte, die Handler nun in seiner Hand hielt. Er steckte sie wieder zurück und kurz darauf öffnete sich die Beifahrertür. Nachdem sie ihre Geschäfte abgeschlossen hatten ging der Farbige nun wieder in Richtung Halle. Basser versuchte noch schnell ein Foto zu machen. Der Schwarze blieb stehen, hielt inne und drehte seinen Blick zu ihm. „Scheiße“, fluchte Miroslaw. Das Glas seines Kameraobjektivs hatte sich für einen Moment im Lichtschein der Laterne gespiegelt. Die dunkle Gestalt rannte auf Miroslaw zu. Er schmiss den Motor an und fuhr, ohne das Licht einzuschalten, davon. Im Rückspiegel sah er, wie der Farbige zu Handlers BMW rannte, der sofort startete und mit quietschenden Reifen ein Wendemanöver begann. Basser gab alles, um seinen Vorsprung nicht zu verlieren. Keine tausend Meter mehr und er konnte auf die Autobahn A4 fahren. „Nix klug“, befand Basser. Er donnerte die Straße entlang, um über die Militärringstraße in Richtung Bonner Verteiler und dann in die Innenstadt zu fahren. Gott sei Dank war der Verkehr noch nicht ganz zur Ruhe gekommen. Basser überfuhr einige rote Ampeln, doch er bemerkte, wenngleich weit hinter sich, dass der BMW sich näherte. Er erwog, ein Stück am Rheinufer entlang zu fahren um dann irgendwann in einer Seitenstraße zu verschwinden. Auch das war keine kluge Entscheidung, es gab eine Grünphase. Miroslaw blickte immer wieder in den Rückspiegel, und beobachtete den Wagen, der in zweihundert Metern Abstand versuchte, an anderen Fahrzeugen vorbeizukommen. An der nächsten Straße musste er abbiegen, sonst hatten sie ihn. Die Ampel zeigte für Linksabbieger rot, der Gegenverkehr ließ nur wenige Lücken. Basser gab Vollgas und donnerte bei Rot über die Kreuzung nach links. Nur knapp verfehlte er einen LKW, bog noch einmal nach rechts ab, um dann in den verzweigten Seitenstraßen zu verschwinden. Schließlich lenkte er den Wagen in eine kleine Parklücke auf dem rechten Parkstreifen und schaltete Licht und Motor aus. Sein Herz schlug ihm bis zum Halse, nervös schaute er sich um. Hundertfünfzig Meter vor ihm lag die nächste Abbiegemöglichkeit, zweihundert Meter hinter ihm die Kreuzung, von der er gerade gekommen war. Der

Lichtschein zweier Scheinwerfer bog in die Straße ein, in der er stand. Hatten sie ihn gesehen oder folgte Handler seinem Instinkt? Jetzt den Motor zu starten, war zu gefährlich, vielleicht hatte er Glück.

Der Wagen näherte sich langsam, er fuhr kaum mehr als Schritttempo. Miroslaw duckte sich weg und... Tatsächlich – sie fuhren vorbei. Vorsichtig hob der Detektiv seinen Kopf und erblickte die Rücklichter des 7er BMW, der hundertfünfzig Meter weiter an der Straßenecke hielt. Handler bog nach links ab. „Phhha", prustete Basser. „Schwein gehabt". Er startete den Wagen und fuhr in die entgegengesetzte Richtung davon. Er wollte nach Hause. Er hatte jetzt mehr oder weniger den Beweis, dass Handler in eine Reihe von dubiosen Geschäften verwickelt war. Was waren das für weiße Kärtchen, die er bei Handler gesehen hatte, fragte er sich. Allmählich dämmerte es ihm: EC-Kartenbetrüger benutzten kleine, unbedruckte Rohlinge mit Magnetstreifen, um gestohlene Daten draufzuspielen. Doch um an das Geld zu kommen brauchten sie die passenden PIN-Nummern. Basser hatte schon eine Idee, wie die Gauner sich auch diese beschafften.

Es war kurz vor neun am Morgen. Basser trat mit Baseballmütze und Sonnenbrille in den Verkaufsraum der freien Tankstelle, bei der Hillberg Kundin war. Er blieb mit dem Arm an einer Säule mit ausgestellten Sonnenbrillen hängen, die direkt am Eingang stand. Zwei Sonnenbrillen fielen zu Boden. „Scheißgedreck", fluchte Miroslaw leise vor sich hin und steckte die Brillen wieder zurück. Er hatte seinen Ford Transit bereits getankt, stöberte nun in den Regalen des großen Verkaufsoffice und erwog eine Packung Haribo Colorado mitzunehmen. Dann ging er auf das Zeitungsregal unmittelbar vor der Kasse zu und ließ seinen Blick darüber streifen. Er hielt jedoch nicht nach einer

Zeitung oder Illustrierten Ausschau. Er suchte nach einer Minikamera, die womöglich die Zahlenkombination von ahnungslosen Kunden ausspionierte, wurde jedoch nicht fündig. Basser wandte sich zum Bezahlen. „Säule drei und Sißigkeiten“, informierte er die junge Dame hinter der Theke. “Sechsundvierzig Euro achtzig “, erwiderte sie mit einem Lächeln. Er zog seine EC-Karte aus dem Portemonnaie und suchte nach dem Kartenleser. „Können Sie mir geben“, forderte die junge Dame hinter dem Tresen Miroslaw auf. Er beobachtete jede ihrer Bewegungen, doch sie steckte die EC-Karte ordnungsgemäß in ein Kartenlesegerät, das sich neben der Kasse befand. Basser tippte seinen Zahlencode ein, nahm seine Quittung entgegen und ging nach draußen.

„Was habe ich übersehen?“, fragte er sich. Er überlegte. Die junge Dame hatte sicher nichts auf dem Kerbholz, sie hatte die Karte lediglich in den dafür vorgesehenen Kartenleser eingeführt, sonst nichts.

Es musste ein eingespieltes Team sein, das den Kunden im entscheidenden Moment ablenkte und zugleich die PIN-Nummer ausspionierte. Das herauszufinden war allerdings nicht so einfach. Er hätte die Tankstelle 24 Stunden observieren müssen. Im normalen Betrieb war das sicher nicht so leicht, vor allem war sicher mehr als nur eine Person beteiligt.

Kapitel 15

„Hallo Frau Hillberg, kommen Sie rein“, begrüßte ich die Medienvertreterin zum vereinbarten Termin. Es war Mittwochnachmittag. „Sie haben sich hoffentlich erholt von unserer letzten Sitzung?“, erkundigte ich mich.

„Ja, geht schon wieder. Aber es war schon harter Tobak“, meinte sie mit ernster Miene. „Gibt es Neuigkeiten von der Detektei?“, schloss sie gleich eine Frage an.

Sie erzählte mir, dass sie Basser angerufen und ihm geschildert hätte, wie sie Botomba Massimi in der Tankstelle wiedergesehen hatte. Möglicherweise gäbe es ja Zusammenhänge.

„Ich vertraue Miroslaw Basser“, erklärte ich Hillberg. „Lassen Sie den nur mal machen.“

Es war die vorletzte Sitzung, bei der ich Stefanie Hillberg, der Journalistin und Redakteurin des „New Age Magazine“, meine Lebensgeschichte beichtete. Ich hoffte, sie würde anderen Menschen Mut geben, nie aufzugeben.

Im Wohnzimmer hatte Swetlana, meine Haushälterin, einen Platz für das Interview hergerichtet. Wasser, Fruchtsaft, eine Kanne Kaffee und ein paar Snacks standen schon bereit. Dann begann ich zu erzählen.

„Es war ganz sonderbar, als mir diese Bilder vom Unfall – von der Zeitspanne, in der ich klinisch tot war – im Dämmerschlaf noch einmal widerfuhren. Ich hatte etwas verstanden, was ich zuvor nicht hatte begreifen können.

Doch dies war in meiner damaligen Verfassung sehr schwer in Worte zu fassen. Es war etwas Grundlegendes, das ich auch auszustrahlen schien. Eine ganz eigenartige Gelassenheit, mit der ich auf die Geschehnisse reagierte. Alles wog nicht mehr so schwer, wenn etwas passierte, und die wirklich wichtigen Dinge rückten in den Mittelpunkt des

Lebens. Ich würde Einiges in meinem Leben ändern wollen, das stand für mich fest.

„Gott sei Dank, dass es dir wieder besser geht und vor allem: Du lebst“, sagte Bernhard Stockheim zu mir, als er vor meinem Krankenbett stand. „Es tut mir so leid. Ich habe ein richtig schlechtes Gewissen“, erklärte er. „Warum?“, wollte ich wissen. „Die Bremsbeläge..., ich hätte sie vorher testen sollen oder jemanden fragen, der bereits Erfahrungen mit den Teilen hatte“, teilte Bernhard sichtlich bedrückt mit. „Das Leben wollte es so, mach dir keinen Kopf“, erwiderte ich. Bernhard erklärte mir, dass er schon Wochen zuvor versucht hatte mich zu besuchen, es ihm aber nicht gestattet worden war. Nur den direkten Angehörigen gab man die Möglichkeit, für ein paar Minuten die Intensivstation des Krankenhauses zu betreten. “Wirst du dich wieder in einen Rennwagen setzen?“, interessierte sich Bernhard. „Weiß nicht, ich glaube schon. Jetzt muss ich aber zuerst einmal gesunden“, gab ich zurück. “Ach hier, bevor ich es vergesse...“, Bernhard reichte mir mein Handy. „Haben einige angerufen, die werden sich sicher bei dir melden“, erwähnte er noch, als er schon fast aus der Tür war.

Es war ein Sonntagmorgen, der 17. August 2002. Immer noch lag ich im Evangelischen Krankenhaus Köln Lindenthal und hatte gerade mein Frühstück zu mir genommen. Ich hatte kaum noch Schmerzen, nur manchmal wurde mir schwindelig, wenn ich schnelle Bewegungen mit dem Oberkörper machte. Ich sollte es möglichst vermeiden, mich kopfüber zu bücken, rieten mir die Ärzte.

Also ich ging in die Hocke und hob meinen Kaffeelöffel auf, der vom Tablett meines Tischs heruntergepurzelt war. Beim Aufstehen wurde mir etwas schummrig und ich legte mich schnell auf das schmale Krankenbett. „Ja bitte“, rief ich, als ich ein zaghaftes Klopfen vernahm.

Behutsam öffnete sich die Tür. Ein älterer Herr mit etwas längeren grauen Haaren betrat den Raum mit einem sanften Lächeln auf den Lippen. „Hallo Jean“, sagte er. „Diese Stimme, dieses Gesicht“, dachte ich. Ich traute meinen Augen nicht.

Es war Lumen Nomos. „Tut mir Leid, dass ich dich hier...“, versuchte Lumen sich für sein Erscheinen zu entschuldigen. „Ich habe in der letzten Woche bei dir angerufen. Es meldete sich ein Herr...“, versuchte Lumen sich zu erinnern. „Stockheim“, unterbrach ich seine Überlegung. „Ja Stockheim, er hat mir alles erzählt, was passiert ist. Ich war geschockt...“ Ich unterbrach Lumen nicht. Ich wollte wissen, warum er zu mir gekommen war, ich wunderte mich sehr über seinen Besuch. Hätte er nicht irgendwo auf der Bühne stehen müssen, um ein Seminar zu veranstalten? War sein schlechtes Gewissen so groß, weil er damals bei unserem Treffen einfach gegangen war? Was verband uns denn, außer der Tatsache, dass ich ein Seminarteilnehmer war, der ihm bei Gelegenheit seine Lebensgeschichte anvertraut hatte? Nichts! Vor mir saß ein älterer Mann, der sich seltsam um Worte bemühte. „Wann wirst du das Krankenhaus verlassen können?“, fragte er schließlich, um die peinliche Stille zu brechen. Ich gab keine Antwort, zog stattdessen die Schultern etwas hoch. Nicht deshalb, weil ich gemein sein oder ihn auflaufen lassen wollte, nein, mich interessierte nur, was er tatsächlich von mir wollte. „Hast du schon Pläne für die Zukunft, ob du was ändern möchtest? Wer kümmert sich um dein Unternehmen? Wer kümmert sich um dich?“, schloss er eine ganze Reihe von Fragen an. Ich schaute ihn eine Weile einfach nur an.

„Lumen, nimm es mir nicht übel, aber warum interessierst du dich ausgerechnet für mich?“, brach ich mein

Schweigen. Lumen setzte sich aufrecht hin und blickte mich an. „Es ist nicht die Zeit, um darüber zu reden, warum sich ein schon in die Jahre gekommener Mann für dich interessiert. Nenne es Nächstenliebe oder einfach nur menschliches Interesse. Aber wie ich sehe...“, hielt Lumen inne, um die rechten Worte zu finden. „meine Nächstenliebe stößt hier nicht auf Gegenseitigkeit.“ „Wie kommst du darauf, gerade mich auszuwählen? Du hättest mit tausend anderen reden können, was verbindet uns denn schon?“, ging ich ihn harsch an. „Vielleicht rede ich ja mit Tausenden und manchmal verbindet uns mehr, als wir denken!“ Er blickte mir einen Moment intensiv in die Augen. “Gute Besserung“, verabschiedete sich Lumen. „Hier ist nochmal meine Nummer. Wenn du jemanden zum Reden brauchst, melde dich“, fügte er noch hinzu und ging zur Tür. „Halt, stopp, warte bitte“, versuchte ich ihn am Gehen zu hindern. „Ich weiß auch nicht warum ich mich dir gegenüber immer so kalt und herzlos zeige“, stellte ich mein Verhalten Lumen gegenüber offen in Frage. „Das kann ich dir nicht beantworten, warum du das tust. Vielleicht ist dein Verhalten mir gegenüber ja aus deiner Sicht auch gerechtfertigt? Es geht mich alles im Grunde nichts an. Und vielleicht ist immer noch nicht die Zeit gekommen, über bestimmte Dinge zu reden.“ „Über welche Dinge?“, hakte ich nach.

„Es ist viel passiert während deines ganzen Lebens und jetzt liegst du darnieder, bist dem Tod gerade von der Schippe gesprungen. Ich weiß, dass du das alles nicht verdauen konntest. Manchmal ist es einfach schön, jemanden an seiner Seite zu haben“, erklärte Lumen der mittlerweile zurück an mein Bett gekommen war. Die Ratschläge von guten Freunden oder nahen Verwandten nimmt man meistens nicht an, weil man denkt, man bekäme das alles schon selbst hin. Es ist, so glaube ich“, schloss Lumen an,

„...es ist nicht gerade das Schlechteste, einem mysteriösen Fremden zu begegnen, der einem wahrhaftige Worte sagt, die einen erstaunen und berühren – Worte, die man von einem Fremden nicht erwartet hätte. Und seltsamerweise folgt man einem dieser Ratschläge eher, als kämen sie von einem nahestehenden Freund. "Welche Ratschläge meinst du, Lumen?", fragte ich ihn, wohl wissend, dass er keine für mich parat hatte. „Ich weiß, Jean, ich weiß. Irgendwann wirst du verstehen, was mich damals dazu bewegte, gehen zu müssen. Die Dinge sind oft anders, als sie scheinen", redete Lumen in Rätseln. „Und vielleicht habe ich ja doch den einen oder anderen Ratschlag für dich", zwinkerte er mir zu und verabschiedete sich auf Französisch, „Au revoir". „Au revoir", gab ich spontan zurück.

Diese Sprache hatte ich lange nicht mehr gesprochen. War Lumen ihrer mächtig, oder war die Floskel nur zufällig gewählt. So wie viele, mich eingeschlossen, gelegentlich fremdsprachliche Wörter gebrauchten, um einfach moderner, gebildeter zu klingen. War das nicht auch eine Sache, die das Ego liebte? Sich immer möglichst herauszustellen? Hier, schaut, ich bin etwas Besonderes. Irgendwie erschien dieser Mann mir sonderbar. Irgendwas in mir fand ihn faszinierend. War es seine beruhigende Stimme? Nein, es war etwas anderes, etwas das mich anzog, zugleich aber auch abstieß. Gefiel mir sein Bart nicht? Ich mochte es nicht, wenn Leute ihr Gesicht hinter etwas versteckten.

Lumen war kaum aus der Tür, da klopfte es erneut. Clarissa kam mit einem bunten Blumenstrauß und einer ganzen Tasche Essen. „Sag mal, habe ich gerade Lumen Nomos auf dem Flur gesehen? Ich musste zweimal überlegen ob er es tatsächlich ist. Er hat mich freundlich gegrüßt. Wo kam der denn her?", stieß sie aufgebracht hervor. „Von mir", antwortete ich. Ich wollte nicht lügen, also erzählte ich Clarissa die ganze Geschichte. Dass er mich in der Pause angesprochen und ich ihn in einem Hotel getroffen hatte. Zuletzt erzählte ich dann von diesem seltsamen Besuch eben. Clarissa standen nicht weniger Fragezeichen in ihrem Gesicht, als mir noch kurz zuvor. “Ich denke, er ist einfach ein Mensch, der deine Not erkannt hat. Sei doch froh darüber“, gab sie mir zu bedenken, „ich glaube, das ist gut für dich. Ist es nicht seltsam, dass wir es für ‚nicht normal‘ halten, wenn uns jemand die Hand reicht?“, stellte sie die Frage. „Eigentlich sollte es eine Selbstverständlichkeit sein, anderen zu helfen. Aber stattdessen gehen wir in Habachtstellung und sind misstrauisch, wenn uns jemand beistehen will.“ Wahrscheinlich hast du Recht“, lenkte ich ein. „Ich sollte das einfach annehmen.“

Dann erzählte ich Clarissa endlich von meinem Erlebnis in den Minuten, als ich wohl klinisch tot gewesen war. An diesem Tag konnte ich darüber reden, was mir in der Zeit davor noch nicht möglich gewesen war. „Ich bin irgendwie von einem seltsamen Frieden begleitet, seitdem ich dieses Erlebnis hatte“, erklärte ich ihr.

„Du hast die andere Seite gesehen...“, dachte Clarissa laut. „Du musstest diesen Weg gehen. Das Leben wollte es, um dich wachzurütteln.“ „Genau das habe ich auch schon gedacht“, fügte ich hinzu. „Das Leben führt dich an solch einen Punkt. Wenn du kapierst, hast du Glück. Wenn du es nicht kapierst, fährt das Leben entsprechend härtere Geschütze auf, bis du es kapierst.“

Wir philosophierten noch einige Zeit darüber. Clarissa war sehr angetan von meiner Bereitschaft, mein Leben zu verändern. „Ich habe dich noch nie so erlebt, wie du jetzt bist. Du strahlst eine Sanftheit aus, die ich von dir nicht kenne...“, erklärte sie so begeistert, dass es mich verlegen machte.

„Komm schon, so ein Haudrauf war ich doch auch nicht“, verteidigte ich mich.

„Kein Haudrauf, aber ein unverbesserlicher Eigenbrötler! Deine Firma war dir immer das Wichtigste, auch wenn du das nie so gesehen hast“, gab sie ehrlich ihre Meinung kund. „Sie bedeutete dir viel, was ich auch verstehe. Der Erfolg und die Unabhängigkeit, das ist alles o.k. Die Selbstständigkeit fordert aber ihren Tribut, den nicht jeder bereit ist zu zahlen. Christin war es nie und ehrlich gesagt habe ich sie verstanden, auch wenn wir uns nie so nahe waren. Wir brauchen die gleichen Voraussetzungen, damit eine Beziehung gut funktioniert“, erklärte Clarissa. „Wie meinst du das?“, hakte ich nach. „Geld muss dir wichtig sein, tolle Autos müssen dir wichtig sein, wenn du einen Partner hast, der das auch mag“, führte sie aus. Wenn man bezüglich dieser Werte gar nicht übereinstimmt, dann wird es auf Dauer schwierig. Und Geld war mir genauso wenig wichtig wie tolle Autos, um es mal gesagt zu haben“, teilte sie ihre Meinung mit. „Du meinst also, man muss hundert Prozent mit den Werten des anderen übereinstimmen?“, fragte ich nach ihrer Meinung. „Nein, nur die wichtigsten Dinge, aber es muss sich nicht unbedingt nur um materielle Werte handeln. Wenn du als Mann ein sehr reinlicher Mensch bist und ich als deine Partnerin wäre es nicht, dann hätten wir auf Dauer einfach Schwierigkeiten.“

„Aber man kann doch auch über bestimmte Dinge aus Liebe hinwegsehen, oder nicht?“, wehrte ich ab. „Manches geht sicher mit Liebe, oder es ist zu ertragen, aber es macht das Leben im Alltag nicht einfacher“, wandte Clarissa ein. „Ich bin penibel sauber“, entgegnete ich, mit stoischem Blick zum Fenster. „Du bist nicht nur penibel sauber, sondern krankhaft ordentlich, und ein Workaholic dazu“, bürstete sie mir eins über. „Schlimm?“, fragte ich mit unwiderstehlichem

Hundeblick. „Ganz, ganz schlimm“, entgegnete sie. „Aber süß schlimm“. Sie knuddelte mich und drückte versehentlich etwas gegen meine Zehn-Stiche-Kopfnaht, die immer noch sehr empfindlich auf Berührungen reagierte. „A... A Au“, entwich es mir. Clarissa entschuldigte sich überschwänglich dafür. „Schon gut, nix passiert“, beruhigte ich sie.

„Würdest du Lumen anrufen“, fragte ich sie unvermittelt. „Ich? Ja. Ich würde an deiner Stelle einfach noch einmal mit ihm reden. Vielleicht schaust du, dass du ihn dann so erwischst, dass er auch Zeit hat und nicht schon wieder auf dem Rückweg ist. Vor allem nach einem Seminar ist er sicher auch nicht mehr so aufnahmebereit“, gab sie zu bedenken. Es war mir wichtig zu wissen, wie sie darüber dachte. „Vielleicht sollte ich ihn anrufen und ihn einfach fragen, wann er wirklich Zeit hat“, überlegte ich.

Eine Woche später wurde ich entlassen. Zuerst einmal ging es zum Friseur. Er sollte meine Haare auf einheitliches Niveau bringen. Der halb rasierte Schädel war zwar schon wieder zugewachsen, aber die Narbe blinkte noch darunter hervor. So ließ ich mir eine Fünf-Millimeter-Kurzhaarfrisur verpassen. Olga hatte mein Haus auf Vordermann gebracht und mich mit allem versorgt, was ich zum Leben brauchte. Ich gönnte mir noch ein paar Tage Ruhe und fuhr erst am Anfang der darauffolgenden Woche zur Firma. Alle hatten mich nacheinander im Krankenhaus besucht und sie freuten sich, dass es mir wieder gut ging.

In meinem Büro stand ein großer frischer Blumenstrauß, ein Werk von Julia Kramer und Jessica Haller. Das Leben hielt nicht einen einzigen Tag inne, das spürte ich gleich, als ich den Stapel an persönlicher Post dort liegen sah. „Ich habe sie alle geöffnet“, sagte David. „Es sind fast alles nur Dinge, die du zur Kenntnis nehmen oder auch persönlich bearbeiten musst. David war zwar von mir ernannter Geschäftsführer, aber um alles bearbeiten zu können, brauchte er Prokura. Es bedurfte einiger Formalitäten, um ihn auch rechtskräftig in meinem Sinne handeln zu lassen. Ich beauftragte diesbezüglich meinen Anwalt und dessen Notariat damit, die Dinge zu regeln.

Während ich mich langsam durch den Stapel Post hindurcharbeitete, wurde mir klar: Wenn ich jetzt nichts ändere, wird es in vier Wochen so weiter gehen wie zuvor. Ich brauchte also einen Masterplan. Einen, der alles so veränderte, dass ich wieder freier wurde, dass ich wieder zu einem Menschen wurde, der auch seinen persönlichen Bedürfnissen nachkommen konnte. „Mit wem soll ich als erstes reden?“, überlegte ich. „Mit David? Will er das denn überhaupt, Geschäftsführer sein? Ich werde mit ihm sprechen“, beschloss ich. Ich stimmte mit David einen Termin ab, außerhalb der geschäftigen Atmosphäre der Firma.

„David...“, begann ich zögerlich, „ich will ein paar Dinge ändern.“ Ich erklärte David die Situation und bot ihm die Stelle als Geschäftsführer noch einmal offiziell an. „Ich habe sowieso meinen Anwalt damit beauftragt, alle Formalitäten zu erledigen, sodass du mich im Falle eines Falls auch vertreten kannst. Aber...“, überlegte ich fragend. „Ich weiß noch gar nicht, ob du es wirklich willst.“ „Ich habe schon darüber nachgedacht“, meinte David, „und ich bin mir nicht ganz sicher, ehrlich gesagt. Ich habe gesehen wie sehr du dich...“zögerte er. „...wie sehr du dich gequält hast, in den letzten Jahren.“

Damit hatte ich nicht gerechnet. Aber ich hörte ihm weiter zu. „Es müssten sich ein paar Dinge grundlegend ändern“, fuhr er fort. „Ich glaube, wir müssten ein wenig schrumpfen. Weg von den Projektarbeitern. Kleines Team, fünf Leute plus Büro“, schlug er vor. „Jessica und Julia meine ich – die sollten bleiben." Ich nickte und forderte ihn mit einer Geste auf, seine Vorstellungen der Zukunft weiter auszuformulieren.

„Du machst Akquise vielleicht nur noch dann, wenn Arbeitsnot herrschen sollte. Ansonsten machst du Bestandskundenpflege. Ich kümmere mich um den Rest, dass der läuft", offerierte er seinen wohldurchdachten Plan „Du hast dir aber schon richtig Gedanken gemacht," stellte ich fest. „Die Zeit ohne dich war hart, aber das Klima hat sich etwas entspannt," gab er offen zu. „Ihr habt mich nicht sehr vermisst, richtig?", wollte ich wissen. Eine blöde Frage, die ich am liebsten wieder rückgängig gemacht hätte.

„Sind wir doch mal ehrlich, Jean", versuchte David sich Eintritt in mein Gewissen zu verschaffen. „Deine Leute haben dich in der letzten Zeit lieber gehen als kommen sehen. Meinst du das ändert sich, wenn du jede Woche weitere neue Kunden anschleppst. Der Druck..., Jean! Das hält ein Mensch, der nicht so eingestellt ist wie wir beide, auf Dauer nicht aus." Ich nickte zustimmend.

Die Fehler werden mehr und weißt du, ein Drei-Liter-Motor gibt einfach nicht mehr her", versuchte David ein passendes Beispiel zur Erklärung zu benutzen. „Wenn, dann nur auf Kosten der Qualität und des Betriebsklimas." David blickte mich eindringlich an. „Und wenn wir das alles ändern, dann würdest du als Geschäftsführer arbeiten?", fragte ich. „Theoretisch bräuchtest du dann keinen mehr, aber ja, wenn du dann noch mehr Freizeit haben möchtest, ja. Unter diesen Bedingungen: Ja." , schloss er seine Antwort ab. „Ich denke darüber nach. Ich will eigentlich keinem meiner Leute kündigen, aber ich denke darüber nach", versprach ich David. Es waren rund acht Stellen, die ich würde kündigen müssen. Die meisten waren aber projektbezogen von der IT- Leihfirma Hollinghaus aus Frankfurt, die unter dem Namen „Rent a Worker“ neu firmiert hatte. Ich wollte keine schnelle Entscheidung. Ein paar Tage wollte ich mir nehmen.

Als Nächstes stand die Frage an: Was konnte ich an mir und der Einstellung zum Leben verändern, sodass es mir besser ging. Änderte ich meine Einstellung zum Leben, so hatte dies ohne Zweifel auch einen Einfluss auf die Dinge, die ich in der Firma verändern wollte. Ich musste also zuerst an die Basis, und die lag zweifelsohne bei mir. „Soll ich mit Clarissa darüber sprechen?“, überlegte ich. Sie wusste so ziemlich alles von mir. Doch ihre Meinung hatte eine Färbung. Sie kannte vielleicht zu viel von mir. Eine neutrale Person hatte sicher einen objektiveren Blick. David hatte alles gesagt, was für ihn wichtig war. Ich hatte niemanden, den ich um Rat fragen konnte, noch nicht einmal einen Psychologen. Lumen war die Antwort. Ihn konnte ich mit dem Kram behelligen, er tat es wohl gerne, sich mit Problemen anderer herumzuschlagen. ‚Vielleicht hat er ja tatsächlich einen Rat für mich‘, dachte ich. ‚Vielleicht sollte ich seine helfende Hand annehmen und einfach einmal nicht zurückweisen. Wer weiß, was ihn damals geritten hatte, er war auch nur ein Mensch.‘

Es war ein Freitagnachmittag, meine Leute gingen fröhlich ins Wochenende.

David war noch mit der Datensicherung beschäftigt, als ich um das Telefon in meinem Büro herumschlich. Was sollte ich sagen, wenn ich Lumen anrief? “Hallo Lumen, hab‘s mir überlegt. Ich will dich jetzt mit meinen Problemen behelligen und du sollst mir mein Leben wieder in die Reihe bringen?“ Oder: „Hallo Lumen, hilf mir ein paar wichtige Entscheidungen zu treffen, aber wehe sie erweisen sich hinterher als falsch...?“ Ich konnte nichts Unmögliches erwarten. Entscheiden musste ich ganz allein für mich.

Er konnte meine Einstellung auf den Prüfstand stellen, er konnte zu bedenken geben, aber mehr eben nicht.

Schließlich drückte ich einfach die Tasten auf dem Ziffernblock, es würde mir schon irgendetwas einfallen. Doch gleich nach dem ersten Signal in der Leitung meldete sich, trotz deutscher Nummer, ein französischer Ansagedienst: „Der Teilnehmer ist im Augenblick nicht erreichbar, bitte versuchen Sie es später noch einmal." Hielt Lumen sich zurzeit in Frankreich auf? Vielleicht war er ja auch Franzose, wie ich. Das würde den unterschwelligen Akzent, den ich schon einmal meinte gehört zu haben, erklären. Andererseits war Lumen sicherlich auch in Frankreich aktiv. Ich selbst war mit der Firma auch über die Grenzen gegangen, warum sollte er es nicht tun. Und wenn er die französische Sprache beherrschte, umso besser. Ich wollte es am nächsten Tag noch einmal versuchen.

Zu Hause angekommen kam ich ins Gespräch mit Herrn Matthis, der sich während meiner Abwesenheit um meinen Garten gekümmert hatte. Trotz seines Rheumas hatte er die Mühe auf sich genommen. Als ich ihm die zweihundert Euro hinhielt, mit denen ich ihn dafür entlohnen wollte, wehrte er ab. „Danke, aber lass mal gut sein, Jean. Wenn wir einmal in Not sind, wäre ich dir dankbar, wenn ich dann für eine nette Geste nicht unbedingt bezahlen müsste. Ich habe es gern gemacht und ich brauche das Geld nicht", erklärte er mir mit einem Lächeln. Es war mir peinlich, es ihm überhaupt angeboten zu haben. Aber es wäre ja noch schäbiger gewesen, es erst gar nicht zu versuchen, kam mir in den Sinn. Die Welt zeigte sich mir sehr wohlwollend, obwohl ich eigentlich noch gar nichts Großes verändert hatte. Ich war sehr erfreut, dass es Menschen wie Herrn Matthis gab. Menschen, denen das Miteinander sehr am Herzen lag. Ich war es gewohnt, für alles zu bezahlen,

Sex ausgenommen. Ich regelte die Dinge mit Geld. Was konnte ich von der Welt erwarten, wenn ich das Leben nur als ein Geschäft sah? Ich konnte nur Menschlichkeit erwarten, wenn ich selbst menschlich war.

Gerade hatte ich mich von Matthis verabschiedet, als ich auf dem Weg zu meiner Haustür mein Mobiltelefon im Haus läuten hörte. So schnell es mein Kopf zuließ, eilte ich ins Wohnzimmer, doch es lag in der Küche. Mit dem letzten Klingelton schaffte ich es gerade noch, das Gespräch anzunehmen.

„Hallo Jean, hier ist Lumen. Du hattest angerufen?", fragte Lumen vorsichtig. „Ja, ich hatte versucht, dich zu erreichen", erlöste ich ihn aus seiner Unsicherheit. „Lumen ich möchte dich gerne treffen. Ich würde gerne mit dir reden." „Ja", erwiderte er, „sag wann und wo?" Wir stimmten überein, uns in Frankfurt zu treffen. Er würde dort in der nächsten Woche einen Seminarveranstalter konsultieren und hätte dann genug Zeit, um mit mir zu sprechen.

Es war Dienstagnachmittag. Lumen kam in einem beigen Leinenanzug und braunen Sandalen auf mich zu, die Haare nach hinten gekämmt und eine Sonnenbrille von Ray-Ban auf der Nase. Er sah eher aus wie jemand, der nicht alt werden wollte, nicht wie ein spiritueller Lehrer. Wir begrüßten uns etwas steif und gingen in Richtung Altstadt, um in einem ruhigen Café einzukehren. Auf dem Weg dorthin erzählte er mir, dass das Seminargeschäft boomte wie noch nie. Er sei deshalb auch im gesamten Beneluxraum und Frankreich mit Vorträgen unterwegs.

„Bist du Franzose?", fragte ich ihn direkt. „Ja. Ja, ich bin Franzose." Bevor ich weiter fragen konnte erklärte er, er würde dort aber nicht mehr leben. „Ich lebe nun in Luxemburg, in der Stadt Luxemburg. Es ist für mich einfach steuerlich günstiger." „Ah, verstehe", entgegnete ich.

ich komme auch aus Frankreich. Einem kleinen Ort im Elsass. „Ah, bon", nahm er es hin, ohne weiter darauf einzugehen. Er lenkte das Gespräch auf meinen Unfall, dessen Folgen und fragte, ob ich wieder Rennen fahren würde.

„Dieses Jahr bestimmt nicht mehr", versicherte ich ihm. Dann kamen wir auf die derzeitige Situation. Ich erzählte ihm alles, was mir auf der Seele brannte. Wie sich die Dinge verändert hatten, trotz meines Erfolgs. Dass mich meine Leute zu hassen begannen. Dass mein Leben eine einzige Katastrophe war. Nach außen hin schien alles gut. Viele dachten wahrscheinlich: ‚Ja, dieser Jean hat sicher auch seine Probleme, aber seine Geschäfte laufen doch super. Und was der sich alles leisten kann, da wird man ja neidisch.' „Es bedeutet mir viel, selbstständig und unabhängig zu sein, aber es gleitet mir alles aus der Hand. Alles, was ich je wirklich brauchte, habe ich verloren. Und jetzt ist es mein beruflicher Erfolg, der mich aufzufressen droht, der mir den Rest nimmt. Den Rest an Lebensfreude." Lumen überlegte, bevor er antwortete. „Wie viel verdienst du damit? Ich meine, was ziehst du für dich jeden Monat aus diesem Unternehmen?", interessierte er sich. ´Der Kerl hat aber auch gar keine Skrupel, er fragt was ihm in den Sinn kommt`, dachte ich für einen Augenblick. Doch ich wollte ihm antworten, ich wollte ihm vertrauen. „Fünf- bis Zehntausend Euro netto", antwortete ich nach kurzer Überlegung. "Okay, und wie viel brauchst du tatsächlich zum Leben?", schloss er eine weitere Frage an.

Ich hatte ein paar Tausend Euro Schulden auf dem Haus und dem Anwesen des Betriebsgebäudes, in dem wir arbeiteten. „Ich könnte auch mit zweitausend..." ich korrigierte, „...mit dreitausend Euro auskommen." „Also, ich würde mein Unternehmen...", zögerte Lumen, „ich würde meine Seminare nur noch in dem Maße ausrichten, wie ich es gerne tue", bezog er die Frage auf sich. Ich nickte zustimmend. „Diese Betrachtung strebe ich gerade an“, informierte ich ihn.

„Das ist aber doch nicht das, wobei ich dir behilflich sein kann, oder besser gesagt, wobei ich dir helfen will“, erklärte er weiter. „Sondern?“, schob ich die Frage dazwischen. „Es ist die grundsätzliche Lebenseinstellung, wie du mit dem Leben umgehst. Da sollten deine Überlegungen hingehen. Die Vergangenheit begleitet dich auf Schritt und Tritt, richtig?“ Ich nickte stumm. „Du hast das alles nicht verdaut, ich meine deine Vergangenheit. Es liegt dir immer noch wie ein zu üppiges und fettes Essen im Magen“. „Seit meinem Unfall haben sich die Dinge schon verändert“, erklärte ich Lumen. Ich erzählte von meinem Nahtoderlebnis. Ich beschrieb ihm alles in jeder Einzelheit. „Oh, dann kann ich das ganze Gespräch ja um Einiges verkürzen“, bemerkte er, als ich fertig war. „Wieso?“, wollte ich wissen.

„Das Leben hier auf der Erde wird ganz klar überbewertet“, behauptete Lumen. „Das Leben ist Bewusstsein. Dieses Bewusstsein kann man auch als die Seele bezeichnen“, versuchte er es so verständlich wie möglich zu erklären. „Sich seiner Seele bewusst zu sein, die unvergänglich ist, bedeutet, sich seiner Essenz bewusst zu sein. Die Seele ist unsere wahre Natur. Es ist das, was uns als Wesen ausmacht.“ Ich verstand mal wieder gar nichts. „Durch den materiellen, menschlichen Körper sind wir in der Lage, diese duale Welt mit all seiner Vergänglichkeit zu erfahren, verstehst du?“ Ja, das verstand ich. „Die Seele nimmt sich ein paar Aufgaben vor, die sie auf dieser Welt angehen will. „Woher weißt du das?“, fragte ich ein wenig rotzig. „Ich glaube das“, antwortete er. „Glauben – glauben kann man viel. Kannst du es beweisen?“ „Nein, natürlich nicht“, gab er zu. „Wenn du aber die Entwicklung der Menschen betrachtest, von der Steinzeit bis heute, so haben sich die

Menschen in ihrem Verhalten sehr verändert. Kurzum, der Mensch ist bestrebt, sich das Leben schöner zu gestalten. Wir alle brauchen Menschlichkeit, Nähe und Liebe. Das hat sich über Tausende von Jahren nicht verändert. Deine Seele ist bereits vollkommen, nur nach außen hin, als das Wesen Mensch, in der dualen Welt, sind wir es nicht. Wie unsere Seele seit Tausenden von Jahren nach Wachstum und Leben strebt, kann es kaum anders sein, als dass sich das Außen an das Innen anpassen soll." „Das kann stimmen, muss aber nicht", wandte ich ein.

„Jean, du musst die Wahrheit finden, die für dich stimmig ist, die du annehmen kannst. Ohne eine stimmige Wahrheit," Lumen zeigte auf seinen Kopf, „wirst du immer nur Zweifel finden." Ich wusste, dass er mit vielen Dingen sicher nah an der Wahrheit war. Auch ich konnte es nicht beweisen, aber ich spürte es. Es erklärte zumindest, dass viele religiöse Menschen mit dem, woran sie glaubten, gut zurechtkamen. Ich überlegte, worauf ich noch gern eine Antwort gewusst hätte. „Ich werde mit den Gedanken einfach nicht fertig", sprang ich zu einem neuen Thema über, obwohl sich seit meinem Unfall auch das etwas anders anfühlte. „Du hast deine Liebsten auf der anderen Seite gesehen, schienen sie unglücklich?", fragte Lumen und blickte mir in die Augen, um eine ehrliche Antwort zu bekommen. „Nein, ganz im Gegenteil", entgegnete ich ihm. „Sie schienen alle sehr glücklich. Es war so eine friedvolle Stimmung dort, die ich nicht beschreiben kann", ergänzte ich meine Schilderung. „Beweis genug?", setzte er mich ins Schach. „Deine Gedanken, die dich quälen, sind nichts als sinnlose Wiederholungen von Gedankenmustern, die sich festgesetzt haben, lass sie einfach los. Wenn sie kommen, schieb sie beiseite und mache dir klar, dass sie dir sicher nicht helfen werden, in Frieden zu leben. Gib ihnen keine

Macht mehr." „So einfach wie du das sagst, ist das aber nicht zu machen", versuchte ich seiner Aussage etwas entgegenzusetzen. „Das Denken passiert einfach, ich weiß. Aller Anfang ist schwer, aber wenn du diese Wahrheit einmal verstanden hast, wird sie dich niemals mehr verlassen. Egal was passiert, du wirst letztendlich immer wieder zurückfinden." „Wie jetzt?" Es klang für mich kompliziert, was er längst routiniert beherrschte und verinnerlicht hatte.

„Wenn du weißt, dass deine wahre Natur, deine Seele, nur aus Bewusstsein besteht und Gedanken lediglich als Resultat einem mehr oder minder unvollkommenen menschlichen Geist entspringen, den du nicht allzu oft ernst zu nehmen brauchst, dann nimmst du das Leben hier viel leichter."

Er hatte Recht. Dinge, die wir heute als wahr erachteten, waren morgen längst überholt. Eine Ansicht von heute war bedeutungslos, sie würde morgen vielleicht schon längst durch eine neue ersetzt werden.

Wir redeten noch eine weitere Stunde und mir wurde deutlich, dass es in meiner Macht lag, dem Leben und seinen Geschehnissen entsprechende Bedeutung beizumessen. Ich war glücklich über diese Einsicht, ich wusste, ich konnte alles verändern, es lag nur an mir.

Dann klingelte Lumens Handy, er schaute auf das Display, suchte mit einer Hand nach seiner Lesebrille und drückte eine Taste, um das Gespräch entgegenzunehmen. Mit einer entschuldigenden Geste wandte er sich etwas ab. Die Lautstärke seines Mobiltelefons war so hoch eingestellt, dass er selbst darüber erschrocken war. Verzweifelt suchte er nach den Tasten, um die Lautstärke anzupassen, fand sie jedoch nicht gleich. Immer wieder rief jemand meinen Namen, „Monsieur Degrange, allo monsieur Degrange?" Lumen antwortete.

„ Allô Quie parle? Allô? Ah, vous êtes, M. Pilof. Ditesmois s'il vous plâit, est- ce que je peux vous rappeler plus tard? Je vous contacte d'accord?

Lumen entschuldigte sich für die Unterbrechung, aber er ahnte, sogleich mit einer Frage konfrontiert zu werden. Ich wusste nicht, ob ich mich verhört hatte. Was lief hier ab? War das alles Zufall? Der Name Degrange war nicht allzu selten, es konnte durchaus sein, dass er den gleichen Namen hatte. Aber seltsam war es schon. Ich war interessiert, wollte ihn danach fragen. „Lumen, sag mal", begann ich zögerlich, „dein Telefon war so laut... Wie ist dein richtiger Name? Ich meine, Lumen Nomos ist doch sicher ein ...Künstlername, oder?" Diesmal wollte ich ihn nicht einfach so davonkommen lassen, ohne dass er auch etwas über sich preisgab. Doch Lumen blickte verlegen umher, er suchte mit den Augen den Vorplatz des Cafés ab, als fände er dort die passenden Worte. Je länger er unsicher herumblickte, umso mehr wünschte ich diese Frage nicht gestellt zu haben. Allmählich ahnte ich, dass es mit mir zu tun haben könnte. Als es endlich schien, als hätte er Worte gefunden, unterbrach ihn die Kellnerin, die sich nach weiteren Wünschen erkundigte.

Kapitel 16

Lumen bestellte sich noch einen Kaffee und mir einen Cappuccino.

Dann schien er sich entschieden zu haben. Er wollte antworten. Weil er so lange Zeit benötigt hatte, um sich zu sammeln und da er offensichtlich nicht die richtige Antwort parat hatte, stieg meine Erwartung auf etwas Besonderes.

„Ich habe mich gewundert, dass du diese Frage nicht schon früher angesprochen hast, aber du hast sicher das Vorwort in meinem Buch nicht gelesen, richtig?" Ich dachte darüber nach. Es stimmte. Ich wollte beim Lesen gleich zum Wesentlichen kommen. „Stimmt, das habe ich nicht gelesen", gab ich zu. „Das tun die meisten nicht, schade", bedauerte er. „Dabei gibt es oft Aufschluss über den Autor und die Gründe, warum er dieses Buch geschrieben hat..." „Was habe ich verpasst", drängte ich ihn, es mir zu sagen. Ich habe fünfunddreißig Jahre lang in... im Elsass gelebt, mit meiner kleinen Familie. Ich war dort aufgewachsen und habe dort mit dreiundzwanzig eine hübsche Frau kennengelernt", erklärte Lumen, mit seinem Blick in der Vergangenheit weilend. „Elisa hieß sie, ich nannte sie immer Elis."

Mir wurde ganz schwindelig, als ich diese Worte vernahm. Ich wusste nicht, ob ich aufspringen, davonrennen oder was auch immer tun sollte. Doch ich konnte nur dasitzen und zuhören. Ich war wie gelähmt. „Ich kann mir vorstellen, was gerade in dir vorgeht, aber bitte höre mir einfach zu. Ich hatte nie die Chance, mit dir oder deiner Mutter darüber zu reden." Sofort stieg mein Blutdruck an. „Du hast sie halbtot geprügelt, von mir will ich gar nicht mehr reden", kommentierte ich wütend. „Jean, bitte höre mir einfach nur zu. Bitte!", bat er mich eindringlich. „Du kannst danach deiner Wege gehen, aber gib mir bitte diese eine Gelegenheit mit dir zu sprechen, oui?" Ich versuchte mich zu entspannen.

„Ich hatte meinen Job in dieser großen Schreinerei", fuhr er fort, „aber ich war nicht sehr glücklich dort. Meine Kollegen mobbten mich, sie haben immer über mich gelästert. Dass ich mit einer Deutschen zusammen war, dass ich schüchtern war, mich nicht zu wehren wusste, all das nahmen sie jeden Tag zum Anlass, mich zu malträtieren und zu hänseln. Ich habe angefangen zu trinken und habe meinen Frust an der falschen Stelle abgelassen, auf Einzelheiten möchte ich gar nicht mehr eingehen. Du weißt, was passiert ist. Ich habe dadurch alles verloren. Als Philipp und deine Tante Josefine mir dann drei Monate, nachdem ich... deine Mutter...", Lumen stockte, als seine Emotionen ihn übermannten. Er riss sich zusammen und erklärte weiter: „Sie haben mir gesagt, sie wollten mich nicht mehr haben und ich sollte gehen. Ich bin gegangen. Ich habe eine Zeitlang ein Zigeunerleben geführt. Aber ich hörte auf zu trinken. Mir war plötzlich bewusst geworden, was ich angerichtet hatte. Doch was sollte ich tun? Euch bitten, mir zu verzeihen? Ich habe dann eine Zeitlang in einem alten Wohnwagen auf einem Campingplatz gewohnt, bis mein Lebensblatt sich wendete. Pierre Larouch hieß der Mann, dem ich vieles zu verdanken habe. Ich lernte ihn kennen, als er eine Reifenpanne hatte und ich ihm zur Hilfe kam. Wir unterhielten uns und ich erzählte ihm Einiges aus meinem Leben. Weil ich ihm Leid tat bot er mir an, in seinem Wohnwagen zu wohnen, den er nie selbst benutzte. Dann habe ich dort geholfen, mich um den Campingplatz zu kümmern und hatte also einen kleinen Job, um zu überleben. Pierre bat mich auch immer wieder um Hilfe, wenn er Arbeit hatte, die er selbst nicht erledigen konnte. Ich erinnere mich,

Florence, eine Frau die sehr oft auf dem Campingplatz war, fragte mich eines Tages, ob ich gern lese. Sie hat mir das erste Buch über ein spirituelles Thema gegeben. ‚La vie en vous - Das Leben in Dir' hieß es. Ich habe diese Art Bücher verschlungen. Meine Sichtweise veränderte sich plötzlich.

Ich entdeckte das Leben neu und wollte ganz von vorn anfangen. Ihr habt mir so gefehlt, aber welche Chance hatte ich? Ein Säufer, jemand der seine Frau und sein Kind schlägt? Ich wusste, es würde zu schwer werden für uns alle, so sehr hatte ich euer Vertrauen missbraucht. Ein Neuanfang mit meiner Familie war keine Alternative mehr, ihr solltet mich vergessen. So bin ich also meinen eigenen Weg gegangen. Und jetzt haben die Wellen des Schicksals", suchte Lumen ein passendes Bild, "die Wellen des Schicksals haben uns zueinander getrieben." Ich saß immer noch da, wie gelähmt, wie angewurzelt. Wusste nichts zu sagen. „Du bist..." brachte ich mit kratziger Stimme heraus, „Du bist...mein Vater." Tränen liefen mir über die Wangen. Ich spürte ich musste gehen. „Lumen, verzeih mir, aber ich muss das erst einmal verpacken. Ich kann das alles noch gar nicht begreifen. In mir schlagen meine Gefühle gerade Salto."

Ich drehte mich um und ging, ging immer schneller, fing an zu laufen. Lumen saß da mit halboffenem Mund, die Hilflosigkeit war ihm ins Gesicht geschrieben. Schon wieder verlor er einen Teil seines Lebens. Auch er hatte sich immer seine Familie zurückgewünscht. Wie sehr tat ihm alles leid. Ein Fehler, ein großer Fehler hatte ihn für Jahre durchs Fegefeuer gehen lassen. Sein Sohn drehte sich gerade vor ihm weg und lief ihm davon.

Ohne zu wissen wohin, rannte ich. Immer weiter. Bis das Pochen in meinem Kopf irgendwann so schmerzhaft wurde, dass ich gezwungen war anzuhalten und zu verschnaufen. Ich bekam einen Heulkrampf, versuchte ihn zu unterdrücken, spürte Wut, Enttäuschung, spürte Liebe und wieder Wut, bis die Sehnsucht nach meinen Liebsten alles andere überwog. Mühsam riss ich mich zusammen und suchte nach meinem Wagen. Es dauerte über eine Stunde, bis ich dorthin zurück gefunden hatte. Wie ich nach Hause kam, weiß ich nicht mehr, aber es gelang mir irgendwie. Ich konnte mit niemandem darüber reden, musste erst einmal selbst damit klarkommen. Mein Vater, ein Teil meiner Familie, lebte noch. Der Teil, den ich an dem Tag, als meine Mutter blutüberströmt und reglos auf dem Boden lag, zu Grabe getragen hatte. Was sollte ich jetzt tun? Die ganze Nacht saß ich im Wohnzimmer und dachte nach. Hatte er eine zweite Chance verdient? Hätte mich jemand gefragt, wenn es dabei um eine fremde Person ging, dann hätte ich dies ganz klar bejaht. Aber konnte ich ihm verzeihen? „Es wäre ein Versuch", sprach ich laut aus. Aber was wollte er? Wollte er vielleicht einfach nur mal Hallo sagen, etwa wie: „Hey, ich bin dein Vater, wollte mal kurz vorbei schauen und bin auch schon wieder weg...?"

So konnte er mir gestohlen bleiben. Ob sich daraus eine neue Vater-Sohn-Beziehung ergeben würde, lag also auch zur Hälfte an ihm. Ich würde ihn fragen, wie er sich das alles vorstellte. All das, was er mir zuvor jedoch an weisen Ratschlägen vermittelt hatte, rückte noch einmal weit in den Hintergrund.

Stefanie Hillberg, saß da und traute ihren Ohren nicht. Sie war ebenso verwundert über diese Geschehnisse, wie ich es zuvor gewesen war. „Er ist Ihr Vater! Dass Sie schockiert waren, kann ich verstehen, also wenn ich mir vorstelle...", drückte sie ihr Verständnis aus. Ich schaute auf die Uhr und stellte fest, dass es schon wieder spät geworden war. „Machen wir Schluss für heute, wir sehen uns nächsten Mittwoch, o.k.?", bat ich das Interview für heute zu beenden. Ich wollte noch mit Miroslaw Basser sprechen, er hatte mich um Rückruf gebeten.

Basser stand in der Nähe der Tankstelle, vielleicht fünfzig Meter entfernt. Er hatte das Verkaufsoffice von der gegenüberliegenden Straßenmündung aus im Blick. Sein alter Ford Transit stand mit dem Heck der Tankstelle zugewandt. Im Laderaum hatte Miroslaw eine Kamera auf einem Stativ positioniert. Mit dem großen, lichtstarken Teleobjektiv konnte er einen Teil des Office durch das Heckfenster genau beobachten. Ein junger Mann, vielleicht Ende zwanzig, bediente an diesem Samstagabend die Kunden der freien Tankstelle. Ein zweiter Mann, nur schlecht erkennbar, stand zwischen den Regalen. Ein Kunde betrat den Verkaufsraum und hielt vor dem Zeitungsregal, unmittelbar vor der Kasse. Er nahm eine Illustrierte und reichte dem Kassierer etwas, anscheinend seine Kredit- oder EC-Karte. Der Kassierer sagte etwas, worauf der Kunde seine PIN-Nummer auf dem davor liegenden Ziffernblock eingab. Wenig später verließ er den Laden und sofort griff der Kassierer nach der Tastatur des EC-Terminals, schaute verstohlen um sich und nestelte daran herum. Ein weiterer Kunde betrat das Verkaufsoffice und das Spiel wiederholte sich. Als auch dieser durch die Tür war, kam der zweite Mann, der mittlerweile kurz verschwunden war, zurück, ging zu dem unmittelbaren Kassenbereich und korrigierte die Position von etwas, das wie eine Säule aussah. Basser konnte es allerdings nicht erkennen, da es nur knapp auf der Höhe des großen Fensters lag. ‚Was machen die da', dachte der Detektiv. Er musste selbst hinein, um sich einen Eindruck von den Begebenheiten vor Ort zu verschaffen.

Basser baute seine Kamera ab, er musste jetzt sehen, was im Laden vor sich ging. Er setzte sich ans Steuer, startete den Motor und fuhr über einen kleinen Umweg auf das

Tankstellengelände. Dort tankte er den Wagen auf und ging in den Verkaufsraum, zu dem Regal, das Süßigkeiten anbot. Er blickte sich um. Der zweite Mann, war nicht mehr da. ‚Die Toilette ist durch eine Außentür zugänglich, vielleicht ist er dort?', kam es Basser in den Sinn. Neben dem Tresen des Kassierers gab es eine kleine, geschlossene Schiebetür. Basser fiel auf den ersten Blick nichts Außergewöhnliches auf. Von weitem sah er den Ziffernblock des Kartenlesers. Sein Blick glitt langsam nach rechts, dorthin, wo sich vor wenigen Minuten der zweite Mann zu schaffen gemacht hatte. Da musste etwas sein. Plötzlich fiel es dem Detektiv wie Schuppen von den Augen. Die Drehsäule für die Sonnenbrillen! Ein drehbarer Ständer eignete sich gut, um eine Videokamera anzubringen, mit der man dann den Ziffernblock des EC-Kartenterminals beobachten konnte. Langsam schritt er zu dem Zeitungsregal, das sich direkt daneben befand. Basser sah auf die Ausrichtung der Drehsäule und wandte sich um. Der Kassierer blickte erwartungsvoll in Bassers Augen. „Will ich neie Sonnenbrille", improvisierte Basser mit einem Lächeln. „Ja, bitte, schauen Sie nur...", entgegnete der Kassierer. Miroslaw zog eine imaginäre Linie zwischen dem Sonnenbrillenständer und dem Eingabeziffernblock des EC-Kartenterminals. Die Drehsäule hatte oben eine Abdeckung, die anscheinend den Kubus am oberen Ende ästhetisch verkleidete. Leider hatte er nicht die Möglichkeit, den Deckel zu entfernen, um den Hohlraum der Säule zu inspizieren, denn er stand unter Beobachtung. So suchte er nach weiteren Indizien, die auf eine Kamera hinwiesen.

Basser zog eine Sonnenbrille heraus. Es war eher ein Modell für Kinder, kitschig und bunt. Trotzdem versuchte er, die Brille anzuprobieren. Sein breiter, kantiger Kopf ließ es jedoch nicht zu, sie auf die Nase zu schieben. Der

Kassierer räusperte sich. Miroslaw wandte sich kurz zu ihm um. „Sehe ich ge-lustig aus." Der Angestellte verdrehte die Augen. Der Detektiv steckte die Brille wieder zurück und nahm die zweite von oben, wobei er sich bückte und so etwas wie einen Kreuzschraubenkopf entdeckte. Etwa zwanzig Zentimeter darunter lugte ebenfalls ein Schraubenkopf hervor. Er drehte die Säule etwas nach links und tat so, als sähe er sich die anderen Modelle an. Basser bemerkte den Unterschied zu den anderen Schraubenköpfen – das konnte eine Kamera sein. Mittlerweile gab es Spionagekameras überall im Internet zu kaufen. Sie waren meistens mit Funkübertragung ausgestattet, sodass man die Daten über kurze Distanzen bequem auf einem Computer betrachten konnte. Möglicherweise saß der zweite Mann in dem kleinen Raum nebenan und konnte von dort aus bequem den Ziffernblock ausspähen und die Eingabe von PIN-Nummern aufzeichnen. Basser entschied sich für eine billige Sonnenbrille, die er gerade so auf seinen eckigen Kopf setzen konnte. Er spürte, hier lag er mit seinen Vermutungen richtig – allerdings würde er den Beweis noch liefern müssen.

Der Detektiv kramte in seiner Brieftasche nach der EC-Karte und stellte sich mit dem Rücken zur vermuteten Überwachungskamera. Der Kassierer nahm die EC–Karte entgegen. Genau in diesem Moment betrat ein junger Mann den Laden und sprach Basser an: „Gehört Ihnen der Ford? Können Sie bitte die Säule freimachen?" Basser nickte. „Bin ich gleich fertig", erwiderte er und wandte seinen Blick nach draußen. Es waren mittlerweile noch zwei andere Kunden zum Tanken gekommen, die allerdings eine freie Säule gefunden hatten. Insgesamt waren nur vier Säulen auf dem Platz vorhanden. Während der Fremde Miroslaw ansprach, zog der Kassierer Bassers Karte durch einen zweiten Kartenleser, den er unter dem Tresen versteckt hielt. „Bitte geben Sie Ihre Nummer ein“, wies der Kassierer ihn kurz darauf an. Basser schaute auf den Ziffernblock. Irgendetwas war anders. Diesmal waren die Zifferntasten mit einer transparenten Schutzhaube versehen. Entweder war es ein anderes Gerät oder ein Profi hatte es präpariert. Er gab seine Nummer ein, nahm die Quittung entgegen, verabschiedete sich mit einem aufgesetzten Lächeln und ging. Er stieg in den Wagen, umfuhr den Block und hielt diesmal an einer anderen Ecke. Just in diesem Moment trat ein dunkelhäutiger Mann um die dreißig aus dem Verkaufsoffice der freien Tankstelle, stieg in einen alten Mercedes Diesel und machte sich davon. Es war Botomba Massimi. Basser hängte sich an ihn, die Fahrt endete nur wenige Straßenblöcke weit entfernt. An einem älteren Stadthaus stieg der Farbige aus und ging hinein. Basser gelang es ein paar Fotos von ihm zu machen. Keine fünf Minuten später kam er jedoch wieder heraus und setzte seine Tour fort. Basser blieb diesmal weit hinter dem Mercedes, um bloß nicht noch einmal entdeckt zu werden. Es ging auf die andere Rheinseite zu dem Anwesen von Petra Hanisch. Dort angekommen, blieb er fünfzig Meter vor dem Haus stehen. Basser hielt in mindestens doppelter Entfernung und beobachtete durch ein kleines Fernglas, wie der Farbige telefonierte. Kurze Zeit später kam Eric Handler aus dem Haus und ging zu dem Mercedes. Durch die heruntergelassene Seitenscheibe wurden weiße Umschläge getauscht und ohne ein Wort gewechselt zu haben, fuhr der dunkelhäutige Mann davon. Nachdem Basser ein paar brauchbare Fotos geschossen hatte, fuhr er nach Hause. Jetzt galt es, in Ruhe zu überlegen was zu tun war.

Eigentlich war jetzt der Zeitpunkt gekommen, an dem er die Polizei hätte verständigen sollen. Eine spontane Durchsuchung hätte die Bande auffliegen lassen, doch bis ein

Richter sich dazu bewegen ließ, einen Durchsuchungsbefehl auszustellen, verging womöglich zu viel Zeit. Außerdem handelte er im Interesse seines Auftraggebers, Jean Degrange, der in Eigeninitiative für Stefanie Hillberg den Auftrag erteilt hatte. Die Bande festzusetzen würde nicht automatisch bedeuten, auch das Geld zurückzuerhalten. Er musste zunächst herausfinden, wo es hinfloss. Basser überlegte und gab mir die Informationen, die er in den Tagen zuvor herausgefunden hatte. „Wir sollten an Handler dran bleiben," teilte ich Miroslaw mit, „herausfinden wie sie an das Geld gekommen sind und wo sie es deponiert haben."

Basser stand wieder Junkersdorf und beobachtete das Anwesen von Petra Hanisch, die mit Eric Handler wohl in einer Paarbeziehung stand. In der Garage befand sich der moosgrüne „Aston Martin Vantage" und das Mercedes Cabriolet von Petra Hanisch. Basser hatte sich wieder mit seinem Ford Transit in Position gebracht. Heute hatte er Magnetschilder seitlich auf den alten Wagen montiert: „MB Heizung & Sanitär Notdienst". Er wollte nicht auffallen und die Idee, sich als Klempner zu tarnen, hatte sich in der Vergangenheit als gut erwiesen.

Die Digitaluhr von Bassers Autoradio zeigte 21:36 Uhr. Es war noch taghell. Der Sommer hatte sich noch einmal aufgebäumt und die Temperaturen lagen noch immer um die fünfundzwanzig Grad.

Basser schwitzte in seinem nicht klimatisierten Ford. Die offene Garage ließ darauf schließen, dass jemand zu Hause war. Augenblicke später öffnete sich eine Tür im Inneren der Garage, Eric Handler trat in legerer Hauskleidung hervor und trug einen kleinen Trolli zu seinem Wagen. Er packte ihn hinein und verschloss den Wagen, der mit einem Signalton quittierte. Dann verschloss er das Garagentor von außen und ging seitlich am Haus vorbei hinter das Anwesen.

„Machst du Urlaub, du Gangster?", nuschelte Basser und machte noch einen Schnappschuss, ein perfekt gelungenes Portrait. Was hatte Handler vor? Möglicherweise trat er eine größere Reise an. In diesem Fall würde er es seinem Auftraggeber melden müssen.

Basser überlegte und entschied, noch eine Stunde zu warten. Mit großer Wahrscheinlichkeit würde Handler die Reise erst am nächsten Morgen antreten.

Inzwischen hatte Miroslaw meine Telefonnummer gewählt. „Degrange, hallo", meldete ich mich. „Herr Degrange, hier Miroslaw Basser. Es gibt ein paar Neiigkeiten", tönte es leicht hallend durch das Telefon.

„Ach ja, Herr Basser. Ich höre?", signalisierte ich ihm mein Interesse.

Mein Informant erzählte mir, was sich alles zugetragen hatte, und berichtete von seiner Überzeugung, dass Eric Handler ein ausgesprochenes Schlitzohr war, das mit einer ganzen Reihe von Betrügereien in großem Maße zu tun hatte.

„Habe ich Foto gemacht, Portrait wie bei Fotograf", informierte mich Miroslaw, über seine eigene Ausführung lachend.

Wie ich erfuhr, waren seine Recherchen über Personendaten zu „Eric Handler", noch immer fruchtlos geblieben. Hierzulande gab es wohl keine Person, auf die die vorhandenen Daten passten. Es gab also keinerlei Informationen zu diesem Gangster. „Kann ich das Foto mal sehen?", fragte ich Basser. „Breche ich eh ab, komm ich vorbei. Bis ich in meine Computer gemacht habe und zu Ihnen schicke, dauert zu lange", meinte Basser in seinem inkorrekten Deutsch.

Wir legten auf und eine Stunde später stand er vor meiner Tür. Ich bat ihn hereinzukommen und bot ihm einen Platz in meinem Arbeitszimmer an. Dort spielten wir sofort die Daten auf meinen Computer. „Ist das nicht schenes Foto, von Handler-Gangster?“, fragte Miroslaw. „Wer, der hier?“, wollte ich genau wissen, da die Bilder nur in einer kleinen Vorschau angezeigt wurden. Er nahm die Maus und vergrößerte die Ansicht des Fotos.

„Das ist Eric Handler?“, fragte ich ungläubig. Miroslaw nickte. „Ja“, bestätigte er. „Ich kenne diesen Typen irgendwo her“, grübelte ich und dachte krampfhaft darüber nach, wo mir dieses Gesicht schon mal begegnet war. „Das... das ist Bob. Boby Fehrmann! Ja, das ist Boby Fehrmann!“, wiederholte ich aufgebracht. „Sie kennen?“, fragte Basser.

„Naja, ich habe ihn vor ungefähr dreißig Jahren kennengelernt. Wir haben mal bei einem Farbenhändler gearbeitet“, erklärte ich. „Er war damals schon wegen so einem Ding aufgeflogen, naja, unschöne Sache“, versuchte ich das Thema gleich wieder zu beenden. Ich war ja damals nicht ganz unbeteiligt gewesen. Zumindest hatte ich Bob nicht verpfiffen und er hatte im Gegenzug ab und an ein paar Scheine spendiert, doch das behielt ich für mich. Es war mir peinlich, so etwas vor Miroslaw zuzugeben.

Basser und ich überlegten, ob wir die Polizei informieren sollten. Wenn aber die Polizei einschreiten würde, würde Hillberg sicher auf ihr Geld warten können. Vielleicht würde sie nie wieder einen Cent davon sehen.

Es gab sicher noch mehr Geschädigte, die alle der Reihe nach etwas zurückbekommen würden, sofern man eine große Geldsumme beschlagnahmen konnte. Doch das war unwahrscheinlich.

Ich beschloss gleich am nächsten Morgen bei der Observierung dabei zu sein.

Falls sich in diesem Trolli, den Handler in seinen Aston Martin geladen hatte, Geld befand, würde ich versuchen Bob zu überreden, das Geld von Hillberg herauszurücken.

„Es ist fünf Uhr am Morgen. Hallo liebe Hörer von 1LIVE. Die Neuigkeiten aus dem Sektor…“, tönte es aus dem Radio. Basser und ich saßen in meinem Wagen, einem Audi RS 4 Avant. Mit ihm hatten wir gute Chancen, nicht von Boby Fehrmann abgehängt zu werden, der mit seinem Aston Martin sicher jenseits der 250 km/h unterwegs sein könnte, würde er es darauf anlegen. Zudem war ein Audi Kombi eher schlicht und würde im Rückspiegel weniger auffallen.

Basser spendierte mir einen Kaffee aus seiner Thermoskanne. „Wenn wir fahren, bitte Abstand, o.k.?“, ermahnte er mich. Wir durften nicht auffallen.

Ganze drei Stunden warteten wir und nichts passierte, bis plötzlich ein Müllwagen von hinten herankam. Der Wagen näherte sich allmählich und blockierte dabei die ganze Straße hinter uns. Als er direkt neben uns stand, öffnete sich das Garagentor und Bobs Aston Martin bog rückwärts aus der Garage in unserer Richtung auf die Straße ein und fuhr davon. Sofort startete ich den Motor, doch der Müllwagen wartete noch neben mir und hinderte mich am Rausfahren. Ich konnte noch nicht einmal aussteigen, denn der LKW stand so nah an meiner Tür, dass er sie blockierte. Bob fuhr noch im Schritttempo vor uns, also durfte ich mich auch nicht durch Hupen bemerkbar machen. Was für ein Dilemma. Als er sich ein gutes Stück entfernt hatte, sprang Basser aus dem Wagen und winkte mit seinem Ausweis dem Fahrer des Müllwagens. ‚Polizei‘, artikulierte er lautlos mit den Lippen. Der Fahrer kapierte schnell und setzte das schwerfällige Gerät zurück, sodass wir die Parkbucht verlassen konnten. Ich gab Gas und entdeckte hinter der nächsten Kurve vor einer Ampel Bobs Wagen. „Sonnenblende runter“, wies Basser mich harsch an. Wir liefen langsam auf den stehenden Verkehr auf. Die Ampel schaltete auf grün und die Autos vor uns setzten sich in Bewegung. Der Aston Martin hatte kein Blinkzeichen gegeben. Wo wollte er hin, rechts, links oder geradeaus? Er fuhr geradeaus. Sein Weg führte zur Autobahn, da waren wir beide sicher. Mittlerweile hatten sich zwei weitere Fahrzeuge dazwischen geklemmt, wir fuhren in sicherem Abstand auf die A1/A61 Richtung Koblenz. Was war sein Ziel, fragten wir uns. Auf einem von Geschwindigkeitsbegrenzungen freien Stück merkte ich, wie Bob das Tempo anzog. Mein Beifahrer griff nach dem Haltegriff am Dachhimmel. „Ohje, bin ich Ford Transit gewehnt“, stöhnte er. “Keine Sorge, passiert schon nichts“, versuchte ich ihn zu beruhigen. „Ich fahre noch hin und wieder Autorennen, dass hier sind Peanuts gegen die Herausforderung bei einem Rennen“, gab ich selbstbewusst von mir. „Hatten Sie nicht schlimme Unfall?“, ächzte Basser. Mein selbstsicherer Gesichtsausdruck verschwand im Nu wieder.

Der Tacho zeigte 285 km/h, Basser konnte sich nicht entspannen. „Mach ich gleich in Heschen...“, zeterte er, sein Blick stur nach vorne gerichtet. Dass ich mich dabei noch mit ihm zu unterhalten versuchte, konnte er gar nicht nachvollziehen. Doch wir mussten an dem Wagen dran bleiben und schlossen wieder zu Bob auf. Es befanden sich meist zwei oder drei Autos zwischen uns. Wir vermuteten, dass die Fahrt in den süddeutschen Raum führen würde. Bob fuhr jetzt auf der A65 Richtung Hockenheim. An der Raststätte Hockenheimring lenkte er den Wagen zu einer Tankstelle. Wir folgten ihm, umfuhren die Zapfsäule groß und kamen dreißig Meter versetzt vor ihm ebenfalls an einer Benzinsäule zum Stehen. Ich tankte meinen Wagen auf, drückte Miroslaw, dem ich zwischenzeitlich das ‚Du‘ angeboten hatte, mein Portemonnaie in die Hand und bat ihn, die Rechnung drinnen zu begleichen. Womöglich wäre ich Bob zu früh über die Füße gelaufen. Miroslaw stand direkt hinter ihm an der Kasse und senkte schnell den Blick, als plötzlich Bob vor ihm ausscherte, sich noch etwas zu trinken holte und sich – nun hinter Basser – zum Bezahlen anstellte. „Säule?“, fragte die Kassiererin. Basser stockte und sein Blick suchte draußen nach der Nummer der Zapfsäule. Er konnte ja wohl kaum auf „den schwarzen Audi da vorne“ verweisen, um somit Bob auf mich aufmerksam zu machen. „Ja, sagen Sie schon“, platzte sie ungehalten heraus, da er durch seine Unentschlossenheit die nachfolgenden Kunden verärgerte. „Schwarze Wagen, vorne“, murmelte Basser. Er bemerkte dass Bob dem Blick der Kassiererin folgte. Doch ich saß schon wieder im Wagen, mein Gesicht dem Verkaufsraum abgewandt.

Er hatte uns nicht gesehen, aber der „schwarze Wagen“, war für einen Moment ein „Aufreger“ gewesen. Vielleicht würde ihm der Wagen jetzt eher auffallen. Miroslaw erzählte mir von der peinlichen Situation. „War ich ganz fix und fertig durch schnelle Autofahrt“, entschuldigte er seine Unaufmerksamkeit. Bob fuhr links an mir vorbei und sah noch einmal herüber. Blitzschnell drehten wir unsere Köpfe nach rechts, wo exakt zur Sekunde eine hübsche Frau mit kurzem Rock aus der Toilette getreten war. „Ich glaube, die hat uns gerettet“, verkündigte ich Miroslaw. Er nickte und lächelte verschmitzt. Gleich darauf starteten wir und fuhren ebenfalls zur Autobahn. Die Fahrt ging weiter über die A6 Richtung Karlsruhe und dann auf die A5 in Richtung Basel. „Er fährt in die Schweiz“, teilte ich meine Vermutungen Miroslaw mit. „Bringt er Geld nach Schweiz“, stimmte er mir zu.

Bobs Ziel lag jedoch weiter. Er fuhr in Richtung französische Grenze und wir landeten in Saint Louis, einem kleinen Ort im Elsass. Ich schnupperte Heimatluft. Wo wollte der Kerl hin? An einem großen Marktplatz stellte er seinen Wagen ab. Wir standen zum Glück direkt an einer Parkbucht in halbwegs sicherem Abstand. Bob marschierte in eine Einkaufsstraße. Ich folgte ihm. Ich trug eine Sonnenbrille und Bassers Baseballmütze. Miroslaw sollte ihm besser nicht nachgehen, der Verfolgte hätte ihn sofort wiedererkannt. Mit einer Tasche in seiner linken Hand, so groß wie ein Kulturbeutel, bog Bob in eine Passage ein und steuerte auf eine Bank zu. Ich bemerkte das Schild: „Bancomat" – Geldautomat. Ich hielt Abstand und sah durch ein Schaufenster hindurch in das Innere der Bank. Dort gab es einen großen Vorraum, der von den Geschäftsräumen der Bank getrennt war. Bob hatte ebenfalls eine Baseballmütze aufgesetzt, die er tief in die Stirn gezogen hatte und dazu verdeckten breite Sonnengläser einen Großteil seines Gesichts. „Toll", dachte ich, „jetzt tarnen sich alle mit einer Baseballmütze", ich hatte jedoch nichts anderes zur Hand.

Kapitel 17

Bob setzte seinen Gang durch die Straßen fort, an jedem Automaten, den diese kleine Stadt zu bieten hatte, hielt er an und hob Geld ab. Schon die letzten Meter davor sah ich, wie er in dem Täschchen herumnestelte und eine kleine weiße Karte zückte. Ich hatte Basser anfangs telefonisch informiert, was Bob gerade machte und dass ich an ihm dranbleiben würde. Mein Mitfahrer hatte unterdessen mit dem Schlimmsten gerechnet, denn es dauerte ganze eineinhalb Stunden, bis ich zurück zu meinem Wagen kam. Bob hatte mich nicht bemerkt. Nun ging es weiter, wir folgten seiner Route, die zurück in die Schweiz, Richtung Zürich führte. In Zürich fuhren wir Boby Fehrmann in Richtung Stadtzentrum nach. Er lenkte seinen Wagen jetzt durch ein paar Seitenstraßen. Auf einmal drosselte er das Tempo seines Aston Martins, auf der Suche nach einem Parkplatz. Er fand ihn. Auch ich suchte eine Stelle, um anzuhalten. Der Verkehr rückte von hinten nach und drängte zu fließen, also bog ich in eine Seitenstraße, sprang aus dem Wagen und wies Miroslaw an, den Wagen schnell irgendwo in der Nähe abzustellen. An der Hausecke Seestraße-Parkring versteckte ich mich im Eingang. Bob kramte in dem Trolli, zog eine Aktentasche heraus und die kleine Tasche, die er zuvor bei sich trug. Währenddessen kam Miroslaw um die Ecke. Ich machte mich bemerkbar. „Er steht da drüben. Sicher will er das Geld zur Bank bringen", sagte ich zu Miroslaw. „Jetzt oder nie", meinte der. „Ich rede mit ihm, du hältst einfach die Klappe", wies ich Miroslaw an, mir das Kommando zu überlassen. Er nickte stumm.

Wir gingen schnurstracks auf Bob zu. Als wir hinter ihm standen holte er gerade noch einen Zug aus einer Wasserflasche. Er bemerkte uns noch immer nicht, den

Rücken zu uns gekehrt. „Hallo Bob", sprach ich ihn freundlich an. „Du bist doch Bob? Boby Fehrmann oder soll ich dich lieber Eric nennen?" Er fuhr herum, wie vom Blitz getroffen. „Kennst du mich nicht mehr? Ich bin's, Jean. Jean Degrange!" Mein Gegenüber stand immer noch mit halboffenem Mund da und registrierte scheibchenweise. Er ignorierte, dass ich seinen Falschnamen wusste.

„Ach nee, das gibt's doch gar nicht. Jean, wie geht's Dir? Was machst du denn hier?", reagierte er überschwänglich. „Mann, ich dachte, wer spricht mich denn hier mit meinem Namen an, mich kennt doch hier gar keiner. „Da siehst du mal, Bob, die Welt ist klein." Er wollte gerade ausholen, um mich in ein Gespräch zu verwickeln. „Bob, ich bin dir von Deutschland aus gefolgt." „Wie – wie gefolgt?", fragte er ungläubig. „Ich weiß genau, was du hier tust, können wir reden?", drängte ich. „Jean, was willst du?" „Reden, erst einmal reden", wiederholte ich mich. „Ich habe einen Termin bei..." „... der Bank, ich weiß", hangelte ich mich mit meiner Vermutung dazwischen. „O.k.", meinte er, „dann reden wir."

Wir gingen in ein nahegelegenes Café und setzten uns auf die Terrasse.

„Schieß los, was willst du von mir?", wies er mich schon deutlich ernster an, ihm mein Begehren mitzuteilen. „Du schuldest noch jemandem Geld, den ich ganz gut kenne." „Wem? Harry Weimer?", fragte er lachend. „Nein Stefanie Hillberg. 135.000 Euro zuzüglich der paar Tausend Euro, die du von ihrer EC-Karte abgezockt hast."

„Bist du bescheuert, das ist eine infame Lüge", wehrte Bob vehement ab. Basser hatte die Kamera mit den Bildern dabei, die Bobs Verbindungen zu Botomba Massimi belegten. Die Fotos zeigten die Übergabe der gefälschten EC-Karten und der weißen Umschläge vor Petra Hanischs

Tür. Ebenso präsentierte Basser das Material, das er beim Autoverwerter Bogdan geschossen hatte – alles deutlich in seinem Kameradisplay zu sehen. Bobs Kinnlade klappte nach unten. „Du hast mich beschattet!“, brachte er verzweifelt hervor, er wusste dem nichts entgegenzusetzen. „O.k., was willst du? Willst du wieder Geld fürs Klappe halten, ist ja dein Ding, wie damals bei Harry Weimer, richtig?“ Miroslaw schaute mich schräg an. „Ich habe nie einen Cent von dir verlangt, außerdem war ich gerade mal sechzehn und hatte noch kein Gefühl für Recht und Unrecht“, verteidigte ich mich, aber mehr vor Miroslaw, als vor Bob. „Willst du die Polizei rufen?“, wurde er jetzt frech. „Ich würde vorschlagen, dass du uns zuerst das Geld gibst, das du Stefanie Hillberg schuldest“. „Warum sollte ich das tun?“, fragte der alte Sprüchebeutel. „Was habe ich davon? Dass du danach zu den Bullen gehst und ich ein paar Jahre in den Knast wandern kann? Kein guter Deal!“ Bob lachte.

„Ich gebe dir den Speicherchip der Kamera, da sind alle Beweise drauf und somit habe ich nichts gegen dich in der Hand“, versicherte ich Bob. “Allerdings kann ich auch gleich die Polizei rufen, das kannst du frei entscheiden“, pokerte ich.

„135.000, und keinen Cent mehr“, zischte Bob. „140.000 und keinen Cent weniger!“, protestierte ich gelassen. „Ich muss sonst zur Bank...“, beklagte er sich. Während ich mein Telefon aus der Tasche kramte, schaute ich Basser lächelnd an.

„Ich rufe dann mal die Bullen“, sagte ich und rief den Kellner herbei, um mir die Telefonnummer der Polizei zu beschaffen. Sofort lenkte Bob ein. „Jaja ja, du kriegst das verdammte Geld.“ Wir bezahlten und verließen das Café um zu Bobys Wagen zu gehen. Auf dem Weg sprach er kein Wort mehr. Er schloss den Aston Martin auf, holte zwei dicke Bündel Scheine aus dem Trolli und reichte sie mir. „Hier sind die Hunderttausend, zähl nach“, wies er mich an. Bob zählte inzwischen weiter Geld ab. Ich teilte die Bündel auf, gab eines davon Basser und gemeinsam zählten wir die Scheine. Es waren Fünfziger-, Zwanziger-, Zehner- und Hunderter-Noten. Wir kamen tatsächlich auf die Summe von Hunderttausend Euro. „Jetzt die restlichen Vierzigtausend“, forderte ich Bob auf. „Lass mir wenigstens noch Geld, um nach Hause zu fahren“, flehte er genervt. „O.k., gib mir 39.800!“, lenkte ich ein wenig ein. „35.000, o.k.? – bitte! Das Baby säuft zwanzig Liter auf Hundert“, jammerte Bob weiter und zeigte kurz mit einer Kopfbewegung auf den Aston Martin. „Ach, du Ärmster. Mein letztes Wort sind 39.000 Euro“. Mürrisch kramte Bob in seinem Trolli und zählte den Rest zusammen. Es waren 39000 Euro. Ich entriss das Bündel seiner Hand. Sicher hatte er noch irgendwo Geld versteckt, aber es war mir für den Moment egal. „Die Kamera“, gib sie mir her!“, forderte Bob jetzt. „Ich gebe dir den Speicherchip“, erwiderte ich. „Glaube bloß nicht ich wäre blöd. Die Daten sind sicher auch auf dem Kameraspeicher und ich lass mich jetzt nicht auf irgendwelche Spielchen ein“, zischte er uns an.

„Miroslaw, gib ihm die Kamera!“, wies ich Basser an. „Aber die war sehr teuer...“, wehrte der sich. Miroslaw wollte seine Kamera nicht hergeben. „Ich gebe dir das Geld für eine Neue... mach schon, gib sie ihm.“ Basser streckte ihm unwillig die Kamera entgegen. Bob nahm sie und setzte sich in den Wagen. „Jean, wenn du mich trotzdem verpfeifst, wirst du keine Ruhe mehr finden, glaube mir“, drohte er. Ich lächelte ihn an: „Von mir erfährt keiner etwas, ...von mir nicht.“ Bob spürte die Ironie in meinen Worten. Er hatte das Talent, irgendwann sowieso aufzufallen. Ich wollte mein Wort jedenfalls halten. Ich wusste aber nicht, was Miroslaw dachte und was er mit seinen Informationen anstellen würde. Wir traten die Heimreise an. „Soll ich jetzt Mund halten?“, fragte mein Beifahrer nach einer Weile. „Ja, erst einmal behalten wir das für uns“, teilte ich meine Meinung Miroslaw mit. „Mal sehen – wenn er Petra Hanisch abzockt, hast du einen neuen Auftraggeber.“ „Wie meinst du das? Ich soll dann für Hanisch ermitteln?“ „Ja, warum nicht? Ich glaube aber, dass er seine EC-Kartengeschäfte nicht skrupellos an der gleichen Stelle fortsetzen wird. Wenn doch, ist er selbst schuld.“ Miroslaw nickte zustimmend. Wieder zuhause, gab ich ihm zweitausend Euro für seine Canon 5 D. Den Aufwand für die Ermittlungen würde ich mit Marcel Reichert bereinigen. Seine Geschäftsempfehlung hatte mir einiges mehr an Geld in die Geschäftskasse gespült. Diese Revanche war mehr als gerechtfertigt. Es plagte mich allerdings dann doch der Gedanke, dass ich durch mein Schweigen kriminelle Aktivitäten schützte. Ich musste überlegen, wie ich es schaffen könnte, mein Wort zu halten und Bob dennoch zu stoppen. Es war ein Spagat, der mir im ersten Moment unmöglich erschien. Es hatte so etwas von: „Wasch mich, aber mach mich nicht nass.“ Doch ich glaubte, dass es für jedes Problem eine Lösung gab. Ich verinnerlichte diese Erkenntnis, wie schon so oft, in den Tiefen meines Bewusstseins. Es war wie ein Aberglaube. Immer, wenn ich dabei tief in mich hineinspürte und dachte: „Die Lösung für dieses Problem wird sich mir zeigen“, hatte ich kurze Zeit später eine Idee.

Danach schob ich diese Gedanken zur Seite und dachte darüber nach, wie sich Stefanie über das Geld freuen würde.

Stefanie Hillberg kam wie immer pünktlich zu unserem Gespräch. Heute war ein besonderer Tag. Ich hatte viel zu erzählen, den versöhnlichen Teil meines Lebens, von dem ich sehr gerne erzählte. Zudem lag ein dicker brauner Umschlag auf dem Tisch des sonnengefluteten Wohnzimmers, mit dem ich an diesem Tag einem Menschen sicherlich viele Sorgen nehmen würde. „Wie geht's Ihnen Frau Hillberg?", erkundigte ich mich. „Es ging schon besser in meinem Leben, aber zugegeben, auch schon schlechter", brachte Hillberg etwas angestrengt hervor. Sie hatte es vorgezogen, mit dem Fahrrad zu mir zu kommen und deshalb war sie ein wenig außer Atem.

„Sehen Sie, was dort auf dem Tisch liegt?", fragte ich die Medienvertreterin.

„Ja, was ist das?", fragte sie immer noch etwas keuchend zurück. Ich nahm den Umschlag vom Tisch und gab ihn ihr. „Für Sie!" „Für mich?", fragte sie ungläubig. „Was ist das?" „Machen Sie es schon auf", drängte ich. Sie öffnete den Umschlag und sah das Geld. „Das ist doch nicht etwa...?" „Doch, ihr Geld"

Hillbergs Augen wurden größer und größer. "Ich glaub das nicht, juuuuhuu...". Stefanie Hillberg war kaum zu halten. Sie wäre am liebsten um den Tisch getanzt, versuchte aber ihre kindhafte Freude vor mir nicht ganz so zu zeigen, wie sie es vielleicht einem vertrauteren Menschen gegenüber getan hätte. "Wie haben Sie das geschafft?", schloss sie die Frage an. Ich erzählte ihr, was sich alles zugetragen hatte. Dass Eric Handler sich mit falschem Namen ausgegeben hatte und ich ihn von früher kannte. Hillberg erinnerte sich an die Episode, als ich bei Harry Weimer gearbeitet hatte. „Aber jetzt haben Sie ja schon wieder Geld dafür angenommen, ihn nicht bei der Polizei anzuzeigen. Ob ich das so gut finde...", zeigte Stefanie ihren Unmut darüber. „Ich bin sicher, auch dafür werden wir eine Lösung finden", versicherte ich ihr.

Zugegebenermaßen hatte ich mich für einen Moment ebenso unwohl damit gefühlt, dass ich Boby Fehrmann nicht angezeigt hatte, doch ich vertraute auf meine Intuition. Ich wusste, das letzte Wort war noch nicht gesprochen.

„Lassen Sie uns das erst einmal vergessen und an Ihrer Story weitermachen", forderte ich. „Okay", lenkte Hillberg ein und verdrehte dabei versöhnlich die Augen.

„Und? Wie soll die Zukunft von Degrange Grafik Design aussehen?", fragte David Berg, als wir uns zu einem Zweiermeeting zusammenfanden. „Mein Gefühl sagt mir, verkleinere das Unternehmen, aber mein Kopf ist noch nicht ganz damit einverstanden", antwortete ich David. „Ich verstehe dich, aber ich glaube, das ist der richtige Weg", beteuerte David seine Sicht der Dinge. „Lass es uns schrittweise tun. Wir bauen diese acht Stellen so ab, wie die Projekte auslaufen", schlug er mir vor. David hatte sich ernsthaft darüber Gedanken gemacht, ich, ehrlich gesagt, noch nicht so wirklich. Die ganze letzte Zeit war so voller Ereignisse gewesen, dass ich noch nicht die Muße gehabt hatte, mir darüber in allen Einzelheiten den Kopf zu zermartern. Doch sein Vorschlag hörte sich verlockend an. „Zwei der acht Projekte laufen schon im nächsten Monat aus. Beides Unternehmen, die sich schon länger mit dem Gedanken tragen, dafür eigene Leute einzustellen", unterbreitete David seine weitere Planung. „Die restlichen sechs Unternehmen werden – bis auf eines – in einem Jahr ebenso aus der Betreuung herausfallen." „Lass es uns mit unserem Steuerbüro besprechen und dann ziehen wir es durch", fasste ich den Entschluss. David strahlte. „Du bleibst Geschäftsführer", mahnte ich David, der sich auch darüber freute. Wir behielten unsere Pläne erst einmal für uns. Erst wenn es von meinem Steuerbüro „grünes Licht" gab, würden wir das Team darüber in Kenntnis setzen, was wir vorhatten. Ich teilte David noch mit, was sich in meinem Privatleben gerade abspielte. Er wusste davon, dass ich früher einmal dieses Seminar besucht hatte, mehr aber nicht." „Ein Seminar für was?" hatte er sich damals erkundigt. „Für... für mentale Fitness", hatte ich ihn angeflunkert. Er hatte lediglich die Stirn gerunzelt, ein großes Fragezeichen in seinem Gesicht. David war ein guter Freund, ein sehr guter. Aber irgendwie schämte ich mich dafür, Probleme zu haben und die Idee diese Probleme durch ein Seminar lösen zu wollen, erschien mir sehr befremdlich.

Es war mir einfach nur peinlich. Ich musste ihm also jetzt die ganze Angelegenheit in allen Einzelheiten erzählen, sodass er mir folgen konnte. Als ich ihm vom letzten Treffen mit Lumen erzählte, war David wie vom Donner gerührt. „Mensch Junge, du hast deinen Vater zurück! Das ist doch...", suchte er die richtigen Worte. „Das ist der HAMMER!" Er freute sich darüber, als hätte er selbst einen lang vermissten Familienangehörigen wiedergefunden. Doch David vergaß dabei die Vergangenheit, den Grund, warum es in meinem Leben für mich keinen Vater mehr gegeben hatte.

„Der hat sich doch um hundertachtzig Grad gedreht. Die Geschichte, die du mir erzählt hast, sagt mir ganz klar, dass er das alles zutiefst bereut hat und nicht nur das. Er hat sein ganzes Leben verändert. Er ist zu einem vorbildlichen Menschen geworden", bemühte sich David, mich von meinen alten Vorstellungen zu befreien. Ich schaute nur stoisch an die Wand und vernahm seine Argumentation. „Was kann ein Mensch denn noch mehr tun, hä?", fragte David, für den das alles ganz einfach erschien. Doch in mir saß noch der Stachel, die Erinnerungen, der Schmerz, den meine Mutter erfahren hatte. Ich konnte es noch fühlen wie damals. „Was sagt Clarissa denn dazu?", wollte David wissen. „Sie weiß noch nichts von den letzten Treffen mit Lumen." David hielt es für sinnvoll, mit Clarissa zu reden. Ich wusste, was sie sagen würde. Sie würde mich daran erinnern, dass es nur Gedanken und Erinnerungen an Vergangenes waren, dem ich heute noch Bedeutung geben würde, obwohl sich die Welt seitdem sehr verändert hatte. Ich kannte ihre Antwort, warum sollte ich sie noch danach fragen? „Ich brauche ein paar Tage. Und jetzt ab, an die Arbeit", beendete ich das Zweiermeeting, um mich meinen Pflichten hinzugeben. Ich hatte noch immer nicht alles aufgearbeitet, das durch den Unfall liegengeblieben war.

Als ich das E-Mailpostfach öffnete, erschienen nacheinander mehr als fünfzig Nachrichten. Ich ging von oben nach unten jede einzelne Mail durch und entschied, welche selbst zu bearbeiten und welche an einen meiner Mitarbeiter weiterzuleiten war – die restlichen wurden gelöscht. Die einundzwanzigste Mail war an mich privat gerichtet. Es war Lumen. Ich las seine Nachricht.

Lieber Jean,
ich wünsche mir so, dass es Dir wieder gut geht, dass Du die Neuigkeiten etwas verdaut hast! Glaube mir bitte, ich hatte nicht vor Dich zu vertreiben, im Gegenteil! Das Gegenteil habe ich mir gewünscht seit dem Tag, als Deine Mutter und Du mich verlassen habt. Ich bin all die Jahre durch das Fegefeuer gegangen und ich würde das alles auch heute noch am liebsten ungeschehen machen.

Das Leben führt uns aber oft in schwierige Situationen und unbewusst begehen Menschen alle erdenklichen Grausamkeiten, die sie im Nachhinein bereuen. Auch ich bin in diese Falle getappt. Es gibt sicher Dinge, die aus einer moralischen Sicht heraus unverzeihlich sind und mein Handeln von damals gehört sicher dazu. Mein einziges Ziel ist es, dass die Welt mit mir Erbarmen hat und Du mir irgendwann vergeben kannst. Bis dahin stehe ich Menschen in Notlage zur Seite, sodass ich vor mir selbst weiter bestehen kann. Ich könnte keinen einzigen Tag mehr in den Spiegel sehen, wenn ich es nicht ab und an einmal schaffen würde, einen Menschen in Freiheit zu entlassen. Freiheit von quälenden Gedanken an die Vergangenheit, von selbst auferlegter Kasteiung durch die absurdesten Gedanken. Bei dir stehe ich jetzt vor meiner größten Herausforderung.

Bisher war es relativ einfach, einem Menschen mein Wissen über die wahre Natur des „Seins" zu vermitteln. Ich habe auch keine Not empfunden, jedem helfen zu müssen. Manche waren noch nicht bereit für diese Wahrheit und sie konnten das wahre Bewusstsein nicht vom Verstand unterscheiden. Doch die meisten haben verstanden, dass es die Wahrheit ist, wenngleich sie es nicht in die Tat umsetzen konnten. Sie spürten dennoch, diese Wahrheit würde sie irgendwann von ihrem Lebensschmerz befreien. Doch jetzt ist alles anders. Es geht um uns Beide, nicht um jemanden, von dem ich gerade einmal den Vornamen kenne. Es geht auch nicht um Alltäglichkeiten, wie darum, dass jemand finanziell in Not geraten ist, um seine Arbeit bangt oder dass eine Beziehung zwischen zwei Menschen nicht funktioniert. Es geht um ein schlimmes Vergehen vor ungefähr dreißig Jahren, das eine Familie in ihren Grundfesten zerrüttet hat und das seit dieser Zeit auf Heilung wartet. Auch wenn Du für Dich an diesem Tag damit abgeschlossen hattest, in der Tiefe Deines Herzens schwelte ein Brand, der Dich auch noch den Rest Deines Lebens begleiten wird. Tief in Dir schreit Deine Seele nach Harmonie und Frieden. Ist es nicht so?

Jetzt stehe ich vor Dir und ich wünschte Du würdest empfinden, wie ich empfinde. Ich habe Dich übrigens gleich am ersten Tag unserer Begegnung erkannt, ich habe gewusst,

Du bist es, mein Sohn, der da vor mir in den Reihen sitzt. Ich habe darauf vertraut, dass das Leben mich wieder zu Dir führt. Doch jetzt, kurz vor dem Ziel, Dich an meiner Seite zu wissen, habe ich Ängste und Zweifel. Ich weiß, welche Macht Gedanken haben, die mit Zweifeln gefüllt sind. Sie zerstören dein Ziel – das, was du liebst, was du begehrst, kann durch sie für immer verlorengehen. Ich möchte mich dieser Verantwortung am liebsten entziehen, denn ich möchte nicht noch einmal verlieren, was schon in so greifbare Nähe gerückt ist. Ich überlasse Dir Deinen Anteil an dieser Entscheidung, ob es für Dich eine Zeit mit mir geben soll.

In tiefer Liebe
Dein Vater Jacques

Der Brief berührte mich und ich kämpfte mit den Tränen. Was hatte ich für eine Chance, mich dem allen zu entziehen. Ich würde den Rest meines Lebens darüber nachdenken und damit hadern, eine falsche Entscheidung getroffen zu haben.

Ich konnte nur in diese eine Richtung gehen. Ich musste ihm verzeihen, auch wenn ich es niemals vergessen konnte. Es wäre ein Neubeginn. Von Stunde zu Stunde fühlte sich der Gedanke, meinen Vater zu treffen, richtiger an. Am selben Abend noch, beschloss ich ihn anzurufen.

„Lumen Nomos hier", meldete er sich zaghaft. „Ich bin es...", antwortete ich und fasste meine Entscheidung in wenigen Worten zusammen. „Dein Sohn."

Lumen spürte, was ich entschieden hatte, denn er war über die Jahre so empathisch, so sensibel geworden für das, was in Worten so unweigerlich mitschwang.

Es lag so viel Hoffnung und Frieden in der Luft, das Leben war wieder auf unserer Seite. Wir verabredeten uns für das darauffolgende Wochenende, das wir gemeinsam verbrachten.

„Stehst Du noch mit Tante Josefine und mit Philip in Kontakt?"

„Nein, ich habe mich nie mehr getraut dort aufzukreuzen. Philip, mein Bruder, war immer etwas seltsam. Ich glaube du weißt wie verletzend er manchmal sein konnte", erklärte mir mein Vater. Als kleiner Junge hatte ich immer große Achtung vor ihm gehabt und habe mich zu Tode geschämt für mein Verhalten. Ja, und deshalb...", stockte Jacques. Ich konnte ihn verstehen. Viele Menschen lagen im Streit mit Familienangehörigen. Sie meinten den Anderen durch und durch zu kennen und spielten seine Reaktionen in ihren Köpfen durch, als wüssten sie genau, was die Gegenseite bewegt. Doch meistens lag die Wahrheit weit entfernt von der eigenen Einschätzung dessen, was die andere Person wirklich empfand oder dachte. Ich war überzeugt, dass mein Vater in seinen eigenen Angelegenheiten nur bedingt richtige Schlüsse zog. Vielleicht sehnten sich Onkel Philip und Tante Josefine auch auf ihre alten Tage nach Frieden und Harmonie. An diesem Wochenende fühlte es sich an, als hätte ein Sommer

begonnen, der nie mehr vorüber gehen würde.

„Sag mal, was ist denn bloß mit dir los?", fragte Clarissa mit gespielt ernster Miene. Es war ein auf diese Ereignisse folgender Sonntagnachmittag, für den ich Clarissa zum Kaffee zu mir nach Hause eingeladen hatte. „Egal, wann ich in den letzten Wochen angerufen habe, du warst nie in der Firma. David sagte mir jedes Mal nur: ‚Unterwegs, du kennst ihn ja'." Clarissa wusste von alledem noch nichts. Ich wollte die Neuigkeiten für einen besonderen Moment aufsparen.

„Ich möchte ein bisschen mehr Zeit mit dir verbringen", sagte Clarissa und ich war mir nicht sicher, wie sie es meinte. „Wie, du möchtest mit mir mehr Zeit verbringen?", hakte ich nach. „ Ja, so wie ich es sage. Wir kennen uns schon so lange und du gehörst einfach zu den wichtigsten Menschen in meinem Leben. Als du den Unfall hattest, wurde es mir ganz doll bewusst... und ja, das ist doch o.k., oder siehst du das anders?", erklärte sie und man spürte eine leichte Verlegenheit in ihrer Stimme.

„Danke Clarissa, das können wir gerne machen und ich freue mich auch schon darauf, mit dir mehr Zeit zu verbringen", erwiderte ich. „Aber ich..." zögerte ich bewusst, um die Spannung hochzutreiben. „Aber ich möchte dir heute Nachmittag jemanden vorstellen." Für einen Augenblick sah ich Enttäuschung in Clarissas Augen, für einen winzigen Augenblick. Doch schnell schlug diese Enttäuschung in freudiges Interesse um. „Es gibt eine Neue?", wollte sie wissen. „Wäre ja auch wirklich an der Zeit", schob sie noch nach. „Lass dich einfach überraschen", bat ich sie nicht weiter zu bohren. Wir unterhielten uns über meine neuen Pläne in der Firma. „Die Geschäftsführung übernimmt David und ich mache Kundenakquise nur noch dann, wenn es an Arbeit mangelt. Ansonsten betreue ich unsere bestehenden Kunden", informierte ich sie über mein Vorhaben. „Glückwunsch zu der Einsicht", gratulierte Clarissa mir, endlich einen vernünftigen Schritt in die richtige Richtung anzustreben. Sie hatte gesehen, wie ich mich all die Jahre selbst kasteite, wie ich versuchte meine Lebenswunde durch immer mehr Arbeit zu kaschieren. Einen Moment später ertönte die Türschelle. „Du bekommst Besuch, da bin ich aber jetzt gespannt..."

Ich nickte, grinste sie an und ging zur Haustür, um sie zu öffnen. Es war mein Vater. Wir nahmen uns kurz in den Arm. Die Berührung fühlte sich richtig an. Es war wie „nach Hause kommen". „Hallo mein Junge" begrüßte

Jacques mich herzlich. Die Freude, mich wiederzusehen, stand ihm ins Gesicht geschrieben. „Ich möchte dich meiner besten Freundin vorstellen, sie weiß von nichts...", flüsterte ich ihm zu.

Zusammen gingen wir ins Wohnzimmer, wo Clarissa gespannt wartete.

„Hallo, bonsoir Mademoiselle", begrüßte Jacques Clarissa und trat einen Schritt auf sie zu, um ihr die Hand zu reichen. „Hallo, ich bin Clarissa", ging ihre Stimme leicht nach oben, sie verstand gar nichts mehr. „Wir kennen uns doch!", brachte Clarissa heraus. „Ja, Sie waren", – Jacques entschied sie kurzerhand zu duzen.„Du warst auch auf dem Seminar, richtig?" „Ja, stimmt", versicherte sie Jacques, dass er richtig lag. Mich räuspernd überlegte ich, wie ich mit meiner Erklärung anfangen sollte. „Clarissa, das ist...", erwog ich stockend, ob ich es einfacher sagen konnte. „Clarissa, das ist mein Vater Jacques!". „Das... das müsst... ihr mir jetzt bitte erklären", forderte sie uns auf, ihre Kenntnisse über unsere Beziehung auf den neuesten Stand zu bringen.

Clarissa war sehr berührt von den Ereignissen, die sich ohne ihr Wissen zugetragen hatten. „Ich freue mich so für dich, das kann ich nicht mit Worten ausdrücken", meinte sie.

Von diesem Tag an erlebte sie mich als einen anderen Menschen. Sie sah, dass ich mit dem Leben endlich Frieden geschlossen hatte. Die sah die Sonne, die ab diesem Tag durch meine Augen schien. Ich hatte nicht nur meinen Vater wieder, sondern auch den besten Berater in allen Lebenssituationen. Jacques, mein Vater, zog von Luxemburg in die Nähe von Köln, ins bergische Land, um mir immer nahe sein zu können.

Wir haben die beste Vater-Sohn-Beziehung, die man sich nur vorstellen kann. An jedem Sonntag besuchten wir gemeinsam das Grab meiner Mutter, das von Christin und von Opa und Oma.

„Diese Geschichte wird sicher von unseren Lesern verschlungen werden", meinte Stefanie Hillberg, die seit Anbeginn unseres Treffens gebannt zugehört hatte.

„Es ist eine unglaubliche Geschichte", drückte Hillberg noch einmal mehr aus, wie beeindruckt sie war. „Das Leben schreibt die spannendsten Geschichten", bestätigte ich.

Meine Gedanken wurden von einer SMS unterbrochen. Sie stammte von Basser, dessen Nummer ich in meinem Handy gespeichert hatte. Gab es Neuigkeiten, die den glücklichen Ausgang in Frage stellen konnten? Ich öffnete gleich den Text. ‚Abendzeitung, Kölner Express!' lautete er. „Miroslaw Basser, der Detektiv, hat mir gerade eine Nachricht geschrieben", wunderte ich mich laut und las sie ihr ungefragt vor.

„Sie sollten die Zeitung vielleicht lesen", empfahl Hillberg. „So verstehe ich das auch", pflichtete ich ihr bei. „Sie bleiben hier – komme gleich wieder...", bat ich sie, sich ein paar Minuten zu gedulden. Ich setzte mich ins Auto, fuhr zum nächsten Kiosk – und da stand es, direkt auf der Titelseite.

EC-Kartenfälscherring aufgeflogen. Bandenmitglieder durch Zoll überführt.

Am gestrigen Tage wurde der 49-jährige Boby F. auf der Autobahn A5, nahe des Grenzübergangs Basel an einem Rasthof bei einer Routinekontrolle gestellt. Die Beamten hatten das Fahrzeug untersucht, weil ihnen zwei weiße, unbedruckte Magnetkarten im hinteren Fußraum aufgefallen waren.

Bekanntermaßen werden solche Karten mitunter als Rohlinge für EC-Karten-Fälschungen benutzt. Eine nähere Inaugenscheinnahme des Fahrzeuges führte zum Auffinden von weiteren 54 Speicherkarten, die sämtlichst mit gestohlenen Daten versehen waren.

Auf Nachfrage wurde bekannt, dass sich bereits am frühen Morgen ein ziviles Ermittlerteam an die Fersen von Boby F. geheftet hatte. Die Ermittler konnten dem Sportwagen des Verdächtigen, der mit entsprechendem Tempo unterwegs war, allerdings nicht folgen.

Von Polizeiseite wurde weiter mitgeteilt, dass zu der Fälscherbande ein Mitarbeiter einer freien Tankstelle in Köln gehört, der vor wenigen Wochen wegen Datendiebstahls überführt werden konnte und zurzeit in Untersuchungshaft sitzt. Der 44-jährige hatte sich in den letzten Tagen geständig gezeigt und die Namen seiner Komplizen preisgegeben. Flüchtig ist nach wie vor ein Schwarzafrikaner, der sich unter dem Namen „Botomba Massimi“ in Raum Nordrhein-Westfalen aufhalten soll.

Hinweise zu dem Flüchtigen bitte an den Kriminaldauerdienst in Köln-Deutz oder an jede andere Polizeidienststelle.

Ich musste herzhaft über den Bericht lachen. Als ich Hillberg den Artikel vorlegte, ging es ihr ebenso. „Manchmal ist das Leben doch gerecht“, philosophierten wir gemeinsam.

Ich holte eine Flasche Crémant aus dem Kühlschrank, den ich am Mittag schon kalt gestellt hatte. Heute war immerhin das letzte Interview und zudem wollten wir alle darauf anstoßen, dass ich gemeinsam mit Basser Hillbergs Geld wiederbeschafft hatte. Auch ihr versprach ich noch eine kleine Überraschung nach unserer letzten Sitzung. Als die Haustür durch einen Luftzug satt ins Schloss fiel, wusste ich, wir waren nicht mehr alleine in meinem Haus, jemand war hereingekommen. Svetlana, die Haushälterin, hatte an diesem Tag frei. „Hallo mein Schatz! Ich habe es heute endlich mal geschafft, mich von unserem Mittwoch-Tennisturnier loszueisen“, teilte Clarissa uns mit, als sie plötzlich vor uns stand. „Frau Hillberg, darf ich vorstellen, das ist Clarissa, meine Frau“.

Eine fette Überschrift stand auf dem Titelblatt des New Age Magazine.

Homestory

Jean Degrange, erfolgreicher Grafikdesigner aus Köln, erzählt seine Lebensgeschichte.

...und plötzlich war es nur noch Sommer!

ENDE

Weitere Produkte vom Autor

Plötzlich Sommer

Ebook ISBN 978-3-9814752-3-4

Hörbuch ISBN 978-3-9814752-5-8 Download

Festplatte Unterbewusstsein,
Wenn du mehr vom Leben erwartest

ISBN Buch: 978-3-9814752-1-0

ISBN Hörbuch: 978-3-9814752-4-1

Ebook ISBN 978-3-9814752-2-7

Download : Audible, Amazon, Itunes etc